KB151909

[A M O N]

헤아릴 수 없는

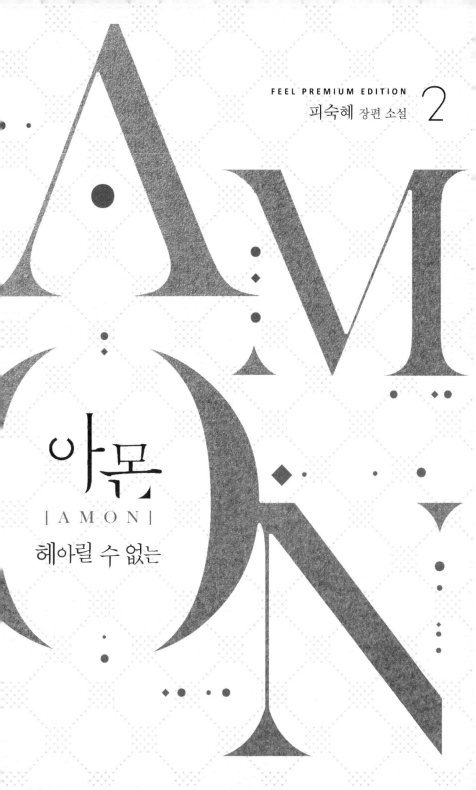

FEEL PREMIUM EDITION

피숙혜 장편 소설

2

아몬

[AMON]

헤아릴 수 없는

Contents

16

"어서 오세요, 팀장님."

"안녕하세요."

이름이 수정이였다. 한 번도 불러 본 적은 없지만 하도 많이 들락날락거려 이제 오스왈드의 비서 이름은 어느 정도 외웠다.

"코트 받아 드릴까요?"

"아. 네. 가방은 가지고 갈게요."

"네."

단희는 익숙하게 코트를 벗어 수정의 손에 맡겼다. 맨 처음 이곳에 와 수정이 외투를 받아 주겠다고 했을 때, 당황해 어리바리했던 것과는 사뭇 다른 모습이었다.

"차는 뭐로 가져다 드릴까요?"

한겨울인 밖에 비해 건물 안은 늦봄처럼 더웠다. 내부에 진입하자마자 꽁꽁 껴입은 옷 안으로 땀이 고여 몇 번이고 옷을 펄럭거리며 15층으로 올라왔다. 단희는 부채질을 하며 마른 입술을 축였다. 시원한 물 한 잔이 무척 고팠다.

"아무거나 시원한 걸로 주세요."

"열대 과일 좋아하세요?"

수정이 나긋하게 물었다. 늘 조근조근한 목소리는 상대방도 조근거리게 만든다.

"네."

"태국에서 들여온 용과가 있어요. 맛이 아주 좋아요. 가져다 드릴게요."

가지런한 치아에 단정한 미소가 피어올랐다. 어쩜. 내가 남자라면 이 여자랑 무슨 수를 써서라도 결혼하고 말겠다는 심정이다. 오스왈드는 이런 여자들을 지천에 널어놓고 산다니. 정말 불공평한 업무 환경이다.

비서는 노크를 하지 않았다. 단희가 올라오면 늘 노크 없이 들여보내라고 했고 이젠 그게 관습으로 굳어졌다. 비서는 차분하게 문을 열었다.

"고마워요."

단희는 과할 정도로 친절한 에스코트를 받으며 사무실 안으로 들어섰다. 턱을 괴고 모니터를 보느라 골몰하던 그의 지루한 시선이 위로 퍼뜩 들려 올라갔다.

"바빠 죽겠는데 왜 자꾸 오라 가라예요?"

채 문이 닫히기도 전에 튀어 나간 단희의 퉁명스런 말을 비서도 분명 들었으리라. 오늘 또 데스크에서 박 터지는 수다 삼매경이 시작되겠군. 오스왈드는 손가락으로 아랫입술을 매만졌다.

"하는 일도 없다더니 바쁘긴 한가 봐?"

"버스 타고 오기 얼마나 귀찮은지 알아요? 얼어 죽겠다고요."

"면허를 따. 집 안에 널린 게 차 키잖아. 하나쯤 타 보고 싶단 생각 안 들어?"

단희는 소파에 털썩 주저앉았다. 핸드백을 옆에 휙 던져 놓더니 형클어진 머리카락을 손으로 대충 쓸어내렸다.

"별로 안 들어요. 그나저나 왜 불렀어요?"

오스왈드는 노트북을 접고 의자에서 몸을 일으키며 인터폰을 눌렀다.

「코일을 올려 보내.」

— 네, 퀸튼 씨.

그는 단희와 마주 보는 곳에 자리를 잡고 앉아 다리를 꼬았다. 서로 눈이 마주치자 오스왈드는 저도 모르게 씩 입가에 미소를 지었다. 오스왈드의 입가에 미소가 피어오르자 덩달아 단희의 얼굴에도 슬쩍 웃음기가 비쳤다.

되게 기분 좋아 보이네. 요즘 들어 기분 좋아 보이는 얼굴을 자주 보긴 하지만 오늘은 어째 좀 더 묘했다.

"뭐 신나는 일 있어요?"

똑똑똑.

노크 소리가 들리고 잠시 있다 문이 열렸다. 수정은 예쁜 은쟁반에 용과를 받쳐 들고 왔다. 자주색 껍질 안에 붉은 석류와 동글동글 빚어 놓은 하얀 용과 알갱이가 어우러져 색감이 아주 예쁜 화채였다. 오스왈드는 보자마자 설핏 미간을 구겼지만 단희는 작게 탄성을 질렀다.

"예쁘네요."

저도 모르게 튀어 나간 말이었다. 수정은 방그레 미소 지었다.

"용과는 셔벗처럼 얼려 두었어요. 아주 시원하실 거예요."

"고마워요."

오스왈드는 두 여자를 번갈아 힐긋거렸다. 그는 비서가 인사를 하고 방 밖으로 나갈 때까지 기다렸다가 입을 뗐다.

"내 비서랑 무슨 사이야?"

단희는 고급스러운 은색 티스푼으로 용과를 떠 입에 넣고 오물거렸다.

"무슨 사이요?"

"혹시 여자에 취미 있어?"

"수정 씨요?"

"내 비서실 여자들이 유독 당신한테만 나긋나긋해 보이는 이유가 뭘까. 다른 손님들이 올 땐 한 번도 내오질 않았던 후르츠를 그것도 손재주까지 부려 오는 정성을 발휘하게 만드는 이유 말이야."

"대답에 신중을 기해야 하는 질문이네요. 조만간 비서실 여직원들 갈비뼈를 하나씩 다 부러뜨려 놓을지도 모르니까."

"말에 뼈가 있네."

"뼈에 관해 이야기하고 있으니까요."

단희는 새초롬하게 눈을 뜨며 입 안으로 다시 용과를 밀어 넣고 오물거렸다. 오스왈드는 단희의 승리감을 고취시키고 싶지 않아 피어오르는 미소를 자제했다.

비서들이 단희에게 유들유들한 이유는 이미 알고 있었다. 서슬 퍼런 상사를 꼼짝 못 하게 하는 여자이기 때문이다. 지근거리에서 일하기 때문에 비서들은 오스왈드의 상태를 대단히 섬세하게 파악했다. 일정이 아무리 급해도 월요일 미팅 시간은 칼같이 지키려 하고 단희가 사무실에 방문하는 날이면 유독 감정 변화가 가파른 그를 눈치채지 못할 리가 없었다. 잘생긴 개자식이라 불리는 상사를 이리저리 요리하는 게 얼마나 통쾌할까.

단희는 그런 식으로 저도 모르게 자신의 아군을 늘리고 있었다. 가만 보면 유독 여자들에게 인기가 많은 것 같단 말이지. 서늘해 보이는 외형과, 그와는 정반대되는 온화한 성품이 동성에게 더 매력적으로 다가가는 걸까. 천방지축에 개념이라곤 1퍼센트도 갖고 있지 못한 마지연도 멋대로 구워삶아 제 편으로 만든 것을 보면 비서실 사람들이야 얼마나 쉽겠나.

그는 햇살에 반사된 여자의 가늘고 솜사탕 같은 머리카락을 쳐다봤다. 제대로 가꾸고 제대로 먹이자 푸석하고 힘없던 머리카락에 윤기가 돌았다. 쇼핑을 좋아하는 여자를 붙인 덕분에 단희의 옷장은 계속해서 채워졌다. 액세서리, 구두, 정장, 가방.

단희는 자신의 옷장이 얼마나 채워지든 관심이 없었지만 마지연은 아주 관심이 많았다. 자신의 피부 톤이나, 손끝 손질에 단희는 관심이 없었지만 마지연은 아주아주 관심이 많았다. 마지연의 인형 놀이에 장단을 맞춰 주고 있을 뿐이라며 투덜거리지만 그래도 단희는 그 아이가 하자는 대로 잘 따랐다. 이른 나이에 결혼한 그녀가 그 나이 또래에 누리지 못했던 걸 이제야 누리고 있었다. 그 철부지 덕분에.

단희가 용과 껍데기 밖으로 떨어진 석류 한 알을 집어 자신의 입술에 물었다. 쪽 소리를 내며 빨아들인 다음 오물오물 입술을 움직였고 오스왈드는 소파 등받이에 몸을 기대고 앉아 여자의 입이 움직이는 모습을 가만히 내려 봤다.

"맛있어?"

"네. 열대 과일 좋아하거든요."

"뭘 가장 좋아하는데?"

"석류요."

단희는 다시 석류 한 알을 집어 입 안에 넣었다.

"당신 몸에 그 비슷한 게 달려 있는 거 같은데."

단희는 석류를 밀어 넣은 손가락을 가만히 이로 물었다.

"사이즈도 비슷하고 아마 맛도 비슷할걸."

"무례하고 모욕적인 언사네요."

사무적으로 톡 쏘아 대자 오스왈드가 키득키득 웃었다.

똑똑똑.

다시 문 두드리는 소리가 났고 코일이 문을 열고 등장했다. 단희는 자리에서 일어섰고 서로 정중하게 묵례를 했다. 오스왈드가 고갯짓을 하자 코일은 커피 테이블 앞에 서류를 펼쳐 보였다. 손가락을 씹던 단희가 고개를 숙이고 서류를 쳐다봤다.

"바쁘신 분을 오가라 할 땐 그만한 이유가 있어서지."

토지계약서라고 써져 있는 서류철에는 분명 한글인데 뜻을 알 수 없는 각양각색의 조항이 빼곡하게 들어차 있었다.

오스왈드는 펜을 내밀었다.

"내 것은 이미 해 뒀어. 읽어 보고 사인해."

단희는 눈동자로 빠르게 서류를 훑으며 금액란부터 확인했다. 5 다음에 붙어 있는 0의 개수를 손으로 짚으며 계산했다.

하나, 둘, 셋, 넷, 다섯, 여섯. 일곱, 여덟…… 아홉…… 오십억?

단희가 마지막 동그라미를 손으로 콕 짚고 난 뒤 고개를 홱 쳐들었다. 뭐가 문제냐는 오스왈드의 심드렁한 눈과 마주친 다음엔 입이 저도 모르게 벌어졌다.

"진심이에요?"

"뭐가?"

"정말……."

단희는 코일의 눈치를 살피다 입술을 물고 목소리를 좀 더 낮췄다.

"진짜 이 돈에 살 거예요? 이거 좀 낭비스럽단 생각 안 해요?"

"왜? 깎아 주게?"

하도 속을 긁어 대서 반쯤은 허풍으로 한 말이었다. 그녀가 생각한 가격은 처음부터 지금까지 딱 10억이었다. 그 정도면 그 땅에 비해 과할 정도로 많은 금액이었다. 그런데 다섯 배나 뻥튀기되어 있다니. 갑자기 이 많은 돈을 받아서 뭘 어쩌란 거지?

"계약서를 다시 작성하려면 월라스를 불러야 하고, 계약서도 지저분해지니 그냥 사인해. 난 계약서 지저분한 거 딱 질색이야."

그는 코일의 옆구리에서 나머지 계약서도 빼 들었다. 한글 계약서 하나, 영문 계약서 2개가 차례대로 테이블 위에 펼쳐졌다.

"자."

원래 이렇게 도량 넓은 사업가인가? 돈에 관해선 관대한 사람이라고 생각했지만…… 설마 이런 면까지 관대할까. 50억을 내놓으라던 단희의 허풍에 코웃음을 치던 모습이 생각났다. 대체 땅을 얼마에 살 생각을 하고 있었기에……. 분명한 건 단희가 부른 금액이 그가 생각한 금액보다 훨씬 아래라는 것이었다. 그러니까 그는 지금 싼값에 이 땅을 얻는다고 생각하는 거야. 단희는 얼떨떨하게 펜을 손에 쥐었다. 계약서에 글씨가 아니라 지렁이가 기어 다니는 것 같다.

"사인을 하는 즉시 돈은 전액 당신에게 지불될 거야. 그 대신 당신은 그 땅에 대한 모든 권리를 포기하는 거야. 그리고 그 땅에 관해선 함구해. 앞으로 어떤 일이 있어도."

이미 포기한 땅인걸. 이미 아버지가 돌아가시고 나서 정리해 그에게 넘긴 땅이었다. 이제 와 아까울 리는 없었다. 화장한 아버지의 유해를 들고 온 후, 돌아가신 엄마의 유해도 화장해 함께 모셨다. 두 분은 같은 곳에 뿌려졌고 이제 그 땅에는 추억 말고는 남은 게 없었다.

늘 말없이 집을 나갔다 들어오던 잡종 누렁이. 새벽마다 목이 터져라 울어 대서 곤한 잠을 다 깨워 놓던 닭들. 지학이랑 물장구치던 개울가, 온 가족이 모여 닭백숙을 해 먹던 평상. 불현듯 그런 추억들이 눈에 밟혔다. 그 추억은 돈으로 살 수 없겠지. 하지만 아버지가 돌아가시고 이제 남은 사람이 아무도 없는 그 외로운 땅은 가지고 있어 봤자 허전함과 쓸쓸함 말고는 음미할 수 있는 것이 없었다.

추억보다 고통이 훨씬 컸다. 그 고통에 미련을 두자고 아픈 지학이를 외면할 수는 없었다. 아이를 위해서는 돈이 필요했고 단희는 자신이 갖고 있는 돈을 그 아이에게 주기로 결심했다.

살아생전 만져 본 적도 없는 큰돈. 가슴이 벌렁거려 단희는 침을 꿀떡 삼켰다. 그와 마주한다는 건 이런 거겠지. 지금까지는 꿈꿔 본 적도 없는 일들이 아무렇지 않게 일어나는 거겠지. 지금 단희의 삶은 엄밀히 말하면 남들이 부러워 땅을 칠 인생이었다. 돈과 남자가 모두 따르고 있지 않은가. 그 행복을 누리는 당사자는 정작 잘 느끼질 못하고 있지만 말이다.

단희는 입술을 꼭 물고 계약서에 사인했다. 오스왈드는 단희가 마지막 계약서에 사인하는 걸 지켜보다가 다시 코일에게 고개를 돌렸다.

「데려와.」

단희는 마지막 글자까지 꾹꾹 눌러 사인했다. 펜 뚜껑을 닫고 정신을 차렸을 땐 방 안으로 도화지 크기의 두꺼운 뭔가를 든 남자가 들어와 있었다. 뭔가 볼일이 있는 것 같았다. 낯선 사람은 잔뜩 긴장한 얼굴로 계약서가 치워진 커피 테이블에 사각틀을 내려놨다.

"찍어."

오스왈드의 밑도 끝도 없는 명령에 단희는 눈만 휘둥그렇게 떴다.

"네?"

계약서도 황당했지만 적어도 상황 파악은 할 수 있었다. 그런데 이게 뭔지는 당최 파악이 되질 않았다.

"집에 손자국을 찍어 넣고 싶다며."

손자국……? 아. 세상에!

단희는 너무 놀라 입을 틀어막았다. 이건 핸드프린팅이었다. 이 정신 나간 남자! 농담으로 한 말을 진짜로 받아들였어. 비죽 솟는 유쾌함을 감출 길이 없었다. 단희는 틀어막았던 손을 뗐다.

"진심이에요?"

"그래. 청동으로 만들어서 엘리베이터 바로 앞에 박아 넣을 거야."

단희의 입은 치아가 보일 정도로 벌어져 있었다. 지금껏 본 중 가장 명확한 웃음이었다. 그 주위가 환해지는 것 같아 오스왈드는 만족스럽게 웃었다.

"시작하세요."

오스왈드가 말하자 남자는 단희의 옆에 붙었다. 옷소매를 걷어 올릴 수 있게 도와준 후 끝이 뾰족한 막대를 건넸다. 그는 실리콘 위에 이름을 써 넣으면 된다고 했다. 단희는 입술을 물고 오스왈드를 한 번 쳐다봤다. 그는 태연하게 어깨만 한 번 으쓱해 보였다.

단희는 주조틀 위에 자신의 이름을 썼다. 그러곤 막대기 끝을 입가에 대고 고민하다 오스왈드 모르게 문구 하나를 더 써 넣었다.

"됐어요."

단희가 막대를 건네자 남자는 단희의 손바닥에 오일을 발랐다.

"꾹 누르시면 됩니다."

단희는 남자가 시키는 대로 주조틀에 손을 대고 아래로 꾹 눌렀다. 하면서도 어이가 없어 고개가 절로 절레절레 흔들렸다.

"이거 정말 미친 짓이에요."

"나한테 미쳤냐는 말을 달고 살면서 뭘 그래."

"당신이 그 집에서 이사 가면 내 손자국만 동동 남겠네요."

"그럴 리가 있나. 가는 곳마다 바닥에 모셔 둘 테니 걱정 마."

단희가 '허' 하고 웃음소리를 뱉었다.

"의외로 웃게 하는 건 쉽네."

"원래 여자를 웃게 하는 건 쉬워요."

2분여 정도가 지나자 말랑하던 실리콘이 굳기 시작했다. 단희는 남자의 도움 아래 손을 떼어 냈고 곧 건네준 수건으로 꼼꼼히 잔여물을 닦아 냈다. 단희는 남자가 들고 사라지는 자신의 손바닥 자국에서 눈을 떼지 못했다. 그와 같이 있으면 뭐든 상상을 초월했다. 뭐가 되었든 말이다.

"당신은 허튼소리를 하는 사람은 아니네요."

"맞아."

"내가 또 무슨 헛소리를 했는지 기억해 봐야겠어요."

"미국에 가겠다고 한 거?"

단희가 그를 향해 눈을 흘겼다.

"아직 가겠다고 안 했어요."

"했잖아."

"안 했어요."

"했어."

"그게 어떻게 한 거야? 나는 내가 무슨 말을 했는지도 모르는데."

"아마 조만간 다시 하게 될 거야."

"침실정치 하지 말아요. 그건 대대로 여자의 영역이었다고요."

"Please. Don't be sexist, ma'am."

"한국말로 해요. 못 알아들으니까!"

그가 소리 죽여 웃었다.

"어찌 됐건 가게 될걸. 마지연이 이미 그 계획에 자기까지 끼워 넣기 시작했거든."

"뭐라고요?"

할리우드 티켓이 간절한 아이다. 공짜로 미국에 가서 상류층과 어울릴 기회가 있다는데 눈에 불을 켜고 달려드는 것은 당연했다. 거기에 끼워 주겠단 이야기는 아직 하지도 않았지만 말이다. 오스왈드로선 뭐가 되었든 상관은 없었다. 어차피 단희가 가게 되면 그녀의 무료함을 달래 줄 친구 정도는 한둘 데려가는 것도 나쁘지 않았다.

"당신이 안 가면, 걘 미국에 못 가게 될 거고, 그 성격에 그걸 두고 볼 애가 아니지. 당신을 기절시켜 트렁크에 구겨 넣어서라도 비행기에 탈 애야."

"애초에 내 옆에 붙여 둔 목적이 그거죠? 순진한 애 꼬드겨서 원하는 대로 조종하려고."

"마지연이 순진해?"

듣던 중 희귀한 의견이네. 오스왈드는 눈썹을 추켜올렸다.

"순진해요. 가끔 너무 백지 같아 곤란할 지경이죠."

오스왈드가 조용히 웃었다.

"……멍청하다고 해야지, 그럼."

"멍청한 건 아니고요. 나름 야무진 구석도 있어요, 아 참."

불현듯 떠오른 생각에 단희는 냉큼 소파 위에 올려 둔 자신의 핸드백을 뒤져 파일 하나를 꺼냈다.

"이거요. 제출하라면서요."

오스왈드는 단희의 손에서 파일을 받아 들었다. 지난번 건강검진 결과서였지만 오스왈드는 이미 병원 관계자로부터 검사 결과를 보고받아 굳이 펼쳐 볼 필요는 없었다.

단희는 임신하기 힘든 상태라고 했다. 자궁 내 유착도 유착이지만 불규칙한 생리와 배란 역시 임신 가능성을 떨어뜨렸다. 지금은 건강을 챙기는 것이 급선무이고, 적어도 1년 정도의 치료 후에야 임신을 시도해 볼 상태가 될 거라고 의사는 예상했다. 그러나 그때가 되어서도 임신이 가능할지 어떨지는 여전히 장담하기가 힘들다는 말도 덧붙였다. 아이에 대한 욕심은 당분간 포기해야 할 것 같았다.

"별의별 것 다 하던데요. 이 회사에서 근무하면 적어도 뒤늦게 뭘 발견해서 죽을 일은 없겠어요."

"기껏 자리 만들어 앉혀 놨는데 죽어 버리면 나도 곤란하니까."

단희는 걷어 올렸던 소매를 내리고 다시 석류 알을 손으로 집어 먹기 시작했다. 자꾸 손가락이 입 안으로 들어가는 모양새가 오스왈드의 심기를 불편하게 만들었다.

"스푼 있잖아."

"이렇게 먹는 게 더 맛있어요. 안 먹어요?"

단희는 오스왈드가 대답하기 전에 몸을 굽혀 그의 입 속에 석류 알을 쑤셔 넣었다. 얼떨결에 이빨 사이에 석류를 물게 된 그는 인상을 찌푸리며 천천히 석류를 씹었다. 향긋하고 상큼한 맛이 입 안에 서서히 번졌다.

"용과도 좀 먹어 볼래요?"

오스왈드는 고개를 저었다.

"먹어 봐요."

단희는 손가락으로 용과를 하나 집더니 다시 오스왈드의 입으로 팔을 뻗었다. 전투적인 기세였다.

"배불러."

오스왈드가 저돌적인 단희의 손목을 잡고 다시 한 번 거절했다.

"언제는 음식 안 가린다면서요."

"그래, 안 가려. 배부를 때 빼고."

단희는 테이블을 돌아 성큼성큼 다가와 오스왈드의 턱을 단단히 붙잡았다.

"하나만 먹어 봐요."

"왜 이렇게 내 입 속에 뭘 쑤셔 넣지 못해 안달인데?"

"혼자 먹기엔 양이 너무 많아요. 수정 씨가 애써 만들어 준 건데 남겨 내보내기가 뭣해서 그래요."

"그래서 내 입을 쓰레기통 대신 쓰겠다는 거야?"

단희는 그의 되물음에 흠 하는 소리를 냈다. 그러더니 고개를 숙여 오스왈드의 입술에 자신의 입술을 지그시 눌렀다. 단희가 그의 윗입술을 핥아 올리고 아랫입술을 빨아 당기자 그의 입이 자연스레 벌어졌다. 단희는 때를 놓치지 않고 입술을 재빠르게 떼어 내고 그의 벌어진 입에 용과를 밀어 넣었다. 제대로 허를 찔렸다. 오스왈드는 여자의 교활함에 넋이 나갔다. 벌어진 입에서 용과가 녹기 시작하자 그는 어쩔 수 없이 과일을 씹었다.

"꼭꼭 씹어요. 체할라."

"잔꾀가 많이 늘었네."

오스왈드는 석류를 골라 입 안에 넣고 손가락을 쪽쪽 빠는 단희를 노려보며 자신의 턱을 매만졌다. 시선은 단희의 붉어진 입술로 한껏 몰렸다. 일부러 이러나? 오스왈드의 배 속에 뜨거운 뭔가가 서서히 차올랐다.

"정말 늙었다고 생각해요?"

"그럼 원래 그렇게 뱀 같은 여자였나?"

"칭찬으로 들을게요."

오스왈드는 단희를 잡아당겼고 짧은 비명 소리와 함께 단희는 그의 무릎에 앉혀졌다. 오스왈드는 지체 없이 단희의 아랫배에 손을 올리더니 바지 안으로 쏙 집어넣었다.

"뭐 해요?"

"비늘 찾아."

"없어요. 그런 거!"

그의 손가락이 단희의 가장 촉촉하고 습한 곳으로 미끄러져 들어갔다. 헉하고 숨을 들이마시는 단희의 얼굴이 삽시간에 붉게 달아올랐다. 그의 손가락이 허벅지 사이에서 지분거리더니 점점 더 가랑이 사이로 파고들었다.

"그만해, 아……."

말이 끝나기도 전에 집게손가락이 둔덕을 비집고 들어왔다. 오스왈드가 단희의 턱 아래에 입술을 묻자 나른한 숨이 새어 나왔다.

그는 몸을 기울였다. 단희의 몸은 소파로 미끄러져 내려갔다. 단희가 상체를 일으키려 하자 오스왈드는 어깨를 아래로 눌러 다시 그녀의 등을 소파 위에 붙여 놨다. 여자의 셔츠 단추를 풀어 블라우스를 양옆으로 젖히고 바지의 버클과 지퍼에도 손을 대자 단희가 다급하게 그의 손을 움켜쥐었다.

"왜 이래요!"

"네가 먼저 시작했잖아."

"그건 청소년 관람가였고, 이건 관람불가잖아요."

"어쩐지 재미가 없더라."

그는 키득키득 웃으며 바지의 버클과 지퍼를 풀어 벌려 두더니 손을 뻗어 용과를 집어 먹었다. 얼굴에는 여유가 넘쳐흘렀다.

"내 입에 후르츠를 다 처넣고 싶으면 머리를 좀 더 굴려 달링."

그는 과일을 씹으며 씩 웃더니 용과 껍데기를 들어 여자의 가슴께에 시원하게 쏟았다. 차가운 석류와, 살얼음 같은 용과가 상체 위에 우르르 쏟아지더니 곡선을 따라 미끄러지며 데굴데굴 굴렀다. 단희의 입에서 헉 소리가 절로 났다.

"미쳤어요?"

"내가 언제는 안 미쳤어야 말이지."

여자의 상체를 타고 아래로 떨어진 석류 알이 녹색의 블라우스에 선명한 자줏빛을 물들이고 있었다.

"옷에 다 묻었잖아요! 이 꼴로 나가면 날 뭐라고 생각하겠어요!"

"먹다가 흘렸다고 해."

"누가 이렇게 많이 흘려요!"

"걱정 마. 당신이 해맑은 얼굴로 먹다가 흘렸다고 하면 내가 당신이 조기 치매가 왔다고 덧붙여 줄 테니까."

단희는 할 말을 잃고 오스왈드가 태양처럼 웃는 얼굴만 멍하게 쳐다봤다. 어쩜 이렇게 태연한 얼굴이지? 그는 손으로 단희의 아랫배를 쓸어 그 위에 오른 석류 알들을 여자의 팬티 속으로 밀어 넣었다.

헉.

가랑이 사이로 차가운 것이 흘러내리자 단희는 숨을 들이켜며 골반을 틀었다. 오스왈드는 유유자적한 얼굴로 단희의 쇄골에 올라가 있는 석류 한 알부터 먹기 시작했다. 혀로 흐르는 과즙을 닦고 브래지어를 밀어 올린 후 일부러 과일 알갱이를 입에 물고 여자의 유륜 위에 굴렸다.

단희는 아랫입술을 물고 오스왈드가 자신의 피부를 희롱하는 모습을 내려다봤다. 그가 석류와 함께 자신의 유두를 입 안으로 삼키자 머릿속이 멍해지며 눈앞이 흐렸다. 고통스러운 쾌감이 피부 바로 아래로 따갑게 몰려들었다. 그는 단희의 상체 위에 남겨진 석류와 용과를 깨끗하게 먹어 치웠다.

배꼽에 모여든 석류 알을 하나씩 없애고 혀로 과즙을 핥아 올렸을 때 단희는 그의 어깨를 부여잡고 까마득하게 떨어지는 정신을 추슬렀다. 다리 사이로 고여 든 열기와 축축하게 젖어 가는 차가운 감촉이 불편했다. 단희는 차라리 그가 자신의 아랫도리를 모두 벗겨 주길 원했다. 단희의 몸이 서서히 달아오르자 오스왈드는 여자의 아랫배를 핥고, 입술을 오물거리며 상체를 일으켰다.

"어쩌지? 이제 좀 물리기 시작하는데."

과육과 자신의 침으로 범벅돼 울긋불긋해진 몸처럼 여자의 얼굴도 울긋불긋했다. 저릿저릿한 손발을 바르작거리며 마른 자신의 아랫입술을 쭉쭉 빨았다. 단희는 당황하고 있었다.

골려 주는 게 어찌나 재밌는지. 늘 도도하게 말대꾸나 하는 여자가 유독 이런 난잡한 일에는 어찌할 바를 모르고 우왕좌왕했다. 어쩔 땐 인생에 달관한 현자처럼 굴다가도 어쩔 땐 말도 안 되게 순해 빠졌다. 그 상반된 면이 오스왈드에겐 꽤나 자극적이었다. 여자의 품에 파고들어 그녀의 발아래 놓이고 싶기도 했지만 언제나 이렇게 자신의 아래에 깔아 두고 희롱하고 싶기도 하다.

오스왈드는 어둡게 침전된 눈으로 단희를 내려다봤다. 햇살에 반사된 눈동자가 깊었다. 입가에 인자한 미소를 띤 남자는 강하고 자애로워 보였다. 오스왈드의 남성다운 강함이 가끔은 버겁지만 이럴 땐 정말 황홀하다. 하지만…… 지금이 자애로울 타이밍이냐고!

단희가 약이 올라 입술을 꽉 물고 얼굴을 붉히자 그는 더 긁으려는 듯 방긋 웃어 보였다.

"비서에게 코트를 가져다 달라고 할까?"

"죽고 싶어요?"

단희는 오스왈드의 머리를 잡아 자신의 아랫배로 꾹 눌렀다.

"하던 건 마저 끝내요."

그는 소리 내어 웃으며 단희의 아랫배에 입을 맞췄다. 단희의 발에서 단화를 빼내 바닥에 던진 뒤에 여자의 바지와 팬티도 마저 다 벗겼다. 그가 찬 기운이 서려 있는 허벅지와 둔부에 입을 맞추고 따뜻한 혀로 핥자, 단희의 몸이 뱀처럼 배배 꼬였다.

오스왈드는 단희의 가랑이 사이에서 석류를 닮은 것을 찾아냈다. 혀에 힘을 주어 쿡 찌르고 아래에서 위로 매끈하게 쓸어 올렸다. 이로 물고 즙이라도 빠는 듯 쭈욱 빨아 당겼다. 그러자 단희가 참지 못하고 상체를 발딱 일으키더니 남자의 멱살을 잡고 자신에게로 끌어 올렸다.

갈망만큼 깊고 강하게 혀를 밀어 넣고 더듬더듬 남자의 가슴을 타고 손을 내려 그의 지퍼를 풀고 브리프를 손으로 젖혔다.

"빨리 끝내요."

단희는 헐떡거렸다.

"누구 맘대로."

오스왈드가 단희의 손을 치워 내고 여자의 허벅지를 더 넓게 벌렸다. 그의 아래에 누운 단희는 초조해 보였다. 열망에 헐떡이면서도 불편하게 위축되어 있었다.

오스왈드가 부르지 않으면 누구도 사무실 안에는 들어오지 않는다. 단희가 여기서 살려 달라고 울부짖어도 아마 섣부르게 들어오지 못할 거다. 상식적인 이야기다. 눈치가 있으면 오스왈드가 단희에게 빠져 있다는 것을 알 테고, 그걸 알면 좋아하는 여자와 단둘이 있는 밀폐된 공간을 함부로 침입하지 않는다. 간이 배 밖으로 나오지 않은 이상은 말이다.

"침대 밖에선 해 본 적이 없나 봐?"

"있잖아요. 식탁에서."

"나랑 말고."

단희의 입이 한일자로 꾹 다물렸다. 백 마디 말을 담고 있는 침묵이었다.

"한 번도?"

할 말을 찾아 눈을 굴리는 모양새가 이미 긍정이다. 예상 밖의 대답에 놀랐다. 정말 연애고 결혼 생활이고 더럽게 재미없게 했나 보다.

그는 단희의 가랑이 사이로 자신을 밀어 넣었다. 그러자 단희의 허리가 곡선을 그리며 위로 활처럼 꺾였다. 오스왈드는 단희의 목부터 허벅지까지 손바닥으로 천천히 쓸어내리며 뜨거운 피부를 음미했다.

"스릴을 즐겨. 나한테는 옵션으로 따라붙는 조항이거든."

"이미 겪어 봐서 알아요."

까무러칠 듯 무너지면서도 할 말은 다 했다. 그가 웃으며 천천히 몸을 움직였다. 질척거리는 감각이 온몸에 번졌다. 단희는 몸을 부르르 떨었다. 너무 느려. 단희는 허벅지에 힘을 주며 고개를 들었다.

"빨리요!"

단희가 재촉했다.

"입 다물어, 달링. 내가 알아서 할 거니까."

그는 아주 느리고 천천히 움직였다. 이물감이 채워졌다 아주 느리게 사라졌다. 그 감각을 참아 내느라 온몸에 쥐가 날 지경이었다.

또 빌게 만들 작정인가. 평생 남에게 빌어 본 적이 없는데 그는 매번 자신을 빌게 만들었다. 무기력하고 나약하게 만들어 전의마저 상실하게 하는 것이 그의 특기다. 이번엔 멈춰 달라고 비는 게 아니라 제발 움직여 달라고 빌게 만들려는 심보 같았다. 그것도 하필 여기 이 사무실 소파에서 말이다. 아, 정말. 제발!

단희는 허리를 움직여 골반을 살짝 들어 올렸다. 갑자기 질벽이 밀착되자 오스왈드는 끙 소리를 냈다. 느낌이 기가 막히게 좋았다.

"그대로 있어. 움직이지 마."

오스왈드는 그 내밀한 감각을 잠시 음미하기 위해 단희의 골반을 움직이지 못하게 단단히 잡았다. 단희는 멀뚱멀뚱 눈을 뜨고 있었다. 애가 타 엉덩이를 들었더니 그게 의도치 않게, 그를 자극시킨 모양이었다. 귓가에 오스왈드의 숨소리가 불길처럼 닿았다. 단희는 그 뜨거움을 향해 얼굴을 돌렸다. 새하얀 치아를 눈에 담고 얼굴을 들어 그의 입술에 자신의 입술을 비볐다. 마주 닿은 입술이 가볍게 움직이더니 곧 끈적끈적하게 달라붙었다.

온몸이 따갑고 간지러웠다. 본능은 그 욕구를 잠재워 줄 시원한 뭔가를 원했다. 단희는 다시 골반을 들어 올렸다. 낑낑 앓으며 교합된 하체를 비비면서도 본인이 무슨 짓을 하고 있는지 여자는 몰랐다. 오스왈드의 몸이 딱딱하게 경직됐다. 치솟는 몸의 온도를 채 식히지도 못했는데 여자가 말도 안 되는 짓을 하고 있었다. 그는 강렬한 감각에 어금니를 물었다.

"가만히 있어. 제발."

오스왈드가 나긋하게 명령했다.

"움직여요. 제발."

결국 입 밖으로 애원이 터져 나갔다. 그가 다시 움직였다. 이번에는 횟수가 반복될수록 속도가 붙었다. 밀어 올리는 동작도 거칠어졌다. 단희는 신음하며 떠밀려 가지 않기 위해 소파 등받이를 바다 위의 부표처럼 붙잡았다.

이곳이 어딘지는 벌써 잊었다. 좁고 어두운 공간에 그와 자신뿐인 감각에 갇혔다. 오스왈드가 여자의 목덜미를 빨았다. 눈물이 찔끔 날 정도로 강했다. 그는 단희의 목덜미가 선명한 붉은색으로 물든 것을 확인하더니 제어하고 있던 이성을 완전히 풀었다. 지독할 정도로 강한 충돌이었다. 벌겋게 열이 오른 몸이 아프게 달아올랐다. 몸에 번지는 쾌감은 달콤하면서 고통스러웠다.

단희는 그와 몸을 나누며 처음으로, 고이는 쾌감이 고통스러울 수도 있다는 것을 알았다. 가끔은 그 저릿함이 너무 아파 차라리 그를 밀어 내고 싶었다. 하지만 그 경계를 넘어서면 끝내주는 절정이 찾아온다는 것을 알고 있다. 한 번도 경험해 보지 못한 지독한 희열. 오스왈드는 매번 단희를 그 이상으로 몰아넣었다.

단희는 그의 목에 손을 감고 그의 몸짓에 완전히 몸을 맡겼다. 귓가에 닿는 숨소리가 거칠었다. 서서히 과속하는 자동차의 엔진음처럼 들렸다.

더. 조금 더. 단희는 허벅지에 힘을 주며 그를 자신의 안으로 좀 더 끌어당겼다.

오스왈드는 상체를 일으키고 단희의 가슴을 움켜쥐었다. 질벽에 페니스가 바짝 붙었다. 그가 움직이자 거칠고 뜨거운 감각이 단희의 아랫도리에 불을 질렀고 단희의 입은 점점 더 벌어졌다. 그가 몸을 치받을 때마다 쾌감이 빠르게 고인다.

그는 단희를 다시 몰아넣기 시작했다. 밀어 올렸다가, 여자가 아래로 떨어지면 다시 쳐올렸다. 헐떡대며 호흡하던 단희의 숨소리가 짧고 가파르게 이어지더니 어느 순간 폭발하기 전 응축하듯 뚝 숨을 멈췄다.

오스왈드는 그녀가 비명을 지르기 전에 여자의 입을 손으로 막았다. 응얼거리는 신음 소리. 뱀처럼 유연하던 몸이 전기 충격이라도 받은 것처럼 경직되었다. 부르르 떨리고, 곧 나풀나풀 늘어진다. 오스왈드는 나긋한 몸을 잡고 마지막 피치를 올려 여자의 안에 토정했다.

사무실 안은 찜질방처럼 뜨거웠다. 오스왈드는 단희의 입술에 다정하게 입을 맞추고 몸을 일으켰다. 아직 고르지 못한 숨을 진정시키며 그는 자신의 바지 지퍼를 채웠다.

티슈를 집어 단희의 허벅지를 깨끗하게 닦아 준 뒤 휴지 뭉치는 자신의 바지 주머니에 넣었다. 그가 소파 위에 구르는 과일을 바닥으로 털어 내고 엉망진창이 된 단희의 블라우스를 하나씩 채울 동안 붉은 홍조가 번진 단희는 쉽사리 눈도 뜨지 못했다. 여기가 침대였다면 아마 그대로 잠들었을 거다.

"다음부턴 치마를 좀 입어. 벗기기도 입히기도 쉬우니까."

아예 벗고 오라고 하지. 머릿속에 그 빈정거림을 생각하면서도 힘이 빠져 입술도 달싹이기 싫었다. 오스왈드는 단희의 발에 팬티와 바지를 끼웠다. 골반을 들어 올린 뒤 엉덩이까지 바지를 올리고 얌전히 지퍼와 버클도 채웠다. 그러고 나서 고개를 양옆으로 갸웃거리며 여자의 모양새를 꼼꼼히 살폈다. 아직 열기가 가라앉지 못한 여자의 몸은 옷을 다 입혔는데도 야해 보였다. 흠, 나쁘진 않네. 그는 혼자서 만족해했다.

땀에 젖은 단희의 머리카락을 기다란 손가락에 감아 이마 뒤로 쓸어 넘기는데 책상 위에서 인터폰이 울렸다. 그는 소파에서 몸을 일으켰다.

"네."

— 루시 양이 통화를 원하는데요.

아. 오스왈드는 일단 한숨부터 쉬었다. 무슨 말을 할지 뻔하다. 총기 사고가 있던 때가 언제인데 하나부터 열까지 잔소리를 하려 들겠지. 언제부터 지가 내 주치의였다고. 이야기가 길어질 것 같았다. 몸을 돌려 소파를 보니 단희가 주섬주섬 일어나 자신의 머리카락을 정리하고 있었다.

"가게?"

"물론이죠, 사장님. 볼일 끝났으니 가야죠. 저도 알고 보면 참 바쁘거든요."

비아냥대는 걸 보니 방전된 체력은 잘 회복시켰나 보다. 오스왈드는 인터폰에 대고 말했다.

「조금 기다리라고 해. 그리고 대니 코트 가져와.」

— 네. 알겠습니다.

단희는 엉망이 된 블라우스를 내려다보며 한숨을 내쉬었다. 바닥에 구르는 과일 알갱이들은 꼭 소파에 폭탄이 떨어진 것처럼 보였다. 믿을 수가 없다. 내가 이런 짓을 하다니.

정말 이상한 건 저 남자다. 평소의 그는 마치 자신이 그의 머리 꼭대기에 있는 듯한 기분을 느끼게 만들었다. 그러다가도 이런 상황이 들이닥치게 되면 깨닫는다. 절대로 저 남자의 머리 꼭대기에 올라앉은 게 아니란 사실을. 그가 마음만 먹으면 얼마나 자신을 멋대로 휘두를 수 있는지를 말이다.

오스왈드는 비서가 노크하길 기다렸다가 문 앞으로 뚜벅뚜벅 걸어가 손잡이를 돌렸다.

「내가 하지.」

그는 비서에게 담백하게 웃어 보인 뒤 단희의 코트를 건네받았다. 사무실 문은 곧 닫혔다. 오스왈드는 막막하게 앉아 있는 단희의 어깨에 조용히 코트를 둘러 줬다.

"자."

아. 코트가 있었구나. 벗어 둔 코트가 있으니 엉망이 된 블라우스는 감춰질 테고, 곧장 퇴근하니 다른 사람에게 그 꼴을 보일 일도 없었다. 확실히, 어느 순간이고 감당 못 할 일을 저지르는 사람은 아니었다. 갈비뼈를 부러뜨리려는 것만 뺀다면!

"미국에 가는 거 말인데요."

오스왈드가 노트북 전원 버튼을 누르다 고개를 들었다.

"꼭 같이 가야 돼요?"

그가 미간을 구겼다.

"너랑 일주일 넘게 떨어져 있으라고? 난 그거 못 해."

너무 당연하다는 듯, 마치 물어보는 것 자체가 어처구니없다는 듯한 그 대답에 단희는 입맛을 쩝쩝 다셨다. 평생 제대로 된 애정을 못 받아서인지 어린애처럼 꼭 붙어 있고 싶어 한다. 그를 충분히 이해한다. 그리고 가능하면 그의 그런 욕구를 채워 주고 싶었다.

"그럼, 행사엔 참석 안 해도 돼요?"

경비가 삼엄한 행사였다. 초청받지 못하면 들어올 수 없고, 초청받은 대부분이 정재계의 인사들이어서 입이 무겁다. 그래서 내부에서 무슨 일이 벌어지든 밖으로 새어 나갈 염려도 없다. 덜래스 회장의 저택은 원래부터 패쇄적인 곳이었다. 그 저택 주변으로는 헬기조차 날아다니지 못한다.

오스왈드는 머릿속에 고혹적인 드레스를 차려입은 단희가 칵테일 잔을 입에 물고 있는 모습을 그려 봤다. 더럽게 예쁘겠네. 옆구리에 붙이고 다니면서 만지작거리면 시간 가는 줄 모르겠지.

보고 싶은 장면이긴 했지만 강요할 수는 없는 일이다. 단희는 이른 결혼으로 오랫동안 집 안에 갇혀 지냈고, 아이를 잃고 난 이후엔 의도적으로 고립되어 지내 왔다. 사람들 사이에 섞이는 것이, 그것도 낯선 인종 사이에 섞이는 것이 그녀로선 버거울 수밖에 없었다.

"물론. 안 해도 돼. 당신이 선택할 문제야."

단희는 천천히 고개를 끄덕이며 소파 위에 올려 둔 핸드백을 들었다.

"돈은 언제 들어와요?"

"오늘 중에."

그녀는 소파에서 일어서서 바지를 탁탁 털었다. 핸드백을 고쳐 메고 코트 주머니에 손을 찔러 넣은 뒤에 뚜벅뚜벅 오스왈드에게 다가와 그의 셔츠를 매만졌다.

엉망진창인 자신에 비해 완벽할 정도로 흐트러짐 없는 셔츠였지만 그건 일종의 애정 표현이었다. 손에 닿는 단단한 느낌이 근사하기도 했고.

"그 돈, 나중에 도로 뺏는 건 아니죠?"

"당신이 그 땅에 대해 이러쿵저러쿵 떠들고 다니면 도로 다 빼앗을 거야."

"나 입 무거워요."

"그래. 그런 것 같네. 근데 그 무거운 입은 언제쯤 나한테 서비스해 줄 건가?"

오스왈드가 하얀 이를 드러내며 야하게 웃었다. 그걸 보자 단희의 살갗에 소름이 돋았다.

"그 입은 언제쯤 무거워질까요?"

"그쪽이…… 내 허리 아래로…… 내려가면?"

"험한 꼴 당하기 전에 빨리 도망가야겠네요."

단희가 질렸다는 듯 혀를 내두르자 그는 단희의 턱을 살며시 들어 올려 가볍게 입을 맞췄다.

"잘 가."

오스왈드는 단희가 문가로 걸어가는 것을 골똘히 쳐다봤다. 부스스 하게 흩어진 커트 머리 아래로 하얗게 드러낸 목선에 여자는 목도리 를 돌돌 말았다. 추위에 대비해 단단히 무장한 모습을 보니 괜히 실실 웃음이 났다. 그는 단희가 사무실 밖으로 나가 문을 닫을 때까지 기다 렸다가 수화기를 들었다.

「루시.」

그는 어깨와 턱 사이에 전화기를 끼고 의자에 앉았다. 루시는 받자 마자 인사조차 생략했다.

— 너 병원은 주기적으로 다녀?

「언제 적 이야기를 하는 거야. 이미 몸은 다 나았어.」

— 군수업체에 있다고 네 몸도 합금으로 만들어진 줄 알아?

「잔소리 좀 그만해. 누가 보면 네가 내 엄마인 줄 알겠어.」

— 죽고 싶어? 덜래스 아저씨 걱정 좀 그만 시켜. 얼굴만 보면 너 좀

챙기래. 나도 이러는 거 정말 지겨워. 네가 어디서 나가 뒈지든 내가 알게 뭐냐고.

그는 마우스를 움직여 새로운 메일 창을 클릭했다.

「사실대로 말하면 그 양반 내 걱정 별로 안 해. 너랑 나랑 어떻게든 엮어 보려고 그러시는 거지.」

― 구역질 나!

루시는 불쾌한 목소리로 가릉거렸다. 여자는 서른여섯이었다. 까맣고 흑단 같은 긴 생머리에 옆으로 길게 찢어진 눈이 우아하고 고혹적이었다. 미국인이 갖고 있는 동양 여자에 대한 판타지를 집합시킨 집약체가 바로 루시다.

그런 외형을 갖고서 36년간 남자와 단 한 번도 데이트를 하지 않았으니, 보수적인 어른들이 보기엔 심각하게 비정상이었다.

「애인이랑 찍은 포르노 테이프라도 유출시켜 보지그래. 눈으로 보면 네가 동성애자라는 걸 어쩔 수 없이 믿겠지.」

― 내년이 선거야. 아빠 얼굴에 똥칠했다고 호적에서 파낼걸.

그 양반이 어떤 얼굴을 할지 눈에 선하군. 정말 재밌겠네.

「하긴 뉴저지는 보수적⋯⋯.」

오스왈드는 말을 하다 멈췄다.

― 여보세요?

「⋯⋯.」

발신인이 프랭크로 되어 있는 메일이었다.

[오스왈드. 연락 주게.]

그 짧은 말과 함께 첨부되어 있던 단 한 장의 사진이 열렸다.

눈부신 금발 머리에 붉은 립스틱을 바른 완벽한 여자. 사진 안에서도 압도적인 존재감을 드러내는 여자. 이제 오십을 넘긴 나이에도 튜브 탑 원피스 위로 드러난 어깨선은 싱그럽고 우아했다. 도저히 나이를 가늠할 수 없는 마녀. 10년이 지나도 단 한 번도 뇌리에서 지워진 적이 없는 여자.

— 여보세요? 오즈?

레베카였다.

◆ ・ ・ ● ●

각오는 했던 일이었다. 이미 로스 산토스를 죽일 때 어떻게든 레베카가 자신의 앞에 다시 나타날 것이란 예상은 했다. 자신도, 덜래스 회장도 알고 있었다. 완전히 끊지도, 완전히 묶지도 못한 매듭이란 사실을 알고 있으면서 그것으로 끝이길 바랐다. 레베카는 그렇게 끝날 여자가 아닌데도 말이다. 이메일을 확인하고 그는 한동안 멍했다. 알고 있음에도 뒤통수를 가격당한 것처럼 정신이 얼얼했다.

오스왈드는 루시와의 통화를 마치고 정신을 추스른 뒤 곧바로 프랭크에게 전화를 걸었다. 프랭크의 목소리는 근심으로 낮게 잠겨 있었다.

— 오스왈드.

「프랭크.」

— 단도직입적으로 묻지. 레베카라는 여자는 돈으로 살 수 있는 여자인가?

레베카는 덜래스 회장과 이혼한 후 제이미 파인스라는 영국 귀족과 결혼했다. 돈으로 따지자면 덜래스 회장 같은 거목은 없으니, 차라리 명예를 택한 것은 레베카다운 선택이었다.

5년 전 파인스가 갑작스럽게 돌연사한 이후 레베카는 아예 종적을 감췄다. 여론은 레베카가 자신을 쫓는 매스컴의 시선을 못 견뎌 자취를 감췄다고 보도해 댔지만 그녀는 매스컴을 못 견뎌 하는 심약한 여자가 아니었다. 오히려 그것을 이용해 더 많은 명예와 유명세를 얻으면 얻었지.

— 제이미 파인스가, 레드마피아와 결탁해 영국 내에 마피아의 마약과 매춘 사업을 도왔다는 사실은 이미 밝혀진 바네. 알겠지만 레베카는 상류층에 발이 넓은 여자야. 남편이 죽고 난 이후, 자신의 생활과 품위를 유지하기 위해 그 점을 이용해 마약산업과 결탁했을 수도 있지 않나. 더러운 일이지만 그만큼 돈이 되는 일도 없지. 그 과정에서 덜래스 회장과 이혼한 것에 앙심을 품고 있다가, 자네를 족쳤을 수도 있네. 자네가 덜래스 가문의 새 주인이 될 거란 건 모두가 다 알고 있으니까 말이야.

어디까지나 가설이었다. 하지만 그렇지 않고서야 러시아 정보국에서 찍어 온 레베카의 사진. 레드마피아와 결탁했다고 보이는 여러 가지 정황들과, 멕시코 마약 카르텔이 오스왈드의 장인을 납치한 일에 대해 설명이 되지 않았다.

「레베카는 덜래스 회장과 이혼하며 천문학적인 위자료를 받아 챙겼어요. 돈으로 움직이진 않았을 겁니다.」

수화기 너머 끓는 듯한 한숨 소리가 새어 나왔다.

— 천문학적인 위자료를 챙겼다면 더 이해할 수가 없는 행보로군. 자네는 혹시 아는 것이 없나? 오랫동안 덜래스 회장의 근거리에 있었잖아.

「너무 오래전 일입니다. 레베카 파인스가 덜래스였던 시절에 전 제자신도 감당하기 힘든 10대 청소년이었어요, 프랭크. 제겐 당신에게 도움이 될 만한 정보가 없을 겁니다.」

— 젠장. 도스 산토스 놈은 아무리 족쳐도 아는 것이 없다고 하고, 빌어먹을 로스 자식은 현장에서 죽어 나자빠졌으니 땅굴만 파는 기분이야.

「안타까운 일이군요.」

그 자식을 살려 둘 이유가 없었다. 숨이 끊어지고 난 뒤에 오스왈드는 일부러 사체를 벌집으로 만들었다. 그 아수라장에서, 누구도 로스 산토스를 누군가가 고의로 살해했다고 여기진 않았다. 서로가 서로에게 총기를 난사하는 과정에서 일어난 사고로 치부했다. 아쉽지만 누구에게도 죄를 물을 수 없는 일이었다.

「레베카에 대해 알고 있는 사용인들이 아직 저택에 남아 있을 겁니다. 제가 확인해 보죠.」

— 고맙네, 오스왈드. 자세한 이야기는 미국으로 와서 나누지. 지난번 첩자 일로, 폴은 경질됐고 내부 분위기는 아직도 엉망진창이네. 이젠 누굴 믿고 누굴 안 믿어야 할지도 모르겠어. 자네도 조심해. 레드마피아 놈들이 생각보다 훨씬 더 세를 많이 불려 놨어. 어쩌면 벌써 우리 통제에서 벗어났을지도 몰라.

「명심하죠.」

오스왈드는 전화를 끊었다. 레드마피아, 특히 그중 체첸 마피아에 관해서라면 오스왈드도 잘 알고 있었다. 한때 그들이 댈크로우사의 무기를 빼돌려 알카에다에게 팔아넘겼고, 그뿐만 아니라 러시아에 보급하던 핵무기 설계도를 탈취해서 테러단체에 넘기려고도 했었다. 다행히 러시아군에 의해 제압당했지만 대신 러시아는 도시 하나를 잃어야 했다. 폭격으로 완전히 녹아내린 그 땅은 아직도 사람이 살지 못한다.

러시아뿐만 아니라 그 일로 댈크로우사에도 후폭풍이 제법 크게 일었다. 대대적인 FBI의 수사를 받았고, 그 일로 직원의 절반을 잘라 냈다. 끝을 모르고 올라가던 댈크로우사가 뒷걸음질 치기 시작한 것도 그때부터였고, 딜래스 회장이 댈크로우사에 대해 집착하기 시작한 것도, 오스왈드에게 경영권을 넘기려고 후계 준비를 시작한 것도 그즈음이었다.

제이미 파인스가, 레드마피아와 결탁한 인물인 줄은 처음 알았다. 그러나 레베카가 자신의 야망을 위해 어떤 쓰레기 같은 인간들과 손을 잡든 그건 놀라운 일이 아니었다. 그 여자는 자신의 야망을 위해서라면 뭐든지 이용한다. 하지만 그렇다 한들 돈 때문에 마약산업에 뛰어들 만큼 모자란 여자는 아니다. 그런 구정물에 발을 들일 여자도 아니다. 그런 짓거리를 하지 않아도 충분한 부와 명예가 있었다.

대체 왜일까. 왜 이런 식으로 나타나는 것일까. 과거에도, 지금도, 레베카는 이해할 수 없는 것투성이인 여자였다. 한때는 그녀의 그런 면에 빠져들었지만 지금의 오스왈드에게 그건 공포였다. 다시는 그때로 돌아가고 싶지가 않았다.

"달링."

오스왈드는 집에 돌아오자마자 신발을 벗고 코트를 아무렇게나 던져둔 후 곧바로 단희부터 찾았다. 단희가 함께 산 이후로 늘 온기가 감돌던 집 안이 오늘따라 왠지 적막해 보였다. 그는 셔츠 위 단추를 두세 개 정도 풀고 유일하게 온기가 느껴지는 침실로 향했다.

여자는 침대에 모로 누워 이불을 뒤집어쓰고 있었다. 오스왈드는 침대로 올라가 동그랗게 올라온 여자의 등을 꼭 끌어안았다. 레베카 문제로 전화 통화를 하고 난 후 계속해서 단희의 품이 그리웠다. 집으로 돌아가면 여자의 가슴 사이에 파고들어 달큰한 냄새를 맡을 생각만 했다.

그가 품으로 파고들면 단희는 어린아이를 어르듯 오스왈드의 머리카락을 만져 주었다. 그렇게 하고 있으면 모든 걱정이 다 허물처럼 흘러 내려가는 것 같았다. 시트 위로 여자의 가슴을 부드럽게 어루만지고 손으로 주물렀다. 시트 두께까지 더해져서인지 평소보다 손안에 들어오는 느낌이 묵직했다.

"일어나 대니. 뭘 좀 먹어야지. 나도 그렇고."

오스왈드는 키득대며 여자의 몸에서 이불을 걷어 냈다. 그러더니 소스라치게 놀라며 바닥으로 우당탕 떨어졌다.

"사장님 안녕."

어쩐지 손에 잡히는 감촉이 이상하게 크다 했더니 이불 안에서 일어난 여자는 긴 머리를 쓸어 올리며 나른하게 웃어 보였다.

"What the fuck are you doing here!"

오스왈드가 벌떡 일어서서 고함을 치자 마지연은 깔깔깔깔 소리 높여 웃었다. 얼마나 재미있어 보이는지, 그녀는 그 넓은 침대 위를 데굴데굴 굴러다녔다.

"네가 왜 여기에 있어!"

"팀장님이 부탁하신 서류가 있어서 왔어요. 마침 저녁도 먹고 가라고 하시길래 눌러앉았죠."

오스왈드는 가슴을 쓸어내리며 잠시 허리를 숙였다. 너무 놀라 심장이 배 밖으로 튀어나올 뻔했다.

"팀장님을 대니라고 부르시나 봐요? 팀장님 이미지에 잘 어울리긴 하네요, 묘하게 중성적이잖아."

마지연은 침대 아래로 가지런한 다리를 뻗었다.

"난 계속해도 괜찮은데. 어떻게 팀장님 오기 전에 빨리 해치울래요?"

"대니는 어디 갔어?"

"뭐 사러 간다고 하셨는데…… 뭐더라……."

"여긴 침실이야. 이 멍청한……."

"팀장님이 집 구경하고 있으랬어요. 여기가 가장 궁금한 걸 어떻게 해요. 참 침대 쿠션 끝내주던데요. 셋이서 자도 문제없을 것 같아."

"……."

"그래서 말인데요."

오스왈드가 머리카락을 쓸며 손가락을 들어 보였다.

"입 닥쳐 꼬마. 듣고 싶지 않으니까."

피. 마지연은 입을 샐쭉 오므렸다.

단희는 두 손 가득 봉지를 들고 도착했는데 분위기가 조금 이상했다. 마지연은 보통 때보다 더 쾌활해 보였고 오스왈드는 보통 때보다 심각하게 가라앉아 있었다.

"생각보다 일찍 왔네요."

"어디 갔다 온 거야?"

"장 보러요."

"집에 차고 넘치는 게 음식인데 뭘 또 사러?"

"차고 넘쳐도 내가 쓸 게 없으니까 그렇죠. 오늘 저녁은 내가 만들 거예요."

단희는 쨍하게 대답하며 고개를 갸웃했다. 잔뜩 미간을 찌푸린 그는 허락 없이 밖으로 나갔다 돌아온 자신에게 투정이라도 부리고 있는 것 같았다. 집을 비운 지 채 30분도 지나지 않아 돌아왔는데 말이다.

오스왈드는 주방 아일랜드 바에 스팸과 소시지 등의 재료를 꺼내 올리는 단희에게 저벅저벅 다가와 낮게 속삭였다.

"쟤가 왜 여기 있는 건데?"

"있으면 어때서요. 이 집에 제드릭도 멋대로 왔다 갔다 하잖아요."

"멋대로 왔다 갔다 한 적 없어. 그 사람은 볼일이 있을 때만 올라온다고."

"지연 씨도 볼일이 있어서 온 거예요."

"같이 밥 먹는 게 무슨 볼일?"

단희는 눈을 흘기며 걸리적거리는 남자를 옆으로 밀었다.

"혼자 산대요. 밥 한 끼 먹여 보내는 게 뭐가 그렇게 불만이에요?"

가슴을 만졌고 더한 곳도 만지려 했다는 이야기가 차마 입 밖으로 나오질 않았다. 그는 마른 입술을 혀로 축이고 주제를 전환시켰다.

"왜 이렇게 캐릭터가 변한 거야? 원래 남에게 무관심한 사람이었잖아."

"내가 변하는 게 싫었으면 2천 미터 상공에서 날 추락시키지 말았어야죠. 비켜요."

단희는 다시 한 번 오스왈드를 밀치고 냉장고 문을 열었다.

"당신이 마지연 골치 아파하는 거 아는데요. 애초에 지연 씨를 내 옆에 붙여 둔 건 당신이었잖아요. 알고 보면 착한 애예요. 도움도 정말 많이 받고 있다고요. 좀 상냥해져요."

"착한 것과 개념이 없는 게 언제부터 같은 의미로 쓰였는지 모르겠네."

"오스왈드 씨. 지금 몇 년 만에 요리를 하려고 하니까 제발 좀 협조해 줄래요?"

"그래, 좋아!"

그는 자신의 머리를 신경질적으로 쓸어 올리고 한쪽 입꼬리를 비죽 올렸다.

"마지연은 운이 억세게 좋네. 난 한 번도 못 얻어먹은 요리를 방문 첫날에 얻어먹다니. 뭐 이런 우연이 다 있나 모르겠군. 걱정 마. 갈비뼈는 안 부러뜨릴 테니까."

오스왈드는 뒤의 문장을 꼭꼭 힘주어 말하고 버번위스키를 잔에 따라 들고 조용히 소파로 건너갔다. 마지연은 침대에서 그랬던 것처럼 제집 안방인 양 소파에 발라당 누워 휴대폰을 보고 있다가, 오스왈드의 등장에 반색했다.

"이 집은 얼마짜리예요?"

"글쎄."

"못해도 10억은 가뿐히 넘을 거예요? 그쵸?"

"내가 계산한 게 아니라 모르겠군."

마지연은 '오.' 하고 고개를 과도하게 끄덕였다.

"알았다. 회사에서 사 줬구나. 그러네. 그렇겠다. 아, 진짜 부러워. 난 죽었다 깨어나도 내 능력으로 이런 집에서 못 살 거예요. 룸살롱

다닐 때 언니들이 그랬거든요. 여자 팔자는 지가 아무리 발버둥 쳐 봤자 뒤웅박이라고. 결국 잘난 남자 잡는 거, 애 싸질러 놓는 거 말고는 팔자 고칠 방법이 없대요."

"내가 알기로 넌 할리우드에 가서 배우로 성공하는 게 꿈이라고 들은 거 같은데, 아니었나?"

"맞아요. 지금 팔자로는 아무리 잘난 남자를 잡아도 스폰서 이상이 될 수가 없거든요. 근데 내가 스타가 되면 다르잖아요. 더 잘난 남자를 끼고 앉을 수 있는 거죠. 그래서 말인데."

마지연이 발라당 몸을 뒤집어 엎어지더니 턱을 괴고 눈을 빛냈다.

"그 파티엔 얼마나 유명한 사람들이 와요? 영화 관계자들도 와요?"

"한두 명 정도는."

"나, 소개시켜 줄 수 있죠? 봐 봐요. 물론 계약 기간을 아직 반도 못채운 거 알지만 저 정말 열심히 하고 있잖아요. 사장님이랑 약속한 대로 밥에 간식에 꼬박꼬박 잘 챙겨 먹이고, 옷도 잘 사다가 바치고, 일거수일투족 다 보고하잖아요. 이 정도면 보너스 정도는 줘야죠. 안 그래요? 네?"

흠.

"계약은 꼭 지켜요. 못 믿으시겠지만 저 약속은 잘 지켜요. 관계자 소개받았다고 먹고 튀는 짓은 안 해요. 어차피 사장님이 도와주지 않으면 미국에 정착도 못 한다고요."

오스왈드의 귀에 마지연의 목소리는 너무 높고 카랑했다. 게다가 말투도 빨라, 오랫동안 듣고 있으면 골이 아파 왔다. 자신이 붙여 놓긴 했지만 대체 단희는 이 애를 하루 종일 상대해 놓고도 어떻게 집으로 또 데려올 생각을 한 걸까. 반나절만 있어도 두통이 몰려와 저 멀리 치워 내버리고 싶은데 말이다.

"아 참. 보고 못 한 게 있는데."

마지연은 소리를 죽이고 단희의 눈치를 살폈다.

"팀장님이, 병원에 수술비 기부하려고 하시는 거 아세요?"

"아니."

"아마 그 코에 튜브 낀 애 때문인 거 같은데."

오스왈드의 고개가 한쪽으로 기울어졌다.

"왜, 여기 집에 있던 아이요. 이름이 지학이던가?"

오스왈드의 눈동자가 놀라움으로 커졌다.

"모르시나? 왜 모르시지? 여기서 봤는데. 팀장님이 지학이라고 불렀어요. 코에 튜브 끼고 있었거든요. 나중에 물어보니까, 뭐 폐인가 어딘가가 안 좋은 아이라고 하던데? 몰랐네? 사장님이 모르고 계신 줄?"

"이름이 뭐라고?"

"지학이요. 팀장님 죽은 아들이랑 같은 이름 맞죠? 그때 납골당에서도 들었거든요. 성은 모르겠고, 여기 일하는 청소 아줌마 아들이라고 하던데."

오스왈드의 눈이 한참 칼질에 열을 올리고 있는 단희에게로 돌아갔다. 어느 날 대뜸 돈이 필요하다며 땅값을 지불해 달라고 하더니 그 이유가 있었다. 메이드가 누군지조차 모르니 그 여자에게 아이가 있는 줄은 더더욱 몰랐고, 아이의 이름이나 건강 상태에 대해 아는 것은 더더욱 불가능한 일이었다.

유단희는 항상 이런 식으로 자신을 놀라게 만든다. 미처 그가 살피지 못한 곳. 전혀 보아 오지 않던 곳, 늘 지나치던 곳을 향해 자신은 전혀 갖고 있지 못한 시선으로 단희는 그 모든 곳을 쳐다봤다. 정말 신기한 여자다. 어째서 이렇게 늘 뒤통수를 치는 것일까. 그러면서도 한 번도 그의 기분을 언짢게 한 적이 없었다. 오히려 경외심을 일으킨다.

"진짜 사람은 운명이란 게 있나 봐. 지학이란 이름이 어디 흔한가? 하필 또 여기서 동명이인을 만나는 건 뭐람? 아무래도 사장님이랑 팀장님이랑은 인연인가 봐. 안 그래요?"

"병원에 얼마나 기부한다고 해?"

"모르겠어요. 지학이한테는 10억 정도 기부할 생각인가 봐요. 이식 수술비랑, 완치 때까지 병원 치료비를 포함해서 뭐…… 아이의 대학 학자금까지 다 해결해 줄 생각인 것 같던데요?"

10억, 과연. 처음 말한 액수 그대로군. 이럴 줄 알았으면 좀 더 금액을 높여 줄 걸 그랬지 싶다. 그녀는 죽은 자신의 아이를 이런 식으로 제 마음의 빗장에서 꺼내 주려고 하는 것이다. 아이가 훨훨 날아갈 수 있도록. 족쇄를 끊어 내려고 하고 있었다. 이건 고행에 가까웠다. 그 곪고 곪은 환부를 제 손으로 도려내면서도 단희는 한 번도 죽는소리를 한 적이 없었다. 정말 대단한 여자로군.

손을 내밀어 여자를 당긴 건 자신이었지만, 걷기 시작한 것은, 그래서 앞으로 나아가기 시작한 것은 유단희 스스로의 의지였다. 저 작고 마른 체구의 여자는 어쩌면 저보다 강할지도 모른다는 생각이 든다. 그녀의 발밑에 엎드리고 싶은 기분이 반, 다가가 으스러지게 안아 주고 싶은 마음이 반이었다.

"그 일에 관해서라면 앞으로 내게 보고할 필요 없어."

진심이다. 단희는 그 일에 관해 자신에게 이야기하지 않았다. 그렇다는 건 무슨 이유로든 혼자서 그 고행을 끝마치고 싶어 한다는 뜻이었다. 오스왈드는 그런 단희를 충분히 존중해 주고 싶었다.

"다만 네가 많이 도와줘. 도움이 필요한 문제는 언제든 연락하고. 그 역할만 제대로 해 주면 영화사건 에이전시건 능력이 되는 대로 가져다 바칠 테니까."

"물론이죠. 사장님. 역시 통이 크다니까."

마지연은 키득키득 웃으며 엄지를 추켜올려 보였다.

"와서 좀 도와요."

부엌에서 매콤한 냄새가 흘러나왔다. 단희의 요청에 오스왈드는 테이블 위에 놓아둔 크리스털 잔을 들고 다시 주방으로 들어갔다.

"이게 무슨 냄새지?"

그는 코를 킁킁거렸다. 단희는 그의 소매를 잡아끌더니 냄비의 뚜껑을 열어 보였다.

"이거 맞아요?"

한눈에 보기엔 꼭 해산물 스튜 같았다. 그러다 단희가 몇 번 국자를 휘젓자 오스왈드는 그 낯익은 모습을 곧 기억해 냈다. 엄마가 해 줬던 것. 싸구려 스팸과 소시지가 들어가 있던 그 붉은색 국. 할머니에게 얻어맞아 무슨 맛인지도 모르고 먹었던 그 음식이었다.

"아빠가 부대찌개 정말 좋아하셨어요. 고향이 용산 근처라 미군한테 받은 햄으로 자주 해 드셨대요."

단희가 스푼 하나를 꺼내, 국을 약간 푼 뒤 입으로 후후 불었다.

"자요. 먹어 봐요"

꿈의 어디쯤에서, 과거의 어디쯤에서 헤매는 듯 멍한 눈으로 오스왈드는 그것을 받아먹었다. 칼칼하고 짭쪼름한 맛.

"어때요? 비슷해요?"

오스왈드는 한참 동안 국을 입 안에 물고 있다가 삼켰다. 목에 넘어가는 느낌이 따가워서 그는 금방 대답을 하지 못했다.

"맛있어."

"다행이네요. 사실 실패할 확률이 적은 음식이긴 하지만."

어차피 그 맛은 기억도 못 한다. 그저 뜨겁고, 입이 아주 따가워서 고통스러웠다. 기억하는 거라곤 엄마가 해 줬다는 것뿐이다. 따뜻한 밥 한 수저, 호호 불어 입 안에 넣어 주던 따뜻한 국 한 수저.

그 일이 있고 얼마 후 엄마는 죽었다. 어떻게 죽었는지는 모른다. 그러나 그 이후로 할머니가 제 어미를 잡아먹은 놈이라고 하는 것을 보면, 엄마는 필시 스스로 목숨을 끊었을 거다. 엄마는 늘 벽만 보고 누워 있었다. 이제 와 떠올려 보자면 그녀는 아마 심각한 우울증 환자였을 것이다. 그땐 그걸 전혀 알지 못했다.

여러 가지 감정이 그를 덮쳤다. 그리움, 두려움, 늘 상상했지만 한 번도 꿈꿔 보지 못한 안락함. 단희를 만나고 오스왈드는 자신이 전혀 몰랐던 감정을 하나씩 마주 보게 됐다. 텅 빈 자신에게 여자는 하나씩 감정을 채워 넣어 주고 있었다. 그녀가 들어오고 난 이후의 풍경은 이 미 넘쳐흐를 정도로 가득했다. 오스왈드는 단희의 턱을 살며시 들어 올려 가볍게 입을 맞췄다.

"고마워. 만약 내가 눈물이 많은 남자였다면, 지금쯤 울었을 거야."

"눈물이 없는 남자라 다행이네요. 신파극은 별로거든요."

"생각해 봤는데요. 사장님."

마지연이 그 단란한 그림에 끼어들었다.

"전 사장님도 좋아하고 팀장님도 참 좋아하거든요. 사장님은 원래 멋지고, 팀장님은 볼수록 멋지고."

"입 다물어."

오스왈드가 미리 경고했지만 마지연은 듣지 않았다.

"쓰리썸 어때요?"

풉.

단희가 국자로 간을 보다가 그대로 뿜었다. 매운 것이 코로 올라와 눈물이 찔끔 났다. 단희가 콜록거리자 마지연이 냉큼 냉수 잔을 건넸 다 전형적인 병 주고 약 주고 방식이었다.

"사실 제가 어디 가서 사장님처럼 괜찮은 남자를 만나겠어요. 그렇 다고, 뭐 임자 있는 남자랑 자는 것도 뭐하고, 또 제가 팀장님도 좋아 하고…… 그러니까, 아예 차라리 대놓고 셋이서 하면 죄책감도 안 들 고 좋잖아요. 안 그래요?"

생각하는 포인트가 한참을 벗어났다. 어떻게 여기서 죄책감이란 단 어가 나올 수 있지? 오스왈드는 콜록거리는 단희의 등을 두드리며 마 지연을 향해 착 가라앉은 표정을 지어 보였다.

"네 멍청한 머릿속에는 늘 그런 묘수밖에 안 떠오르나 봐."

"전 개방적인 사람이거든요. 사실 여자랑 하는 게 어떤 기분인지 궁금하기도 하고."

"꿈도 꾸지 마."

"사실 이거 남자들의 판타지 아닌가?"

단희의 콜록거리는 잔기침이 서서히 가라앉았다. 오스왈드는 무감한 표정을 내려 시뻘겋게 익은 단희의 얼굴을 바라봤다.

"누가 착하다고?"

할 말이 없었다. 성교육이 필요한 건 직원들이 아니라 마지연 하나일 수도 있었다. 조만간 스무 살짜리 계집애 손을 붙잡고 어린이 성교육이라도 들으러 가야 하는지 단희는 진지하게 고민했다.

17

매일매일 같은 일과였다. 새벽같이 일어나 지학이의 동태를 살피고, 해가 뜨기 전에 출근해야 하는 남편의 아침밥을 차려 준 후, 정신없이 집을 치운 뒤, 시어머니에게 지학이를 맡기고 나왔다. 엄마와 작별 인사를 하는 것에 익숙해진 지학이는 요즘 부쩍 투정을 부렸다. 마음씨 좋은 이모가 살고 있는 커다란 아파트에서 매일매일 놀고 싶은데 뜻대로 되지 않아 속이 상한 것 같았다.

하지만 거긴 직장이었다. 어떤 고용인이 어린아이를, 그것도 아픈 아이를 데리고 출근하는 것을 반기겠는가? 봐주는 것에도 적정한 선이란 것이 있었다. 넉넉한 보수에 까다로운 일이 없는 좋은 직장을, 행여나 눈 밖에 나 잃을 수는 없었다.

엘리베이터가 열리고 화사한 아침 햇살이 환한 거실에 언제나처럼 그 여자가 서 있었다.

"안녕하세요."

메이드는 여자를 보자 예의 공손한 미소를 보이며 인사했다. 따라

온 꼬마 아이가 없다는 것을 눈으로 확인한 후 여자의 얼굴엔 조금 쓴 빛이 떴다.

"지학이는 좀 어때요?"

검은빛이라기보다 갈색빛에 가까운 솜사탕 같은 머리카락에, 고가의 브랜드 의상을 입은 체구는 작고 여려 보였다. 자칫 볼품없어 보이는 여자에겐 이상하게도 묘한 매력이 있다. 처음엔 차갑기 그지없는, 얼음 같은 여자라고 생각했는데 시간이 지날수록 여자의 무뚝뚝한 외형을 오해했던 것 같았다.

덤덤하고 지루해 보이는 목소리에, 자칫 사무적으로 들릴 수 있는 여자의 말투가 어느 순간부터 따뜻하게 느껴졌다. 차갑고 냉랭해 보이던 눈도 어느 순간부터는 친근하게 다가왔다. 마르고 볼품없어서 대체 저런 여자를 왜 데리고 사는 걸까, 자신의 고용인을 한심하게 여기던 때도 있었지만 언제부터인가 여자의 태도에서 강단과 품위가 느껴졌다.

자신과는 전혀 다른 세계에 살고 있는 사람. 고용인의 동거녀여서가 아니라, 여자에게선 그 특유의 기품이 있었다. 제 또래로 보이지만 결코 만만하게 볼 수 없는 무엇인가.

"괜찮아요."

"다행이네요."

메이드는 단희에게 다시 한 번 빙긋 웃었다. 누군가가 자신의 아이를 예뻐하고 특별하게 여겨 준다는 것은 고맙고 기쁜 일이다. 특히 고용인의 애인, 아니면 부인, 아니면 뭐가 되었든 자신의 목줄을 쥐고 있는 사람이 그렇다면 더없이.

단희는 메이드가 주방으로 들어가, 오스왈드가 먹고 남긴 빈 그릇들을 개수대에 넣는 것을 보며 천천히 아일랜드 바로 발걸음을 옮겼다.

"저……."

단희가 운을 떼자, 메이드는 단희의 말에 집중하기 위해 콸콸 쏟아져 내리는 개수대의 수도꼭지를 잠갔다.

"네?"

단희는 마른침을 한 번 꿀꺽 삼키더니 상판 위로 봉투 하나를 내밀었다.

"제가 이것저것 알아봤는데, 마땅히 썩 마음에 드는 방법이 없어서요."

복지단체를 위한 후원이나, 병원에 기부금을 내는 방식도 이것저것 알아봤지만 익명성은 보장받을 수 있어도 지학이를 위한 후원을 보장받을 수는 없었다. 형평성에 어긋나기 때문이라는 이유였다. 메이드는 앞치마에 손을 문질러 닦고 단희가 내민 봉투를 멀뚱히 바라봤다.

"이게 뭔가요? 제게 주시는 건가요?"

"네. 드리는 거예요."

보너스인가? 슬슬 연말이 다가오고 있긴 했지만 아직 한 달이나 남은 이야기였다. 딱히 휴가철도 아니고 명절이 끼어 있지도 않은데…… 그냥 일을 잘했기 때문인가? 메이드는 여전히 어리둥절한 표정으로 봉투를 받아 들었다. 그러곤 매우 조심스럽게 물었다.

"혹시, 제가 좀 열어 봐도……."

"네. 괜찮아요."

메이드는 조심스레 봉투를 열었다. 얇은 봉투에, 단 한 장뿐인 종이가 수표인 걸 알아차렸을 때도 별 부담을 느끼진 않았다. 지금껏 10만 원 이상의 수표는 본 적이 없었고, 그 이상의 금액을 받을 거란 예상도 감히 하지 못했다.

그런데 아무 생각 없이 받아 든 수표는 봉투에서 **빼내면 빼낼수록** 끝에 찍힌 '0'이 끝나는 것이 아니고 더 늘어나고 있었다. 0이 5개, 6개, 7개……. 그 이상 늘어나자 메이드는 더 이상 수를 세지 못하고 고개를 들어 단희를 쳐다봤다.

"지학이 수술비와 치료비로 부족하지 않을 거예요."

"사모님 저는……."

메이드는 못 만질 것을 만졌다는 듯이 수표를 얼른 봉투에 넣어 아일랜드 바 위에 다시 올려 두었다. 손끝이 바르르 떨렸다.

"이건 못 받아요."

"받아요."

"아니요, 이유도 없이…… 아니, 제가 왜 이런 돈을……."

당황스럽고 무서워서 메이드의 얼굴이 벌겋게 익었다. 추운데 갑자기 너무 더워 이마에 땀이 맺히고 있는 것 같다. 어쩔 줄 몰라 하며 단희를 쳐다봤는데 그녀는 그저 침착하기만 했다.

"지학이 건강하게 키워야죠. 이식 수술 시켜서 산소통 없이 뛰어놀게 하고 싶지 않아요?"

그러길 간절하게 원한다. 너무도 간절히. 그러나 그만큼, 갑자기 닥친 상황이 겁나 메이드는 쉽사리 입을 열지 못했다.

"무서워할 것 없어요. 부담스러워할 것도 없어요. 제가 돈을 좀 많이 벌었어요. 이 정도쯤 내놔도 저 혼자 흥청망청 쓰며 살 수 있을 정도로 많아요. 그러니까, 아무것도 생각하지 말고 받아요. 이 돈이면 지학이 성인 될 때까지 쓸 수 있는 돈이에요. 이 돈 포기하지 마요."

단희의 말이 맞다. 이 돈이 어떻게 욕심나지 않겠나. 이 돈을 가져서, 지학이를 고칠 수 있고, 지학이가 건강할 수만 있다면 자신의 영혼이라도 팔아넘길 수 있었다. 그 정도로 간절하다. 하지만…….

"왜, 왜 이렇게 큰돈을 주세요?"

지학이를 쳐다보는 단희의 눈은 늘 부드러웠다. 슬퍼 보이기도 했지만 그것보단 애정이 더 깊어 보였다. 하지만 대부분의 여자들은 지학이를 보면 그런 눈을 한다. 안타깝고 슬프고 애처로운 눈. 아이가 가엾고 측은해서 어쩔 줄 모르는 눈.

동정하는 눈으로 아이를 바라보는 것이 어미인 자신을 어떻게 상처 내는지 겪어 보지 않은 사람은 모른다. 그래서이다. 이런 분에 넘치는 호의를 받으면 덜컥 겁이 나며 마음 한편에는 불쾌감이 솟아난다. 가난하고 힘이 없어서, 능력이 되지 못해서 이러한 도움을 뿌리치지 못한다는 것에 자존심이 상하고 그럼에도 불구하고 눈앞에 있는 기회를 날려 버리고 싶지도 않은 마음이, 스스로를 더 갉아먹는다.

"아이가 있었는데……."

단희는 시선을 바닥으로 떨궜다. 눈동자가 좌우로 한 번씩 움직이더니, 이내 다시 덤덤한 표정으로 고개를 들었다.

"죽었어요."

메이드는 아주 짧게 숨을 들이켰다. 단희에게서 늘 느껴지던 그 서늘하고 묘한 분위기가 무엇 때문인지 이젠 확연히 짐작할 수 있었다. 아이를 잃었구나. 눈앞의 단희가 너무 측은해서 목이 멨다. 세상에…… 아이를 잃고, 지금껏 살았구나. 그래서 그렇게 아프고 무감각해 보였구나.

"사고였어요. 제가…… 뛰어가는 아이를 잡지 못했어요. 우리 지학이는 정말 잘 뛰어다녔거든요."

일그러진 메이드가 천천히 고개를 갸우뚱 기울였다. 우리 지학이?

"이름이 똑같아요. 나이도 똑같고요."

세상에. 메이드는 더듬더듬 아파 오는 자신의 목을 찾아 그 위를 손으로 감쌌다. 단희는 테이블 위에 놓인 봉투를 여자의 앞으로 다시 밀었다.

"그러니까 이거 받아요. 지학이…… 내가 지킬 수 있게 해 줘요."

"사모님……."

"그래야 내가 살아. 그래야 내가 살 것 같아요."

지학아, 지학아. 단희는 유난히 아이의 이름을 많이 불렀었다. 너무 다정하게 들려서 차갑고 무뚝뚝해 보여도, 정말로 아이를 좋아하나 보다. 따뜻하고 부드러운 면이 있구나. 참 대조적이라고 생각했다.

사실관계를 알고 나니, 단희가 아이를 부르던 음성과 눈빛이 얼마나 특별하고 아팠는지 새삼스레 깨닫게 된다. 늘 묻던 지학이의 안부. 어느 순간부터 식탁 위에 빠지지 않고 놓여 있던 초콜릿과 사탕들. 아이가 오면 늘 눈을 떼지 못하고 좇아 다니던 시선이 동정인 줄로만 알았는데…… 그저 살날이 불투명한 아이를 향한 연민인 줄로만 알았는데…….

'엄마, 큰집 이모 좋아. 이모가 '씩씩해야지!' 그랬어. '달리기해야지' 그랬어……. 엄마 나 달리기 좋아해. 나 달리기할 수 있어? 나 달리기 좋아해. 엄—청 많이 할 거야. 이모가 엄청 많이 하랬어.'

아이는 늘 이곳에 왔다 가면 신이 나서 조잘거렸다. 아이는 단희를 좋아했다. 아이를 다정하고 능숙하게 다루던 모습이 눈앞에 스쳐 지나갔다.

자신의 아들을 보며 얼마나 많은 생각을 했을까. 아이의 웃음을 보며 얼마나 많은 것을 떠올렸을까. 엄마니까, 엄마를 이해할 수 있다. 복잡하고 어려운 단희의 감정도 여자는 쉽게 알아차릴 수 있었다.

세상에 자기보다 불행한 사람은 없다고 생각했다. 아픈 아이, 그런 아픈 아이를 낳은 죄 많은 어미. 가난한 살림. 언젠가 아이를 잃을지도 모른다는 두려움을 매일매일 안고 사는 자신이 이 세상에서 가장 불쌍한 죄인이라고 생각했다. 그러나 지금은 눈앞에 있는 여자가 자신보다 더 가여워 보였다.

아이를 지키지 못했다는 죄악감이 얼마나 클지 짐작한다. 자신도 지학이를 잃으면 모든 것이 자신의 탓처럼 여겨질 테니까. 사실 지학이를 잃으면 살아갈 이유도 없다. 아이를 잃으면 따라 죽겠다는 생각으로 살고 있다. 오로지 아이를 위해 살고 있다. 눈앞의 여자는 그러한 아이를 잃은 것이다. 그리고 여전히 살아가고 있다.

메이드는 침을 삼키고 봉투를 집어 들었다. 눈시울이 뜨거워지더니 또르르 눈물이 방울방울 흘렀다. 단희의 감정이 자신에게 흘러 들어온 듯 아프고 뜨거웠다.

메이드가 봉투를 받아 들자 단희는 안도의 한숨을 쉬었다.

"고마워요."

천근처럼 무겁던 마음의 무게가 덜어진 기분이 들었기 때문이었다. 어쩌면 이러기 위해 살아온 것이 아닐까라는 생각마저 들었다. 이렇게 하기 위해서. 어쩌면 하늘에 있는 지학이가 못난 엄마에게 주는 면죄부일지도 모른다.

"감사의 인사는 제가 해야죠, 사모님."

메이드는 고개를 숙이며 여전히 감격과 슬픔이 뒤섞인 눈물을 흘렸다.

"뭐라고 감사의 인사를 드려야 할지 모르겠네요. 사모님이 우리 가족을 다 살리셨어요. 지학이뿐 아니라 저도, 제 남편도 사모님이 다 살리신 거예요."

"인사는 지학이 이식 수술을 받고 난 이후에 받을게요. 아이가 건강해졌을 때요."

여전히 감정이 섞이지 않은 말투. 습관처럼 굳어진 무뚝뚝함에는 쑥스러움도 내포되어 있다는 것을 안 메이드는 흐르듯 입가에 웃음을 지었다. 단희는 한결 편안해진 얼굴로 외투를 집어 입었다. 마지막으로 핸드백을 챙겨 든 후, 단희는 인사처럼 고개를 끄덕여 보이고는 엘리베이터로 사라졌다.

메이드는 손에 들린 하얀 봉투를 몇 번이고 쓸어 보다가 눈물을 훔쳐 냈다. 꾹꾹 눌러서 봉투를 접은 뒤 자신의 바지 주머니에 넣고 지퍼를 채웠다.

◆　•　　•　●　•

사업을 하는 것과, 사방에 총을 갈기며 살육전을 펼치는 것 중에 무엇이 더 적성에 맞느냐고 묻는다면 당연히 후자였다. 사실 사무실에 앉아 손가락만 까딱거리는 것은 그에겐 무척 많은 인내를 필요로 하는 일이었다. 역설적이게도 그런 인내심을 기르는 데에는 오랜 군 생활이 가장 도움이 되었다. 치솟는 남성 호르몬을 고전적인 방법으로 다스렸다.

스포츠. 오스왈드는 그중에서도 복싱을 가장 좋아했다.

하는 것도 보는 것도 좋아해 쟁쟁한 선수들의 시합이 있을 때면 헬기를 타고 라스베이거스까지 날아가서 볼 정도로 열성이었다. 한국에 와서는 그런 소소한 취미 생활도 제대로 영유하질 못했다. 일주일에 단 두 번 잡아 둔 스파링 일정마저도 제대로 지킨 경우가 드물었다. 일이 바빴고 그 짧은 시간에 너무 많은 격랑을 겪었다. 열두 살 때까지 자란 땅이지만 이곳은 그에겐 변함없이 낯설었고, 앞으로도 영원히 그럴 것 같았다. 단희가 아니라면 머물 이유도 없고, 머물고 싶지도 않은 곳.

오랜만에 몸을 움직인 덕에 상쾌함과 적당한 피곤함이 느껴졌다. 엘리베이터 문이 열리고 발걸음을 떼는데, 오후 내에 시공될 것이라던 핸드프린팅 동판이 발밑에 보란 듯이 장식되어 있었다.

그는 미소 지으며 그 칸을 훌쩍 뛰어넘었다. 바닥에 시선을 고정하고 단희의 작은 손바닥을 쳐다보다 엘리베이터 문이 닫히고 나서는 그 자리에 무릎을 굽히고 앉아 고개를 좌우로 기울이며 그 동판을 느

굿하게 감상했다. 손가락으로 그 자국을 부드럽게 만지고, 유단희란
이름을 적은 자국을 손가락으로 따라 그렸다. 흘림 없이 또박또박 쓴
글씨가 모범적으로 보인다. 오스왈드는 이름 옆에 서둘러 덧붙인 티
가 역력한 문장에 주목했다.

'유단희. 오스왈드의 첫 번째 여자.'

그는 그 글을 손으로 쓸었다, 유단희는 자신의 첫 번째 여자로 남고
싶은 걸까? 그것은 그 나름대로도 좋지만 오스왈드는 유단희가 자신
에게 있어 첫 번째이자, 마지막 여자가 되길 원했다. 그리고 여자가
원하지 않아도 그렇게 만들고 싶다.

그는 몸을 일으켜 침실로 들어갔다. 사방이 환하게 켜진 침실 안쪽
드레스 룸에서 단희의 실루엣이 보였다가 곧 사라졌다.

"뭐 해?"

부드러운 음성에 단희는 옷걸이에 걸린 블라우스를 빼다 말고 고개
를 돌렸다. 드레스 룸 문 앞에 선 오스왈드가 아직 물기에 젖어 덜 마
른 머리카락을 털고 있었다.

"늦었네요?"

"운동하느라."

건전한 취미지. 단희는 '아' 하고 고개를 천천히 끄덕이며 블라우
스를 빼 들어 캐리어에 던져 넣었다.

"미국에 가져갈 짐을 미리 싸 놓으려고요. 근데 싸 놓으려고 해 보
니 가져갈 게 별로 없어요."

펼쳐 놓은 캐리어 안에는 단희가 던져 놓은 옷가지 몇 개가 너저
분하게 흩어져 있을 뿐 이제 막 짐을 싸기 시작한 듯이 텅 비어 있었
다.

"혹시 가져갈 거 없어요?"

구제해 달란 눈이다. 마치 저 작은 캐리어를 꽉 채우지 않으면 큰
사고라도 일어날 것처럼 굴고 있다.

"노트북."

세면도구는 기내에 마련된 것을 쓰면 되고, 몇 박 며칠로 비행기를 탈 것이 아니라 속옷이나 홈웨어를 챙겨 갈 필요도 없었다. 덜래스 본가에는 늘 오스왈드가 머물 방과, 입을 옷이 준비되어 있었기 때문에 그저 비행기에서 입고 활동할 만한 편한 옷 하나면 되었다. 그리고 그 옷은 입고 갈 거고.

노트북? 달랑 하나?

"더 없어요?"

"없어."

단희는 망연자실한 눈으로 캐리어를 쳐다봤다.

"그걸 꼭 채워야겠어?"

"내 인생을 통틀어 가장 멀리 가는 여행이에요. 저 가방을 꽉 채워야 불안하지 않을 것 같아요."

"그럼 옷을 더 넣어. 마지연이 사다 준 것 많잖아."

"많죠. 입을 게 별로 없어서 그렇지."

오스왈드는 재킷을 벗어 한쪽에 접어 두고 뚜벅뚜벅 다가와 단희의 옷이 가지런히 걸려 있는 옷걸이를 살폈다. 베르사체 원피스.

"그건 너무 많이 파였어요."

샤넬 투피스.

"그건 속이 다 비쳐요."

화려한 무늬가 수놓아진 돌체 앤 가바나 스커트.

"그건 너무 화려하잖아요."

집어내는 족족 사족을 달자 그는 보란 듯이 골라잡은 옷들을 캐리어에 던져 넣었다.

"옷장에 처박아 두고 장식하라고 사들이는 거 아니야. 남들은 못 입어 안달인 명품들이고."

"내 취향을 전혀 고려하지 않으니까 그렇죠. 누가 이런……."

단희는 캐리어에 던져 놓은 시스루 블라우스를 걸레처럼 흔들었다.

"이런 걸 어디에 입고 다녀요. 이런 건 클럽 갈 때나 입는 거잖아요."

"걱정 마. 제일 잘나가는 클럽으로 데려갈 테니까."

그는 단희의 손에서 시스루 블라우스를 빼 들어, 다시 캐리어에 던져 넣었다.

"싫어요. 그런 데 당신이랑 가면 백 퍼센트 사진 찍히잖아요."

"그럼 집에서 입고 돌아다녀."

썩은 냄새라도 맡은 것처럼 단희의 얼굴이 구겨졌다. 오스왈드는 옷걸이를 훑고 나서 서랍장을 열었다. 그는 아장 프로보카퇴르의 아슬아슬한 반 컵의 브래지어를 들어 올렸다.

"대체 이 비싼 속옷은 사 놓고 왜 안 입는 거야?"

"속옷의 기능을 전혀 못 하니까요."

"그렇게 보수적인 여자는 아니잖아."

"실용성의 문제예요. 몇십만 원어치의 값을 안 하잖아요."

"실용적이라고 입는 게 아니야. 보기 좋으라고 입는 거지."

"누구 눈에요?"

"우리 둘 다."

오스왈드는 속옷 세트를 몇 개 더 골라 캐리어 안으로 던져 넣었다.

"당신 액세서리를 사 놓은 건 알아?"

"어……."

모른다. 이 넓은 집에서 단희가 지내는 공간은 한정적이었다. 지학이 때문에 테라스에 나가거나 드넓은 거실을 헤집고 돌아다닌 적은 있지만 막상 혼자 남게 되면 단희는 주방이나 침실 말고 다른 공간에는 잘 발을 들이지 않았다. 드레스 룸도 마찬가지다.

자신이 선호하는 종류의 옷가지가 걸려 있는 곳이 아니면 어느 곳도 열어 보지 않는다. 딱히 방어적이라거나 불편해서라기보다 본능이었다. 자신의 공간을 제약시켜서 스스로를 보호하려는 본능 말이다.

오스왈드는 드레스 룸 가운데에 놓여 있는 장식장 맨 위 칸을 열어 보였다. 오스왈드의 시계와 커프스링크 옆에 마지연이 사 놨고, 메이드가 정리해 두었을 반짝이는 목걸이와 귀걸이 몇 개가 보기 좋게 진열되어 있었다. 지연이의 취향답게 화려하고 큼직한 것도 보였지만 단희에게 잘 어울릴 만한 소박하고 우아한 디자인이 더 많았다. 아마 후자의 것이 더 나중에 한 것들이겠지.

"골라서 캐리어에 집어넣어 달링. 그걸로 다 채우진 못하겠지만…… 남은 칸은 베개로 해결해 보자고."

오스왈드는 단희의 정수리에 입을 맞추고 드레스 룸 밖으로 나갔다.

단희는 진열장을 보며 자신의 귓불을 매만졌다. 진열대를 손으로 훑다가 문득 궁금증이 일었다. 임신을 하고 난 후, 제대로 귀걸이나 목걸이를 해 본 적이 없다.

막혔을까? 뚫고 나서 진물 때문에 꽤나 고생했던 기억이 났다. 단희는 고상해 보이는 진주색 귀걸이를 빼 들었다. 마개를 빼고 귓불을 매만진 뒤 위치를 다시 한 번 손으로 확인하고 조심스럽게 침을 밀어 넣었다. 뻑뻑한 감이 들었지만, 방향을 이리저리 틀며 궁리하자 얼마 지나지 않아 핀의 뒤끝이 제대로 길을 찾아 밖으로 빠져나왔다.

오. 아직도 안 막혔네? 신기하면서도 반가운 기분이었다. 단희는 마개로 귀걸이를 고정한 뒤 반대쪽도 조심스레 착용했다. 그러고는 붙박이 거울에 다가가 고개를 돌리며 자신의 귀에 걸린 귀걸이를 살폈다. 조명을 받은 영롱한 진줏빛은 우아하고 단정해 보였다. 평소보다 화려해 보이는 얼굴에 적응이 잘되지 않는다.

잃어버린 것을 찾아오는 건 꽤 어려운 일이다. 한때는 이런 얼굴을 보는 것이 일상이자 기쁨이었는데 지금은 어색하고 어쩐지 어렵다. 어중간하게 길어져 버린 커트 머리를 귀 뒤로 넘겨 꽂고 단희는 자신의 모양새를 조금 더 관찰하다 다시 서랍으로 향했다. 그러곤 무심결에 아래 칸을 열었다. 각양각색의 넥타이, 귀여운 모양의 나비넥타이, 행커치프…… 그리고…… 음?

단희는 서랍 한편에 반짝거리며 광택을 내고 있는 은색 물체를 들어 보았다.

수갑.

어찌나 잘 닦아 놨는지 지문 하나 묻어 있지 않은 그 수갑은 조명 아래 다이아처럼 빛이 나고 있었다. 어쩌면 그것들보다 더 발광하고 있는지도 모른다. 이게 왜 여기에 있지? 단희는 시선을 더 아래로 내렸다. 뱀처럼 똬리를 틀어 놓은 정갈한 모양새.

세상에나.

오스왈드가 차갑게 식혀 둔 와인을 들고 침실에 다시 나타났을 때 단희는 한 손에는 수갑을 한 손에는 밧줄을 들고 드레스 룸 앞에 서 있었다. 그의 고개가 옆으로 기울었다.

"꽤 위험한 조합이로군."

그는 잔 두 개와 와인을 커피 테이블 위에 내려놓았다.

"이게 왜 장식장에 들어 있어요?"

"메이드가 정리해서 넣어 뒀겠지."

오스왈드가 코르크 마개를 따자 퐁 하고 경쾌한 소리가 났다.

"침실에 있었잖아. 상상할 여지가 많지."

아, 안 돼…….

단희는 사색이 된 얼굴로 탄식했다. 이걸 깨끗이 닦아 정리하며 대체 무슨 생각을 했을까! 세상에! 그게 대체 언제야! 그 이후로 메이드를 마주할 때마다 그 여자가 무슨 생각을 했을지, 상상만으로도 현기증이 몰려왔다.

여자가 그 자리에 돌처럼 굳어 버리자 오스왈드는 키득키득 웃으며 그녀의 손에서 밧줄과 수갑을 빼앗아 들고 대신 와인 잔을 쥐여 줬다.

"마셔."

단희는 받아 든 즉시 잔을 단숨에 비워 버렸다. 벌컥벌컥, 보라색 액체는 목 안으로 시원하게 넘어갔다. 그러고는 몸서리를 쳤다.

"끔찍해요."

"그럴 것까지야."

"왜 안 치웠어요?"

그는 밧줄을 능숙하게 손에 말며 대답했다.

"내가 치울 필요가 없으니까."

단희는 이마를 짚으며 침대에 털썩 주저앉았다. 이제와 그 물건에 대해 변명하는 것도 웃기다.

'사실은 그 물건은 말이죠. 당신의 고용주가 저를 이곳으로 납치해 올 때 포박하던 거예요.'

그 말이 사실이라 해도 그쪽에서 사실로 받아들일 리가 없다. 변명으로 치자면 더없이 궁색한 거짓말로 보이겠지.

"성인이잖아. 우리가 뭘 했든 무슨 상관이겠어."

"상관있어요! 없는 사실을 멋대로 오해하고 있을 거라고요"

"그게 중요해?"

"중요하죠!"

그 여자에게 오늘 아침 10억을 건네줬다. 그것도 엄청 진지하고 고고하게. 오스왈드랑 그렇고 그런 짓을 했다고 오해하고 있다는 것도 모르고 그 여자에게 기품 있는 척이란 척은 다 했단 말이다! 만약 자신이 메이드였다면 고맙게 생각하는 한편으로 자꾸만 수갑과 밧줄이 생각났으리라. 변태인 줄 알았는데 의외로 착하네……. 그렇게 생각했

음 어쩌지. 맙소사! 이게 뭔 꼴이야! 단희는 이마를 짚고 입술을 잘근
잘근 씹었다.

"뭔가 엄청 곤란해 보이네?"

오스왈드가 단희의 앞에 섰다.

"네."

"메이드가 오해하고 있어서?"

"네. 더 곤란한 건 사실을 밝혀도 황당하긴 마찬가지란 거죠. 믿긴
더 어려울 테고요."

"그 여자가 당신에겐 중요한가 봐."

"중요해요."

지학이의 엄마니까. 내가 도와주고…… 그래서 날 구원해 줄 사람
이니까.

오스왈드는 단희의 손에서 빈 잔을 빼내 협탁 위에 올렸다. 그러고
는 집게손가락을 단희의 턱에 대고 살짝 위로 들어 올렸다.

"내가 해결해 줘?"

"어떻게요?"

"오해가 아니게 만들어 주면 되잖아."

"……."

무슨 말이지? 머리로 무슨 소리인지 가늠하기 전에 심장이 달음박
질쳤다.

그는 손에 들린 밧줄과 수갑을 번갈아 가늠해 보더니 곧 수갑을 드
레스 룸 안으로 휙 던져 버렸다.

"클래식한 것부터 해 보자고."

확실히 밧줄은 고문의 기초지. 아까와는 좀 다른 의미로 눈앞이 아
득해졌다.

"뭘 하려는 건지 모르지만 나 지금 무서워서 어금니가 딱딱 부딪치
고 있어요."

"이건 아주 원초적인 게임이야, 달링. 우리가 어디까지 할 수 있을지 궁금하지 않아?"

밧줄을 든 그를 바라보자니 피가 역류하며 아드레날린이 치솟는 느낌은 분명히 있었다. 다만 이게 공포인지 흥분인지가 확실하지 않을 뿐.

"난…… 이런 거 해 본 적 없어요."

단희가 눈을 굴리며 곤란한 듯 대답했다. 오스왈드는 어찌할 바를 모르는 단희를 내려다보며 삐뚜름하게 웃었다.

"난 많아."

많아?

"하지만 한 번도 즐긴 적은 없어."

그에겐 익숙한 일이다. 익숙하면서도 혐오하던 일이기도 했다. 가학적인 쾌감에 짐승처럼 울부짖는 여자를 보는 건 고문이었다. 뱀처럼 꿈틀대던 수많은 여자의 나신들이, 붉게 달아오르고 땀에 젖은 그 끈적끈적하고 역겨운 뜨거움이 그에겐 악몽이었다. 모든 관계가 부서지기 직전, 그가 도저히 견딜 수 없어 도망치기 시작한 지점이기도 했다.

하지만 그 깊고 어두운 트라우마를, 레베카가 남기고 간 그 깊은 어둠을 그는 한 번도 벗어나 보지 못했다. 그 악몽은 어느 때고 되살아나, 다시 그를 괴물로 만들었다. 헤일리 피셔는 그 마지막 제물이었고, 유단희를 만나지 않았다면 그는 여전히 괴물로 살아가고 있을 거다. 아니 어쩌면 유단희를 제외하면 그는 여전히 다른 여자에게 괴물일지도 모른다.

단희는 그에게 제대로 사랑하는 법을 되찾아 준 여자다. 그의 마음을, 망가진 자신을 있는 그대로 받아 준 최초의 사람이었다.

"난 이걸 좋아할 것 같지 않은데요."

"내가 뭘 할 줄 알고?"

"정확히는 모르겠지만……."

"모르면서 안 좋아할 거란 건 어떻게 알아?"

"충분히 알아요."

단희는 능숙하게 그의 손에 감겨 있는 밧줄을 보며 오싹한 한기를 느꼈다.

"당신은 지금 손에 밧줄을 감고 서 있잖아요. 위협적으로요."

그는 웃었다.

"당신이 겁을 먹지 않으면 이건 사실 아주 재밌는 그림이야."

그녀와 하는 모든 것은 기쁨과 희열을 동반했다. 유단희가 아닌 다른 여자가 밧줄과 수갑을 들고 있었다면 그토록 재미있다고 생각하지 못했을 거다. 그러나 단희가 밧줄과 수갑을 들고 있는 모습을 보자 오스왈드는 곧 떠올렸다. 유단희가 자신에게 말대꾸를 할 때마다, 목소리를 높이고 말싸움을 시작할 때마다 머릿속에 그렸던 충동적인 그림들을 말이다.

"당신을 묶을 거야."

"농담이겠죠."

"아니."

허, 하고 단희가 헛웃음을 켜고 눈을 굴렸다.

"나 방금 쌍욕 할 뻔했어요. 정말 오랜만에."

"그럼 밧줄로 뭘 할 거라 생각했어? 사실 뻔한 이야기잖아. 안 그래?"

"……."

"날 믿어?"

낮은 목소리는 아주 진지했고 자신을 믿느냐고 묻는 그의 억양은…… 아주…… 이상했다. 그가 하고자 하는 행위는 저속한 것인데 질문을 던지는 그는 어쩐지 고결해 보였다. 그에게서 느껴지는 이 상반된 분위기가 자신을 어디로 이끌고 가려는 건지 예측할 수가 없어서 혼란스러웠다.

"······물론 믿어요."

단희의 대답에 그는 태양처럼 웃었다.

오스왈드는 단희의 손을 잡아 일으키고는 진주 귀걸이가 달린 그녀의 귓가에 입을 맞추며 경건한 목소리로 속삭였다.

"날 믿어. 당신을 천국으로 이끌어 줄 테니."

그는 자극적인 농담을 흘렸지만, 그게 그저 농담이기만 한 것은 아니었다. 여태까지 그가 이끌어 주는 천국은 차고 넘치게 많았다. 지루하고 힘겹고, 슬프기만 했던 그녀의 인생에 오스왈드는 뜨겁고 강렬했으며, 롤러코스터처럼 스릴이 넘쳐서 가끔 그 모든 것이 두렵고 버거울 때도 있었다. 발에 맞지 않는 구두를 신은 것 같은 불편함이 느껴지기도 했고 과식으로 체한 것처럼 어지러워 모든 걸 다 게워 내 버리고 싶은 기분이 들기도 했다.

그는 중독성이 강한 마약 같다. 한 번 경험하고 나면 그 이외의 다른 남자는 모두가 시시할 것만 같았다. 두려움과 스릴을, 짜릿함과 불안함을 동시에 일으키는 남자.

단희는 아직도 그를 어떻게 대해야 할지, 그와 어디까지 가야 할지 그 미래를 제대로 그려 놓지를 못했다. 그저 휘청이며 정신없이 질주할 뿐이다. 위험한 줄 알면서도 그와 있으면 그저 그 아찔함에 모든 것을 다 걸고 싶다. 오스왈드는 단희의 어깨를 끌어 그녀를 침대의 발치에 서게 했다.

"이 게임의 룰은 딱 하나야. 난 주고, 당신은 받는 거야."

"듣기엔 좋은 말이네요."

"듣기만 좋은 말은 아닐걸."

그는 단희의 셔츠를 들어 머리 위로 벗기고, 브래지어 후크를 풀어 부드럽게 몸에서 떼어 냈다.

"이젠 가만히 있어. 그냥 가만히만 있으면 돼."

무릎을 꿇고 단희의 아랫배에 입을 맞추고 무릎 안쪽에서부터 부드럽게 손을 쓸어 올린 후 여자의 골반에서 팬티를 내렸다. 가볍게 감싸 쥔 발목 아래로 속옷을 떨어뜨리고 단희를 당겨 천 안에서 빠져나오도록 했다.

그는 몸을 일으키고 단희를 내려다봤다. 호기심이 일어나고 있는 갈색 눈동자에는 그다지 공포심이 보이지 않는다. 스스로를 잘 모르는 것 같지만 그녀는 위험과 스릴을 즐기는 여자다. 그렇지 않고선 자신을 이만큼 대등하게 받아쳐 낼 리가 없었다. 가끔은 그녀의 용감함이 존경스럽기도 하니까.

오스왈드는 단희의 하얀 뺨을 손가락을 굽혀 가만히 쓸었다.

"천사같이 보이네."

"타락하기 직전이죠."

단희가 가볍게 대꾸했고 오스왈드는 미소 지었다.

"맞아. 내가 타락시킬 거야."

오스왈드는 단희의 턱을 가볍게 쥐고 고개를 숙였다. 여자의 입술을 자신의 입으로 덮고 그대로 삼켜 버릴 듯 강하게 눌렀다. 엄지손가락으로 아래턱을 당겨 입을 벌리고, 그는 자신의 혀를 그 안으로 밀어 넣었다.

묵직하고 농밀한 접촉. 고통스러운 신음이 절로 나왔지만 폭력적으로 느껴지지 않았다. 오히려 온몸의 근육이 완전히 이완되어 다리가 서서히 풀리고 있었다. 그는 단희의 입술을 빨았다. 혀로 밀고 들어왔다가 입술을 빨며 놓아주고 다시 빨며 혀를 넣었다. 흥분에 이기지 못한 단희가 그의 목에 손을 두르려 하자 오스왈드는 여자에게서 물러섰다.

"이제 앉아."

단희는 가빠진 숨소리를 고르며 무거운 눈꺼풀을 들어 올렸다. 앉으라고?

"어디에요?"

"바닥에. 발뒤꿈치를 엉덩이에 붙이고."

발뒤꿈치를 엉덩이에 붙이고. 단희는 머릿속에 그 문장을 생각하며 그가 시키는 대로 앉았다. 가만. 이거 무릎을 꿇고 앉는 거잖아. 뭔가 굴욕적이란 기분이 들어 고개를 홱 쳐들자 그가 시선을 맞추기 위해 몸을 굽혔다.

"생각하지 마."

그는 밧줄을 바닥에 풀었다.

"당신의 쓸데없는 뇌는 가만 쉬게 놔두라고. 당신은 이제 내 마리오네트야."

오스왈드는 미소 지으며 단희의 손목을 잡고 위로 들어 올렸다. 침대의 발 받침대 위에 쭉 뻗어 고정하더니 단희의 손목에 줄을 감았다.

"그리고 내 마리오네트는 오로지 감각만 존재하지."

그가 줄을 잡아당기자 손목에서부터 팔꿈치까지 줄이 팽팽하게 당겨지는 느낌이 났다. 헉하고 숨을 들이켜는 사이 그는 단희의 반대편 손도 침대의 발 받침대 위에 올리고 마찬가지의 방식으로 줄을 감았다.

"내 말 뜻 이해했어?"

형벌을 받고 있는 기분도 든다. 고문의자에 묶인 것 같기도 하다. 단희의 양손은 양옆으로 벌려져 발판에 단단하게 고정되어 있었고 그 덕분에 몸을 돌리지도 일어서지도 움직이지도 못했다. 그는 몸을 일으키고 뒤로 물러섰다.

선박 위에 제대로 물품을 고정해 놓았는지 살피는 선원의 눈으로 그는 단희의 묶인 모양새를 만족스럽게 바라봤다. 단희는 침을 꿀꺽 삼켰다.

"근사한데."

"내 생각에⋯⋯."

"쉿."

그가 검지를 들어 자신의 입술에 대고 매력적으로 웃었다.

"생각하지 말라고 했잖아."

"그래도 이건⋯⋯."

"입에 재갈을 물릴 수도 있어, 달링. 당신은 저항도 못 할걸."

입술이 바짝 말랐다.

"날 믿어?"

"물론 그렇죠."

"그럼 믿어."

"뭘 하려는 건지만 말해 주면 안 돼요?"

그는 자신의 바지 뒷주머니에서 손수건을 하나 꺼내 탁탁 털었다.

"널 타락시킬 거야."

그는 뚜벅뚜벅 다가와 무릎을 굽히고 앉았다.

"그리고 자유를 주지."

그가 손수건을 드는 모습을 보고 얼마 있지 않아 눈앞이 깜깜해졌다. 손수건이 눈을 덮고, 곧 뒤통수에서 팽팽하게 당겨지더니 그대로 고정됐다.

눈을 가리자 예민해진 청각에 오스왈드의 숨소리가 들려왔다. 깊게 토해 내는 나지막한 한숨 소리. 웃고 있는 건지 아니면 찡그리고 있는 건지 알 수가 없다. 곧 뺨에서 다시 그의 손이 느껴졌다. 느릿느릿 턱선을 타고 깃털처럼 손이 내려갔다.

"당신 턱선이 이렇게 예쁜 줄 처음 알았네."

가만히 턱을 쓸더니 곧 도톰하게 벌어진 여자의 입술을 쓸었다.

"입술이 얼마나 섹시한지 내가 얘기한 적 있던가?"

낮고 음침한 그의 음성에 전율이 일었다. 단희는 무의미하게 어깨를 당겨 보았다. 조금의 틈도 없는 포박. 여자는 신음을 흘렸다.

"괴로워?"

그가 물었다.

끄덕끄덕.

"불편해?"

끄덕끄덕.

그의 손톱이 무릎을 가볍게 긁었다. 단희는 민첩한 토끼처럼 귀를 쫑긋 세우며 자신의 무릎 쪽으로 고개를 숙였다. 그러자 다음 순간엔 어깨에 그의 손가락이 스치는 것이 느껴졌다. 단희는 화들짝 놀라며 그 방향으로 턱을 돌렸다. 모든 감각이 너무나 예민하다. 그는 나지막하게 웃었다.

"이건 본능이야. 뭔가를 통제당하면 뭔가는 발달해. 공포감을 높이는 데 아주 좋지. 그리고 공포와 흥분의 경계는 아주 애매하고."

벌써 기절할 것 같았다. 단희는 마른 입술을 혀로 훑으며 공포감이든 흥분이든 뭔가가 더 고조되기 전에 이 게임을 끝내고 싶었다.

"날 여기 하루 종일 묶어 둘 작정은 아니죠?"

"쓸 만한 조언이네. 고마워."

단희는 입술을 물었다.

"내가 빌면 끝내는 건가요?"

"그럴 생각은 있고?"

"맨날 빌잖아요. 당신은 맨날 날 고문하고요."

"내가 어떻게 고문하는지 당해 본 적 없잖아."

"지금 당하고 있잖아요."

"아직 시작도 안 했는데 앓는 소리 하면 곤란해."

"뭐든 빨리 끝내요!"

"이 상황에서도 큰소리를 치다니. 아직 견딜 만한가 보지?"

단희는 다시 입술을 깨물었다.

"알잖아요. 나 긴장하면 말 많아지는 거."

"알다마다."

눈앞에 뵈는 게 없으니 더 초조하다. 겁에 질린 것 같기도 하고 흥분한 것 같기도 한 감각을 통제하는 것이 힘들었다. 자꾸 안달이 났고 그럴수록 결박된 몸이 더 조여 왔다.

"그대로 있어."

그의 음성이 바로 코앞에서 들려왔다.

오스왈드의 손가락이 허벅지를 훑었다. 양 무릎에 그의 손바닥이 얹어졌다. 그러고는 저항감에도 아랑곳 않고 힘을 주어 양옆으로 벌렸다. 여자의 입은 오스왈드가 벌린 허벅지만큼이나 벌어졌다. 아랫도리 사이로 휑한 바람이 느껴졌고 무력하고 허무한 감정이 솟구쳤다. 단희는 비명을 지르지 않기 위해 아랫입술을 물었다. 오스왈드의 손이 허벅지 안쪽을 훑자 심장이 튀어 나갈 것처럼 뛰어다녀 여자의 표정은 울상이 되었다.

"난 부끄러워하는 당신을 좋아하지만 지금은 아니야."

"……."

"지금은 나와 같이 더러워질 사람을 원해."

심장마비 일어나기 직전. 단희는 어쩔 줄 모르고 헐떡였다.

"즐기는 게 그렇게 어려워?"

낮게 어르는 듯 부드러운 목소리였다.

"내가 당신을 사랑한다고 했는데도?"

이렇게 비겁할 데가. 단희가 아무 말도 못 하고 입만 벌리고 있자 입술에 부드러운 것이 가만히 내려앉았다. 입술. 그는 매번 황홀한 키스를 선사했지만 이토록 달게 느껴진 적은 처음이었다. 단희는 허리를 꼿꼿하게 세우고 목을 길게 뺀 뒤 그 감각에 몰두했다.

벌어진 무릎 사이에 오스왈드는 자신의 왼쪽 무릎을 끼워 넣고 그 안으로 손을 움직였다. '헉' 하는 짧은 신음을 내지른 단희는 주먹을 꼭 쥐고 저도 모르게 손을 당겼다. 팽팽하게 조여지는 느낌.

발버둥 쳐도, 발버둥 쳐질 리가 없는데도 헛된 저항이 멈추질 않았다.

흥분과 공포는 한 끗 차이라던 그의 말은 의심할 여지가 없는 사실이었다. 그의 손이 부드럽고 은밀한 곳을 가볍게 쓸자 놀랄 만큼 빨리 여자의 몸이 젖어 들었다. 횅하고 서늘하던 아랫도리에서부터 전신으로 불길이 치솟았다. 볼이 발갛게 물들고 입술이 팽팽하게 부풀었다. 그곳처럼.

오스왈드의 입술이 여자의 턱선을 스치고 귓불을 핥고 귓등에 입을 맞췄다. 길게 드러난 목선에 코를 비비고 목덜미에 입술을 묻었다.

단희의 허벅지 사이에 무릎을 하나 더 집어넣어 여자의 가랑이를 더 벌렸다. 한결 자유로워진 손은 더 끈적끈적하고 더 못 견디게 움직였다. 문지르고 원을 그리며 뱅글뱅글 돌다가 압박하며 훑어 내렸다. 살려 줘. 목구멍까지 밀려오는 말 때문에 단희는 마른 입술을 물고 핥다가 다시 벌리곤 했다.

온몸에 힘이 바짝 들어갔다. 구속의 반작용으로 감각이 날뛰었다. 그 기분을 참아 내려니 사지가 더 비틀렸다. 가늘게 새어 나오던 신음 소리가 어느 순간부터 애타게 끓었다. 그가 질구에 구부린 손가락을 넣자 단희의 골반이 앞으로 튕겨 올랐다.

"아!"

철퍽거리는 소리. 오스왈드는 손에서 느껴지는 여자의 감각에 취해 한숨을 내쉬었다. 그러곤 신음하듯 속삭였다.

"다음번엔 당신 스스로 만지게 할까 봐."

뭐라고?

"그래야 자신이 얼마나 부드러운지 알 테니까."

흐트러진 머리카락, 더 붉게 피어난 홍조, 수건에 눈이 가려진 채 부풀어 오른 입술을 핥는 모습은 그저 바라보는 것만으로도 피를 끓게 했다. 그래. 피를 끓게 한다고. 단 한 톨의 혐오감도, 분노도 느껴지질 않았다. 오히려 속박당한 여자는 역설적으로 경건해 보이기까지 했다.

"당신이 얼마나 근사해 보이는지 아마 모를걸."

낮은 그의 목소리는 최음제와 비슷한 효과를 냈다. 저항할 수 없는 쾌감이 발끝부터 머리끝까지 차오르기 시작했고. 온몸의 혈관을 타고 빠르게 흘러갔다. 몸이 뒤틀릴수록 구속되어 있다는 느낌이 강해졌고 그게 더 사람을 미치게 만들었다. 단희의 이성은 어두운 숲속에서 완전히 길을 잃어버리고 말았다. 대신에 그의 손길에 쓸려 예민해진 감각은 예정된 곳으로 빠르게 질주하고 있었다.

안 돼. 기다려. 아직 안 된다고!

"그만!"

단희가 다급하게 헐떡거렸다. 그가 손에 조금만 더 힘을 주면 단희는 그대로 무너질 것 같았다. 침대 발치에 묶인 채로 말이다. 그게 무슨 느낌일지 도저히 상상이 안 돼서 무섭고 버거웠다.

"오스왈드!"

그의 손이 뒤로 물러섰다. 흐름이 끊긴 절정의 감각이 해방을 요구했고 단희는 즉시 허벅지를 모아 감각을 눌렀다. 헐떡대는 숨소리. 잠시 후 아랫입술에 미지근하고 축축한 그의 손가락이 느껴졌다. 엄지. 단희의 안을 가르고 들어왔다가 클리토리스를 문지르던 바로 그거!

그의 엄지가 나른하고 부드럽게 움직이며 단희의 아랫입술을 적셨다. 그러자 은밀하고, 뜨거우며 축축한 냄새가 여자의 코끝에 스쳤다.

"맛볼래? 내가 좋아하는 맛인데."

세상에. 제정신을 차리기 힘들었다. 아니, 이 상황에서 제정신을 차리는 것 자체가 이상한 일이다. 엄지는 단희의 아랫입술 안으로 파고

들어 여자의 아랫니를 눌렀다. 그리고 좀 더 파고들어 여자의 혀를 눌렀다. 그 손가락을 혀로 감고 빤 건 거의 본능이었다. 그건 아주 원초적인 것이라 통제할 수도 없다.

비릿한 쇠맛이 혀를 자극했고 단희의 몸은 붉게 달구어지다 못해 활활 타올랐다. 정말 아무 생각도 못 하겠다. 나머지 손가락들이 여자의 턱을 잡고 부드럽게 위로 들어 올렸다. 그러자 여자의 입술이 다시 벌어졌다.

"다른 것도 맛볼래?"

지퍼가 내려가는 소리가 귓가에 에코 사운드로 울렸다. 숨을 멈춘 건 아마 그 지점이었을 거다.

"언젠가 네 입에 물려 보길 바라긴 했지만 사실 이런 식은 아니었어. 난 당신의 손과 입을 모두 다 사용하길 원하거든. 가슴도 빼먹지 말아야지."

자극적인 단어가 폭포수처럼 귓가에 쏟아져 완전히 박혔다. 좋아, 기절하려거든 이 지점이 딱 좋을 것 같아.

"이를 세우는 건 좋지만 깨물면 안 돼."

부드럽게 아랫니를 누르던 엄지손가락이 빠져나간 이후 좀 더 따뜻하고 단단한 것이 입 안으로 파고들었다. 단희는 숨 쉬는 것을 잊었다. 충격적인 기분이 몸을 강타했다. 동시에 애써 차리고 있던 이성도 같이 날아갔다. 갈망이 풀리자 그와 어떤 식으로든 연결되고 싶다는, 그리고 그에게 속하고 싶다는 욕구만이 가득했다.

그는 단희의 입 속을 채웠다가 곧 완전히 빠져나갔다. 심장의 박동 소리와 자신의 거친 숨소리만 예민해진 귓가에 울렸다. 보이지 않는 그는 신기루 같았다. 벌어진 입술로 따뜻한 것이 다시 닿았다. 그러곤 다시 부드럽게 밀려왔다. 단희는 그것을 놓치지 않기 위해 목을 길게 빼고 강하게 빨아 당겼다.

"아니, 그러면 안 되지."

그가 키득키득 웃음을 터트리며 다시 빠져나갔고 단희는 애가 타 입술을 핥아 올리며 꿈지럭댔다.

"그건 굉장히 질 나쁜 장난이야, 달링."

"그거 알아요?"

단희가 흥분에 가빠진 숨소리로 신음하듯 말했다.

"내가 여기서 풀려나는 순간 당신은 정말…….."

단희는 숨이 차 숨을 한 번 삼켰다.

"정말 죽을 줄 알아요."

이번엔 그의 웃음소리가 조금 더 커졌다. 그의 커다란 손이 단희의 가슴을 움켜쥐고 부드럽게 마사지했다.

"그 말을 들으니 지금을 좀 더 누려야겠단 생각이 드네."

나머지 손으로 여자의 턱을 위로 천천히 밀어 올리고 길게 드러난 목선을 혀로 눅눅하게 핥았다. 그가 쓸어 올린 자리마다 용이 불이라도 뿜고 지나간 듯이 까맣게 타 버렸다.

그는 손가락으로 딱딱하게 변한 단희의 검붉은 유두를 뱅글뱅글 돌렸다. 잡아당기고 매만지자 부드럽게 늘어나고 말캉하게 부풀어 오른다. 허벅지 안쪽에 경련이 일었다. 단희는 괴롭게 신음했다. 온몸의 관절이 딱딱하게 경직되었다가 그의 손길이 스치면 연체동물처럼 모든 것이 흐물거렸다.

좋아요, 자백할게요! 없던 죄도 만들어 낸 후 완벽하게 인정할 수 있었다!

"벌려."

그의 손톱이 허벅지를 천천히 긁었고 동시에 낮은 목소리가 얼굴 위로 떨어졌다. 그의 얼굴이 바로 코앞에 있었다. 코끝에 그의 근사하고 뜨거운 향기가 닿았다. 그에게 좀 더 다가가고 싶다. 팔을 뻗어 그의 몸을 잡고 싶었다. 의지를 배반하는 구속된 몸이 원망스러웠다. 단희는 천천히, 무거운 허벅지를 벌렸다.

"좀 더."

"……."

"조금 더."

"얼마나 더요?"

"더."

단희는 다리를 양옆으로 더 벌렸다. 사실상 자신이 벌릴 수 있는 최대치였다. 단희의 팔이 이리저리 비틀렸다. 어찌나 능란하게 묶어 놓으셨는지 처음과 비교해 조금도 헐거워지질 않는다. 가끔은 이 사람이 좀 덜 완벽했으면 좋겠다.

그는 단희가 열기에 취해 어쩔 줄 모르는 모습을 조금 더 감상하다가 입술을 겹치고 혀로 여자의 치아를 쓸었다. 뜨거운 숨결에 데워진 입 안은 그녀의 아랫도리만큼 끈적끈적했다. 오스왈드는 활짝 벌어진 단희의 사타구니 사이에 다시 손을 밀어 넣었다. 단희의 목 안쪽에서 웅얼거리는 신음 소리가 들렸다. 침범한 혀끝에 앓는 신음의 파장이 느껴졌다.

오스왈드가 검지와 중지를 단희의 질 안에 삽입하고 엄지손가락으로 과하게 충혈된 클리토리스를 누르자 여자의 몸이 칼에 찔린 듯 위로 펄떡 솟구쳤다. 묶인 여자의 손끝이 하얗게 질려 있었다.

그만하란 항의 같기도 하고, 더 해 달라는 요구 같기도 한 웅얼거림. 몸이 뻣뻣하게 굳기 시작하자 단희는 쾌감을 상쇄하기 위해 허벅지를 붙였다. 그의 손이 단희의 허벅지 사이에 묶였고 오스왈드는 입술을 떼어 냈다. 단희는 절망적일 정도로 숨을 헐떡거렸다.

"달링."

그가 웃었다.

"이건 무슨 행동이야?"

그는 아랑곳 않고 손가락을 움직였다. 와…… 이건 정말 고통스럽다.

"부족하다는 신호인가?"

그럴 리가 있나. 오스왈드의 손가락이 단희의 질벽을 꽉 누르자 척추가 뒤로 활처럼 휘었다. 단희는 신음하며 목을 뒤로 젖혔다. 오스왈드는 가슴을 만지던 손을 올려 가만히 단희의 목에 얹고 가녀린 여자의 목을 휘감았다.

"내가 지금 당신을 얼마나 부드럽게 다루고 있는 줄 알아?"

깃털처럼 자신의 목에 오른 그의 손가락은 압력을 가하지 않았는데도 벌써 숨이 막혔다. 이건 충분히 강해.

오스왈드는 헐떡이는 단희를 보며 처음으로 자신이 누군가에게 묶였을 때를 기억했다. 그때 그가 느낀 것은 치욕과 두려움이었다. 그 잔인한 행위, 자의 따위는 전혀 들어 있지 않은 그 고문과도 같은 행위가 모두 끝난 후에 그는 자기 자신을, 그리고 상대방을, 그리고 그 모든 것들을 혐오했다. 짓이겨진 벌레처럼 바닥을 기었고, 허무함과 공허함에 치미는 눈물을 숨기지도 못했다.

그 이후에는 정신을 놓았다. 무엇이 어떻게 되어도 상관이 없었다. 모든 것은 그저 분노였다. 누군가에게는 쾌락이 되었을 그 분노의 매 순간이 그에게는 지옥이었다. 밑도 끝도 없이 어둠 속으로 추락만 했다. 그 끔찍한 분노와 갈망과 아픔에 자신을 던지지 않으면 도저히 살아남을 수가 없었다. 행복해질 수 없다면 차라리 괴물이 되리라. 그는 그렇게 마음먹었었다.

"내가 어떤 놈인지 당신은 상상도 못 할 거야."

그러나 눈앞의 여자는, 그 어떤 순간에도 괴물이 되지 않는다. 그녀는 이러한 순간에도 눈이 부셨다. 여전히 그에게 분노가 아닌 갈망을 끌어냈다. 여전히 지옥이 아닌 천국을 보여 준다.

달아오른, 연약한 나신을 내려다보는 그는 원초적인 지배욕에 휩싸였다.

감히 상상도 하지 못하겠지. 내가 너를 얼마나 타락시켜 버리고 싶은지. 얼마나 옥죄어서 내 안에 가둬 버리고 싶은지. 네가 내지르는 비명을 들으면서 매 순간 얼마나 그 존재를 확인해 보고 싶은지.

"언젠가 넌 날 다 보게 될 거야."

그는 가만히 손에 쥐어진 여자의 목을 쓰다듬었다. 긴장감이 길어지자 경직된 근육에 통증이 일었다. 여자의 허벅지가 견디지 못하고 느슨해졌다.

"나는 너를 쥐고 밑바닥까지 내려갈 거야."

오스왈드의 손가락이 움직였다.

아. 이런. 안 돼.

"네가 날 절대로 떠나지 못하게."

그를 쥐고 싶다! 그의 몸 어딘가를 붙들고 싶었다. 절정으로 밀려 올라가는 몸이 감각을 이기지 못하고 부들부들 떨려 오기 시작했다.

"나 한계예요!"

여자가 토막토막 끊기는 목소리로 절규했다.

"아닐걸."

그의 부정에 무어라 대꾸를 붙이기도 전에 단희는 그 자리에서 격렬하게 부서졌다. 무엇에도 의지하지 못한 채 그녀는 자신의 몸으로 그 모든 쾌감을 오롯이 받아 냈다. 길고 장렬한 감각이 끝도 없이 이어지자 욕설이 절로 흘러나왔다. 뒤로 젖혀졌던 목에서 오스왈드가 손을 떼어 내자 단희의 몸이 당겨졌던 활시위처럼 앞으로 꼬꾸라졌다.

오스왈드는 어깨로 무너진 여자를 받치고 단희의 손목에서 줄을 풀었다. 경직되었던 관절이 돌아오며 피가 빠르게 돌았다. 저려 오는 기분이 들었고 오스왈드는 여자의 팔을 부드럽게 쓰다듬으며 능숙하게 주물렀다.

그는 단희를 카펫 바닥에 부드럽게 눕히고 손수건을 눈 위로 가만히 밀어 올렸다. 순간 적응되지 않는 빛들이 감은 눈 위로 떨어지자 여자는 눈을 찌푸렸다.

흐릿한 시선에 천장의 조명이 보였고 눈이 부셔 몇 번이고 눈을 깜빡였다. 오스왈드는 파르르 떨리는 여자의 눈꺼풀에 입을 맞췄다.

"넌 이제 자유야."

그는 단희의 허벅지 안쪽을 쓰다듬고 그 사이로 내려갔다. 따듯하고 축축한 감촉에 나른하게 풀어져 있던 여자가 고개를 쳐들었다. 그의 얼굴이 자신의 음모 아래에 있었다.

아…… 정말 대단하다. 그래, 확실히 그게 끝이 아니네.

그는 단희를 핥아 올라갔다. 젖고 부풀고 소진된 그녀의 클리토리스를 혀로 쓸고 밀어 냈다. 뻣뻣하게 굳은 어깨를 움직이려 하자 낯선 통증이 느껴졌다. 그러나 기분이 좋기도 했다.

단희는 오스왈드의 머리카락을 손가락 새에 넣고 그걸 가볍게 쥐었다. 그는 단희의 치골과 음모에 입을 맞추고 유륜과 젖꼭지도 핥아 올린 다음 단희의 입술에 진득하게 키스했다.

그의 단단한 페니스가 단희의 허벅지 안쪽을 가르고 들어오자 단희는 숨을 들이켜며 그를 맞이하기 위해 골반을 들었다. 이젠 그를 맞이하는 게 너무나 익숙하다. 오스왈드가 끙 하고 앓으며 입술을 떼어 냈다. 벌어진 입으로 단희의 혀가 갈증으로 딸려 올라왔다,

"아직도 나 죽이고 싶어?"

대답하기 더럽게 곤란하네. 단희는 그저 실소를 머금었다. 잇새에 터지는 그 헛웃음을 막을 재간이 없었다.

"두고 봐요. 당한 만큼 갚아 줄 테니까."

그가 물러섰다가 다시 들이닥쳤다. 단희는 다시 골반을 들어 올리며 신음했다.

"그거 되게 흥분되네."

"수갑은 무조건 당신 것이라는 것만 알아 둬요."

"정확하게 기억해 둘게."

그는 감탄하듯 대답했다. 농담인지, 진담인지. 어쨌든 그는 움직였다. 평소처럼 반응을 살피거나 단희가 그의 박자에 익숙해질 수 있도록 천천히 피치를 올리지 않고 그는 처음부터 끝까지 거칠게 들어왔다 단번에 물러섰다. 얼얼하게 치는 느낌 다음엔 긁듯 여자의 내벽을 훑고 빠져나갔다.

강렬한 자극 뒤엔 더 강렬한 자극만이 존재했다. 단희는 신음조차 내질 못했다. 움켜쥔 그의 가슴팍을 손톱으로 찍어 눌러 자국을 낸 이후에 그녀는 정말로 감각만 존재하는 마리오네트가 된 듯 그의 몸 아래 뻗어 오로지 그가 주는 강렬한 충격만을 흡수했다. 그것에 모든 것을 집중했다.

그는 단희를 타락시킬 것이라고 했다. 오스왈드가 단희의 몸을 뒤집고 뒤에서 밀려 들어왔을 때 그게 무슨 뜻인지 확실하게 알았다. 한 계치를 넘어가자 부끄러움이란 건 느껴지지가 않았다. 바닥에 구겨져도 수치스럽지 않았다. 그저 모든 동작이, 그의 모든 행위가, 그의 모든 압박이 지독하게 근사했다.

오스왈드가 안으로 들이칠 때마다 단희는 비명을 지르며 손톱으로 러그를 긁었다. 그가 충돌하는 대로 위로 밀려 올라갔다. 그러자 다시 그것이 느껴졌다. 여자의 몸 위로 겹겹이 치밀하게 쌓여 가는 것. 더 강하고 과도하게 부풀어 오르는 느낌.

오스왈드는 단희의 머리카락을 움켜쥐고 여자의 옆얼굴이 드러나게 옆으로 돌렸다. 흥분과 황홀함에 취해 붉게 젖은 얼굴이 그대로 드러났다. 그건 정말 형용할 수 없는 기분이 들게 했다. 아주 좋은 의미로.

그 얼굴을 감상하느라 그가 동작을 멈추자 단희는 타들어 가는 입술을 혀로 훑고 허리를 틀었다.

"자극하지 마. 대니. 지금도 충분히 자극적이니까."

여자가 허리를 한 번 더 비틀었다. 이런. 그러지 말라니까. 오스왈드는 어쩔 수 없이 여자의 머리카락에서 손을 풀고 골반을 두 손으로 잡아 위로 당겼다. 아랫배가 접히며 단희의 안에 머물고 있는 그의 페니스가 질벽에 좀 더 달라붙었다.

앗! 눈앞이 번쩍하며 벌써부터 피가 몰렸다. 그는 여자의 엉덩이를 움켜쥐고 앞뒤로 움직였다. 그 박자에 맞춰 자신의 허리는 반대 방향으로 움직였다. 쿵. 쿵. 쿵. 그가 쳐올릴 때마다 살끼리 부딪혀 철퍽거리는 소리가 방 안에 날카롭게 울렸다. 여자의 몸이 부르르 떨리더니 곧 비명을 지르며 무너졌다.

그는 단희의 골반을 단단하게 틀어쥐었다. 절정이 휩쓸고 지나가자 여자의 질구는 작은 스침에도 수축했다. 그는 눈가를 찌푸리며 그 불규칙한 수축에 온전히 자신을 던졌다. 쿵 치고 그대로 여자의 위로 무너졌다.

몸에서 식지 않은 열기가 피어오른다. 완전히 소진되어 정신이 아득했지만 오스왈드는 단희가 자신의 무게에 깔리지 않도록 팔꿈치로 상체를 지탱하고 몸을 들었다. 단희와의 관계는 늘 이런 충족감을 줬다. 소진되고, 그만큼 더 많이 채워지는 기분을. 그는 단희의 미끈한 어깨에 입을 맞추고 몸을 뒤집어 러그 위에 등을 대고 누웠다.

만족스러운 기분으로 가쁜 호흡을 고르다가 죽은 사체처럼 늘어진 단희가 잠시 기절한 게 아닌가 의심스러워, 오스왈드는 가만히 여자의 머리카락을 쓸고 그녀의 귓불을 검지와 중지 사이에 끼워 살짝 잡아당겼다. 웅얼거리며 항의하는 소리. 그는 만족스럽게 웃고 다시 천장을 응시했다. 여자의 허리부터 엉덩이까지 손등으로 어르듯 살살 쓸며 부드럽게 매만졌다.

"넌 내 첫 번째 여자가 되지 않을 거야."

그는 나른하게 말했다.

"넌 내 마지막 여자가 될 테니까."

그는 손을 뻗어 침대 위의 시트를 끌어 내렸다. 자신과 단희의 몸 위에 내려앉게 한 뒤 그는 몸을 돌려 단희를 감싸 안았다. 딱 맞는 스푼처럼 여자를 포개고 그는 천천히 눈을 감았다.

18

미국으로 가기 2주 전에 국장이 뉴스팀으로 복귀했고 그의 복귀로 단희는 비로소 숨통이 트였다. 자잘한 실무나 기사 내용의 컨펌은 그에게 맡기고, 단희는 직원들의 복지나 금전적인 지원 등의 살림만 챙기면 되었다. 그러고 나니 한결 편안했지만 동시에 쓸모없는 사람이 되어 버린 것은 아닌가 싶은 상실감도 생겨났다. 도청 방송국에 말단 직원으로 있을 땐 자신이 꼭 필요한 존재라고 생각되었는데, 높은 곳에 올라오고 나니 오히려 쓸모가 없어지는 느낌이 든다니 참 아이러니한 일이다.

복귀한 국장은, 단희가 자신의 상사가 되었다는 것에 적지 않게 놀라고 불쾌해했지만, 자신의 연봉이 단희보다 월등히 높다는 사실을 전해 듣고 난 이후엔 기분이 풀렸는지 단희가 휴가계를 내고 열흘 정도 자리를 비운다고 했을 때에도 호방하게 동의해 주었다. 어쩌면 단희가 자리를 비우는 것을 내심 반겼을지도 모를 일이다.

마지연은 케네디공항으로 향하는 전용기에 오르자마자 깡충거리며 뛰어다녔다. 오스왈드가 여기는 놀이터가 아니라고 여러 번 경고를 주었지만 소용없는 일이었다.

"봤어요? 욕실 세면대가 금으로 되어 있어요! 샤워 부스가 딸려 있다니까요! 세상에 팀장님, 이것 좀 봐요! 킹사이즈 침대가 있어요! 이게 비행기예요? 호텔이지?"

"이제 곧 이륙해야 해. 그러니까 제발 가만히 있어. 망아지처럼 뛰어다니지 말고."

오스왈드가 으르렁거렸지만 마지연은 아랑곳하지 않았다. 단희의 집에서 함께 저녁을 먹은 이후, 마지연은 이런저런 핑계를 대며 그 집을 제집처럼 드나들었다. 오스왈드는 여전히 타인과 한 공간을 공유하는 것이 마뜩지 않았음에도, 마지연을 쫓아낼 수 없었다.

허세가 심하고 개념은 없을지언정, 마지연은 오스왈드와 약속한 조항들에 대해서는 성실하게 잘 지켰고 사적으로는 골치 아플지 몰라도, 자기가 맡은 일에 대해서는 똑똑한 아이였다. 단희는 그런 마지연에 대해 엄격하게 구는 척하지만, 지연의 그런 호들갑스러움과 엉뚱함을 즐겼다. 단희의 태도가 그러하니, 오스왈드도 그 불편함을 즐기는 수밖에 없었다.

"저쪽에 칵테일 바 있는 거 봤어요?"

"그래. 봤어. 그래서 뭐. 이제 자리에 앉아, 이 망아지야."

오스왈드가 고압적인 음성으로 말을 씹어뱉자 단희가 가만히 마지연의 어깨에 손을 얹었다.

"지연 씨. 비행기가 뜬대. 위험하니까 이제 자리에 앉아요."

"아, 네."

단희는 마지연이 콧노래를 흥얼거리며 자리에 앉아 벨트를 매는 것을 지켜보다가 오스왈드를 향해 시선을 돌렸다. 그 눈은 마치 '봤어요? 저런 애는 이렇게 다루는 거예요.' 라고 말하는 것처럼 보였다.

멍청이를 구슬리는 데에는 천부적인 소질이 있는 여자로군. 가만. 그럼 나도 멍청이인가?

스튜어디스가 차려 준 최고급 코스요리에 칵테일, 샴페인을 연거푸 들이켠 마지연은 종국엔 옷을 훌훌 벗어 던지고 침실칸으로 가 뻗어 버렸고 단희도 피곤하다며 마지연을 따라 침실로 들어가 버렸다. 오스왈드는 두 여자가 침실칸으로 사라지는 것을 확인하고 곧 비행기 내에 마련되어 있는 자신의 집무실로 발걸음을 옮겼다.

그러고는 내내 그 안에서 한 발자국도 움직이지 않았다. 어차피 침실은 두 여자가 차지했으니 케네디공항에 도착할 때까지 업무 문서나 뒤적거릴 계획이었다. 지난주에 시험주행을 마친 무인정찰기에 대한 보고서도 읽어야 하고 아몬석에 관한 연구가 보류되며 멈춰 버린 차세대 스텔스기의 개발에 관한 것도 다시 살펴봐야 했다.

이 세상에, 사회에 도움이 되는 무기라는 건 존재하지 않지만 적어도 파괴가 아닌 다른 것에도 업적을 남길 만한 무언가를 개발해 보고 싶었다. 정교한 무인 스텔스기가 그 답이 될지도 모른다.

빼곡한 활자를 정신없이 읽고 있는데 미닫이문이 드르륵 열렸다. 기내용 슬리퍼가 빼꼼 보이더니, 뒷머리에 까치집을 지은 부스스한 단희의 얼굴이 조심스레 나타났다.

여자는 광택이 나는 최고급 원목 책상 위에 노트북을 켜 둔 채 뭔가를 끄적이고 있는 오스왈드를 멀뚱히 바라봤다.

그는 별다른 취미 생활이 없는 것일까. 그가 영화를 보거나, 음악을 듣거나, 무엇이든 상관없이 일 이외의 것을 하는 모습을 본 적이 없었다.

먹고, 씻고, 자는 등의 가장 기초적인 생활 이외에는 늘 일을 하거나 운동을 했고, 그가 그 타이트하고 지루한 생활에서 벗어난 것처럼 보일 때는 오로지 자신에게 지분거릴 때뿐이었다.

"안 잤어?"

예상치 못한 등장이 반가운지 그가 단희를 발견하고는 부드럽게 미소 지으며 물었다.

"지연이가 코를 골아요."

단희가 푸념하자 그는 픽 웃었다.

"그거 정말 의외네."

마지연이 코를 곤 것은 사실이지만 참지 못할 정도로 심각한 것은 아니었다. 오히려 비행기의 소음에 적절히 파묻혀서 귀 기울여 듣지 않는다면 잘 들리지도 않았다. 그건 그저 핑계일 뿐이었다.

잠이 들지 못한 것에는 전혀 다른 이유가 있었다. 오스왈드가 자신에게 근사한 것들을 선사할 때마다 그녀를 두렵게 했던 것들. 그와 가까워지고, 그에게서 강렬한 쾌감을 느낄 때마다 같이 느꼈던 것들. 모든 걸 관통하는 단 하나는 오스왈드라는 존재였다.

그래서 그가 없다는 것. 그의 향기가 없고, 그의 온기가 없다는 것. 오직 그만이 단희에게 선사하는 편안함이 없다는 것. 바로 그게 문제가 된다.

그걸 깨닫고 나자 심장이 쿵 하고 내려앉았다. 언제부터 이렇게 된 것인지 헤아려 보기도 힘들었다. 너무 자연스럽게, 그가 스며들어 버렸다. 혼자이려 발버둥 쳤지만 한 번도 그것을 즐겨 본 적은 없다. 단희는 지금도, 그리고 예전에도 혼자인 것을 무척이나 싫어했다. 조용하고 무겁게 내려앉은 분위기 속에 들어앉아 있을 때면 숨통이 조여 왔다.

다른 사람들은 외동으로 자라면 외로움에 익숙해질 거라고 생각할지 모르지만 단희는 아니었다. 오히려 외로움을 극도로 기피했다. 전 남편과의 연애에 홀랑 빠진 것에는 그런 이유도 있었다. 적응할 수 없는 낯선 대학 생활에, 그 외로움을 버티기 위해 정신을 몰두할 것이 필요했다.

단희에게 늘 타인의 온기는 자신의 외로움을 채워 주는 무엇이었다. 막 부화해서 처음 보는 사람이 엄마인 줄 아는 병아리처럼 상대가 누가 되었든 상관이 없었다. 그저 손을 내밀어 주면 그것을 잡았다.

그런데 이것은 다르다. 타인의 온기가 필요한 것이 아니었다. 처음부터 아니었다. 처음 그의 등에 손을 뻗어 그 온기에 의지하고 잠들었을 때부터 단희에게 필요한 것은 타인이 아니라, 오로지 그였다. 그가 주는 강인함, 안정감, 그 따스함이 필요했던 것이다. 그러니 이젠 인정하지 않을 수가 없었다.

그를 사랑한다. 그걸 깨닫고 나니 갑자기 심장이 아프게 뛰어 댔다. 고동으로 욱신거리는 가슴에 손을 얹고 단희는 한참을 호흡했다. 슬프면서 기뻤다. 쓸쓸한 한편 후련했다. 허무함과 동시에 마음 깊은 곳에서 요동치던 파도가 잔잔히 가라앉는 기분을 느꼈다.

단희는 그에게 종종걸음으로 다가가 그의 무릎으로 뛰어들었다. 반동으로 회전의자가 옆으로 반 바퀴 돌았다.

단희는 그의 목에 손을 두르고 힘을 줘 끌어안았다. 급작스러운 행동에 잠깐 의아해하던 그는 곧 차분하게 단희의 허벅지를 자신에게 당기고 다른 손으로 여자의 등을 쓸었다.

"코를 안 고는 내가 그리워?"

"아마도요."

단희는 불안감에 휩싸여 그의 목덜미에 얼굴을 묻었다. 달콤하고 쓴 향이 났다.

원래의 계획은, 그의 인생을 스쳐 가는 정류장이 되는 것이었다. 언제든 내렸다가, 버스가 오면 다시 탈 수 있는 정류장. 언제든 미련 없이 헤어질 수 있는 상태를 유지하고 싶었다. 그래서 그를 대할 때면 늘 감정을 내세우기보다 이성을 내세웠다. 자신의 욕망을 감추고, 적정한 선을 지켜 그와 그저 즐겁고, 가벼운 상태를 지키고 싶었다.

어쩌면 그에게 엄마가 되고 싶었을지도 모른다. 그가 원하는 것이 모성이라면 기꺼이 그것을 주고 싶었다. 그에게 자신을 보이기보다 그저 그가 원하는 사람이 되고 싶었다. 그가 언제든 뛰어들 수 있는 사람이 되고 싶었지만, 그에게 온몸을 던져 뛰어드는 여자가 되고 싶지는 않았다.

막막한 기분이 든다. 예전처럼 이 관계를 망치고 싶지 않은데, 이미 그녀가 유지하려 했던 선에서 벗어나 버린 마음을 이젠 어떻게 조절해야 할지, 그걸 어떻게 끌고 가야 할지 그 길을 잃어버리고 말았다.

사랑한다고 해 버리면 그는 어떻게 반응할까. 아마 무척이나 기뻐할 것이다. 어쩌면 그의 인생에서 가장 행복한 순간이 될 수도 있다.

하지만 그다음엔? 정점을 찍으면 추락하는 길뿐이다. 행복했던 것들이 얼마나 쉽게 으스러져 갔나. 그 믿음이 얼마나 빨리 등을 돌렸나.

단희는 그 정점을 찍고 싶지 않았다. 거기서 그저 조금이라도 물러서고 싶었다. 그래서 아직 조금 더 갈 길이 남았다고 믿고 싶었다. 무엇이든 불완전한 미완의 상태로 남기고 싶었다. 그렇게 해야만 잃고 싶지 않은 것들을 지킬 수 있을 것 같았다.

겁이 많은 자신이 미웠다. 이 두려움이 싫었다. 이것을 뜯어낼 수 있다면 미련 없이 뜯어내고 새로운 페이지를 펼쳐 놓고 싶었다.

"스튜어디스에게 부탁해서 담요를 가져다 달라고 할까? 소파에서 눈을 좀 붙이는 건?"

오스왈드는 단희를 아이처럼 안고 나지막이 물었고 단희는 그의 턱에 이마를 대고 고개를 양옆으로 저었다.

"그럼 샴페인은 어때? 똑같이 술기운에 자 버리는 거야. 코도 좀 같이 골아 주고."

단희는 피식 웃음을 흘리며 다시 고개를 저었다.

"아직 6시간을 더 비행해야 돼. 조금이라도 쉬어 두는 게 좋아."

단희는 몸을 틀어 노트북 모니터를 쳐다봤다. 띄워진 문서창에는 각종 그래프와 수치, 영문 폰트가 점처럼 빼곡히 박혀 있었다.

"하루 종일 이것만 쳐다보고 있으면 안 어지러워요?"

미국에 당도하기 전에 봐야 할 보고서가 산더미다. 마지연과 단희가 관계자의 안내로 할리우드 스튜디오를 관광할 동안 그는 댈크로우 본사에 박혀 있어야만 한다. 짧은 시간 안에 모든 걸 다 해치우려면 그만큼 사전에 머릿속에 많이 담아 두고 가야 했다. 미국에 있으며 단희와 손을 잡고 거리를 걷는, 평범한 데이트 같은 건 못 하겠지만 요트를 타고 며칠 동안 바다로 나갈 순 있었다.

오스왈드는 단희에게 바다 위에 뜬 밤하늘을 보여 주고 싶었다. 파도 소리와 짙은 어둠 속의 별빛은, 엘파소에서 그랬던 것처럼 그녀의 눈을 사로잡을 것이다. 함께 뱃머리에 누워 그 풍경을 여자에게 선사하고 싶었다. 그리고 그러려면 최대한 빨리 일을 끝내야 한다.

"이게 내 일인걸."

그는 어깨를 으쓱해 보였다.

"당신은 어쩔 땐 뜨겁지만 어쩔 땐 참…… 건조해 보여요."

"무슨 뜻이야?"

"사는 게 재미없어 보인다는 뜻이요."

건조해 보인다는 단희의 말은 그에게 꼭 맞았다. 치열하지만 메말랐고, 광활하지만 살아 숨 쉬는 것들은 별로 없었다. 지금까지 그렇게 살아왔고, 앞으로도 그렇게 살 것이라 믿어 왔기 때문에 충돌 사고가 일어나듯 자신의 인생에 끼어든 단희가 그에겐 몹시 놀라운 존재였다.

"그럼 날 좀 적셔 주든가."

음담패설을 하는 듯한 목소리로 그가 씩 웃었다. 단희는 못 말린다는 듯 고개를 절레절레 저어 보이더니 책상 위로 손을 뻗어 마우스를 잡았다. 문서창을 끄고 웹창을 띄우더니 음원 사이트에 들어가 아무거나 추가해 재생을 눌러 버렸다. 노트북의 스피커 사이로 그루브한 드럼 비트가 둥둥 울렸다.

단희가 상업적이고 대중적인 소모성 팝을 좋아한다는 것이 처음엔 의외였다. 그러나 시간이 지나자 그런 음악을 좋아하는 것이 퍽 잘 어울려 보였다. 스무 살의 유단희는 충분히 그럴 만한 여자였으니까.

단희가 그의 무릎에서 내려가 종종걸음으로 문가에 다가갔다. 철컥하고, 잠금쇠가 걸리는 소리.

오스왈드는 의자 팔걸이에 팔꿈치를 세워 턱을 괴고는, 단희가 비장한 표정으로 소매를 걷어붙이며 다가오는 모습을 따라 눈동자를 옮겼다.

"뭐, 엉덩이라도 흔들어 주게?"

그 말에 단희의 한쪽 눈썹이 도도하게 치켜 올라가며 미간 사이가 폭 파였다.

"아니요."

단희는 오스왈드의 발아래에 무릎을 대고 앉았다. 그러곤 그의 무릎을 잡아 벌리고 손으로 허벅지를 더듬어 올라가 바지 버클에 손을 댔다.

"다른 서비스를 해 주려고요. 아주 능동적으로요."

여자는 장난기가 가득한 눈으로 입술을 깨물어 보였다. 단희의 작고 하얀 손이 오스왈드의 바지 버클을 풀고 조심스레 지퍼를 내리자 그의 매끈하고 도톰한 입술이 살짝 벌어졌다. 단희는 자신의 입술을 혀로 한 번 핥고 그의 눈을 들여다보며 그의 셔츠를 복근 위로 밀어 올렸다. 천천히 고개를 숙여 남자의 명치에 입을 맞추고 단단하고 조각 같은 복근을 타고 혀를 미끄러트렸다.

까끌한 여자의 입술은 촉촉했다. 뜨거운 자신의 피부에 비해 서늘하기도 했다. 그녀는 입술로 사나운 짐승의 등을 쓰다듬듯 공을 들여 오스왈드의 피부를 부드럽게 비볐다. 오스왈드는 턱을 괴고 여자가 하는 대로 내버려 두었다. 그저 자신의 아래에 무릎을 꿇고 있는 그 모습이, 자신의 배 위에 닿는 여자의 감촉이 놀라웠다.

단희가 고개를 틀어 오스왈드의 옆구리에 나 있는 총상을 핥자 그의 입에서 뜨거운 한숨이 쏟아졌다. 입술이 닿는 곳마다 무너져 내리는 기분이었다. 단희가 그의 옆구리를 이로 긁고 배꼽 아래로 얼굴을 숙이자 그의 배가 단단하게 긴장되었다.

"봐요."

단희는 두 손을 들어 보였다.

"나 지금 손이랑 입 둘 다 사용 가능해요."

"확실히 그러네."

그가 대꾸하자 단희는 치아를 드러내고 수줍게 미소 지으며 다시 고개를 숙였다. 단희는 배꼽 아래로 길게 나 있는 체모를 따라 손을 움직여 그의 브리프를 아래로 밀고 이미 팽창해 있는 그의 페니스에 입술을 비볐다.

여자의 숨결이 뜨거운 곳에 가만히 내려앉았다. 그는 자신의 아랫입술을 깨물고 꽉 주먹을 쥐었다.

손으로 그의 것을 꺼내 들고 혀로 아래에서부터 위로 아주 천천히 농밀하게 쓸어 올렸다. 녹아내리는 아이스크림을 핥듯이 쓸어 올리다가, 애가 탈 즈음 여자는 입술 안으로 천천히 그의 것을 밀어 넣었다. 따뜻하고 부드럽고 녹아내릴 것처럼 감미로웠다.

그는 신음하며 마른 입술을 핥았다. 지난번 여자의 입 사이로 저돌적으로 자신을 밀어 넣었을 때와는 완전히 틀렸다. 자유롭고 능동적인 여자는 그에게 완전히 다른 세상을 선물하고 있었다.

세상에. 뭐가 이렇게 능숙해? 여자의 입술은 그를 조이지도, 허겁지겁 빨아올리지도, 속도를 내 압박하지도 않았다. 그저 나른하게 움직였다. 나른하고 부드럽고 아주 천천히. 그게 사람을 미치게 만드는 건 줄 이제야 처음 알았다.

그는 팔걸이를 두 손으로 꽉 잡고 자신의 감각을 통제했다. 그러나 단희의 치아가 그의 가장 예민한 부분을 살짝 긁자 그는 더 버틸 재간이 없어 단희의 머리카락을 손에 휘감았다. 자신이 원하는 속도에 맞춰 허리를 들어 올리며 여자의 머리를 반대로 움직였다. 다칠까 봐 염려하면서도 어쩔 도리가 없었다.

단희의 눈가가 찌푸려 들고 가끔은 버겁게 콜록댔다. 그는 곧 터질 것 같았다. 여자의 머리카락을 풀어내고 어깨를 잡아 몸을 일으켜 세우려 했지만 단희는 저항하며 다시 그의 것을 입술 깊숙이 묻었다.

"그만."

오스왈드가 다급하게 말했다.

"그만. 그만해."

오스왈드의 두 손이 어쩔 줄을 모르고 단희의 머리 위에서 맴돌다 다시 팔걸이를 붙잡았다. 단희는 압박을 가하고 속력을 올렸다.

빌어먹을. 버틸 재간이 없네!

그는 눈을 꽉 감고 크게 신음했다. 여자의 따듯하고 매끄러운 입 안에 사정하고 난 후 그는 헐떡이며 눈을 번쩍 떴다. 고의로라도 여자의 입 안에 사정을 한 경우는 한 번도 없었다. 그것도 놀라운데 여자는 닦아 내듯 그의 페니스에서 입을 떼어 내더니 그대로 그걸 꿀떡 삼켜 버렸다.

뭐?

그는 할 말을 잃고 당황해 입을 쩍 벌렸는데 단희는 덤덤한 얼굴로 입맛을 다셨다.

"나쁘지 않네요."

뭐 이런……. 지금껏 관계에 주도권을 잡고 행사하던 건 그였다. 야한 소리를 지껄이거나 외설스러운 짓을 해서 여자를 당황시키는 건 그였고 입을 벌리고 어쩔 줄 몰라 하던 건 여자였다. 그런데…… 이게 뭐지?

지금껏 보아 온 단희의 모습 중 가장 낯설었다. 그녀에게 이렇게 적극적으로 야하고 나른한 면이 있을 거라곤 전혀 기대하지 않았다. 특히 이런 것에 능숙할 거라곤. 잠자리에 형편이 없다는 듯 말하더니, 그중 이건 포함되지 않았던 모양이다. 단희의 전남편에게 감사의 인사를 표해야 하는 건지, 아니면 갈비뼈를 한 번 더 부러뜨려야 하는 건지 감이 잡히질 않는다.

오스왈드는 단희의 팔을 잡아 자신에게로 끌어당겼다. 자신의 체액이 남아 있는 입술에 입을 맞추고 다급하게 여자의 윗옷을 끌어 올려 맨살을 손으로 쓰다듬었다.

"자러 갈래요."

단희가 입술 새로 웅얼거렸다.

"뭐? 안 돼."

그가 단희의 고무줄 바지 사이로 손을 밀어 넣자 단희가 그의 손을 잡아 빼고 그의 품에서 벗어났다.

"안 돼요. 생리 중이에요."

그러고는 남자의 바지 지퍼와 버클을 다시 단정하게 잠갔다.

"알아."

모를 리가 없다. 지난밤에 사랑을 나눌 때 그녀에게서 나던 피 냄새를 그가 먼저 맡았다. 단희가 알아채기도 전에 말이다. 그게 뭐 대수인가.

"난 상관없어."

단희가 고개를 한쪽으로 기울이고 진심으로 하는 소리인지 의아하다는 듯 쳐다봤다.

"정말 상관없어, 난 지금 내가 받은 걸 되돌려 주고 싶어 죽겠다고."

그녀는 도리질 쳤다.

"배가 아파서 안 돼요."

"······진짜야?"

그의 눈에 걱정스러움이 스쳤다. 단희는 고개를 끄덕였다.

"네. 이제 일 그만하고 눈 좀 붙여요."

그녀는 오스왈드의 이마에 다정하게 입을 맞추고 문으로 걸어갔다. 걸쇠를 풀고 드르륵 문을 열고는 다시 한 번 고개를 돌려 그를 쳐다봤다. 그 갈색 눈동자에 형용할 수 없을 만큼 많은 빛깔이 감돌았다. 그는 그저 그걸 눈에 담아내느라 정신이 없었다.

"내가 사랑하는 거 알지?"

그가 멍하게 물었고 단희는 그저 고개를 끄덕였다.

"잘 자요."

한결 부드럽고 상냥해진 목소리로 인사하더니 여자는 문을 닫고 사라졌다. 집무실 안에는 단희가 틀어 놓은 그루브한 비트의 음악만이 메아리처럼 울려 댔다. 그는 단희가 사라진 문을 쳐다보다 시선을 모니터로 돌리고 문서창을 띄웠다. 그러나 이내 아예 노트북을 접어 옆으로 밀어 버렸다.

기가 막힌다는 듯 헛웃음을 짓던 그는 의자에서 일어나 뒤쪽에 마련되어 있는 기다란 소파 위에 털썩 누웠다. 그는 눈을 감고 자꾸만 터져 나오는 웃음에 저 혼자 소리 죽여 웃었다. 크흠 헛기침을 한 번 하고 아랫입술을 혀로 핥고 그는 다시 미소 지으며 편하게 긴장을 풀었다.

그 여자가 자신에게 무슨 영향을 끼치는지 이젠 스스로도 모르겠단 기분이 들었다. 그게 뭐가 되었든 그는 그저 여자에게 흘러 들어가고 싶다. 그 여자의 깊은 바다에.

얼핏 뭔가가 몸 위로 덮이는 느낌이 들어 잠에서 깨어났을 때 단희가 그의 몸 위로 올라오고 있었다. 익숙한 향기와 익숙한 무게는 눈을 떠 확인하지 않아도 존재를 깨달을 수 있다. 새우처럼 등을 웅크린 여자의 몸을 오스왈드는 손으로 기꺼이 안았다.

그때 어떤 확신이 들었다. 어쩐지 단희가 자신에게 모든 빗장을 풀어 버린 것 같다는 확신. 꼿꼿하게 서 있는 여자가 자신의 품으로 조금씩 기울고 있다는 그런 확신이었다.

◆ ・   ・ ● ●

전용기가 공항에 도착하자마자, 대기하고 있던 벤에 올랐다. 지긋지긋한 공항 검색대를 통과하는 일도, 수화물을 찾기 위해 줄을 서는 일도 없었다. 편안하고 고급스러운 벤을 타고 한 시간 남짓을 달려, 뉴저지의 고급 주택가에 들어서자 단희는 새삼 오스왈드가 이질적으로 느껴졌다.

전혀 다른 언어, 전혀 다른 사람들이 사는, 자신과는 전혀 다른 환경. 여기가 그의 땅이고, 이게 그가 살아온 인생이며, 앞으로 그가 살아가야 할 인생이라는 것이 갑작스럽게 실감 났다. 자신과 그가 얼마나 다른지 말이다.

뉴저지의 고급 주택가에서도 한참을 더 들어갔다. 아직 집이 보이지도 않는데, 담장과 감시카메라부터 설치되어 있었다.

"와. 여기가 사장님 집이에요?"

마지연은 창가에 딱 붙어 앉아서 격앙된 채 물었다.

"아니."

오스왈드는 창가에 턱을 괸 채 대답했다. 이 집은 딜래스 가문의 것이었다. 오스왈드가 차지할 수 있는 땅이 아니라, 트리버가 성인이 되면 차지할 땅.

잘 정리된 정원과 잔디밭 사이로 난 길을 따라 몇 분을 더 들어가자 거대한 분수대가 서 있는 저택의 입구가 보였다. 영화에서나 보던 곳을 실제로 오게 될 줄이야. 차가 분수를 한 바퀴 돌아, 저택의 포치 앞에 정지했다.

원래부터 흰머리였던 것처럼 보이는 백발의 건장한 노인. 커다란 키에 근사한 실루엣을 지닌 붉은 머리의 여자가 마중 나와 있었다.

그들은 차가 멈추자 포치 계단으로 몇 발자국 더 다가왔다. 수행원이 문을 열었고 오스왈드는 밴에서 내려 단희와 마지연이 차에서 내릴 수 있게 도운 후에 덜래스와 악수했다.

「오스왈드.」

「덜래스 씨.」

「어서 와라.」

붉은 머리에 초록색 눈, 도톰하고 육감적인 입술이 인상적인 여자는 새하얀 치아를 드러내며 그에게 미소 지었다.

「오즈.」

「부인.」

남편이 오스왈드의 어깨를 두드릴 때까지 기다렸다가 여자는 반갑게 오스왈드와 포옹했다.

「자기 없어서 심심해 죽는 줄 알았어. 누가 내 푸념을 들어 줘야 말이지. 세상에 트리버가 밤마다 어찌나 울어 대는지 개 때문에 내가 정신과를 다니게 생겼다니까.」

「로즐리.」

덜래스가 옆에서 작게 만류하자 여자는 아차 싶었는지 방그레 웃으며 시선을 오스왈드의 어깨 너머로 돌렸다. 가만있자, 그러니까 이중에……

「어서 와요, 대니.」

로즐리는 당당하게 마지연의 양 볼에 입을 맞췄다. 음? 마지연은 뭔가 이상하다는 기분을 느끼면서도 로즐리의 화려한 외형에 취해 얼떨결에 여자와 포옹했다.

오스왈드는 잠자코 로즐리가 호들갑스럽게 마지연에게 인사하는 걸 지켜봤다가 단희의 어깨에 자연스럽게 손을 두르며 소개했다.

「소개하죠. 이쪽이.」

그는 이쪽이란 단어에 힘을 주며 로즐리에게 친절하게 웃어 보였다.

「유단희 씨고, 그쪽이.」

오스왈드는 여전히 살갑게 마지연의 어깨에 붙어 있는 로즐리의 손을 쳐다보며 말을 이었다.

「마지연 양.」

로즐리는 잠깐 멍했다가 곧 두 여자를 번갈아 바라봤다. 가만있어 봐. 가만. 잠깐. 저 동양인은 너무 어려 보여서 오스왈드의 취향이 아니었다. 마지연과 유단희의 나이 차가 얼마가 나든 외형으로 그걸 구분하기엔 어려웠다. 그나마 그가 여태껏 만나 왔던 여자들로 미루어 보자면 늘씬하고 예쁜 이쪽이 유단희일 수밖에 없었다. 그런데…… 틀렸다고?

로즐리는 한참 동안 단희의 얼굴을 쳐다봤다. 건강하고 생기 있어 보이지 않는다. 굳이 뭔가와 비교하자면 동양인 화가들이 그려 놓은 꽃이나, 풀 같은 느낌이었다. 연약해 보이지만 신비로운 느낌은 가지고 있었다.

로즐리는 과거 연기자의 기지를 발휘했다. 함박웃음을 지으며 과도하게 팔을 벌리고 단희를 끌어안았다. 비할 바 없이 기쁜 듯 호들갑을 떨었다.

「대니! 정말 반가워요! 또래 친구가 오니 얼마나 좋은지 몰라요! 아시다시피 여긴 다 늙어 빠진 사람들뿐이거든요! 우린 정말 잘 통할 것 같아요, 그렇죠?」

로즐리의 목소리는 아주 높고, 말은 꽤 빨랐다. 알아듣기가 불가능했지만 대충, 반갑다고 인사하고 있다는 뉘앙스 정도는 파악할 수 있다. 단희는 눈을 굴리며 로즐리가 호들갑스럽게 양 볼에 입을 맞출 때까지 기다렸다가 예의상 그녀에게 미소 지었다.

「멀리 오느라 정말 고생했어요! 짐은 저것이 다인가요?」

벤의 트렁크에서 수행원들이 여행용 가방을 꺼내고 있었다. 단희의 것은 오스왈드와 같은 캐리어에 들어가 있었고 나머지 3개의 대형 캐리어는 모두 마지연의 것이었다. 그녀는 이곳에 머물며 아마 패션쇼라도 할 모양이었다.

「저게 답니다.」

오스왈드가 대신 대답하자 로즐리는 '생각보다 짐이 적네.' 라고 혼자 중얼거리고 이내 다시 발랄하게 웃었다.

「들어가요. 패밀리 룸에 근사한 티타임을 준비해 뒀어요. 중국에서 공수해 온 보이찬데 향이 아주 기가 막혀요.」

오스왈드가 데리고 온 일행이 영어를 전혀 못 한다는 건 사전에 알고 있었지만 로즐리는 별로 상관하지 않았다. 그저 뭐가 되었던 자신의 쉴 새 없는 수다를 받아 줄 사람만 있으면 되었다.

이 넓은 집에, 덜래스 가문의 안주인이란 이름은 꽤 버거운 자리였다. 어느 정도 보장받던 자율성도 트리버를 출산하며 모두 다 놓아 버려야만 했다. 외롭고 공허했으니 귀머거리든 벙어리든, 그저 제 또래의 여자들이 오는 것이 마냥 좋았다. 덜래스는 아내의 들뜬 모습을 착잡하게 쳐다보다 이내 오스왈드를 향해 씁쓸하게 웃어 보였다.

「많이 외로운 모양이다.」

「원래 외로움이 많은 사람이잖아요. 로즐리를 지금보다 조금 더 언론에 노출시켜도 나쁘지 않을 것 같은데요.」

원래 스포트라이트를 받는 걸 좋아하던 사람이었다. 터지는 플래시와 사람의 환호성을 즐기고 싶어 할리우드에 발을 들이고 배우를 꿈꿨다.

일찍이 아버지가 없이 자랐기 때문인지 로즐리에게 결여된 부성은 오랜 갈증이었고 딜래스 회장을 만나며 로즐리는 그에게서 오래된 트라우마를 채웠다. 하지만 배우의 꿈과 많은 이에게 사랑과 관심을 받고 싶은 욕망은 접어야 했다.

「이 집 담장을 넘으면 실수할 게 뻔해. 안 그래도 욕을 먹는 마당에, 지금보다 더 이미지를 깎아 먹을 필요야 없지.」

레베카가 너무 완벽했기 때문이겠지. 오스왈드는 딜래스의 발걸음을 따랐다.

「의외였다. 오스왈드.」

노인은 입가에 주름을 지으며 웃었다.

「네가 어떻게든 땅을 차지할 줄은 알았지만, 여자까지 차지할 줄은 몰랐어.」

유단희에 대한 정보는 어느 정도 들어 알고 있다. 원래 목적을 위해 수단과 방법을 가리지 않는 남자였기에 여자를 타깃으로 잡았어도 이상할 것이 없었다. 오히려 전략적으로 아주 현명한 방법이었다.

아직도 아몬석에 대해 폐기해야 한다고 주장하지만 오스왈드는 정해 둔 목적은 반드시 이루는 사람이었다. 딜래스는 오스왈드의 그러한 점을 높이 사면서도 무척 걱정스러워했다. 사업적으로 완벽하면 완벽할수록 감정적으론 점점 더 고립되어 갔기 때문이었다.

계약서에 사인을 하자마자 딜래스는 오스왈드가 여자를 버릴 줄 알았다. 적어도 그가 알고 있던, 한국으로 떠나기 전의 오스왈드는 그런 남자였다. 이성관이 너무나 형편없어서 매스컴의 먹이가 되어 버릴 지경이었으니까.

그런데 한국 땅에서 전해져 온 것은 오스왈드가 집안의 중요하고 전통적인 자선행사 때 그 여자와 파트너로 동행한다는 이야기였다. 멕시코에서 벌어진 일로, 여자에 대해 책임감을 느끼는가도 생각해 보았지만 그런 자비나 동정은 자신이 아는 한 내보인 적이 없던 아이였다.

「저 여자와 어디까지 갈 생각이니?」

덜래스 회장이 묻자 오스왈드는 패밀리 룸으로 사라지는 단희의 뒷모습을 스윽 쳐다보고는 표정의 변화 없이 말했다.

「결혼이요.」

그의 대답에 덜래스는 호방하게 웃었다. 그러곤 오스왈드의 팔뚝을 다정하게 매만졌다.

「우리끼리 위스키 한잔하자, 얘야. 여자들끼린 여자들끼리의 티타임을 즐기도록 놔두고 말이야.」

자신이 못 본 사이 오스왈드의 내면은 무언가로 채워져 있었다. 일평생, 그것을 채우려고 온갖 노력을 다 해도 채워지지 않던 것이었는데, 쫓아내듯 한국 땅으로 보냈더니 몇 달 만에, 그것이 채워져 버린 거다.

덜래스는 전통적인 것을 좋아했다. 그의 취향은 집 안에서도 확연히 드러났는데 그중 가장 덜래스 회장다운 곳은 그의 서재였다. 마치 르네상스 시대 유서 깊은 귀족의 저택에 들어온 것처럼 정성을 들여 손질한 오래되고 우아한 가구들이 곳곳에 배치되어 있었다.

모든 것이 손때 묻은 골동품들이었다. 낡아 보이는 것이 아니라, 그렇기에 더 가치 있어 보이는 고가구들. 오스왈드는 덜래스가 값비싼 코냑을 따를 동안 베르제르 소파에 등을 기대고 앉았다. 자작자작 타들어 가는 벽난로의 불길이 그의 금색 눈동자를 붉은빛으로 물들였다.

「FBI에서 연락이 왔어요.」

덜래스는 오스왈드에게 크리스털 잔을 건네고 그의 맞은편에 자리 잡았다.

「안다. 프랭크가 내게도 전화했었다.」

「어쩔 생각이세요?」

덜래스는 가만히 자신의 무릎을 쓸었다.

「레드마피아까지 등에 업고 있다더군요. 알고 계셨어요?」

「나도 이번에 안 사실이야.」

「남편이 레드마피아와 줄이 닿아 있었다던데, 그게 레드마피아와 손을 잡은 이유라고 생각하세요?」

「글쎄다.」

「FBI에 첩자를 심어 놓은 건 그자들 짓이겠지만 우리 쪽에 스파이를 붙였다면 그건 백 퍼센트 레베카의 작품이에요.」

덜래스는 깊게 가라앉았다. 동요되지 않으려는 태도였다.

「카르텔에게 납치와 살인을 사주한 자는 분명 레베카일 테고, 레베카가 유환오와 유단희의 존재를 알고 있다는 건, 아몬석에 대해서 알고 있단 이야기이기도 해요. 그 여자가 레드마피아와 손을 잡은 건 단순히 줄이 닿아서가 아닐 겁니다. 레드마피아가 최근 들어 세를 어마어마하게 불렸다더군요. 덩치가 커졌다면 그만큼 새로운 수익원이 필요하겠죠. 그게 아몬석이 아닐 거라는 보장은 누구도 할 수 없어요.」

「신중해야 해, 오스왈드.」

「그 여자는 날 죽이려고 했어요.」

오스왈드가 크리스털 잔을 꼭 쥐며 이를 갈았다.

「내 회사에 첩자를 심고, 내 여자의 아버지를 죽이고, 날 죽이려고 했다고요. 그럼에도 불구하고 이렇게 가만히 엉덩이를 붙이고 앉아 있는데 더 이상 어떻게 신중해질 수 있단 말입니까?」

「어떻게 하길 원하니? 그 여자를 청부 살인이라도 할까?」

덜래스는 크리스털 잔을 트레이 위에 올려 뒀다.

「오스왈드. 우리가 결코 도덕적인 사람이라고 할 순 없지만, 그래…… 너나 나나 괴물이라고 불리고 있긴 하지만 그래도 우리에게도 한계란 것이 있어. 이곳은 전쟁터가 아니고 우린 군인이 아닌 사업가다. 그 여자에게서 벗어날 수 있는 길은 그 여자를 죽이는 것뿐이야. 겨우 그런 여자 하나를 죽여서 너와 내 명예를, 가문의 명예를, 기업의 명예를 더럽힐 순 없다.」

「그 여잔 폭탄을 든 광견이에요. 이렇게 손을 놓고 그 여자가 하는 대로 내버려 둘 순 없어요.」

「다시는 미국 땅으로 돌아오지 않겠다는 조건으로 우린 이혼을 했다. 그 여자는 부끄러움을 모르지만 자신에게 득이 되는 일과 실이 되는 일은 명확하게 구분할 정도로 약았으니 감히 이곳에 발을 들일 순 없을 거야.」

「어떻게 그렇게 장담하세요? 그 여자가 이 땅에 들어와도, 워싱턴가의 그 어떤 자도 그 여자를 막을 수 없을 텐데.」

「돈과 권력에 움직이는 자들은 이중적이란다. 앞에서는 머리를 조아리는 척하지만 언제든 뒤를 칠 생각도 같이 하는 게 그 바닥 사람들이야. 그 여자가 죗값을 치르길 원하는 자는 아무도 없겠지. 그 피해를 감당할 수 없을 테니까. 그러나 그 여자가 입을 열기 원하지 않는 사람 중의 대다수는 차라리 그 여자가 이 지구상에서 영원히 사라져주길 원하는 사람도 분명 존재할 게다. 바로 너처럼.」

「누군가 그 여자의 목을 비틀어 주길 기다리라는 건가요?」

「숨통을 물어뜯을 수 있다는 확신이 들기 전에는 송곳니를 함부로 드러내선 안 되는 거란다. 그러니 숨을 죽이고 덤불 아래로 몸을 낮춰라, 오스왈드. 때가 오기 전엔 반드시 그렇게 하는 거야.」

노인의 눈이 잔인하게 빛났다.

로즐리는 패밀리 룸에 걸린 그림에 대해 열성적으로 설명했다. 지금 상태로는 귀머거리나 다름없는 두 여자를 두고 말이다. 단희의 손에 들린 보이차는 차갑게 식은 지 오래였다.

처음엔 로즐리의 말에 집중하려고 온 신경을 다 동원하며 노력했지만 허사였다. 마지연은 이미 아주 오래전부터 여자의 말을 TV에 틀어 놓은 외화의 소음처럼 인식하고 있었다. 둘은 멍하게 앉아 로즐리가 손을 휘저으며 그림에 대해 떠드는 것을 그저 관망했다.

「지조를 좀 지켜요, 로즐리.」

좀 더 낮고 차분한 목소리가 뒤통수에서 들려왔다. 로즐리는 말을 멈췄고 마지연과 단희는 동시에 뒤를 돌아보았다.

흑단처럼 윤기가 흐르는 단발머리. 백자처럼 새하얀 피부에 붉은 립스틱이 백설 공주의 선혈처럼 아찔했다. 170이 넘어 보이는 장신의 키에 모델처럼 늘씬한 몸에는 신비스러운 보라색 원피스가 주름 하나 없이 감겨 있었다. 예뻤을 뿐 아니라 머리부터 발끝까지 빈틈없이 치장되어 있었다. 아주 공들여 조각한 보석 같은 느낌. 이상한 기시감이 느껴져서 단희는 눈을 가늘게 뜨고 여자를 더 살폈다.

매력적인 동양 여자는 눈으로 번갈아 가며 귀여운 두 동양인을 살폈다. 어린아이 티가 풀풀 나는 어여쁜 여자를 위아래로 훑고 그녀는 혀로 마른 입술을 쓸었다. '흠' 하고 어쩐지 구미가 당겨 보이는 소리를 한 번 내뱉은 뒤 단희에게로 시선을 옮겼다.

유리벽처럼 차갑고 투명해 보이는 갈색 눈동자. 건조하게 눈을 깜빡거리는 모습을 보자 루시는 바로 알아차렸다. 아, 이분이시로군.

"당신이 유단희로군요."

여자는 미소 지었다. 새하얀 건치가 붉은 입술과 대조되며 눈부시게 드러났다. 그녀는 손을 내밀었다. 입술처럼 붉은 매니큐어가 흠 하나 없이 발려져 있었다.

"반가워요, 난 루시예요. 입양 전에 지어진 이름은 '보경'이에요. 편할 대로 부르시면 돼요."

여전히 그 어떤 동요도 없어 보이는 표정에 루시는 더 매력적으로 입꼬리를 올렸다.

과연 오스왈드가 지금껏 만나 온 여자와는 완전히 다른 부류이긴 했다. 입 안에 침이 고일 만큼 호기심이 생긴다.

"오즈에게 이야기 많이 들었어요."

오즈? 오스왈드?

"우린, 그러니까…… 음…… 불알친구거든요."

오스왈드의 친구란 말에 단희는 손을 내밀어 여자의 손을 마주 잡았다. 그에게 여자 사람 친구가 있다는 이야기를 들어 본 적이 없었다. 친구가 있다는 것도 지금 처음 알았다. 하지만 이제야 그녀에게서 느껴지는 기시감이 무엇인지 알 것 같았다.

이 여자는 오스왈드와 같은 부류의 사람이다. 특별한 대접을 받아야 하는 특별한 사람.

"당신은 단희 씨의 비서인가요?"

단희를 볼 때와는 확연히 다른, 훨씬 더 깊게 가라앉은 눈으로 여자는 마지연을 훑었다. 사냥감을 눈앞에 둔 매처럼 보이는 눈이었다.

"네. 마지연이에요. 언니는 뭐 하는 사람이에요? 모델? 배우?"

"난 의사예요."

"의사요?"

마지연이 히익 하는 소리를 냈다. 와― 씨. 뭐 이런 불공평한! 얼굴도 완벽한데 머리까지 똑똑하다고? 이 여자 외계인인가 봐!

"네. 정신과 전문의죠."

"여기서 성격까지 좋으면 좀 재수 없을 것 같은데……."

"걱정 말아요. 성격은 아주 지랄맞으니까."

루시는 매력적으로 윙크했다.

「루시. 자기야. 잘 왔어. 근데 무슨 이야기를 하고 있는 거야?」

로즐리는 여배우처럼 손끝을 움직이며 뾰로통한 표정을 지어 보였다. 루시는 로즐리를 보고 부드럽게 웃었다. 덜래스의 부인이지만 서른여섯인 그녀보다는 다섯 살이나 어렸다. 루시에게 로즐리는 그저 귀여운 여동생이었다.

「그저 자기소개였어요. 근데 로즐리, 아까 트리버의 유모가 부인을 찾던데요?」

Shit. 로즐리는 미간을 구기며 짧게 탄식했다.

「트리버 때문에 못 살겠어. 갠 날 괴롭히는 게 취미인가 봐. 정말이지, 벌써 두통이 몰려와.」

로즐리는 울기 직전의 표정으로 투덜거리며 패밀리 룸을 나섰다. 뒷모습이 사라질 때까지 그녀는 혼자 똥 씹은 사람처럼 중얼댔고 루시는 키득키득 맑은 목소리로 웃었다.

"로즐리는 1년 전까지 산후 우울증을 앓았어요. 이 넓은 집에서 혼자 고립되어 있었거든요. 그러니 좀 비정상적으로 들떠 보여도 이해해 줘요."

루시는 부드럽게 움직여 1인용 소파에 앉았다. 길고 늘씬한 다리를 꼬아 올리는 모습이 편안하고 우아했다.

"정직하게 말하자면 트리버가 정말 끝내주는 놈이거든요. 살다 살다 그렇게 목청 크고 성격 드러운 아이는 본 적이 없어요. 나중에 어떻게 클지 심히 걱정될 지경이에요."

루시는 미간을 찌푸리고 생각만으로도 진저리가 나는지 어깨를 부르르 떨었다.

"먹지도 자지도 않고 24시간을 울어 대는데, 극한의 괴로움을 이기지 못해 바뀐 유모만 수십이에요. 로즐리가 신경쇠약에 걸릴 만하죠."

그 말에 단희가 의아하게 반응했다.

"오스왈드는 아주 귀여워하는 거 같은데요."

키패드 비밀번호를 생일로 할 정도로 말이다.

"기본적으로 아이를 좋아해요. 아이한테 엄청 서툴면서 말이죠. 은 근히 귀여운 구석이 있어요."

환하게 미소 지어 보이는 루시의 얼굴에 애정이 깃들어 있었다. 그 표정에 단희의 고개가 저도 모르게 갸우뚱했다. 뭔가가 아주 야릇했 다.

"오즈가 나에 대해 이야기한 적 있나요?"

"아니요."

단희의 부정에 루시는 그럴 줄 알았다는 듯 눈썹을 까딱거리며 테 이블 위에 놓여진 쿠키 한 조각을 집어 들었다.

"그럼 자기에 관해서는요?"

자기에 관해서?

"혹시 10대 때, 어떻게 지냈나 뭐 그런 것들이요."

학대당하던 어린 시절, 양부모의 최후, 군대에서의 일화 같은 건 알 고 있지만 오스왈드로부터 그의 청소년기에 대해 들어 본 기억은 없 다. 단희는 고개를 좌우로 저었다.

"아."

루시가 내뱉은 짧은 탄식은 단희에게 자신은 오스왈드의 청소년기 에 관해 모두 다 알고 있다는 의미로 읽혔다.

옆에 지연이만 없다면 단희는 루시에게 묻고 싶은 게 많았다. 둘이 어떤 관계인지, 오스왈드의 어디까지 알고 있는지, 알고 있다면 자신 에게 어디까지 알려 줄 수 있는지. 그리고 호기심에 반짝이는 루시의 눈도 분명 단희에게 똑같은 것을 묻고 싶어 했다. 왜 오스왈드는 루시 에 대해 한마디도 언급해 보질 않았을까.

그에겐 친구란 것이 없는 줄 알았다. 그가 자신에 관해 이야기할 때 그려지는 그림은 그의 곁에는 아무도 없는 것이었다. 아주 외롭고 고독한 그림이 머릿속에 떠오르는 전부였다.

가끔 애정이 깃든 얼굴로 리즈디를 다닌다던 그 어린 청년에 관해 이야기할 때는 있었지만 그건 그의 과거와는 동떨어진 이야기여서 오스왈드의 모습이 그 이야기에 덧입혀져 보이진 않았다. 그러나 루시가 그에 대해 이야기할 때는 자꾸만 이 여자의 옆에 그의 모습이 같이 그려졌다. 나란히 서서 자신을 쳐다보고 있는 느낌이 들었다.

여자와 친구가 되는 것이 가능한 사람이던가? 이렇게, 경비가 삼엄한 저택을, 그것도 덜래스 회장의 저택을 맘 편히 드나들고, 모든 사정을 다 알고 있을 만큼 친근한 친구가 있다는 이야기를 왜 한 번도 하지 않았을까.

이 여자는…… 누구지? 어떤 사람이지? 어떤 식으로 그의 곁에 존재하는 사람이지?

광택이 나는 구두코, 아찔한 하이힐, 밀랍으로 빚어 놓은 듯 하얀 피부에는 점 하나 박혀 있질 않았다. 길고 긴 다리 위로 아찔하게 감긴 보라색 원피스, 늘씬한 곡선. 공들여 손질받은 손톱과 완벽한 색조 화장. 단 한 올도 헝클어짐 없이 단정히 빗겨 내려진 단발머리.

여자는 단희를 향해 웃고 있었다. 웃는 것마저도 빈틈이 없다. 그 얼굴을 보며 미소로 화답해 줄 수가 없었다. 웃는 게 서툴기 때문이 아니라, 그 미소에 마음이 자꾸만 비틀어졌기 때문이었다.

정신이 아찔하다. 오스왈드를 사랑하고 있다는 것을 인정하자마자 단희에게 들이닥치는 건 펄펄 끓는 질투심과 치기였다. 사랑이란 감정에 딸려 올 수밖에 없는 고통을 너무 빨리 마주하고 있었다.

침을 꿀꺽 삼키며 솟아오르는 모난 감정을 안으로 밀어 넣고 있는데 기다란 손이 단희의 턱을 부드럽게 감아 뒤로 당겼다. 안정감

을 불러일으키는 시원한 향기가 단희의 입가에 가볍게 입을 맞췄
다. 반짝이는 금색 눈동자가 잠시 눈앞에 어른거렸다가 위로 올라
갔다.

"벌써 만났네?"

"로즐리한테 인질로 잡혀 있는 걸 내가 구해 줬지."

아아. 덜래스의 서재를 빠져나오며 악에 받친 트리버의 울음소리와
'뭐가 문제니! 이 조그만 괴물아!' 라고 비명을 질러 대는 로즐리의 목
소리를 얼핏 들었다.

"여긴 루시야. 내⋯⋯."

"소울메이트죠."

루시가 윙크를 찡긋해 보이며 농담했지만 단희는 웃을 수가 없었고
오스왈드는 웃지 않았다.

"동네 친구야."

"맞아요. 오즈의 동정을 가져간 동네 친구죠."

뭐? 단희가 고개를 번쩍 세우고, 자기 뒤에 서 있는 오스왈드를 올
려다봤다. 그는 씹어 죽일 것 같은 눈으로 루시를 노려보고 있었다.

"루시는 정신과 의사야. 그리고 레즈비언이지."

"맞아요. 그리고 당신 애인은 남의 성적 취향을 함부로 아웃팅 하는
파렴치한이구요."

"정확하게 밝히자면 상대방을 묶고 때리고 고문하고 살점을 뜯어내
는 것에서 흥분을 얻는 성적 취향을 가졌지."

"상호 합의하에 이루어진 건전한 관계라는 것만 말씀드릴게요. 그
리고 아주 끝내주죠."

루시는 뒷말을 덧붙이며 마지연을 향해 뱀처럼 눅진하게 웃었다.
둘 사이를 번갈아 쳐다보느라 고개를 좌우로 홱홱 젓던 마지연은 그
눈길이 뭘 말하는지 알아차리고는 턱에 힘을 주어 쳐들며 단희의 소
매를 부여잡았다.

"전 팀장님 아니면 할 생각 없어요."

"팀장은 너랑 할 생각 없어."

오스왈드가 마지연의 손을 쳐 내고는 단희의 손목을 방어하듯 감싸 쥐었다.

루시가 까르르 웃으며 요염하게 턱을 괬다.

"오즈 너 아주 재밌게 지내는구나."

그동안 오스왈드를 곤란하게 만드는 사람은 루시 저 하나였다. 그의 앞에서 얼어붙지 않는 유일한 여자이자, 그의 데이트 상대가 아닌 채로 남아 있는 유일한 이성이었다. 유일하다는 말이 가끔은 짜릿했지만 그보단 곱절로 버거웠다. 특히 신뢰나 우정, 신의나 믿음 같은 말들이 붙는 관계는 더욱 그랬다. 그 역할에서 벗어나면 안 될 것 같은 의무감은 생각보다 더 큰 부담이었다.

오스왈드가 소파를 돌아 단희의 옆에 앉고서 팔을 뻗어 접시에 놓인 쿠키 하나를 집어 들었다. 루시는 오스왈드가 쿠키를 씹으며 자연스럽게 단희의 어깨에 손을 두르는 것을 가만히 지켜보다가 미소와 함께 입을 뗐다.

"두 숙녀분들, 혹시 뭐 하고 싶은 것 없어요? 예를 들면 쇼핑이라든가."

그녀는 열흘간의 휴가를 냈다. 지금껏 오스왈드가 그녀에게 해 왔던 부탁은 자신의 인생에서 신경을 끄라든지, 아니면 아예 꺼지라든지 둘 중 하나였다. 그런 그가 여자 때문에 한국어에 능숙한 자신을 찾았을 때 루시는 두말 않고 그의 부탁을 승낙했다. 이유는 딱 하나다. 대체 유단희가 어떤 여자인지 무척이나 궁금했기 때문이었다. 그리고 눈앞에 여자를 보고 있는 지금은…… 더욱더 많은 것이 궁금해진다. 아주 많이.

"쇼핑 좋아요!"

마지연이 두 손을 모으며 눈을 반짝거렸다.

"금요일에 있는 파티 코스튬 맞죠? 끝내주는 드레스를 사고 싶어요. 정말 끝내주는 거요!"

코스튬 파티. 지극히 로즐리다웠다. 그나마 행사가 여름이 아니라 얼마나 다행인가. 만약 여름이었다면 덜래스 저택은 순식간의 휴 헤프너의 플레이 맨션이 되었을 거다.

갓 성인이 되어 덜래스 회장과 결혼하고 십여 년의 세월이 흘렀어도 로즐리의 화려하고 저렴한 취향은 변하질 않는다. 고상함이나 우아함은 찾아볼 수 없지만 대신 그녀에겐 싱그러움과 열정이 있었다. 아직 다듬어지지 않은 날것 그대로의 아름다움이.

로즐리의 그런 생생함은 덜래스의 지치고 피곤한 인생을 밝혀 줬고, 레베카의 긴 터널에서 빠져나올 수 있게 해 줬다. 사랑하는 여자를 만난다는 것은 그런 것이었다. 예상치 못한 상대를 만나 예상치 못한 곳으로 끌려가는 것. 오스왈드는 유단희의 어깨를 가만히 쓸었다.

"저는 이번 파티에 목숨 걸었어요. 끝내주는 드레스를 입어서 끝내주는 남자를 잡을 거예요!"

마지연은 눈을 부릅뜨고 목청을 높였다. 제대로 섹시함을 보여 주겠다. 서양인은 동양 여자에 대한 판타지가 있다고 들었는데, 그 판타지의 끝을 보여 주겠다는 결심을 하면서 눈을 들어 루시를 쳐다봤다. 이 여자가 참석하면 동양인에 대한 판타지가 분산될 텐데……

"근데, 의사 선생님도 참석해요?"

"네. 매년 참석했는걸요."

흠. 괜찮아. 내겐 끝내주는 화장 기술이 있는 데다가 어리고 싱그럽기까지 하지! 그리고 절대로 레즈비언이 아니고 무엇보다, 처녀니까!

"내년에 선거가 있고 아버지의 선거구가 뉴저지니 올해는 더욱 빠질 수가 없겠죠."

군수업체 오너와 정치인이라. 듣기만 해도 끈끈해 보이는 관계.

"쇼핑이라. 그럼 무조건 5th 애비뉴부터 가야겠네요. 안 그래, 허니?"

루시는 오스왈드를 향해 눈썹을 까닥거렸다.

덜래스 저택 2층 가장 끝에 마련되어 있는 오스왈드의 방은 한국에 있는 그의 펜트하우스와 많이 닮아 있었다. 구조나 디테일한 가구의 모양은 달랐지만 놓여 있는 위치나, 침구의 색상 등은 거의 같다고 봐도 무방해 보였다. 그걸 보자니 그의 불안한 심리 상태가 보였다. 단희는 셔츠를 벗느라 물결치는 그의 등 근육을 감상하며 물었다.

"허니? 루시는 항상 당신을 그렇게 불러요?"

"글쎄. 항상은 아니고 가끔일걸?"

"오즈라고도 부르던데요. 그건 애칭이에요?"

힐끔 돌아보는 오스왈드의 눈이 반으로 접혀 있다. 그는 새로운 셔츠를 꺼내 머리를 끼우고 허리춤으로 끌어 내렸다. 옷매무새를 정리하고 벽난로 앞 소파에 뾰루퉁히 앉아 있는 단희에게 다가가는 그의 입술은 호선을 그리며 웃고 있었다.

"루시가 신경 쓰여?"

단희는 오스왈드를 한 번 쳐다보고는 아직 불을 피우지도 않은 벽난로로 다시 시선을 내렸다.

"그럼 당신도 날 애칭으로 부르면 되잖아. 허니든, 오즈든. 뭐라도 좋으니 맘껏 불러."

"싫어요. 난 그냥 이름이 좋아요. 퀸튼이란 성까지 붙인 풀네임이 가장 좋고요."

그는 발 받침대에 올라가 있던 여자의 발목을 들고 그 자리에 단희

106

를 마주 보며 앉았다. 단희의 두 다리는 그의 허벅지에 사뿐히 내려앉
았다.

"사실 나도 당신 이름이 좋아. 성까지 다 붙인 풀네임."

"내 이름 제대로 부른 적 별로 없잖아요."

"없긴 왜 없어."

"잘 기억 안 나는데요."

"유단희."

그가 또박또박 여자의 이름을 발음했다. 이 사람은 처음 만났을 때
한국 이름은 발음하기가 어렵다고 난색을 표했던 사람과 동일 인물이
다.

"역시, 내 이름 발음 잘 못한다고 했던 거, 거짓말이죠?"

"난 사실 사람 이름을 잘 기억하지 못해."

"정말이에요?"

단희가 믿을 수 없다는 듯 되물었다.

"특히 여자 이름은 더 기억 못 해. 그래서 대개 비슷비슷한 애칭으
로 불러. 그럼 따귀 맞을 확률이 좀 줄어들거든."

"그럼 당신한테 대니는 대체 몇 명이었어요?"

본사에 대니엘이란 이름을 가진 비서는 한 명 있었다. 스페인 남자
와 결혼을 하면서 직장을 관두었는데 일을 꽤 잘해 이름은 기억하고
있다. 그 여자의 애칭이 그냥 '엘' 이었다는 것도.

"당신은 늘 '단희' 라고 불려 왔잖아. 안 그래?"

"……."

"친구도, 아빠도, 직장 동료도 모두 당신을 '단희' 라고 불렀겠지.
당신 이름을 기억하지 못해서 대니라고 부른 건 아니야, 달링. 그저
좀 특별해지고 싶어서 수를 쓴 거야."

"그렇게 하지 않아도 충분히 특별했어요."

"내가 당신의 이름을 불러 주길 원해?"

그가 달링이라고 부를 때, 대니라고 부를 때, 유독 그의 목소리가 달콤해졌다. 귀에 꿀처럼 끈적끈적하게 감겨서 진저리가 나도록 달았다. 그리고 지금 그가 자신의 이름을 또박또박 불러 주는 어감도 가슴이 뛰게 좋다. 그러니 그가 뭐라고 불러도 사실 상관없는 이야기이다. 중요한 건 호칭이 아니라 그의 목소리이니까. 오로지 목소리.

"어떤 식으로 불러야 가장 다정하지?"

그는 눈을 굴리며 하나씩 음절을 생각했다.

"단희 씨는 아닐 테고…… 단희."

"……"

"단희야?"

단희의 인생에서 친근했던 사람들이 그녀를 부를 때 썼던 어미. 친구들이, 전남편이, 엄마가, 그리고 아빠가 그녀를 그렇게 불렀다. 모두가 썼던 그 친숙한 명칭이 그가 불러 줌으로써 완전 새롭게 발견되었다.

"단희야."

그가 말똥거리는 단희의 눈을 들여다보며 지그시 불렀다. 담백하고 사랑스럽다. 그 흔해 빠진 어미가 새삼 가슴을 뛰게 한다. 오스왈드는 발 받침대에서 일어나 소파 손잡이를 잡고 몸을 숙였다. 그의 코끝이 닿을 정도로 가깝게.

"몇 번이고 원하는 만큼 불러 줄 수 있는데."

그는 혀로 단희의 입술을 길게 핥았다.

"네 몸 어딘가에 들어가게만 해 준다면."

단희는 새초롬한 눈을 치켜떠 그를 노려보았다.

"안타깝게도 당신이 들어갈 곳은 이미 막혀 있어요. 공사 중이거든요."

"전부 다는 아닐걸."

오스왈드가 단희의 몸을 위아래로 훑으며 웃었다. 변태 항마력으로 따지자면 도저히 그를 이길 수가 없다.

◆ • • ● •

어차피 파티용 드레스를 사는 거라면 굳이 따라갈 필요가 없었다. 단희는 처음부터 파티에 참석할 인원 명단에 포함되지 않았으니, 드레스도 필요하지 않았다. 그럼에도 불구하고 단희는 그 사이에 끼워졌다. 마지연이 졸랐고 루시가 거들었으며 오스왈드가 조용히 등을 떠밀어 버렸기 때문이었다.

오스왈드는 루시가 단희와 마지연을 데리고 뉴욕으로 떠나는 것을 보고 곧장 워싱턴에 위치해 있는 공군기지로 날아갔다. 철통 보안에도 오스왈드는 제드릭을 시켜 프랭크의 몸을 뒤졌다. 실탄이 장전된 총 한 자루가 그의 허리춤에서 나왔다.

「기본적인 복장이야.」

「알아요. 휴대폰은 어디 있죠?」

「대체 누가 CIA인지 모르겠군. 오스왈드.」

프랭크는 재킷 안주머니에서 휴대폰을 꺼내며 투덜댔다.

「죄송해요. 제가 CIA에게 이미 한 번 죽을 뻔한 경험이 있어서 말이죠. 저 역시 아무것도 가지고 있지 않아요. 확인해 보실래요?」

「아니.」

제드릭은 프랭크의 휴대폰을 건네받아 방문을 닫고 나갔다. 널따란 방 안에 제드릭이 문을 닫는 소리가 크게 울렸다.

「레베카에 대해 알아낸 것 있나?」

「아니요. 덜래스 회장이 사용인을 모두 정리했어요.」

오스왈드는 철제의자에 기대앉아 느슨하게 다리를 꼬았다. 레베카에 대한 소식을 덜래스 회장에게 알린 것은 그의 오판이었다. 프랭크가 알고 싶어 하는 진실이 무엇이 되었든지 그건 덜래스에겐 숨기고 싶은 과거일 것이다.

프랭크는 허탈한 표정으로 욕설을 내뱉으며 그의 맞은편에 털썩 주저앉았다. 그는 마른세수를 하고 입을 뗐다.

「레드마피아가 마약 산업에서 손을 뗄 거라더군.」

오스왈드의 눈이 날카로워졌다.

「도스 산토스를 쥐어짜서 간신히 얻어 낸 정보야. 조만간 산토스 형제에게 모든 마약 산업을 넘기기로 이야기가 되어 있었대.」

미국 내에서 그들이 벌이는 모든 불법, 합법적인 사업을 다 합쳐도 마약 중계로 벌어들이는 수익에 미치지 못했다. 그 노다지에서 손을 떼려 했다고?

「레베카는 마약 산업에 결탁한 게 아니었어. 로스 산토스는 그 마약 사업을 넘겨받는 조건으로 자네 장인을 납치했고. 결국엔 죽였네. 그리고 자네까지 죽이려 했지.」

오스왈드는 자신의 턱을 가만히 쓸었다.

「자네는 내게 '원한'이나 '보복'일 거라 이야기했었어. 그렇지만 난 바보가 아니야, 오스왈드. 그들이 노리는 게 뭔가?」

아몬석. 급격하게 세를 불려 놓고 마약에서 손을 뗀다는 건 더 큰 걸 물겠다는 의미였다. 그리고 그 물건은 아몬석일 수밖에 없어. 하지만 그걸로 무슨 장사를 하겠다는 걸까.

최고의 연구진과 고가의 최신 설비가 완벽하게 갖추어진 덜래스 가문의 연구소에서조차 이 광물을 정확히 무엇이라 정의 내려야 하는지 모르는 마당에 구정물에서 헤엄이나 치던 범죄자 집단이 그 광물을 가지고 무얼 할 수 있지?

첩자를 심어 빼낸 아몬석의 관한 정보는 자신이 알고 있는 것 이상이 될 수 없다. 아몬석 하나를 잡겠다고 마약 산업에서 손을 뗀다? 그 불확실한 사업을 위해서 고정적으로 고수익을 올리는 사업을 접는다는 것이 이치에 맞는 이야기인가?

「왜 자네를 죽이려 했지? 레베카가 알고 있는 건 뭐지?」

프랭크의 눈매가 날카로웠다. 입을 다물고 있으면 번뜩이는 눈동자에서는 아무것도 읽을 수 없는 눈앞의 남자에게서 뭔가를 읽어 내고 싶었다. 후회나, 망설임의 빛, 두려움이나 허탈함이라도 좋았다. 그저 뭐라도 읽을 수 있다면 말이다. 하지만 이 무쇠덩어리 같은 남자는 너무 견고해 아무리 기를 써도 알 수 있는 것이 없었다.

「내게 숨기는 게 뭔가, 오스왈드. 그걸 알아야 내가 자네를 도울 수 있어.」

「레드마피아와 우린 아무런 관련이 없어요.」

「댈크로우사의 최신식 무기들을 테러단체에 넘긴 게 레드마피아야. 그뿐인가? 핵무기 설계도를 들고 나는 바람에 그때 투입되었던 CIA 대원의 3분의 2를 잃었네. 댈크로우사는 결백하다고 하지만 난 그 말 안 믿어.」

「관리가 부실했다는 건 인정하죠. 그 문제로 우리도 최대의 위기를 겪고 있어요. 하지만 그게 답니다.」

「덜래스 회장도 그 의견에 동의하나?」

「주먹구구식 사업 확장은 금주법이 존재하던 시절에나 있던 이야기예요, 프랭크. 덜래스 회장 같은 거물은 레드마피아 같은 구정물에 손 안 담급니다. 차라리 시오니스트들에게 자금줄을 대서 전쟁을 일으키죠. 고상하게.」

신랄한 어조에 프랭크는 한숨을 내쉬었다. 젠장맞을. 그에게 얻어낼 수 있는 건 아무것도 없을 거다. 이 남자는 자신이 지키고자 하는 건 어떻게 해서든 지킨다. 여유로운 태도, 흔들림 없는 눈을 볼 때마다 그를 미국 정부의 비밀요원으로 썼다면 얼마나 국익에 많은 도움이 되었을까 생각하게 된다.

「내가 몇 가지 조사를 했지.」

프랭크는 그렇게 입을 떼고 어처구니없어 헛웃음을 쳤다.

「레베카란 여자에 대해 알아내려고 여기저기 정보원을 팠다네. 결과가 뭔지 아나, 오스왈드?」

생기와 광기가 피어오르는 프랭크의 눈과는 달리 오스왈드는 덤덤했다. 그는 이미 알고 있었다. 어떤 결말이 나올지.

「윗선에서 압력이 가해졌네. 내게 그 조사를 접으라더군. 거물급 인사를 건드릴 때마다 늘 있어 왔던 일이지만……」

「…….」

「이렇게 전방위적인 경우는 드물었어. 한때 덜래스 가문의 모든 권력이 레베카의 손에 쥐어져 있다는 이야기가 돌았었지. 이쯤 되면 그게 사실일 수밖에 없단 생각이 들어.」

「…….」

「레베카는 어떤 여자였나? 그 정도는 말해 줄 수 있잖아.」

그녀가 어떤 여자였냐고? 바라보는 것만으로도 눈이 멀 정도로 아름다운 여자였지. 손길만 스쳐도 그 자리에서 발정할 정도로 황홀한 여자였고 입술만 스쳐도 심장을 꺼내 내어 줄 만큼 매혹적인 사람이었다.

「대중에게 알려진 레베카의 이미지가 전부는 아닐 거야, 그렇지? 그 여자는 성녀일 수가 없어. 성녀라면 레드마피아와 손을 잡았을 리가 없어.」

「정말 레베카에 대해 알고 싶어요?」

「물론이야.」

오스왈드는 집게손가락으로 자신의 아랫입술을 만졌다. 프랭크는 완고하고 결백한 사람이다. 국익을 위해 뭐든 다 하는 사람이고, 명예욕이 강하지만 비열한 방법으로 그걸 차지하려 드는 타입은 아니었다.

「레베카에 대해서 알고 싶으면 당신은 워싱턴 D.C에 근거해 있는 정치인들을 상대해야 할 거예요.」

「정치인 누구?」

「전부요.」

전부?

「전부 다요, 프랭크. 한 사람도 남김없이 모두 다.」

오스왈드의 낮은 목소리에 프랭크의 숨이 턱 막혔다.

19

마지연은 온몸의 굴곡이 그대로 다 드러나는 붉은색 새틴 드레스를 골랐다. 등이 어찌나 많이 파였는지 엉덩이 골까지 보일 지경으로 노출이 심해 자칫 경박해 보일 수 있다는 단희의 조언은 한 귀로 듣고 한 귀로 흘렸다.

'팀장님! 그게 제가 원한 거예요! 이 기회가 바로 저를 고가로 팔아먹을 수 있는 기회잖아요. 상품은 최대한 많이 드러내야 한다고요.'

차라리 홀딱 벗지 그러냐는 비아냥거림에도 마지연은 그저 천진하게 웃어 보였다. 그녀가 기세등등하게 직원을 대동하고 피팅 룸으로 사라진 동안 단희는 진열대에 걸려 있는 보드라운 드레스의 감촉을 손끝으로 즐겼다. 시차에 아직 적응을 못 해 날밤을 새운 덕에 단희는 약간의 피로를 느꼈다.

"정말 파티에 참석 안 해요?"

루시가 칵테일 잔을 손에 빙빙 돌리며 물었다.

"네."

"오즈가 그동안 좀 데이트를 요란하게 하긴 했죠. 사람들의 이목이 두려운 거 충분히 이해해요. 그래도 이 파티는 안심해도 돼요. 뒤가 구린 사람들만 모이는 곳이라 보안이 철저하거든요. 파티에서 무슨 개짓거리를 해도 한 번도 밖으로 새어 나간 적이 없어요."

개짓거리? 단희는 그 말에 드레스를 훑던 손을 멈추고 루시를 돌아봤다. 살짝 구겨졌던 미간이 작위적으로 펴졌다.

"예쁜 드레스 입고 파티에 동행해 주면 오즈가 군침 꽤나 흘릴 텐데요. 그거 보고 싶지 않아요?"

"글쎄요."

그를 기쁘게 해 주는 건 분명 신나는 일이겠지. 숍에 걸린 예쁜 드레스가 탐나지 않은 것도 아니다. 여자라면 누구나 드레스에 대한 환상은 갖고 있으니까. 그러나 드레스를 입고 신데렐라가 되고 싶은 마음은 없었다.

오스왈드의 세계는 너무 크고, 화려하고 어렵다. 파티에 참석한다면 그의 옆에 서야 하고, 그의 세계로 들어가야 한다. 그 세계에 발을 들이면 안 그래도 갈피를 잡지 못하는 마음이 크게 넘어져 버리고 말 것이다. 세상의 중심에 남자를 세워 놓고 그 주위를 빙빙 도는 짓을 다시 할 만큼 어리석진 않다. 어떻게 찾은 인생인데 다시 그런 식으로 내놓을 순 없다.

"잘 흔들리지 않는 사람 같네요, 단희 씨는."

아주 깊은 사람. 루시에게 단희는 그렇게 보였다. 달빛이 비치는 고요한 바다. 루시보다 나이가 여섯 살이나 어렸지만 함부로 대할 수 없는 뭔가가 여자에겐 있었다.

"오스왈드와 섹스는 하나요?"

단희의 얼굴이 황당하다는 듯이 구겨졌고 루시는 새침하게 웃었다.

"무례하게 보였다면 사과할게요. 하지만 오즈에겐 정말 중요한 문제라서요."

"……."

"그 애 여자랑 정상적인 연애를 못 하거든요. 제가 알고 있는 바로는요."

"……."

"그 아인 일반적으로 여성을 혐오해요. 이성관이 완전 고장 났거든요. 거기에 관해 들은 이야기 있나요?"

루시는 단희가 오스왈드의 어디까지 알고 있는지 궁금했다. 과연 어디까지 이 여자에게 털어놨을지. 과연 어디까지 이 여자에게 자신을 던졌는지. 그걸 알면 오스왈드가 이 여자를 얼마나 진중하게 생각하는지 알 수 있을 거다. 루시는 여자가 더 쉽게 대답할 수 있게 다시 질문을 던졌다.

"쿼터 혼혈인 거 알아요?"

"네. 할머니가 한국인이라고요."

"학대당했던 이야기도 해 주던가요?"

"네."

"니콜라스에 대한 이야기는요?"

니콜라스? 단희의 고개가 한쪽으로 기울어지자 루시가 덧붙였다.

"양부요."

"아. 네."

"어떻게 죽었는지도?"

"네."

루시가 휘파람을 불었다. 대단하네, 오즈. 그놈이 제 입으로 그 모든 걸 말했다니. 한 번도 누군가에게 그걸 털어놓은 적이 없던 놈인데. 루시도 근거리에서 함께 자라 오며 알게 된 것이지 오스왈드의 입에서 들은 건 하나도 없었다. 그렇게 패쇄적인 남자다. 그 남자가.

"혹시."

루시는 눈을 가늘게 떴다.

"레베카에 대한 이야기도 해 주던가요?"

"누구요?"

단희가 제대로 못 들었다는 듯 반문했고 루시는 '흠' 하며 웃었다. 거기까진 차마 이야길 못 한 게 틀림없어. 루시는 능숙하게 주제를 전환시켰다.

"나랑 오즈는 비슷한 점이 많아요. 나도 한국인 입양아거든요. 딜래스 회장은 오즈가 니콜라스의 밑에서 자랐을 때부터 아주 예뻐했어요. 똑똑하고 남자다웠거든요. 난 여덟 살 때 입양됐는데 5년 동안 벙어리였대요. 전 잘 기억나지 않지만 친부모를 모두 교통사고로 잃은 후 혼자 살아남았고 그 후유증을 오랫동안 앓고 있었다고 하더라고요. 그래서 딜래스가 오즈를 소개시켜 줬을 때 우리 부모님은 아주 기뻐했어요. 그 녀석 덕에 제가 말문이 텄죠. 녀석은 한국말을 아주 잘 했거든요. 부모님은 모르던 내 정서를 갠 아주 잘 알고 있었어요. 오즈는 내게 친오빠 같은 존재예요. 나이는 한 살 적어도 말이죠. 그래서 난 오즈가 행복해졌으면 좋겠어요."

"나한테, 오스왈드와 섹스하냐고 물었죠?"

"네."

"내가 대답해 주면 당신도 내 물음에 대답해 줄래요?"

"뭔데요?"

"당신은 동성애자라고 들었는데 오스왈드의 동정을 가져갔다는 건 무슨 말이에요?"

루시는 깔깔깔 웃음을 터트렸다.

"철없던 10대의 치기라고 해 둘게요. 자다가도 벌떡 일어날 정도로 형편없는 추억이거든요."

오스왈드와의 잠자리가? 그러긴 꽤 힘들지 않나?

"오즈는…… 꽤 방황하던 시기였고 전 성 정체성에 혼란을 겪던 시기였어요. 그리고 우린 술에 잔뜩 취해 있었고요. 무슨 말인지 이해하죠?"

그러니까 서로 충동적으로 저지른 짓이란…… 뭐 그런 말인가? 루시와 이야기를 더 하려는데 피팅 룸 문이 벌컥 열렸다.

"어때요!?"

잔뜩 상기된 마지연이 자신감 넘치는 걸음걸이로 빙글빙글 돌며 거울 앞에 섰다. 새하얀 피부에 푸딩 같은 가슴이 볼록 솟아올랐고 잘록한 허리에 비단이 물 흐르듯 감겼다. 루시는 마지연의 머리끝부터 발끝까지 훑으며 혀를 축였다.

"정말 저 여자애랑은 잘 마음 없어요?"

"네."

단희는 인상을 구기며 정색했다. 자신의 성 정체성은 완벽하게 정립되어 있고 그 정체성 어디에도 스무 살짜리 여자애를 데리고 난잡한 짓거리를 하는 항목은 포함되지 않았다.

"피부색 좀 봐요, 패들로 한번 치면 끝내주겠네요."

뭐라고?

단희는 얼굴이 붉히며 당황했고 루시는 자신의 입에서 나온 말과는 정반대되는 상큼한 미소를 지으며 단희를 향해 윙크했다.

"아직 오즈와 그런 건 안 했나 보죠?"

"때…… 때리는 건 안 좋아한다던데요."

"때리는 걸 안 좋아하는 놈이 그렇게 사람들을 패고 다녔을까. 그 혈기를 못 이겨서 군대 가서 총질한 건데."

루시는 방긋 미소 지었다.

"단희 씨를 아주 많이 좋아하나 봐요. 그래도 조심하는 게 좋을 거예요. 짐승 같은 놈이니까."

"명심하죠."

낯빛을 붉히던 단희가 도전적으로 대답했다.

"아직 내 질문에 대답 안 한 거 같은데. 둘이 잘하냐는 질문이요."

"네. 잘해요. 아주 잘. 사람을 때리지 않고도 기절시키는 법을 아주 잘 알더라고요."

단희의 대답에 루시는 목청을 높여 웃었다. 재밌는 여자네. 오스왈드가 이 여자의 어떤 면에 반했는지 조금씩 알 것 같았다. 순진한 듯 보여도 대범한 구석이 있고 얌전해 보여도 도전적이다. 가까이 두고 들여다볼수록 더 많은 것이 궁금해지는 타입. 확실히 매력이 있네, 오스왈드.

"골랐어요! 이걸로 할래요! 이젠 가면 사러 가요!"

마지연이 들뜬 표정으로 외쳤다. 전투력으로만 보자면 이 쇼핑은 해가 질 때까지 끝나지 않을 것 같았다.

드레스 숍을 빠져나오는데 단희의 이목을 끈 게 있었다. 거대한 장난감 백화점. 단희는 길을 걷다 말고 멀뚱히 그곳의 쇼윈도에 멈춰 섰다. 횡단보도 앞에서였다. 지학이가 생각났다.

"팀장님, 파란불이에요!"

"먼저 가요, 지연 씨. 나 저기 구경하고 갈게."

지연이 독촉하자 단희는 백화점에서 눈을 떼지 못하고 건성으로 대답했다.

"같이 갈까요?"

"아니. 매장으로 들어가 있어요."

"그럼, 옆 블록에 있는 코스튬 상점으로 와요 단희 씨. 붉은색 간판에 뉴욕 코스튬스라고 쓰여 있어요."

루시는 횡단보도 맞은편에 있는 붉은 간판을 콕 짚으며 말했다.

"알겠어요."

단희는 서둘러 대답하고 장난감 백화점으로 빨려 들어갔다. 입구에 들어서자마자 거대한 동물 인형들이 보였다. 얼룩말, 치타, 낙타, 호랑이, 사자. 지학이가 살아 있을 때 가장 좋아하던 코끼리 인형도 보았다. 단희는 원형 진열대로 다가가 가만히 코끼리의 코를 쓰다듬었다. 이곳에 데려왔으면 정말 좋아했겠지.

만으로 4년. 곁에 있던 시간이 너무 짧아 아이에게 해 주지 못한 것이 너무 많다. 아이의 토실했던 살결, 햇살과 땀 냄새가 섞여 있던 아이의 살 내음. 코끝에 어른거리는 그 냄새를 다시 맡을 수가 없다. 엄마를 부르던 아이의 목소리가 아직도 생생한데, 눈을 감으면 들려오는 그 목소리는 눈을 뜨면 사라져 버린다.

아이를 놓아야 하는데. 지학이를 놓아야 하는데. 이젠 보내 주어야 하는데. 문뜩문뜩 지학이는 이렇게 단희에게 덮쳐 왔다. 지끈한 아픔으로, 사랑으로, 그리움으로.

단희는 코끼리 인형을 집었다. 코를 쓰다듬고 나니, 그 인형을 두고 돌아서기가 싫었다.

단희는 코끼리 인형을 껴안고 위층으로 올랐다. 온갖 종류로 즐비한 캔디와 초콜릿, 그중 한국에 가져갈 만한 것을 골라 바구니에 담고, 아픈 지학이가 좋아한다는 공룡 코너를 찾기 위해 발길을 돌렸다.

시선을 먼 곳에 두고 몸을 움직여서인지, 눈앞에 있는 것과 어깨가 툭 부딪히며 코끼리와 손에 들고 있던 바구니를 떨어트렸다.

마찰력으로 펑 하고 젤리빈 봉지가 터져 나갔고 후드득 소리를 내며 콩알만 한 것들이 바닥에 요란스레 퍼졌다.

이런. 당황한 단희가 몸을 숙여 인형을 집고 바구니 안에 캔디와 초콜릿을 담는데 누군가가 몸을 숙이며 말했다.

"I'm very sorry."

부드럽고 우아한 목소리. 여자는 반짝이는 다이아 반지를 낀 완벽하게 다듬어진 손으로 초콜릿을 하나 집어 단희에게 건넸다.

"Are you ok?"

"아, 괜찮아요. 아임 오케이."

단희는 여자에게 초콜릿을 받아 들며 생각나는 대로 중얼댔다. 젤리빈을 손으로 쓸어 담는데 여자의 나긋한 손이 다가와 단희의 손목을 부드럽게 제지했다. 서늘하고 보드라운 감촉.

"줍지 말아요."

여자는 품위 있는 목소리로 한국말을 했다. 단희는 뭔가에 홀린 듯 고개를 들었다. 여자는 기품이 넘쳐흘렀다. 청량감을 주는 사파이어 색의 눈동자는 숨이 멎을 만큼 눈이 부셨고 흐트러짐 없이 뒤로 말아 올린 금발 머리는 그녀의 완벽한 두상을 더 완벽해 보이게 만들었다. 매끄럽고 잡티 하나 없는 피부는 입가에 미소를 띠자 주름이 졌다. 나이가 있어 보이는 것 같지만 가늠하기는 힘들다.

배우인가? 아니, 배우는 아니야. 이런 배우가 있다면 내가 모를 리가 없어. 유명하지 않을 리가 없으니까. 여자에게선 그레이스 켈리의 우아함과 마릴린 먼로의 육감적인 풍만함이 동시에 느껴졌다. 여자의 주위에만 전혀 다른 공기가 흐른다.

그녀는 단희의 손을 잡아 일으켜 세웠다. 키는 단희보다 한 뼘 정도 컸고 우아한 모피 코트를 어깨에 걸치고 있었다. 새빨간 립스틱, 귀에 걸린 토파즈 색상의 보석까지 어긋남이라곤 찾아볼 수 없는 완벽함. 단희는 저도 모르게 신음을 흘렸다. 아름답다는 수식어로는 이 여자를 표현하기 부족하다. 지금껏 본 수많은 사람 중 이렇게 아름다운 피조물은 처음 봤다.

"미안해요. 괜찮아요?"

여자는 천천히 말했고 단희는 고개를 끄덕였다.

"괜찮아요."

얼이 빠진 채 한 대답에 여자는 우아한 미소를 지으며 단희의 손에 들린 바구니를 부드럽게 빼앗아 들었다. 바닥에 흩어진 젤리빈과 같은 것을 진열대에서 찾아 담고 사탕과 초콜릿, 동물 모양의 쿠키도 함께 집어 들어 바구니를 가득 채웠다.

무슨 사탕을 고르는 데 몸짓이 저렇게 발레리나처럼 우아하지? 동작 하나하나가 무용 같아서 눈을 뗄 수가 없다.

"Do you like dinosaurs?"

여자가 공룡 코너를 손으로 가리키며 물었다.

"아…… 네. 아이가 좋아해요."

"아이. 당신 아이?"

"어…… 아니요."

여자는 발걸음을 옮겨 공룡 코너에서 티라노사우루스, 프테라노돈 등의 공룡 모형을 종류별로 골라 바구니에 넣었다. 그러고는 허공에 대고 바구니를 들어 보였는데 별안간 어디서 검은 양복을 입은 사람이 나타나더니 바구니를 정중히 받아 들고는 아래층으로 사라졌다.

단희는 그제야 주위를 둘러보았다. 언제부터 있었던 건지 매장 곳곳에 검은색 양복을 입은 사람들이 보였다. 매장의 입구에, 1층 구석에, 에스컬레이터 앞에, 그리고 캔디 코너 앞에도.

아, 여긴 뉴욕이지. 어떤 종류의 사람이든 만날 수 있는 곳이라고 듣긴 했지만 5번가에 즐비한 명품 매장도 아닌 장난감 가게에서 이런 여자를 만난다는 건 정말 신기한 경험이다.

호감을 숨기지 않는 듯, 벽안의 눈동자는 조금의 틈도 없이 단희에게 머물렀다. 잠시 후 슈워츠 백화점의 로고가 찍힌 붉은색 종이팩을 든 남자가 나타났고 여자는 그것을 단희에게 건넸다.

"선물이에요."

나긋한 손이 단희에게 그것을 쥐여 주었다. 소름이 돋을 만큼 부드러운 접촉이다.

"사과하는 거예요."

감사하단 말을 해야 하는데 무슨 귀신에 홀리기라도 한 듯 단희는 정신없이 여자만 쳐다봤다. 그녀는 넋 나간 단희의 반응에 그저 미소만 지었다. 이런 반응에 익숙한 것처럼 보였다. 아니, 익숙한 게 당연해. 이런 여자에게 이런 반응을 안 보이면 누구에게 이런 반응을 보인다는 거야.

"만나서 반가웠어요. 좋은 하루 보내요."

여자는 단희의 어깨 위에 가만히 손을 얹었다. 인사와 사과의 의미였다.

굽 높은 힐을 신고도 다리 한 번 휘청이는 일 없이, 맨발로 대리석을 밟는 듯 편안한 걸음걸이였다. 손으로 정리된 머리를 한 번 쓸어올린 후 여자는 아래층으로 향하는 에스컬레이터를 탔다. 약간의 거리를 두고 검은 정장을 입은 남자들이 따라나섰고 단희는 그 자리에 멀뚱히 서서 여자가 유연한 걸음걸이로 남자들에 싸여 백화점 문을 나서는 것을 바라봤다. 그녀가 사라진 자리에선 아직도 달고 고혹적인 장미 향이 그대로였다.

누굴까, 저 여자. 평범한 사람이 아닌 건 당연하지만, 살아 있는 인간인 것이 맞는지도 의심스러웠다. 저런 여자가 아무렇지 않게 돌아다니는 곳이 뉴욕이라니. 저택으로 돌아가면 오스왈드에게 이 이야기를 해 줘야겠다는 생각이 들었다.

정말 끝내주게 예쁜 미인을 만났다고. 그리고 어쩐 일인지 당신이 아주 많이 생각났다고.

◆ • • • • •

집 문을 열자마자 어린아이의 고약한 울음소리부터 들려왔다. 루시는 숨을 들이켜더니 곧 얼굴이 딱 굳어서 뒷걸음질 쳤다.

"난 집으로 갈래요."

"왜요?"

"아이를 좋아하지만, 트리버는 아니에요. 아니, 정확하게 그냥 이

상황이 싫어요. 갈게요. 내일 파티장에서 봐요. 안녕."

루시는 다시 자신의 세단에 올랐다. 분수대를 돌아 마당을 빠져나가는 데 조금의 망설임도 없었고, 마지연은 그걸 보며 얼떨떨하게 말했다.

"이쯤 되면 소악마 같은데요?"

쇼핑백을 저택 메이드에게 넘기고 울음소리를 따라 다이닝 룸으로 들어서 보니 난장판이었다. 트리버는 아기용 식탁에 앉아 고래고래 악을 쓰며 울고 있었고 로즐리는 이에 질쏘냐 더 큰 소리로 고래고래 소리를 지르며 울고 있었다. 바닥 저편에 엎어진 아이의 밥그릇에서 쏟아진 내용물은 꼭 토사물 같았다.

양주잔을 잡고 느긋하게 사태를 관망하던 오스왈드는 단희를 발견하고는 고갯짓을 해 보였다. 유모는 아이와 아이의 엄마 사이에서 대체 누굴 위로해야 하는지 갈피를 못 잡고 있었는데, 이 난장판 속에 저 사람만 차단되어 있는 듯 침착했다.

"어서 와."

"난 그냥 방으로 들어갈래요."

마지연은 질색하며 도리질 쳤다.

"전 애랑은 영 성미에 안 맞아서요."

오스왈드는 몸을 돌려 계단을 오르는 마지연에게 한 번 눈길을 주었다가 인상을 잔뜩 쓴 단희의 시선을 따라갔다. 단희의 시선은 입가에 음식이 범벅된 채 세상이 곧 끝날 것처럼 우는 트리버에게서 미치광이처럼 악을 쓰는 로즐리에게로 자연스럽게 옮겨 갔다. 로즐리를 보는 표정이 작은 유리 조각들에 찔린 듯 아프고 위태로웠다.

"매일 벌어지는 일이야. 놀라울 것도 없어."

물론 놀라울 것도 없지. 이제 겨우 세 살짜리 남자아이가 집에서 어떤 식으로 엄마를 곤란하게 하는지 유단희 자신도 지겹게 겪었으니까.

지학이도 키우기 힘든 아이였다. 보통 예민하면 소극적이고, 아이가 대범하면 활발할 것이라 생각하지만 지학이는 예민하면서도 광적으로 활발한 아이였다. 천지 분간을 못 하고 뛰어다니는 아이를 잡으려고 들면 아이는 발광을 했다. 말도 안 되는 것으로 고집을 부리는데 말로 아이를 설득할 수도, 그렇다고 위험한 짓을 하게 내버려 둘 수도 없으니 부모는 그 상황에서 매번 인간의 한계를 경험해야 했다.

단희도 수없이 아이와 같이 울었다. 어느 때는 아이보다 더 발광하며 울었다. 부모님은 아이를 키우며 부모도 같이 큰다고 했다. 실제로도 몇 번이고 아이와 진창을 구르며 단희도 단단해졌다. 시간이 지나 지학이가 어느 정도 커서 단희의 손을 벗어났을 때쯤이 되어야 같이 큰다는 그 말을 실감할 수 있었다.

로즐리에겐 아직 아니겠지만 아이가 손에서 벗어날 때쯤이면 로즐리도 분명 같은 기분을 느낄 것이다. 아이를 키우는 게 어떤 것인지 그제야 알게 된다.

트리버는 발광을 하며 울다가 갑자기 뚝 멈췄다. 두 눈을 말똥말똥 굴리는 동안 아기의자 밑으로 툭툭툭 물이 떨어졌다. 울다가 바지에 실례를 해 버린 것이다. 로즐리는 그 꼴을 못 참겠는지 정원으로 향하는 테라스 문을 열고 뛰쳐나가 버렸다. 안주인이 사라지자 메이드 2명이 재빠르게 뛰어와 바닥을 정리했고 유모는 곤란한 입술을 씨근덕거리며 트리버를 안아 들었다.

아이는 이리저리 몸을 비틀며 울었다. 엄마가 떠나고 난 이후 아이는 더 발광을 했다. 나무 작대기처럼 온몸에 힘을 주는 아이를 떨어트리지 않으려 유모는 땀을 쏟았다. 저러다 얼마 못 가 저 여자도 나자빠질 것 같아 오스왈드는 잔을 단희에게 넘기고 트리버에게 다가갔다.

「트리버.」

125

육중한 목소리에 트리버가 잠시 울음을 그쳤다. 엄마를 닮아 붉은 속눈썹을 깜빡거리다가 아이는 다시 목청껏 울음을 터트렸다. 노, 노, 노. 아이는 그 단어를 계속해서 반복했다.

「아이 옷가지를 가져와요.」

오스왈드는 유모의 손에서 아이를 받아 들었다. 토실토실한 아이는 오스왈드 품에 안기니 갓난아이처럼 작았다.

「밥 싫어. 밥 싫어. 밥 안 먹어!」

아이는 고래고래 소리를 지르며 세상에서 가장 서럽게 울기 시작했다. 자신의 어깨에 뺨을 대고 엉엉 우는 트리버의 등을 오스왈드는 침착하게 쓰다듬었다. 그는 아이의 울음소리를 좋아하지 않았다. 그 자신이 어렸을 때 지겹게 울었으니까. 특히 날카롭게 찢어지는 아이의 울음소리는 그의 귀에 칼날처럼 고통스럽게 꽂혔다. 이런 울음. 제 엄마가 저를 버리고 갔다고 느끼는 아이의 울음은 더 힘들었다.

오스왈드는 불만이 가득한 눈으로 로즐리가 사라진 테라스를 노려봤다. 지 새끼잖아. 어떻게 눈앞의 자기 아이를 외면할 수 있어.

"도와줄까요?"

단희는 양주잔을 식탁 위에 내려놓고 다가왔다. 트리버는 낯선 여자가 눈에 보이자 눈을 끔뻑이며 울음을 멈췄다. 투명한 녹색 눈으로 갑자기 외계인을 본 것처럼 관찰하더니 이내 다시 울음을 터트리며 오스왈드의 목을 손으로 꽉 감았다. 눈물로 범벅이 된 아이는 우는 것마저 천사처럼 예쁘고 사랑스러웠다.

단희는 우는 아이를 향해 측은하고도 귀엽다는 듯 미소 지었다. 아이를 쳐다보는 단희의 눈을 오스왈드는 처음 보았다. 아이와 있을 때 어떤 표정이 되는지도 처음 알았다. 아이의 등을 토닥이던 손이 허공에 멈췄다. 자지러지게 우는 아이를 보면서도 음악을 듣는 것처럼 평온한 단희의 모습은 오스왈드에겐 생소함을 넘어선 전혀 다른 세상의 사람 같았다.

"욕실이 어디예요?"

단희의 물음에 오스왈드는 '아' 하고 정신을 차렸다.

오스왈드는 아이를 안고 욕실로 향했다. 그가 이동하자 악을 쓰던 아이의 울음이 다시 멈췄다. 오스왈드의 목에 팔을 꼭 감은 트리버는 뒤를 따르는 다갈색 눈의 여자를 뚫어져라 쳐다봤다. 호기심을 숨기지 못한 얼굴. 지극히 아이다웠다.

저택은 화장실도 화랑 같았다. 중앙에 길게 늘어진 샹들리에만 보자면 연회장처럼 보이기도 했다. 어처구니없게도 이곳은 오스왈드의 방에 딸린 화장실에 비하면 지나치게 검소한 편이었다.

단희는 화려한 스테인드글라스로 장식된 벽 앞에 조각품처럼 놓여 있는 고양이 발 욕조로 다가갔다. 레버를 돌려 물의 온도를 맞추고 선반 위에 놓여 있는 목욕 용품들을 살폈다.

"아이 씻겨 본 적 있어요?"

"아니."

하긴. 서른다섯의 베첼러에게 그런 경험이 있는 게 더 이상하겠지. 단희는 버블 어쩌구라고 쓰여 있는 통을 집었다. 물이 찰박거리는 욕조에 적당한 양을 덜어 넣고 뚜껑을 닫아 원래의 선반에 올려 둔 후 아이를 어색하게 안고 있는 오스왈드를 쳐다봤다. 트리버는 단희가 다가오자 단희를 구경하던 시선을 홱 돌려 다시 오스왈드의 목에 얼굴을 처박았다.

"트리버 옷을 좀 벗겨야 돼요."

오스왈드가 떼어 내려 하자 트리버는 더 달라붙었다.

「싫어! 싫어!」

「트리버. 너 바지에 실례했잖아. 씻어야 해.」

「싫어!!」

팔 힘이 얼마나 센지 목이 졸릴 판이다. 그는 아이의 겨드랑이 사이에 양손을 끼우고 진 빠진 얼굴로 단희를 내려다봤다.

"원래 애들은 이렇게 겁이 많아?"

"아마 보통 그럴걸요."

단희는 트리버의 토실한 엉덩이에서 바지를 뺐다. 오스왈드를 거품이 몽글몽글 솟아 있는 욕조 앞으로 끌어온 후 단희는 트리버의 손등에 거품을 찍어 올렸다.

겁을 잔뜩 먹고 있던 아이는 손등에 얹어진 거품을 쳐다보며 눈을 깜빡거렸다. 단희는 다시 거품을 찍어 이번엔 트리버의 팔뚝에 올렸다. 아이는 오스왈드의 목에 처박았던 고개를 들고 반대편 손으로 거품을 잡아 만지작거렸다.

"트리버, 룩. 룩."

단희는 그렇게 말하며 거품을 찍어 자신의 인중에 그었다. 수염처럼 입술 위에 올라간 거품을 보고 트리버의 입가에 미소가 피었다.

단희는 다시 손가락에 거품을 찍고는 멍한 눈으로 자기를 쳐다보고 있는 오스왈드의 콧등 위에 거품을 올렸다.

트리버가 깔깔깔 웃음을 터트렸다. 그러곤 거품으로 범벅이 된 손으로 오스왈드의 얼굴을 찰싹 때렸다.

"아야."

오스왈드가 미간을 찌푸리며 소리 내자 트리버가 다시 깔깔깔 웃었다. 아이가 웃자 키득키득 단희가 웃는 소리가 들렸다. 오스왈드는 단희에게 눈을 돌렸다. 그는 놀랐다. 여자는 오스왈드의 뺨을 사정없이 때리며 즐거워하는 트리버를 보며 눈꽃처럼 웃고 있었다. 인중에 하얀 거품을 묻힌 채로.

단희는 아이를 씻기는 것에 능숙했다. 능숙할 수밖에 없겠지만 그래도 신기했다. 오스왈드의 얼굴을 도화지 삼아 거품을 짓이기던 트리버는 어느 순간부터 단희의 얼굴을 도화지 삼아 그림을 그렸다. 그저 거품을 치덕치덕 바르고 뭉개고 찰싹찰싹 때릴 뿐이었지만 단희는 눈살 한 번 찌푸리지 않았다. 거품을 동그랗게 말아 아이의 머리 위에 모자처럼 올려 두기도 하고 아이의 콧등에 콕 찍어 두기도 했다. 간지럽고 가벼운 감촉에 아이는 자기 얼굴도 엉망으로 만들었다.

"트리버. 아임 트리버."

"그래, 트리버. 너 트리버구나."

"아 쮸 네임?"

"단희."

"따니."

"그래. 따니."

"따니, 따니 위어드(weird). 유 룩 위어드."

"아임 코리안."

"코니?"

"아니. 코리안."

"코니."

욕실에 아이의 깔깔거리는 소리, 재잘거리는 소리, 단희가 다정한 목소리로 아이를 어르는 소리가 에코사운드로 울렸다. 오스왈드는 내내 배 위에 손을 올리고 있었다. 울렁거리고 뜨거운 것이 자꾸만 몸 밖으로 울컥울컥 넘쳤다.

하얀 거품에, 하얀 욕조 안에 있는 트리버나, 아이의 옆에서 장난을 치는 단희나 모든 장면이 천국이었다. 지금껏 그의 눈에 담겼던 것들 중 가장 아름다운 모습이었다. 아이가 있다면. 단희에게 아이가 있다면. 그녀와 자신의 사이에 아이가 있다면.

오스왈드는 그 모습을 보는 내내 머릿속으로 그 구절만 반복해 생각했다.

거품 놀이로 기분이 좋아진 트리버는 악악거리고 우는 대신 기분 좋은 목소리를 냈다. 알아듣기 수월하지 않은 영어였지만 트리버는 당근과 브로콜리가 너무 싫다고 했다. 그러면서도 한 번도 엄마를 찾지 않았다. 오스왈드는 엄마가 떠나 버리자 더 악에 받쳐 울어 대던 트리버를 떠올렸다. 하지만 지금은 마치 그랬던 적이 없는 듯한 얼굴로 씩씩하게 유모를 따라갔다. 그 모습을 보자니 가슴이 싸했다.

오스왈드는 2층 자신의 방 욕실 문간에 기대어 젖은 옷가지를 벗어 던지는 여자를 구경했다.

"당신 정말 특이한 거 알아?"

"내가요?"

"남들은 제 새끼도 제대로 돌보지 못하는데 당신은 어떻게 그렇게 남의 아이에게도 애정이 넘쳐?"

단희는 작게 웃으며 거울 속의 자신을 살폈다. 개수대에 물을 틀고 머리카락과 얼굴에 묻은 거품을 대충 닦아 내며 말했다.

"중이 제 머리 못 깎는다는 속담 알아요?"

그는 고개를 저었다. 들어 본 적은 있는 것 같은데 정확하게 기억나진 않았다.

"원래 자기 아이에게는 서툰 법이에요. 로즐리에게 트리버는 첫아이잖아요."

"로즐리는 결혼 기간 내내 아이를 바라 왔어. 임신한 열 달 동안 트리버가 세상에 태어나기만 열렬하게 원해 놓고 막상 아이가 나오니 도망칠 궁리만 하는 게 나로선 도저히 이해가 안 돼. 간절히 원했던 아이잖아. 트리버에겐 엄마가 필요해. 로즐리는 첫 1년을 빼놓고 아이를 제대로 안아 보지도 않았어. 그마저도 젖을 물리기 위해 아이를 안았을 뿐이야."

"젖 물리는 게 얼마나 힘든데요. 그걸 1년이나 했으면 박수 쳐 줄 일이에요."

"당신은 그렇게 하지 않았어?"

"물렸어요. 끔찍하게 울면서."

단희는 바지를 발목까지 내리고 발목을 털어 옆으로 던졌다.

"젖 물리는 동안엔 제대로 눕지도 자지도 먹지도 못해요. 거의 고문이죠. 얼마나 우울한지, 여자도, 엄마도 아니라 그저 젖소가 된 기분이 들어요. 그걸 1년 동안 했다고 생각해 봐요."

"……난 잘 이해를 못 하겠어. 내가…… 그런 인생을 살아서인지 로즐리가 아이를 밀어 낼 때마다 화가 나. 그냥 트리버가 불쌍해."

"제가 듣기로 로즐리는 산후 우울증까지 앓았다면서요. 아이에 대한 사랑 없이 1년이나 그 고통을 참을 수 있었을까요? 로즐리도 최선을 다하고 있을 거예요."

단희는 셔츠를 벗고, 브래지어를 풀며 말했다.

"자기 아이를 사랑하지 않는 부모도 분명 있겠지만 거의 대부분, 모든 부모는 자기 아이를 사랑해요. 부모가 된다는 건 엄청 큰일이에요. 적응에 긴 시간이 필요한 것뿐이에요. 그러니 너무 몰아세우지 말아요."

"몰아세운 적 없어. 그저 한심하다고 느낄 뿐이야."

"그럼 그 기분을 티 내지 말아요. 그냥 잘하고 있다고 위로하고 격려해 줘요. 그게 힘든 엄마에겐 가장 필요한 거예요."

"그래. 덜래스 회장에게 그렇게 전할게."

"당신도요!"

단희의 경고에 오스왈드는 웃었다.

"당신 꼭 솔로몬 같아."

"뭐라고요?"

"육아에 관해서는 지혜의 여신이로군."

다시는 아이를 갖지 못할 수도 있는.

오스왈드는 뒷말을 쓰게 삼키며 침대에 올라가 있는 붉은색 종이백을 쳐다봤다.

"슈와츠?"

"선물할 곳이 좀 있어서요."

샤워 부스로 들어간 단희는 오스왈드의 말에 머리를 빠끔히 내밀었다.

"아! 장난감 백화점에서 진짜 근사한 사람을 만났어요!"

"유명한 곳이지. 셀러브리티들도 아이들 데리고 많이 가고. 이제 슬슬 연말이잖아."

"내가 볼 때 그냥 셀러브리티 정도는 아닌 것 같아요. 보디가드들이 살벌하게 깔렸더라고요."

"돈만 많으면 레드카펫 대신 사람 등을 밟고 다닐 수도 있는 곳이야."

단희가 샤워 꼭지를 틀고 머리를 감으며 다시 입을 열었다.

"어떤 중년 여성이었는데……."

똑똑똑.

오스왈드는 등 뒤에서 들리는 노크 소리에 고개를 틀었다. 단희가 말을 멈추고 머리를 감는 것에 열중하자 오스왈드는 욕실 문을 닫고 걸음을 옮겨 방문을 열었다.

은발의 덩치 큰 사내가 정중하게 두 손을 모으고 문 앞에 서 있었다.

「제드릭.」

「퀸튼 씨.」

「무슨 일이죠?」

「한국에서 연락이 왔는데, 펜트하우스 메이드가 단희 양의 연락처를 물어봅니다.」

「무슨 일로?」

「아들이 위독하답니다.」

오스왈드는 퍼뜩 욕실 문을 한 번 쳐다보고는 아예 방문을 꾹 닫고 복도로 나왔다.

「무슨 소리죠?」

「상태가 갑자기 안 좋아져서 중환자실에 입원해 있답니다. 단희 양에게 사실을 알려야 할 것 같아 망설이다가 코일에게 연락을 한 모양이에요.」

「얼마나 위독하지?」

「많아요.」

오스왈드는 눈으로 바닥을 훑으며 생각에 잠겼다. 단희가 감당할 수 있는 이야기가 아니다. 이제야 그 악몽에서 조금씩 벗어나는 것처럼 보이는데 여기서 다시 지학이가 어떻게 되면 그땐 어쩐지 다시 일으킬 수 없을 것만 같았다. 아니, 그렇게는 안 되지. 절대로.

「아이가 입원해 있는 병원과 연결해요. 내가 거기 병원장과 통화해 봐야겠어.」

「네.」

◆　•　•　●　•

오스왈드는 머리카락을 뒤로 깔끔하게 빗어 넘겼다. 나비넥타이를 맨 셔츠 위에 검은 정장 재킷을 입고 손목시계를 찬 후 드레스 룸에서 빠져나왔다.

그는 잡지에서 막 튀어나온 모델처럼 근사했다. 많은 사람들 틈에 있어도 단연 돋보일 거다. 단희는 왁자지껄한 시트콤이 틀어져 있는 벽걸이 TV를 쳐다보다가 고개를 돌려 검은 표범처럼 늘씬하고 섹시한 오스왈드를 위아래로 훑으며 감탄했다.

"와. 되게 멋있네요."

"어때? 프린스 차밍 같아?"

"아니요. 지옥에서 튀어나온 루시퍼 같아요."

그는 웃었다.

"알잖아요. 당신은 '차밍'이나 '프린스'라는 말을 붙이기엔 지나치게 다크한 거."

단희는 침대에 누워 빈둥거렸다. 문밖은 아침부터 행사 준비로 분주한데 그녀는 그저 방 안에 고립되어 있다.

로즐리는 단희를 좋아했다. 단희가 욕실에서 트리버와 놀아 준 일화를 전해 듣고는 더 호감이 생긴 것 같았다. 단희가 파티에 참석하지 않는 것을 애석해하면서 로즐리는 한국말로 고맙다는 말을 어떻게 하는지 물었다. 몇 번이고 그 말을 반복해 연습하는 모습을 보고 있자니 단희의 말이 맞을지도 모른다는 생각이 들었다.

아이에 대해 애정이 있으면서도 서툴러서 자신의 아이를 어떻게 다뤄야 할지 모른다는 생각. 그래서 저 대신 아이를 잘 달래 준 단희에게 호감과 고마움을 표하고 싶어 한다는 생각.

"근데 코스튬 파티라면서, 그렇게만 차려입고 가도 돼요?"

그는 왼손에 들린 검은색 반가면을 올려 보였다.

"가면을 쓴 오스왈드 퀸튼이네요."

"나로선 최대한 장단에 맞춰 주는 거고."

그는 귀찮은 어조로 말하며 손목시계를 들어 보았다.

"가 봐야 돼. 로즐리가 파티 시작도 전에 엉망진창으로 만드는 걸 말려야 하거든."

그러고는 침대에 누워 있는 단희를 바라보았다.

"내내 여기에 있을 거야?"

"글쎄요. 심심하면 구경 갈지도 몰라요."

"아무리 코스튬 파티라도 그 셔츠 하나만 입고 내려올 생각이거든 얌전히 접어 둬."

단희가 빙그레 웃자 오스왈드는 침대로 성큼 다가갔다.

"정말 혼자 있을 수 있어?"

"심심하면 트리버랑 놀면 돼요. 나랑 언어 수준이 딱 맞아서 편하거든요."

그는 단희의 턱을 부드럽게 잡아 올려 가볍게 입을 맞췄다.

"다녀올게."

"네."

오스왈드는 단희에게 등을 돌렸다. 유려하게 잘 감긴 정장이 그의 뒷모습을 더 훤칠하게 만든다. 비단처럼 흐르는 정장이 구두 굽 바로 위에서 칼같이 끝났다. 머리부터 발끝까지 완벽하다.

단희는 오스왈드가 방으로 나가는 모습을 느긋하게 감상하고 난 후 침대에서 몸을 일으켰다. 채광이 잘되는 테라스 창문에 다가가 잡부들이 사다리를 타고 올라가 마르고 앙상한 나뭇가지에 조명 기구를 거는 모습을 물끄러미 바라봤다.

저택은 파티 준비로 하루 종일 사람이 들끓었다. 다들 뭔가 커다란 것들을 들고 저택 1층의 그랜드 홀과 베란다, 저택의 뒤편으로 연결되어 있는 정원까지 분주하게 돌아다녔다. 그 정신없는 풍경 속에 단희는 저 혼자만 동떨어진 기분을 느꼈다.

너무 쉽게 생각했나. 참석을 안 하는 편이 자연스러울 거라고 생각했는데 막상 당일이 되니 오히려 참석을 안 한다는 것이 부자연스럽게 느껴졌다. 오스왈드가 마지연의 드레스를 사러 가는 쇼핑에 등을 떠밀었던 게 생각났다. 내심 드레스라도 하나 사 오길 바랐나 싶어 신경이 쓰였다.

똑똑똑똑똑똑똑똑.

성급한 노크 소리로 보아 누군지 금방 알아차렸다.

"들어와요!"

마지연은 벌컥 문을 열고 들어왔다.

"팀장님! 팀장님, 빅 뉴스!!!"

마지연은 머리에 고데기를 만 상태로 헐레벌떡 뛰어 들어왔다. 손에는 단희의 휴대폰을 들고 있었다. 어느 순간부터 마지연이 단희의 휴대폰을 저 대신 들고 다녔다. 늘 휴대폰을 빼먹고 다니는 단희에게 오스왈드가 휴대폰 대신 붙여 둔 사람이 마지연 같았다.

새빨간 새틴이 몸의 굴곡을 따라 유연하게 흘렀다. 마지연은 치맛단을 잡고 하얀 허벅지를 드러낸 채 종종걸음 쳤다. 여자가 뛸 때마다 드레스 위로 솟은 젖가슴이 말랑거리며 흔들렸다.

그래, 무슨 일이 있어도 오늘 일을 치긴 칠 것 같다.

"팀장님!"

얼마나 급했기에 정리도 제대로 못 하고 뛰어왔나 싶어 단희는 눈을 크게 깜빡였다. 마지연은 단희의 팔뚝을 잡고 헐떡거렸다.

"방금, 방금 연락 왔는데 지학이, 지학이요."

갑자기 뒷골이 서늘해졌다. 지학이가 왜?

"지학이 수술한대요!"

"뭐?"

"지학이 이식 수술 한대요, 이식 수술!"

찌릿하고 몸에 충격이 왔다.

"폐 이식 수술이요! 그거 한대요!"

"언제?"

"3일 뒤에 한대요."

3일 뒤면 아직 미국에 있을 때다. 지학이가 수술하는 걸 볼 수 없을 것이다.

"지학이 엄마한테 연락 왔어요. 수술하게 됐다고 꼭 좀 전해 달래요."

마지연은 단희의 손에 휴대폰을 쥐여 줬다.

"수술 잘되면 연락 준다고 했어요. 아, 그러니까 휴대폰 좀 챙겨 다녀요, 제발."

폐 이식 수술의 생존율이 얼마나 되지? 행여 잘못되진 않겠지? 희망찬 생각보다는 무섭다는 생각이 먼저 들었다.

"아줌마 진짜 좋아했어요. 목소리가 막 격앙되어 있더라고요. 되게 행복해 보였어요."

마지연의 말에 단희는 정신을 차렸다. 그래, 희망이 생긴 거야. 희망이 없던 아이에게 희망이 생긴 거야. 산소통을, 튜브를 뗄 수 있다는 희망. 다시 뛰어다닐 수 있다는 희망. 나쁘게 생각할 이유가 없다. 어쨌든 잘된 일이야. 정말 잘된 일이지. 그러나 만에 하나라도 잘못되면…….

"팀장님."

마지연은 복잡해 보이는 단희의 얼굴을 뚱하게 바라봤다.

"네?"

"나랑 같이 가요."

"네?"

"나랑 같이 행사 가요."

"난 됐어요."

단희는 곤란하게 웃으며 고개를 저었다.

"그냥 가요, 나랑. 여기서 하루 종일 지학이 생각만 할 거잖아요. 무슨 라푼젤이야 뭐야. 왜 여기 갇혀 있으려고 해요?"

마지연은 테라스 창밖을 콕콕 찍어 보였다.

"저거 봐요. 저거!"

앙상한 나뭇가지에 달린 조명에 불이 들어와 있었다. 지평선 너머로 내려간 노을 위로 밤바다처럼 짙푸른 하늘이 떠 있었고, 저택의 불빛들은 별처럼 빛이 났다.

"겁나 멋지잖아요! 여긴 완전 동화에 나오는 성이라니까요! 이런 날 안 즐기면 언제 즐겨요? 물론 팀장님이야 사장님이랑 사귀면서 이런 날이 차고 넘치게 많을지도 모르지만 그것도 주는 걸 받아야 가능한 거죠. 이런 기회는 덥석 무는 거예요. 난 진짜 이해가 안 가는데 사장님이랑 사귀는 걸 왜 숨겨? 그렇게 잘생긴 남자면 나 같음 아주 걍 목에 개줄 묶어서 끌고 다니겠다. 내가 이런 남자 데리고 다니는 능력녀라고. 그렇게 도장을 찍어야 사장님이 완전히 팀장님 거 되는 거예요."

"무슨 각서에 도장 찍듯 생각하지 말아요. 마지연 씨. 그렇게 단순한 문제 아니니까."

"단순한 거죠. 뭘 어렵게 생각해요. 세상은 단순하게 살면 단순해지는 거예요. 왜 쉽게 살 길을 돌아가? 진짜 완전 핵 노 이해."

내가 마지연과 무슨 대화를 하고 있는 거지. 애초에 대화가 가능한 상대가 아니다. 그리고 정말 마지연의 세상은 단순했다. 너무나 단순해서 어처구니가 없을 지경으로 단순했다. 그래서 그런 마지연과 있으면 복잡한 세상을 너무 복잡하게 보는 자신이 바보처럼 느껴질 때가 많다.

"여긴 미국이잖아요. 우리가 사는 곳의 반대편 세상. 팀장님에 대해 아는 사람이 아무도 없는 곳이잖아요. 일탈을 하려면 이런 곳에서 해야죠. 팀장님은 사장님이 어떤 세계에 사는지, 어떤 사람들과 어울리는지 궁금하지 않아요?"

그의 세계.

"나는 궁금해요. 사장님이 사는 세계요. 그거 진짜 근사할 것 같지 않아요?"

반짝이는 눈동자를 쳐다보며 단희는 아무 말도 못 했다.

그가 사는 곳이 궁금하지 않냐고? 궁금하지. 그렇지만 궁금한 만큼 겁이 나기도 해. 그냥 겁이 나. 떠올려 보려고 하면 눈앞이 깜깜해. 상상해 보지도 못하고 원해 본 적도 없는 세계. 정말 그에게 마약처럼 중독돼서 헤어 나오지 못할까 봐 겁이 나. 다시 과거처럼 사랑에 목을 맬까 봐. 그의 눈부신 세계를 맛볼수록 그렇게 될까 봐.

"지연 씨도 알겠지만 나 저 사람한테 그렇게 어울리는 여자 아니에요."

"에이, 그건 알죠. 나도 눈이 있는데."

이 계집애가. 울컥 화가 솟았다 쑥 꺼졌다.

"내가 나서는 거 별로 모양새 좋아 보이지 않을 거예요."

"그런데! 아뿔싸! 마침 코스튬 파티네? 코스튬! 뭔 소리일까? 그러니까 얼굴 가려도 이상할 게 없다는 거잖아? 얼마나 빌어먹게 생겼든 그럼 상관이 없네? 세에에에상에! 이렇게 좋은 기회가!"

얼마나…… 빌어먹, 빌어먹게 생……겼…….

마지연이 오버스럽게 눈을 굴리며 박수를 짝 하고 쳤다.

"어때요? 완전 지금 대박 기회죠?"

지연의 호들갑에 단희의 눈이 더 무감하게 가늘어졌다. 심드렁하게 반응한다는 소리는 이제 정말로 제정신을 차렸다는 소리였다.

"나 드레스 없어요."

그 이야기에 마지연이 헤벌쭉 웃었다.

"드레스 있으면 참석할 거예요?"

"어디서 천 쪼가리 이어 붙인 것 같은 드레스 갖고 오기만 해 봐요. 내가 다 불태워 버릴 테니까."

단희가 고압적으로 협박하자 마지연이 깔깔깔 목청 높여 웃었다.

"기다려 봐요! 딱 기다려요!"

그러고는 다시 드레스 자락을 붙잡고 호들갑스럽게 방 밖으로 나갔다. 저 단순한 계집애한테 또 말려드네. 그래도 반박할 거리가 하나도 없었다. 마지연의 말엔 일리가 있다. 여긴 보안이 삼엄한 곳이고, 이곳에서 일어나는 일은 밖으로 새어 나갈 일도 없다고 했다. 게다가 자신의 본모습을 가릴 수 있는 코스튬 파티다. 오스왈드가 얼마나 간절히 같이 가 주길 원했는지 그녀는 다시 한 번 떠올렸다.

오스왈드란 과분한 남자가 자신에게 얼마나 과분한 애정을 쏟아 주는지 알고 있다. 그걸 조금이라도 보답하려면 어쩌면 지금이 최상의 순간인지도 모른다. 이 기회를 놓치면 아마 평생 후회할 거야. 내내 두고두고 이 순간을 후회할지도 몰라. 그리고 이제 정말 두 번 다시 사랑하는 사람을 두고 아무것도 하지 못해 후회하긴 싫어.

아, 몰라. 어쩔 거야. 다시 진창을 구르든, 뭐가 어떻게 되든, 여기까지 온 마당에 될 대로 되라지.

20

"팀장님 대박! 끝내주게 멋진 거 알죠!"

"마지연 씨……."

"네, 팀장님!"

"근데 나는 왜……."

"아직 안 끝났어요!"

마지연은 호들갑스럽게 액세서리를 잔뜩 늘어놓은 테이블 위에서 끝이 동그랗게 말린 수염을 들어 단희의 인중에 가져다 댔다.

"와! 진짜 짱이다!"

마지연은 붉게 상기된 얼굴로 접착테이프를 뜯었다. 단희는 거울 너머의 자신을 들여다보며 아무런 표정도 짓지 못했다. 엉덩이 굴곡이 그대로 드러나는 검은색 승마 바지, 드레스 셔츠 위에 조끼를 입고 넥타이에 재킷, 실크햇(Silk hat)까지 쓰고 나니 전형적인 19세기 영국 신사 복식이었다.

마지연은 눈을 빛내며 단희의 인중에 수염을 붙였다. 아까 눈으로 확인한 그 자리였다.

대체 나는 왜 남자가 된 거지?

천 쪼가리를 이어 붙인 드레스를 안 가지고 온 건 다행이지만 그렇다고 남장을 하고 싶다는 이야기는 아니었다.

"고급 코스튬 가게라고 하더니 진짜 그러네! 완전 고급지다! 제가 그 가게 들어서자마자 이거부터 잡았잖아요. 완전 이거는 팀장님 거라니까!"

마지연은 종아리에 딱 감기는 가죽 부츠를 내려놓았다. 힐이 아찔할 만큼 높았다.

"팀장님은 키가 작아서 이 정도 높이는 신어야 안 파묻혀요."

단희는 터져 나오는 한숨을 속으로 삼키며 소파에 앉았다. 부츠를 발에 끼워 넣으며 힐을 신는 게 얼마 만인가 따져 봤다. 스무 살 시절에 하이힐에 대한 로망이 있어서 미친 듯이 사 모으긴 했지만 임신을 한 이후로는 힐을 신지 못했다. 그 후로는 그 높이와 압박에 적응하지 못하게 되어 버렸다. 그냥 아줌마가 되어 버린 것이다. 벌써부터 과도하게 발목이 꺾이는 압박이 느껴졌다. 발가락에서 머지않아 쥐가 날 것 같은 두려움이 엄습한다.

소파를 짚고 비틀비틀 일어서자 자기보다 머리통 하나 크던 마지연과 대충 시선이 맞았다. 지연은 단희의 팔짱을 끼고 마주 서서 거울을 쳐다봤다. 하이힐을 신고 있는 단희는 남장을 했음에도 마지연이 의도한 대로 묘하게 섹시해 보였다. 지연은 만족스럽게 웃었다. 좋네. 역시. 딱 걸크러쉬용.

"됐다. 이제 좀 밸런스가 맞네. 그죠?"

마지연이 옆에 서자 둘은 더할 나위 없이 완벽한 커플로 보였다. 저 머릿속엔 뭐가 들은 거야? 설마 자기 옆에 세울 들러리가 필요했던 거야?

"솔직히 말할게요. 팀장님."

단희의 눈이 의심스럽게 가늘어지자 마지연이 테이블 위에서 챙겨 온 하얀색 캣가터를 허벅지 위로 올리며 고백했다.

"그 백인 천지인 곳에 나 혼자 가긴 싫어요. 그리고 내 경쟁자는 그 의사 선생 하나로 족해요. 팀장님은 임자도 있는 분이 굳이 아름다울 필요 없잖아요. 안 그래요?"

속물다운 구석이 천진해 보이는 건 마지연 한정이다.

"그나저나 그 의사 언니는 어떻게 하고 나타날까요? 수녀복이나 하고 나타났으면 좋겠는데. 쳇."

마지연은 허벅지에 밀착된 캣가터를 이리저리 훑으며 구시렁거렸다. 단희는 콧수염을 붙인 자기 모습을 살폈다. 실소가 터져 나왔다. 오스왈드는 자신이 그의 자선행사에 나타난다 해도 이런 모습으로 나타날 거라고는 절대 생각하지 못했을 거다. 실망하려나? 하지만 놀래켜 주긴 제격이겠다. 아, 정말 웃기다.

그루브한 재즈 연주가 깔린 홀에 왁자지껄한 웃음이 터졌다. 파티가 시작되고 얼마 되지 않아 오스왈드는 얼굴에 쓰고 있던 반가면을 벗어 웨이터에게 건넸다. 가면을 쓰고 있어도 어차피 자신을 잘 알아봤고 이런 유의 파티는 영 취미에 맞지 않았다. 그냥 파티 자체가 성미에 맞지 않는다. 이런 화려함과 세상모르는 평화로움 같은 것 말이다.

「그래서 사모 펀드 회사는 언제부터 관리할 생각인가요?」

고양이 가면을 쓰고 엘리사브의 화려한 금색 드레스를 입은 여자가 나른하게 물었다. 밝은 갈색 머리를 단정하게 틀어 올린 여자는 남편이 옆에 있음에도 오스왈드에 대한 관심을 숨기지 못했다. 고양이 가면 사이로 드러난 여자의 노골적인 눈길에 오스왈드는 손에 들린 칵테일 잔 끝을 매만졌다.

「아직 덜래스 씨가 건재하시니 그럴 계획은 없을 것 같군요, 부인.」

「3년 안에 딜래스 회장이 자네에게 모든 사업을 넘긴다는 소문이 파다해. 이젠 일선에서 물러서실 때도 됐지.」

주지사가 부인의 말을 거들었다. 그러니까 모든 사업을 넘긴다는 말은, 거래를 하는 대상이 바뀌어야 한다는 말이다. 딜래스 가문이 오스왈드 손에 들어가면 앞으로 정치자금을 대 줄 사람은 이 남자일 테니 누구보다 잘 보여야 할 사람도, 서로의 이해득실을 따지며 비즈니스를 해야 하는 사람도 이 사람이란 소리다.

「의회에선 아직도 사업 통과를 안 시키고 있나?」

「네.」

「내가 볼 때는 말이야, 오스왈드. 총기협회처럼 자네도 자네 업계 관계자를 대선 후보로 키워야 해. 그만한 정치력을 지닌 인물을 이제 배출할 때도 됐잖아. 좀 더 공격적으로 투자할 필요가 있어.」

본인을 대선 후보로 키워 달라는 속뜻이 숨겨져 있는 주지사의 말에 오스왈드는 짐짓 모른 척하며 애매하게 고개를 끄덕였다. 그는 대선 후보로 키울 만한 인물은 아니었다. 그렇다고 하기에는 배포가 작았고 사욕이 너무 많았다.

「고루한 정치 이야기는 그만해요, 여보. 퀸튼 씨가 지루해하잖아요.」

주지사의 아내가 오스왈드의 팔뚝에 다정하게 손을 얹었다. 오스왈드의 눈가가 미세하게 떨렸다. 위층에 분명 유단희가 있는데도 단 한 개의 층 아래에 있는 이 세계는 과거 같았다. 유단희를 모를 때의 자신으로 돌아간 것만 같다.

「퀸튼 씨는 요새 데이트하시는 분이 없나요?」

오스왈드는 형식적인 미소를 지었다.

「서른다섯이면 이제 어린아이들이나 하는 불장난은 그만할 때도 됐죠. 좀 더 진지하고 성숙한 관계를 가질 필요가 있어요.」

나른하게 팔뚝을 훑는 손길에 말의 저의가 그대로 나타났다. 간사한 고양이네. 이 여자가 주지사의 부인이 아니고, 이곳이 연회장만 아니었다면 이 팔을 잡아 그대로 비틀어 버릴 수도 있다. 그런 충동이 든다. 아주 강렬하게.

매번, 이 행사에서 따라붙는 노골적인 시선들이 있었다. 자신을 위아래로 훑는, 아주 끈적하고 노골적인 시선들. 얌전하고 고고한 외형과 드레스로 추악한 본성을 숨긴 채 그들은 암묵적으로 동의하고, 침묵한다. 차라리 이렇게 대놓고 유혹하는 편은 순진한 쪽에 속했다. 두려워하면서도 깔보는 시선들. 비웃음과 열정이 뒤섞인 갈증의 시선들.

똑똑히 지켜봐. 내가 얼마나 거대해졌는지, 얼마나 커졌는지. 어디까지 커질 것인지. 감히 손끝 하나 건드리지 못하는 곳까지 올라가고 말겠다. 그 위에 서서 누구라도, 내게 위협이 되면 개미처럼 발끝으로 짓이겨 밟아 주겠다. 오로지 그 기분으로 살았다. 숨통이 조이면서도 펄펄 끓는 기분으로. 거기엔 묘한 카타르시스까지 느껴졌다.

이젠 누구도 그를 건드리지 못한다. 또한, 앞으로도 그럴 것이다. 오스왈드는 칵테일 잔을 단숨에 들이켰다. 그리고 근처에 있는 웨이터의 쟁반에 빈 잔을 내려놓고 칵테일을 하나 더 들어 올리는데 어느새 홀에 들어서 있는 마지연이 보였다.

새빨간 새틴 드레스에 미니멀한 빨간 망토, 하얀 비단 장갑을 낀 손에 직물로 된 바구니 하나를 들고 있었다. 다리를 움직일 때마다 하얀 허벅지 위에 오른 캣가터가 보이자 몇몇 남성의 눈이 노골적으로 마지연을 훑었다. 그래. 작정을 하고 왔네.

「실례합니다.」

오스왈드는 잔을 들고 마지연을 향해 걸음을 뗐다. 로즐리가 데려온 영화 관계자들에게 소개시켜 주어야지. 영어는 한마디도 못할 게 분명하지만 어쨌든 소개만 해 주면 삶아 먹든 구워 먹든 알아서 할 거다. 그 정도의 배짱은 갖고 있는 아이이고 바구니에 들어 있는 건 필시 쿠키가 아니라 비아그라인 것처럼 보이니까 말이다.

인파를 가르고 가는데 마지연이 누군가의 팔짱을 쑥 꼈다. 키가 아주 작아 보이는 남자. 그새 포주 하나를 물었나 싶어 눈을 가늘게 떴는데 남자의 뒷모양이 조금 이상했다.

이상하네. 여긴 미성년자는 들어올 수 없는데.

"팀장님, 이거요."

마지연은 손에 들고 있던 종이 하나를 단희에게 건넸다.

"이게 뭐야?"

"몰라요. 뭐 이벤트 추첨 같은 건가 봐요. 대충 이름 써서 냈어요."

단희는 은색 쟁반을 들고 있는 웨이터를 한 번 올려다보고는 펜을 들어 종이 위에 영어로 자신의 이름을 썼다. 쟁반 위에 오른 화려한 크리스털 상자 안에 이름을 쓴 종이를 접어 넣자 웨이터는 정중하게 인사를 하고 사라졌다.

"그나저나 루시 못 봤어요?"

마지연이 조급하게 주변을 돌아보며 단희에게 물었다.

"아니, 못 봤어. 이래서야 알아보기도 힘들겠다."

단희는 인상을 찌푸렸다. 코스튬 복장을 한 사람들 안에서 루시를 찾는 건 불가능해 보였다. 다들 예쁘고 잘빠져서 그냥 예쁘고 잘빠진 여자로 특정시켜 찾는 것도 무리였다.

"누가 누구인지 알 수가 있어야지. 대체 사장님은 어디에 박혀 있지? 나한테 분명 관계자 소개시켜 준다고……."

마지연이 부자연스럽게 말을 멈췄고 단희는 주변을 돌아보다 흘긋 옆으로 고개를 돌렸다. 검은색 턱시도의 어깨선이 보였다. 실크햇 모서리를 손으로 잡고 고개를 살짝 들어 올리자 고개를 한쪽으로 심하게 기울인 오스왈드의 얼굴이 보였다.

그는 그냥 뚫어져라 단희만 쳐다보고 있었다. 아주 놀라운 표정으로.

"사장님!"

마지연이 반색했다.

"한참 찾았잖아요! 미아 될 뻔했네!"

"……."

"내가 보이긴 해요?"

마지연이 뾰로통한 목소리로 앙알댔다.

"……."

유구무언.

"좋아요! 10분 줄게요!"

'으' 소리를 내며 마지연은 바구니를 고쳐 들고 인파 사이로 사라졌다. 그러고도 한참 둘 사이엔 침묵이 흘렀다. 아주 아슬아슬한 침묵이었다.

"Good evening, Sir."

오스왈드가 한참 만에 입을 열자, 단희는 혹시나 콧수염이 떨어질까 손끝으로 수염을 붙잡고 터져 나오는 웃음을 꾹 눌렀다.

"전 오스왈드 퀸튼이라고 합니다."

그는 장난스럽고 따뜻한 미소를 지으며 말을 이었다.

"그리고 오늘부터 게이죠."

단희는 결국 키득키득 웃음을 터트렸다. 오스왈드는 콧수염을 붙잡고 있던 단희의 손을 떼어 내고 그녀의 얼굴을 아주 천천히 훑었다. 시선이 너무 노골적이고 공격적이어서 단희의 시선이 아래로 슬쩍 내려갔다가 다시 조심스럽게 올라왔다.

이곳에 나타날 거라고 생각하지 않았다. 바라긴 했지만 단희의 조심성 많은 성격을 잘 알고 있는 그로서는 그저 본인의 헛된 바람일 뿐이라고 단정 지었다. 더욱이 그 바람 속에서도 설마 단희가 이런 복장으로 나타날 거라고는 꿈에도 생각하지 않았다. 그의 상상 속에 단희는 우아하게 쇄골이 드러나는 아주 예쁜 드레스를 입고 있었다. 아주 쉽게 벗겨 낼 수 있는 하늘거리는 드레스였다.

남장이라니. 정말 생각도 못 했다. 늘 허를 찌르는 여자. 충격적이지만 이게 유단희다. 유단희다웠다. 그리고 실크햇을 쓰고 콧수염을 붙이고 있는 유단희는 상상 속의 그녀보다 훨씬 더 아름답고 사랑스러웠다. 눈이 부신다.

"내 성적 취향을 바꿔 주러 온 거야?"

"잘 어울려요?"

오스왈드는 다시 한 번 여자를 위아래로 훑었다. 조끼 아래로 날씬한 허벅지에 감긴 승마 바지가 보였다. 종아리에 아찔하게 붙어 있는 검은 가죽 부츠도.

"내가 남자 턱시도를 벗기고 싶어질 줄은 몰랐네."

단희의 얼굴에 다시 웃음이 피어올랐다. 여자의 반짝이는 눈동자를 혀로 핥고 싶다는 충동이 강하게 일었다.

"키가 좀 커진 것 같은데."

"부츠 힐이 어마어마하게 높거든요. 조만간 추락사할지도 몰라요."

오스왈드는 웃으며 단희에게 자신의 팔뚝을 내밀어 보였다. 그 위에 손을 올리라는 의미였다.

"안 돼요. 나 지연 씨랑 붙어 다녀야 돼요. 커플룩이거든요."

"엿 먹으라 그래."

신랄하게 비아냥대며 그는 단희의 손을 잡아끌었다. 강압적으로 끌고 가는데 귓가에 다시 단희의 웃음소리가 작게 들렸다. 누가 뭐래도 단희는 신이 나 있었다. 그것 봐. 넌 모험을 좋아하는 여자라니까.

오스왈드는 웨이터가 들고 있는 쟁반에서 칵테일 잔을 하나 집어 들어 단희에게 건넸다. 인파에 묻혀 있던 마지연을 찾아 그녀가 원하는 그룹에 끼워 넣고, 루시를 불러 통역관까지 붙여 주었다. 루시는 말리피센트 복장을 하고 있었다. 짙푸른 화장에 딱 붙는 벨벳 드레스는 마지연처럼 노골적이진 않지만 충분히 섹시하고 고혹적이었다.

루시는 단희를 발견하고는 기분 좋게 목청 높여 웃었다.

"지연 씨가 그 코스튬 골라 넣을 때부터 알아봤지. 이거 단희 씨 거구나 하고. 정말 잘 어울리네요."

루시는 오스왈드와 단희를 번갈아 쳐다봤다.

"오즈, 너 꼭 톰보이 키우는 못된 아저씨처럼 보인다."

오스왈드는 입을 꾹 다물었다. 욕이 튀어 나갈까 봐 다문 듯이 보였다.

「여러분!」

제시카 레빗 복장을 한 로즐리가 어느새 단상 위에 올라가 마이크를 잡았다. 칵테일을 이미 많이 들이켰는지 실없이 웃는 얼굴이 지금껏 보아 온 모습 중 가장 신나고 행복해 보였다.

「행사에 참석해 주셔서 감사드려요. 바바라 주지사님, 플레이크, 마이클, 더빈 의원님, 바쁘신 시간 쪼개어 참석해 주셔서 감사드립니다. 매코널 장관님, 최근 막말 스캔들로 마음고생이 심하실 텐데 그런 와중에도 자리를 빛내 주셔서 감사합니다. 이 덜래스 저택은, 아주 안전한 곳입니다. 그러니 마음 놓고 쌍욕 하셔도 됩니다. 옆자리에 앉아 계신 아내분 욕만 빼놓고요. 거기에 관한 안전은 보장해 드릴 수가 없습니다.」

사람들의 웃음소리가 들려왔다.

"아이 때문에 울고불고하던 때랑은 완전 다르네요."

단희가 오스왈드의 귓가에 대고 나지막이 속삭였다.

"스포트라이트를 받고 있잖아. 로즐리가 가장 좋아하는 순간이지."

「아시겠지만, 우리 덜래스 가문에서 주최하는 이 파티는 오랫동안 참가비를 명목으로 자선 금액을 모금해 왔습니다. 여러분은 들어오실 때 모두 하얀 봉투를 꺼내 모금함에 집어넣으셨을 거예요. 그러나 올해부터는 좀 더 재미난 모금을 해 보려고 해요.」

로즐리가 손짓하자 웨이터 한 명이 크리스털 상자를 들고 왔다.

「여러분은 모두 웨이터들이 들고 다니는 이 상자를 보셨겠죠? 마음 씨 좋은 분들은 웨이터의 설명을 듣고 이곳에 각자 팔고 싶은 물품의 목록을 적어 두셨을 겁니다.」

"이벤트 상자다."

마지연이 해맑게 외쳤다. 이벤트 상자? 오스왈드의 고개가 한쪽으로 기울었다.

「그럼 첫 번째 경매품부터 열어 볼까요?」

로즐리는 두 손을 비비고 잔뜩 들뜬 얼굴로 상자에서 종이 하나를 꺼내 들었다.

"저기 뽑히면 무슨 선물 주는 거예요?"

마지연이 눈을 빛내며 물었다. 오스왈드는 한심하다는 듯 인상을 구겼고 루시는 웃음을 터트렸다.

"이벤트 상자는 뭐 하는 상자인지는 모르겠지만, 저건 경매 상자야. 지연 씨."

뭐? 그 설명에 단희가 퍼뜩 고개를 마지연에게 돌렸다.

종이를 열어 본 로즐리는 잠깐 멈칫했다가 곧 잘못 봤나 싶어 다시 확인하고는 아주 신나 죽겠다는 듯 헤벌쭉 입을 벌렸다.

「의외네요. 고급 스포츠카나 액세서리가 나올 줄 알았는데 말이죠. 첫 번째 경매품은…….」

로즐리의 눈이 군중을 훑다가 단희에게 멈췄다.

「유단희 양이네요.」

오스왈드의 뜨악하는 눈빛이 단희에게 떨어졌다. 그의 눈은 믿을 수 없다는 듯 커졌고 단희는 당황스러움에 얼굴이 붉게 달아올랐다.

아무 생각이 없어 보이는 마지연에게 붙어 있던 눈을 간신히 들었다.

"뭔지…… 뭔지 몰랐어요."

단희의 망연자실한 말에 오스왈드의 눈이 마지연에게 매섭게 날아갔다. 마지연은 곤란하게 울상을 지었다.

"경품 추첨 상자인 줄 알았어요. 나도 내 이름 적어서 냈다고요."

로즐리의 눈길을 따라 사람들의 시선도 단희에게 모여들었다. 혼자만 스포트라이트를 받고 있는 기분에 단희는 그 자리에 마른 장작처럼 굳어 버렸다.

「경매가는 백 달러부터 시작해 볼까요?」

로즐리가 운을 떼자 루시가 손을 번쩍 들고 외쳤다.

「오백 달러.」

오스왈드가 배신감이 차오른 얼굴로 루시를 쳐다봤고 여자는 그를 향해 어깨를 한 번 으쓱해 보였다. 뭐 어쩌라고. 네 여자라고 너만 차지하란 법 있어? 상품으로 나왔으면 나도 구매할 권리가 있는 거지. 루시는 이 재밌는 사건에서 손을 뗄 마음이 전혀 없었다.

「천 달러.」

멀리서 힘 있는 남자의 목소리가 들렸다. 덜래스 회장이었다. 로즐리는 마이크를 잡은 채 파안대소했다.

「세상에, 제 남편이네요. 제 남편이 지금 공개적으로 다른 여자를 사고 있답니다. 누가 내 남편을 말려 주셔야 하겠는데요.」

로즐리가 눈을 반짝이며 오스왈드를 쳐다봤다. 덜래스도 재미있다는 눈으로 오스왈드를 쳐다봤다. 루시도 약이 바짝 오른 눈으로 오스왈드를 쳐다봤다. 눈치가 빠삭한 마지연도 의도를 눈치채고는 눈을 빛내며 오스왈드를 쳐다봤다.

사람들은 웅성거렸다.

「천백 달러.」

누군가 이 경매에 끼고 싶어 하는 사람이 손을 번쩍 들었다.

「천이백 달러.」

「천삼백 달러.」

경매는 과열되고 있었다. 사람들은 호기심 어린 눈으로 단희를 쳐다봤다. 콧수염을 단 조그마한 동양인을 위아래로 훑으며 여자의 가치를 궁금해했다.

「이천 달러!」

루시가 금액을 더 올렸다. 정말 단희를 사겠다는 건지, 아니면 그냥 이 게임을 즐기겠다는 건지, 아니면 오스왈드의 속을 확 뒤집어 버리겠다는 건지 저의를 파악할 수가 없다.

"이천 달러면 그게 얼마야?"

"220만 원."

마지연이 열을 내며 중얼대자 단희가 침착한 목소리로 답했다. 제 몸값이 얼마나 올라갈지 본인도 궁금한 모양새였다. 눈에 언뜻, 이왕 올라가는 거 더 오르길 바라는 욕망이 비쳤다. 오스왈드는 당황했다.

"대박!"

마지연이 깔깔거렸다. 이 상황에서 꼭지가 돌겠는 건 아무래도 오스왈드 저 하나 같았다.

「이천 달러 나왔네요! 이천 달러! 더 없으신가요?」

로즐리가 신이 나 외쳤다. 은근슬쩍 오스왈드를 쳐다보고는 좌중을 훑는 척하는 얼굴에서는 희열마저 느껴졌다.

"오즈, 허니 너는 잘 모르겠지만 단희 씨 은근 여자한테 잘 먹힐 타입이야. 진심으로."

"맞아요. 팀장님 완전 걸크러쉬. 내가 쓰리썸 이야기를 괜히 한 게 아니야."

이건 분명 머저리 취급이다. 농담이 아니야. 이 저열하고 우스꽝스러운 장난질에 넘어갈 수 없다. 오스왈드는 입술을 씹었다.

「더 없으신가요?」

로즐리가 목청껏 한 번 더 외쳤다.

「이천백 달러!」

누군가 손을 번쩍 들었다. 바바라 주지사.

누군지를 확인하고 나자 오스왈드의 얼굴이 파랗게 질렸다.

뭐? 장난해? 저 돼지 같은 새낀 안 돼.

「만 달러.」

오스왈드가 가만히 손을 들었다. 홀에 탄성 소리가 번졌다.

「만 달러!」

로즐리가 기쁨에 넘치는 목소리로 환호했다.

「만 달러! 더 없으시죠?」

믿을 수 없어. 결국 놀아나 버렸다! 이 사악한 마녀들! 오스왈드가 충격에 허우적대는 사이에 일을 벌인 일당들의 짓궂은 얼굴엔 만족스러운 미소가 피어올랐다.

「낙찰.」

로즐리의 선언에 좌중들 사이에 환호와 박수가 터졌다. 단희는 도도한 눈으로 오스왈드를 올려다봤다.

"고맙네요. 이 비루한 몸뚱이를 사 줘서."

단희도 멍청이 취급에 가담한 게 분명했다. 오스왈드는 그렇게 생각했다. 그는 단희를 뭉개 버릴 듯 노려보다가 여자의 팔뚝을 휙 잡아 끌었다.

"따라와."

"왜요?"

"이 짜증 나는 공간에서 벗어날 거야."

"난 더 보고 싶은데요."

그는 어금니를 물었다.

"당신 때문에 방금 만 달러나 날렸어. 입 다물고 따라와."

모자를 잡고 휘청휘청 따라가는 단희를 보며 루시는 휘파람을 불었다.

"오즈 자기야, 조심해. 만 달러짜리 상품에 흠집이라도 나면 어쩌려고."

"닥쳐, 루시."

"행사 끝나기 전엔 돌아와!"

루시는 뒤돌아보는 단희에게 찡긋 윙크를 해 보였다. 그러자 단희는 웃었다. 아주 부드럽게. 넋이 나갈 만큼 고요하게.

"유단희 씨. 정말 근사한 여자네요."

마지연은 루시의 말에 고개를 끄덕였다.

"내가 만나 본 인간 중에 가장 근사해요."

오스왈드는 단희를 저택 뒤편의 정원으로 끌었다. 높은 힐 때문에 단희의 발이 자꾸만 꺾였다. 그녀는 모자가 벗겨질까 손으로 눌러 잡고는 발목이 아파 끙끙 앓았다.

"좀 천천히 가요!"

"아무리 영어를 몰라도 그렇지, 옥션(auction)이란 단어도 몰라?"

들은 바가 없다. 그냥 마지연이 넘겨준 종이에 아무렇지 않게 마지연이 한 대로 똑같이 했을 뿐이다. 그것만으로도 멍청하긴 했지만 구태여 그걸 마지연 때문이라고 변명하고 싶지도 않았다. 그건 너무 후지니까.

"어쨌든, 당신이 샀잖아요!"

"이 유치한 장난에 만 달러나 냈어!"

"만 달러가 뭐요! 10억 내놓으랄 때는 콧방귀 뀌더니 만 달러면 껌값이죠!"

오스왈드가 자리에 딱 멈춰서 휙 여자를 돌아봤다.

"어떤 사기꾼 새끼가 만 달러짜리 껌을 팔아! 데려와! FBI에 고발해 버릴 테니까."

"왜 이렇게 화를 내요!"

오스왈드가 어금니를 물고 악을 쓰자 단희가 지지 않고 신경질적으로 비난했다. 그는 욱 치밀어 오르는 화를 속으로 삭이기 위해 머리를 한 번 쓸어 올렸다.

왜 이렇게 화를 내냐! 자신의 여자가 상품으로 올려졌다. 상품! 어떤 사이인지, 이 여자가 자신에게 어떤 의미인지 공개적으로 밝히지도 못하는 마당에! 그것도 열 받는데 돼지 같은 바바라 놈에게 낙찰될 뻔했다. 매너나 품위 따위는 모르는 그 사내는 돈을 주고 여자를 샀다는 이유로 단희의 몸 여기저기를 주물럭거린대도 이상할 게 없는 위인이었다. 실크햇을 쓰고 남장을 한 단희를 훑는 시선 중 자신과 같은 눈으로 단희를 바라보는 사람이 없다고 누가 장담하겠는가.

오스왈드는 과거 자기 여자를 바라보는 남자들의 시선들을 즐겼다. 헐벗고 잘빠진 여자의 허리에 손을 감고 다른 사람들이 군침을 흘리는 광경을 만족스럽게 바라봤다. 왜냐하면 그건 전시용이었으니까! 그 시선을 위해 했던 짓이니까!

하지만 단희는 아니다. 남들의 시선을 만족시키려고 옆에 두려는 것이 아니다. 오로지 자신을 위해 옆에 두려는 것이다. 그러니 이 여자는 상품일 수 없다. 상품을 훑는 저급한 눈길은 용납할 수 없다.

그는 단희의 팔뚝을 놓고 성난 얼굴을 두 손으로 마른세수했다. 이 여자랑 있으면 냉정함을 유지하는 게 너무나 어렵다.

"내가 행사에 참여하길 바랐잖아요. 아니에요?"

간절히 바랐지, 아주 간절히. 옆구리에 끼고 다니면서 사랑하는 여자와 함께 사람들 사이를 걷는 순간을 정말 즐기고 싶었다. 남장을 한 단희를 발견하자마자 오스왈드는 재색의 과거에서 벗어났다. 그때부터가 현실이었다. 모든 것에 색이 채워졌다. 그 순간이 얼마나 감동적이었는지 모른다.

하지만 그 기쁨은 로즐리의 입에서 단희의 이름이 나오면서부터, 여자의 몸값이 불릴 때부터, 사람들의 시선이 단희에게 들러붙을 때부터 가파르게 변했다. 냉탕과 온탕에 머리를 반복해서 처박는 자신의 기분을 그는 스스로도 제어하기 힘들었다. 이게 정상적인 것인지, 아니면 본인이 어긋난 사람이라 느끼는 어긋난 감정인지도 판단하기 어렵다.

"난 그냥, 당신을 기쁘게 해 주고 싶었을 뿐이에요."

"기뻐. 기쁘지만 왠지 모르게 엿 같아. 이게 무슨 기분인지 잘 모르겠어."

눈앞에 있는 건 자기 감정을 주체 못 하는 사춘기의 소년이었다. 이 단순하고도 복잡한 생물체 같으니. 단희는 그를 얼렀다.

"그럼 화내지 말고 다시 들어가요. 경매 물품 중에 마지연도 있어요. 누구한테 얼마에 팔릴지 안 궁금해요?"

"안 궁금해."

성의 없어 보이는 대답에 단희의 입매가 시무룩해졌다. 남장을 한 여자의 눈동자는 달빛과 조명의 빛을 받아 청아하고 맑았다. 그것을 보자 그는 허탈해졌다. 화를 계속 내는 것도 어렵겠다는 생각을 하고 있는데 무슨 생각이 떠올랐는지 단희의 눈이 애교스럽게 접혔다.

"날 만 달러에 샀으니 만 달러 치의 소원을 들어줄게요."

오스왈드의 눈매가 불신으로 가늘어졌다.

"지금 본인이 무슨 말을 했는지 정확하게 이해는 하고 내뱉은 말이야?"

"그럼요."

"내가 무슨 소원을 빌 줄 알고?"

"뭐든 백 프로 들어줄게요."

"확실해?"

단희는 순수하게 고개를 끄덕이고 곧 방그레 웃어 보였다.

"어때요? 경매 참여하길 잘했단 생각 들지 않아요?"

오스왈드는 한숨을 푹 내쉬었다. 그는 그냥 항복해 버렸다. 그리고 인중에 콧수염을 꾹꾹 누르는 단희에게 한 발짝 다가와 단희의 턱을 들어 올렸다. 키가 한 뼘 커져 여자의 입술을 찾기 위해 몸을 덜 숙여도 되는 것은 꽤 편했다.

"이거 만 달러 치예요?"

"이건 일 달러 치도 못 돼."

오스왈드는 단희의 입술을 찾아 자신의 입을 포갰다. 여자의 인중에 붙은 모조 콧수염이 입가를 간지럽혔다. 단희는 발을 들고 일말의 망설임도 없이 오스왈드의 목에 팔을 감았다. 달게 마주 닿은 입술 사이로 열이 섞인 호흡과 촉촉한 혀가 얽혔다.

오스왈드는 여자의 허리에 손을 감고 자신에게 더 당겼다. 입술을 빨며 떨어졌다가 더 많이 벌리며 다시 입가에 닿았다. 혀로 섬세하게 훑고 윗입술을 빨아 당기며 오스왈드는 고개를 반대편으로 돌렸다. 그리고 다시 벌어진 입 안으로 여자의 혀를 이끌었다.

키스가 격하고 다급해지자 단희는 손을 들어 떨어질 것 같은 실크 햇을 잡았다. 오스왈드는 단희의 허리에 여전히 손을 감아 자신의 하체에 밀착시킨 상태로 입술을 떼어 냈다. 무겁게 감겨 있던 단희의 눈꺼풀이 나른하게 올라갔다.

홍조가 번진 뺨에 부풀어 오른 입술이 정원의 조명 아래로 은은하게 반사됐다. 오스왈드는 달처럼 환하고 깨끗한 단희의 뺨을 손으로 부드럽게 쓸었다.

"당신에게 보여 줄 게 있어."

"나한테요?"

단희가 모자를 고쳐 쓰며 묻자 오스왈드는 그저 팔을 내밀었다.

"가자."

◆ · · ● ·

꼭 요정의 숲에 들어온 기분이다. 넓은 정원을 가로지르는 동안 잔디밭에는 반딧불처럼 조명이 반짝거렸다. 밤이 되자 앙상했던 나뭇가지에 달린 조명은 그 자체로 풍성한 그림을 만들어 냈다. 터널 모양으로 기다랗게 놓인 아치형 틀에는 초록색 나뭇잎 대신 크리스마스트리처럼 작고 촘촘한 전구들이 넝쿨져 감겨 있었다. 단희는 손으로 느티나무인 듯 늘어진 등을 손으로 매만지며 걸었다.

버석거리는 나뭇잎 소리. 반짝반짝 발광하며 체온을 높여 주는 불빛들. 왜 그렇게 아침부터 정원사들이 공을 들여 나무마다 전구를 걸었는지 알 것 같았다. 이곳을 걸으면 서로 싫어하던 사람들도 사랑에 빠질 수밖에 없으리라. 그만큼 이 밤의 풍경은 로맨틱하게 젖어 있었다. 어쩐지 마법 같은 일이 일어날 거란 기대감에 뱃속이 울렁거렸다. 아니, 이미 그 일은 오래전에 일어나 버렸나?

터널을 통과하고 정원의 꽤 깊은 곳까지 들어가자 작은 개울가 위에 놓인 나무다리가 보였다. 집에 냇가가 있네! 그 맞은편으로 작은 별채가 보였다. 높고 빼곡한 창문 밖으로 빛이 새어 나왔다. 집 안에서도 길을 잃기 십상이더니 여긴 지도를 갖고 다니지 않으면 미아 되기 딱 좋은 곳이다.

오스왈드는 이 넓은 집의 어디에 뭐가 있는지 그걸 다 알고 있을까?

"발 조심해."

오스왈드는 다리를 건너는 단희의 손을 힘을 주어 지탱했다. 보여 주려는 곳이 저곳인가? 요정의 숲에 어울리는 요정의 집처럼 신비스러워 보이긴 하네.

158

"저긴 마녀가 사는 곳인가요?"

그는 대답하는 대신 묵묵히 앞으로 걸어갔다. 오스왈드가 단희의 앞에서 문을 활짝 열어젖히자 향긋한 꽃 내음부터 밀어닥쳤다.

와! 단희는 입을 벌리고 감탄했다. 요정의 숲이다! 여기가 정말 요정의 숲이야! 말도 안 돼! 실내 정원이었다. 정원사가 공들여 가꾸고 손질해 둔 정원.

팬지, 마가렛, 백합과 작은 패랭이꽃, 칼라와 수국, 정열적인 붉은색의 제라늄 꽃까지. 풍성하고 향긋한 꽃들이 사방에 널려 있었다.

오스왈드는 정신없이 사방을 훑는 단희를 보며 조용히 가든의 문을 닫았다. 단희는 율동을 하듯 뱅글뱅글 돌며 주변을 둘러보았다.

"이건 정말……."

단희가 혀를 내둘렀다.

"이건 정말…… 엄청나요. 정말 대단해요. 너무 예뻐요. 동화 속에 들어온 거 같아요! 여긴 로즐리의 공간일 거예요, 그렇죠?"

"맞아. 로즐리가 꾸몄어."

트리버가 힘들게 하면 여기로 오는구나. 대단해. 정말 대단하다. 돈이 많다는 건 좋은 거다. 그 생각이 먼저 들었다. 여기에 오니까 그걸 실감할 수 있다. 단희는 아이 때문에 힘들어도 숨어들어 갈 공간이 없었다. 숨을 쉴 공간이 없어서, 매일 너무너무 숨이 막혀서 발버둥 쳐도 벗어날 곳이 없어서 매일매일 짜부라졌는데.

자신에게 이런 공간이 있었다면 혼자 숨어들 수 있었다면, 자신을 위로해 줄 만한 무언가가 있었다면, 결혼 생활이 그토록 힘들지는 않았을 것이다. 어쩌면 지학이에게 조금 더 많은 사랑을 베풀 수 있었을지도 모른다.

"여긴 딜래스 회장님이 만들어 준 곳인가요? 아내를 위해서?"

"아내를 위해서 만든 곳이긴 하지만, 로즐리가 아니었어."

"아……."

재혼이란 이야기는 들었다. 단희는 팬지꽃 사이를 걸으며 고개를 끄덕였다.

"그거 로즐리도 알아요? 전 부인을 위해 만든 공간이란 거?"

"아니, 몰라. 로즐리는 이 집에 들어오자마자 이 공간을 가장 좋아했거든. 어떤 곳인지 알기도 전에. 그러니 괜히 긁어 부스럼 만들 필요는 없잖아."

단희는 눈에 담기는 꽃 모두를 샅샅이 훑었다. 꽃 이름 같은 건 잘모른다. 그저 파란 꽃, 노란 꽃, 분홍 꽃, 붉은 꽃. 향긋하고 연약해 보이는 꽃잎들 사이를 걸으며 그 향기와 모양에 취했다. 단희는 달리아꽃을 잡고 잎사귀의 향기를 들이마셨다. 뭔지는 몰라도 향기가 아주좋았다.

오스왈드는 이리저리 걷는 단희의 뒤를 따라 천천히 걸었다. 오래전, 단희가 자신이 사 준 스카프를 쓰레기통에 처박았던 장면이 문득떠올랐다. 한때는 마른 가시덤불 같았던 여자. 그의 불길이 닿으면 그대로 타 버릴 것 같아 두려워하던 여자. 어쩌면 그때에도 알고 있었을지도 모른다. 사실 그녀는 누구보다 따사롭고, 향기로운 여자라는 사실을.

꽃들 사이에 물처럼 섞인 단희를 그저 가만히 감상하다가 단희가넝쿨진 풍부한 핑크색 꽃 앞에 걸음을 멈추자 오스왈드도 같이 멈추었다. 그녀는 눈에 보이는 꽃이 무슨 꽃인지 궁금했다. 장미인가?

"메리로즈야."

오스왈드가 다가와 장미 하나를 따서 가시를 손으로 대충 훑어 낸뒤 단희에게 건넸다.

"여기 있는 건 모두 다 장미야."

그 말에 단희는 꽃을 받아 들고 주위를 훑었다. 장미 같아 보이는것도 있고 전혀 장미 같아 보이지 않는 꽃도 있었다.

"이것도요?"

"그건 니티다라는 꽃이야. 가을이 되면 잎이 황금색으로 변해."

신기하네. 단희는 호기심이 가득한 눈으로 그를 빤히 쳐다봤다.

"어떻게 그렇게 잘 알아요?"

"니콜라스는 이 집의 정원사였어. 난 학교를 가는 대신 그 사람과 같이 여기서 일했고."

양부를 도와 일을 했다는 이야기는 들었다. 그가 정원사라는 것은 몰랐지만. 학교를 다니지 않았다는 이야기도 오늘 처음 들었다.

"……학교를 안 갔어요?"

"군대에 가기 전에 GED, 그러니까 검정고시를 봤어. 덜래스 씨가 도왔지."

루시가 그의 10대에 대해, 들은 적이 있냐고 물었던 것이 기억난다. 양부모까지 잃은 후에 평범한 인생을 살긴 힘들었을 거야. 그걸 물어야 할까? 어떻게 살았는지? 그가 굳이 입에 담지 않는 이야기인데?

단희는 오스왈드의 눈동자를 들여다보았다. 가을이면 황금색으로 물든다는 장미의 잎사귀는 분명 이런 색이 될 것이다.

"니콜라스는…… 언제 죽었어요?"

"열다섯 살 때."

"그 이후엔 덜래스 회장이 당신을 거뒀겠네요."

그는 가만히 고개를 끄덕였다. 덜래스 회장은 백발의 체구가 건장한 노인이었다. 지금은 얼굴에 주름이 져 유해 보이는 인상이지만 젊었을 때의 그를 상상해 보자면 퍽이나 무자비한 인상이었다. 정에 굶주린 열다섯 살 소년에게 친절하고 살갑게 굴 사람은 아니었을 거다.

열다섯 살에 이 집에 들어와 서른다섯 살의 남자가 될 동안 여기서 그에게 애정과 관심으로 따뜻하게 품어 준 사람이 있었을까? 미성년 딱지를 떼자마자 군대로 도망치듯 떠나 버린 것을 생각하면 그랬을 것 같지는 않다.

오스왈드는 단희의 손을 잡아 흐드러지게 엉켜 있는 장미의 뒤편으로 이끌었다.

"여긴 원래 가든이 아니었어. 그냥 집이었지."

고급스러운 녹색 커튼이 늘어진 벽, 천장에 달린 로맨틱한 샹들리에 아래로 작은 테이블과 안락해 보이는 카나페 의자가 보였다. 그 위에 푹신해 보이는 쿠션이 아무렇게나 늘어져 있어 아주 자유롭고 느슨한 인상을 줬다.

레베카가 떠나고 난 후 덜래스 회장은 오랫동안 이 공간을 방치했다. 로즐리가 이곳에 손을 대는 것도 그는 원하지 않았다. 레베카에 대한 그의 기억처럼 그저 흉물스럽게 방치되길 원했던 것 같다. 언젠가 무너지고 재가 되어 흔적도 없이 사라져 버릴 때까지.

그걸 알 리가 없는 단희는 이 멋스러운 공간을 꽤 마음에 들어 하고 있었다. 오래돼 보이는 고가구들과 아름답게 수놓인 쿠션의 자수를 손으로 매만지며 머릿속으로 로즐리가 이곳에 앉아 심란한 마음을 가라앉히는 그림을 상상했다.

"그러니까 여기가 로즐리의 아지트네요."

"일부분은 그렇지."

일부분?

"그럼 나머지는요?"

오스왈드는 커튼 자락을 손으로 천천히 훑었다.

"어디든 부유하고 드넓은 저택에는 비밀스러운 공간이 존재하기 마련이야."

그는 촤르륵 소리가 나도록 커튼을 걷어 냈다. 그러자 고상하고 우아한 커튼 뒤에 감추어져 있던 파벽이 살풍경하게 드러났다. 우아하고, 빈틈없이 꾸며져 있던 공간과 어우러지지 않게 거칠어서 모양새가 이질적이다. 그 기묘한 풍경에 단희의 고개가 한쪽으로 씰그러졌다.

"여긴 원래 문이었어."

그는 벽을 손으로 더듬었다.

"델래스 씨는 자신의 아내가 이곳을 모르길 바랐어."

단희는 오스왈드가 자신에게 건네준 장미꽃 줄기를 손으로 뱅글뱅글 돌리며 오스왈드가 벽을 훑는 모습을 지켜봤다. 마법이라도 부리려는 건가 생각하고 있는 순간 정말 마법처럼 딸깍하는 소리와 함께 벽이 열렸다.

"그리고 나는, 이곳이 늘 존재하길 원했지."

깊은 어둠. 그 앞에 마치 죽음으로 안내하는 망자처럼 서 있는 오스왈드의 모습이 서늘한 느낌을 준다. 아. 그래, 그는 어둠이 잘 어울리는 남자였지. 그는 단희에게 손을 내밀었다.

"이리 와."

눈에 짙은 어둠이 드리워져 있었다. 단희는 침을 꿀꺽 삼키고 세이렌에게 홀린 어부처럼 멍하게 어둠 앞에 손을 내밀고 서 있는 그에게 다가갔다.

오랫동안 사용하지 않았던 공간에서 나는 퀴퀴한 냄새. 그러나 그것보다 마치 그 안에 공기가 없는 듯한 느낌이 먼저 들었다. 턱 숨이 막히는 기분이다.

"여긴, 뭐 하는 곳이에요?"

그는 스위치를 올렸다. 방 안의 모든 가구 위에는 뽀얀 먼지가 앉은 하얀 천이 덮혀 있었다. 곳곳에 거미줄도 보였다. 아주 스산한 것이 곧 유령이라도 나올 것 같다.

그는 단희를 자신의 앞에 세우고 입구의 반대편 벽까지 걸었다. 먼지가 가득 붙은 새하얀 천에서 한 발자국 떨어진 곳까지.

"아주, 재미있는 곳."

그는 손을 뻗어 하얀 천을 잡고 아래로 당겼다. 그러자 보이는 건

우스꽝스러운 콧수염을 달고 실크햇을 쓴 자신과, 호박색 눈을 한 오스왈드였다.

거울. 도미노가 쓰러지듯 줄줄이 따라 내려간 천 아래로 거울이 드러났다. 단희는 좌우를 살피다가 고개를 위로 들었다. 먼지에 희미해진 샹들리에 불빛 위로 벽면과 마찬가지로 거울이 보였다. 거울에 비친 자신의 모습도.

여자는 커다란 눈을 깜빡거렸다. 부산한 시선이 사방을 훑고, 자신의 모습을 보고, 오스왈드를 쳐다봤다.

"여긴 아주 심각한……."

오스왈드는 턱시도 재킷을 벗고 보타이를 풀었다. 거울에 비친 그 모습을 훑느라 단희는 한 번 말을 멈췄다가 다시 이어 갔다.

"아주 심각한 나르시시즘 환자의 방인가 봐요. 자존감이 떨어질 때마다 들어와서 잘나고 눈부신 자기 모습을 사방으로 비춰 보며 스스로에게 도취되는 장소인 게 틀림없어요."

오스왈드는 보타이를 바닥에 던져 놓고 아주 쓰고 달콤한 미소를 지어 보였다.

"아니면 만 달러짜리 경매품을 전시해 놓고 심심할 때마다 구경하는 장소일지도 모르지."

그는 단희의 양어깨에 손을 올려놓고 부드럽게 아래위로 쓸었다.

"아니면……."

그는 단희의 실크햇을 벗겨 바닥에 던졌다. 단희의 시선이 거울에 비친 실크햇을 따라 아래로 내려갔다 다시 위로 올라왔다. 오스왈드는 단희의 인중에 붙은 콧수염을 손가락으로 가볍게 잡았다. 그는 그것을 아주 천천히 떼어 내며 말했다.

"원래의 자신이 어떤 사람인지 비추어 보는 장소인지도 모르고."

단희는 오스왈드가 자신의 넥타이를 푸는 모습을 꼼짝없이 쳐다봤다. 핏줄이 솟아 있는 크고 섬세한 손가락으로 자신의 목을 훑고 셔츠의 단추를 하나씩 풀 동안 그녀는 숨소리도 내지 못했다. 그는 셔츠의 앞섶을 벌렸고 단희는 신음하지 않기 위해 입술을 안으로 말아 넣었다.

아장 프로보카퇴르.

가슴을 제대로 가려 주지도 못하는 그 아슬아슬한 레이스 조각. 대체 사 놓고 왜 입질 않느냐는 핀잔과 함께 그가 캐리어 안에 무심히 던져 넣었던 그 속옷을 골라 입은 건 대단히 적절한 타이밍이었을지도 모른다.

오스왈드의 시선이 거울 속, 얇은 레이스 천 사이로 비치는 자신의 검붉은 유두에 가 있는 걸 보고 단희는 침을 꿀꺽 삼켰다. 그는 선물 상자 안에서 원하는 장난감을 본 소년처럼 웃고 있었다.

오스왈드는 손으로 단희의 가슴을 가만히 쓸어 올려 손안 가득 쥐었다. 들이켜는 단희의 숨소리가 짧게 토막 나며 힐 굽이 살짝 삐끗했다. 그는 여자의 등이 자신의 가슴팍에 기댈 수 있도록 몸을 붙이고 여자의 귓가에 입술을 댔다. 그러고는 브래지어 컵을 아래로 밀어 내리고 여자의 왼쪽 가슴을 그 위로 꺼냈다.

단희의 손과 발이 부끄러움에 천천히 굽어 들었다. 오스왈드는 단희의 승마 바지 버클을 풀고 드레스 셔츠 자락 한쪽을 밖으로 빼냈다. 그가 손을 그 아래로 밀어 넣자, 단희의 고개가 뒤로 넘어가면서 쿵 하고, 뒤통수가 오스왈드의 쇄골에 부딪쳤다.

손이 망설임 없이 단희의 팬티 사이로 들어갔다. 무게를 지탱하던 아찔한 힐의 굽이 이리저리 휘청거렸고 벌어진 입술이 끈적끈적한 숨소리로 뜨거워졌다. 오스왈드의 손이 단희의 체모를 쓸고 더 아래로 내려가자 시선이 뒤로 무너지며 단희는 천천히 눈을 감았다. 귓가에 닿는 그의 입술이 그의 손가락만큼이나 간지러웠다.

그는 단희의 귓불을 이로 살짝 물고 여자의 목덜미에서 나는 향긋한 향기를 들이마셨다. 자신의 손 아래 무너지는 여자의 모습이 비쳐 보이는 거울에서 그는 눈을 떼지 않았다.

"봐. 달링."

그의 목소리에 나비가 날갯짓하듯 단희의 눈이 파르르 열렸다. 그녀는 오스왈드와 시선을 맞추기 위해 거울로 시선을 내렸다.

여자는 근사한 남자의 품에 안겨 있었다. 남자의 단단한 몸이 여자를 지탱하고, 강한 팔이 나무 넝쿨처럼 여자를 휘감고 있었으며 남자의 부드러운 입술은 귓가를 희롱하고 있었다. 붉은 홍조가 핀 볼, 체액에 젖어 광택이 나는 입술, 반쯤 감긴 눈꺼풀 사이 나른하게 풀린 눈동자를 한 자신의 얼굴이 낯설었다.

그와 함께 있으면 늘 이런 얼굴을 했던 걸까? 단희의 눈이 호기심으로 명료해지자 오스왈드는 드러난 유두를 손가락으로 잡고 가만히 잡아당겼다. 남자에게로 시선을 도피시킨 거울 속 여자의 도톰한 입술이 대문니에 꾹 눌려 일그러졌다.

"당신 앞의 여자를 봐."

그의 눈이 맹렬하게 빛났다. 오랫동안 고뇌했던 질문의 해답을 마침내 찾아낸 탕아처럼 그 안에는 조바심마저 비쳤다. 단희는 그 시선을 따라갔다. 다시 거울에 비친 여자를 똑바로 마주했다. 오스왈드는 여자의 관자놀이에 입을 맞추고 여자의 솜사탕 같은 머리카락에 볼을 비볐다.

바지 안으로 들어간 손이 여자의 둔덕 사이로 미끄러져 들어가 매끄럽게 클리토리스를 쓸었다. 신음하는 여자의 시선이 다시 위로 들렸다.

"눈을 떼지 마."

까무룩해지는 머릿속에 오스왈드의 엄하고 낮은 음성이 파고들었다.

"앞을 봐."

남자의 말이 채찍처럼 귓가를 때렸다. 단희는 퍼뜩 다시 시선을 거

올로 내렸다. 여자는 젖어 있었다. 텅 비고 메마른 여자는 그 자리에 없었다. 여자의 손에 들린 장미꽃처럼 생기로 가득한 핑크색 빛을 띠었다.

이건 내가 아니야. 난 이런 얼굴을 가진 적 없어. 이런 표정을 지은 적도 없어. 난 이렇게…… 야하고 유혹적이지 않아.

아니, 틀리다.

이건 나야. 눈앞의 여자는, 그가 가져온 풍경 속의, 그의 옆에 있을 때의 나다. 그가 흘러 들어오고, 가득 채워 버린 나야. 이게, 나야.

열기에 압도된다. 족쇄처럼 발을 묶고, 혀를 묶고 심장을 묶던 이성의 사슬이 끊어지고 대신 그 뜨거움만이, 자신을 품에 안고 있는 오스왈드의 강렬함만이, 그리고 그가 채워 버린 자신의 모습만이 가득했다.

오스왈드는 열기에 촉촉하게 젖은 여자의 눈을 들여다봤다. 붉은 입술로 뜨거운 숨을 토하고, 윤기가 도는 핑크색 볼을 한 단희의 젖은 눈은 샹들리에 불빛 아래에서 달이 비치는 샘물처럼 맑고 신비했다. 이 공간에 안개처럼 단희만이 가득했다. 뿌옇게 그녀가 끼어 있어서 눈앞의 그녀, 그리고 여자를 뜨겁게 안고 있는 욕망의 괴물 이외엔 아무것도 보이질 않았다. 그 거울 속 괴물이 여자의 귓가에 속삭였다.

"이 여자가 내 것이라고 말해 줘."

"……."

"내가 온전히 모든 것을 다 가질 수 있게 해 줘."

오스왈드의 혀가 여자의 귓바퀴와 귓등을 핥았다. 단희는 몸을 떨며 눈을 감았다가 열기로 흐려진 눈을 천천히 열었다.

"그 여자는 이미 당신을 사랑해요."

그 순간, 넝쿨처럼 감긴 그의 억센 손에서 갑작스레 힘이 빠져나갔다. 끈적끈적하게 접촉해 오던 입술과 함께 남자의 몸도 뒤로 물러섰다. 그는 슬로우 모션처럼 허리를 세우고 영혼이 일순 육체에서 빠져나간 사람처럼 껍데기로 서 있다가 넋이 나가 물었다.

"뭐라고 했지?"

단희는 부드럽게 몸을 돌려 반짝 추위에 살얼은 강물처럼 위태로운 남자를 정면으로 마주 보았다. 그리고 황금색의, 어쩌면 그보다 훨씬 더 탁하게 물든 오스왈드의 눈동자를 들여다보았다.

그의 눈을 깊이 들여다볼 때마다 화려하고 눈부신 아름다움 뒤에 상처받고, 외롭고, 애정에 굶주린 어린아이가 언제나 보였다.

그는 나약했다. 여자에게 모성을 원하고, 영혼은 부서지고 위태로웠으며 화가 나면 잔인했고 사랑이 무엇인지도 제대로 알지 못하는 뒤틀리고 어리숙한 남자였다. 엄마가 살아 있었다면 두 팔을 걷어붙이고 나서서 반대할 남자일지도 모른다. 인생 망칠 일 있냐며 펄펄 뛰었을 게 분명하다.

그러나 단희는 그런 그를 사랑했다. 그의 상처를 어루만지고, 외로운 그를 채우고, 그를 품에 안고 이젠 길을 잃어버린 모성을 그에게 주고 싶었다. 부서진 영혼 그대로, 잔인한 그의 욕망 그대로, 뒤틀리고 어리숙한 그 모습 그대로. 단희는 그를 끌어안고 그에게 자신의 모든 것을 주고 싶었다. 그래서 그를 치유하고, 그에게 자신을 던져 그를 채우고 싶었다. 정말로, 그렇게 하고 싶었다. 온 마음을 다해.

단희는 숨을 헐떡였다. 끝없이 눈물이 솟아났다. 꼴사납게 눈물이 났다.

우형이 그녀에게 가르쳐 준 것이 사랑에서 오는 결핍과 갈증이었다면, 지학이가 가르쳐 준 것이 조건 없이 자신을 내던질 수 있는 헌신적인 사랑이었다면, 지금 자신이 갖고 있는 것. 너무 뜨겁고, 너무 벅차서 차라리 슬퍼지는 것. 이것도 분명 사랑이다.

이게 사랑이 아니라면, 이 세상의 무엇도 사랑일 수 없다.

"나는, 당신을 사랑해요."

오스왈드는 몇 번 어깨를 들썩이며 숨을 들이쉬더니 여자의 턱을 잡고 자신에게 당겼다. 단희의 등이 오스왈드의 무게에 눌려 쿵 하고 거울에 충돌했다. 그는 강렬하게 입술을 부딪치고 그녀의 입 안으로 혀를 밀어 넣었다. 드레스 셔츠와 조끼를 거칠게 벗겨 내고 브래지어를 잡아 던졌다. 손에 들려 있던 장미꽃이 바닥으로 툭 떨어졌다.

짠맛이 느껴지는 단희의 입술에서 자신의 입술을 떼어 내고 오스왈드는 흐트러진 단희의 머리를 부드럽게 넘겼다. 여자의 턱선을 손가락으로 쓸고 엄지로 광대에 묻어 있는 눈물을 지그시 닦아 냈다. 그는 애틋한 미소를 짓고 다정하게 단희를 내려다봤다.

"왜 울어? 날 사랑하는 게 슬퍼?"

단희는 혼란스럽다는 듯 고개를 양옆으로 저었다.

"모르겠어요. 그냥……."

젖은 눈이 사랑의 깊이만큼 절망스러워 보였다.

"나는 그냥……."

단희는 고개를 들어 남자를 쳐다보았다. 그는 충만했다. 마침내 원하는 것을 손에 넣은 승리자처럼 고취되어 있었다.

"뭔가를 또 잃어버릴까 봐 무서워요."

"당신은 아무것도 잃을 게 없어."

그는 단희의 말을 망설임 없이 반박했다. 그는 규칙적으로 단희의 광대뼈를 문질렀다. 시럽을 끼얹은 것처럼 단희의 뺨이 눈물로 빛났다.

"날 위해 아무것도 버릴 필요 없어."

"……."

"그 대신……."

오스왈드는 단희의 손을 잡아 펄떡거리며 뛰는 자신의 심장 위에 올렸다.

"당신은 이것만 가져가면 돼."

그 강렬한 고동 소리에 단희는 다시 울컥 눈물이 났다.

"당신은 그저 날 사랑해. 나는 너에게 무릎을 꿇고, 내 모든 걸 바칠 테니."

모든 것. 내 영혼, 내 심장. 그 모든 것을 기꺼이 바치리라.

"유단희."

그가 또박또박 단희의 이름을 불렀다. 그의 눈동자가 이렇게 고요해 보인 적은 처음이었다. 그 불같던 눈동자가 처음으로 바다처럼 보였다. 아찔하게 모든 걸 삼키던 블랙홀 같던 눈동자가 별이 뜬 밤하늘처럼 신비로웠다.

"I love you. Praise you. And I worship you."

"……무슨 말인지 모르겠어요."

오스왈드는 미간을 찌푸리고 눈을 깜빡거리는 단희를 보며 해님처럼 웃었다.

"그냥 널 사랑한단 말이야."

그는 부드럽게 다가가 여자의 입술에 소중하게 키스했다. 단희의 턱, 목선, 쇄골, 여자의 젖가슴에 의식을 치르듯 천천히 입을 맞추며 내려가 단희의 앞에 무릎을 꿇고 자신의 허벅지 위에 여자의 오른쪽 발을 올렸다. 종아리를 가볍게 쓸고 부츠 지퍼를 내려 여자의 발에서 힐을 빼내고 반대쪽도 그렇게 했다. 양말을 벗기고 오스왈드는 여자의 발끝에 입을 맞췄다. '킥' 하고 명랑한 웃음소리가 단희의 입에서 새어 나오자 오스왈드의 입꼬리도 덩달아 부드럽게 올라갔다.

골반 아래로 레이스로 이루어진 속옷과 바지를 부드럽게 내렸다. 발목에서 돌돌 말린 천 조각을 발밑으로 빼낸 오스왈드는 손으로 단희의 발목에서부터 무릎 뒤쪽까지 부드럽게 쓸고 자신의 어깨 위로 여자의 왼쪽 무릎을 올렸다. 단희는 깨금발을 들었다.

오스왈드의 입술은 곧장 여자의 가랑이 사이로 파고들었다. 단희는 무너지는 중심을 잡기 위해 거울에 두 손을 붙였다. 그는 단희의 엉덩이를 두 손으로 부드럽게 움켜쥐고 깊게 혀를 움직였다. 입술을 비비고 클리토리스를 찾아 혀로 핥고 입술로 빨아 당겼다. 그는 꼭 과즙을 찾아 먹는 짐승 같았다. 단희는 그가 주는 끈적하고 농염한 감각에 눈을 감고 고개를 뒤로 젖혔다. 숨을 몰아쉬며 한쪽 손을 들어 짐승의 갈기를 잡듯 그의 곱실거리는 머리카락을 움켜쥐었다.

"오스왈드."

가랑이 사이에서 그가 혀를 굴리고 당기는 색정적인 마찰음이 들려왔다.

"그만. 충분해요."

아랫배의 근육이 단단하게 뭉치기 시작하자 단희는 물에 빠진 사람처럼 헐떡거렸다. 그와 체온을 맞대고 그의 빛나는 눈동자를 들여다보고 싶다.

"이젠 날 채워 줘요."

그는 빠르게 몸을 일으켰다. 태양에 따라 고개를 움직이는 해바라기처럼 단희는 그의 입술을 찾아 고개를 들었다. 그와 입술을 부딪치고 그의 입술에서 느껴지는 그와 자신의 맛을 모두 맛보며 단희는 오스왈드의 셔츠 단추를 풀었다. 잘 발달된 삼각근 아래로 셔츠를 밀어서 내리자 오스왈드가 손으로 커프스 링크를 빼고 바닥에 셔츠를 떨궜다.

그가 손으로 단희 몸의 모든 곡선을 훑을 동안 단희는 오스왈드의 바지와 브리프를 손으로 내리고 발로 밟아 바닥으로 떨어뜨렸다. 그는 신발을 벗고 양말까지 벗어 던진 후, 천 뭉치를 옆으로 차 버렸다. 단희의 허리에 오른손을 감아 여자를 자신에게 맞게 위로 들어 올리고 여자의 엉덩이 사이를 나머지 왼손으로 훑었다. 단희는 오스왈드의 허리에 두 다리를 감았다.

"널 사랑해."

"알아요."

단희가 상냥하게 웃으며 대답하자 그는 단희의 가랑이를 벌리고 아주 천천히 여자가 자신에게 내려앉게 했다.

여자는 '으' 하고 길고 늘어지는 신음 소리를 냈다. 남자는 강인했고 여자는 가벼웠다. 오스왈드는 그녀를 자신의 하체로 당겼다가, 여자가 거기에 내려앉으면 다시 위로 밀어 올렸다. 벌어진 여자의 입 안을 입술로 집요하게 괴롭히고 귓가에 들리는 신음 소리를 즐겼다. 쾌감과 그에 따르는 갈증에 괴롭게 찌푸려진 얼굴을 놓치지 않고 살폈다. 헝클어지는 머리카락, 송골송골 맺히는 땀방울 하나까지. 그는 이제 완전히 자신의 것이 된 여자의 모든 것을 눈에 넣었다.

단희의 몸이 견디질 못해 무너지기 시작하자 오스왈드는 바닥에 늘어진 옷가지들 위에 여자를 눕혔다. 손으로 무릎 뒤를 잡아 벌리고 그는 단번에 여자의 안으로 다시 밀려 들어갔다.

"앙!"

얼핏 발정 난 고양이 같은 울음소리가 여자의 입에서 터져 나왔다. 지금까지와는 전혀 다른, 앙탈을 부리는 듯한 그 높은 신음에 몸서리치게 깨닫게 된다.

그녀가 자신의 모든 것을 무너뜨렸다는 것을. 너무나 활짝 자신을 열어 버렸다는 것을. 그는 팔꿈치로 상체를 지탱하고 두 손으로 여자의 머리를 감쌌다. 쾌감에 좌우로 머리가 움직일 때마다 부드럽게 윤기 나는 머리카락이 손에 감겼다가 풀렸다.

"넌 너무 따뜻해."

그는 단희의 안으로 깊게 밀려 들어가며 여자의 귓가에 입술을 댔다.

"네 부드러움이 날 치유해."

그가 물러섰다 다시 깊게 밀려 들어오자 단희는 대답 대신 신음했
다.

"그게 날 딱딱하게 만들고……"

"아……"

"그게 날 녹여."

단희는 오스왈드의 입술을 찾아 고개를 돌렸다. 남자의 입술을 입
술로 당기고 두 손으로 남자의 얼굴을 감싸 당겼다. 절박하고 갈증을
불러일으키는 키스 뒤에 그의 목에 손을 감고 그에게 안겨 희미하게
눈을 뜨자 천장 위로 오스왈드의 벗은 몸이 보였다. 그가 움직일 때마
다 그의 등 근육이 꿈틀거렸다.

단희는 눈도 감지 못하고 그 움직임을 황홀하게 바라봤다. 두 다리
를 그의 허리에 감고 고개를 옆으로 돌렸다. 그에게 완전히 매달려 있
는 자신의 모습이 좀 더 적나라하게 보였다. 리드미컬하게 움직이는
그의 허리도 보였다.

거울 속에서 그와 눈이 마주쳤다. 그는 보란 듯이 단희의 목덜미를
혀로 핥고 단희의 귓바퀴를 빨고 귓구멍 안으로 혀를 밀어 넣었다. 단
희는 놀라움에 입을 더 크게 벌렸다. 숨을 멈추고 그가 하는 자극적이
고 선정적인 행위를 두 눈으로 목격했다. 과도한 시각적 자극 때문에
넋이 나가고 모든 감각이 꿈처럼 몽롱해지기 시작했다. 단희는 차라
리 눈을 감고 그의 어깨 아래로 고개를 묻었다.

"숨지 마."

그는 키득거리더니 단희의 몸을 일으켜 세웠다. 단희의 허리와 상
체를 잡아 방향을 반대로 돌렸다. 단희는 오스왈드의 허벅지 위에 엉
덩이를 대고 올라앉아 있었다. 정면으로 마주 보이는 자신의 젖가슴
을 그는 손으로 부드럽게 주물렀다. 말랑거리는 해면체처럼 여자의
가슴은 그의 손안에서 이리저리 모양이 변했다.

"널 봐."

그의 손이 여자의 옆구리를 쓸고 아랫배로 내려가더니 음모 아래를 헤치고 들어갔다. 허리가 뒤로 휘며 갈비뼈가 도드라지게 드러났다.

"네 몸에 난 점 하나, 흉터 하나, 주름 하나. 그 모든 게 얼마나 날 흥분시키는지 봐."

그는 단희의 안으로 천천히 밀고 들어갔다. 단희는 그 느리고 뜨거운 감각에 고통스럽게 비명을 내질렀다. 그가 밀어닥칠 때마다 여자는 올라갔고 오스왈드는 그녀를 잡고 놔주지 않았다. 단희는 한 손으로 그의 허벅지를 움켜쥐고 다른 한 손으론 거울을 짚었다.

텅 비고 매캐한 공간 안에 울리는 헐떡이는 소리. 과하게 응축된 열기에 호흡하려 애쓰지 않으면 숨도 제대로 쉴 수가 없었다. 번들거리는 몸. 그의 손길이 닿는 곳마다 조이고, 풀리고, 당겨지고, 밀리며 꿈틀대는 몸이 부드러운 실크처럼 보였다.

화려한 불빛 아래 자신의 몸은 아름다웠다. 어디 하나 여성스럽지 않은 곳이 없었다. 펼쳐지고, 굽어드는 모든 것이 유려하고 매끈한 곡선이었다. 그의 눈에 매일 보였던, 지금 자신이 보고 있는 모습은 그녀가 스스로 생각했던 것보다 훨씬 더 황홀했다. 춤을 추듯 흐르는 모든 몸짓이 그랬다. 모든 것이 선율이고, 음악이었다.

그는 탄식하듯 신음하더니 단희의 골반을 잡고 강하게 부딪쳤다. '악' 하는 소리와 함께 여자의 몸이 앞으로 무너졌다. 아찔한 충돌이 가차 없이 계속됐다. 단단하게 팽창한 것이 자신의 몸 안으로 들어오는 감각이 생생하게 느껴졌다. 거칠고 매끈한 표면들이 모두 다.

그는 언제나 멈출 거라 생각했던 곳에서 멈추지 않았다. 늘 그랬다. 한계라고 생각하는 곳이 한계가 아니었다. 더 이상 못 버티겠다고 한 지점을 늘 지났다. 그리고 단희는 늘 거기서 무너지며 솟구쳤다. 모든 것이 멍해지고 머릿속이 하얗게 변하고 눈을 깜빡이는 것조차 잊어버리게 되는 순간이 지나면 뜨겁게 온몸으로 퍼져 나갔던 모든 것이 한 곳으로 급하게 응축했다.

단희는 눈을 질끈 감고 어금니를 악물었다가 비명을 지르며 폭발했다. 모든 것이 산산이 부서지는 경험. 눈앞이 하얗게 바래고 눈부시게 점멸하는 기분. 어딘가로 까마득하게 떨어지는 동시에 끝없이 자유로워진 기분이 들었다.

오스왈드는 늘어진 단희의 몸을 꽉 안고 여자의 목덜미를 입술로 꾹 누른 채 그 안으로 자신을 쏟았다. 끊임없이 자신이 흘러 들어갈 수 있도록.

◆ ·　·　● ·

못된 짓을 저지르고 도망치는 철없는 10대처럼 둘은 별채를 빠져나오며 키득거렸다.

그는 단희의 어깨에 두른 팔을 당기고 여자의 관자놀이에 입을 맞췄다.

"당신 웃는 소리 정말 듣기 좋다."

그 말에 단희가 다시 한 번 수줍게 킥킥거렸다.

"당신 웃는 얼굴도 보기 좋아요."

"나랑 결혼해."

갑작스러운 제안에 단희의 웃음소리가 뚝 끊겼다. 여자는 그 자리에 딱 멈췄고 오스왈드도 단희를 마주 보며 그 자리에 멈춰 섰다. 달빛에 반사된 그의 모습이 아지랑이처럼 일렁거렸다.

"이게 내 만 달러짜리 소원이야."

"……."

"나와 결혼해."

여자가 주춤 뒤로 물러서자 오스왈드는 단희의 어깨를 어르듯 매만졌다.

"내가 오랫동안 꿈꿔 왔던 걸 이루게 해 줘. 내 아내가 되어 줘. 언젠가, 내 아이의 엄마가 되는 걸 보고 싶어."

여자는 따가워지는 목 안으로 침을 삼켰다. 마른 입술을 불안하게 빨았다가 놓으며, 몇 번이고 망설이다가 절망적으로 말했다.

"난 아이를 못 낳아요. 알잖아요. 난 당신에게 정상적인 가정을 이뤄 줄 수 없어요."

"그렇게 단정 짓지 마. 노력하면 돼."

단희는 고개를 저었다.

"그건 헛된 희망이에요, 오스왈드. 난 다시 그걸 반복하고 싶지 않아요."

"아이를 갖지 못하면, 입양을 하면 돼. 선택할 수 있는 옵션은 무수히 많아."

"오스왈드."

"내가 원하는 건 당신뿐이야. 그 이외의 것들은 어떻게 되어도 상관없어."

아니야. 그에게 필요한 건 건강하고 사랑스러운 아내, 그리고 자신을 꼭 닮아 제 분신 같은 아이다. 그것만이 그의 고장 난 세계에, 깊은 어둠에, 빛일 수 있다. 그 온전함만이, 그 완벽함만이 그를 완전히 치유할 수 있다. 그는 그걸 모르고 있다. 어쩌면 모를 수밖에 없다. 그에겐 모든 것이 처음일 테니까.

하지만 단희는 아니었다. 이 관계에 중심을 잡아야 한다면, 그리고 그를 위한다면 아주 냉정해질 필요가 있었다. 사랑에 있어서도, 연애에 있어서도 때론 감정보다 이성의 말을 따라야 할 때도 있다. 바로 지금 같은 순간 말이다.

"오스왈드. 이건…… 이건 너무 빨라요."

"알아."

그는 단희의 머리카락을 가만히 쓸었다.

"당신한테 사랑한다고 고백한 지 아직 24시간도 안 지났잖아요."

"내가 조급해 보인다는 거 알아. 하지만 지금까지도, 그리고 앞으로도 나에게 너 이외의 다른 여자는 없어."

그걸 어떻게 장담한단 말인가. 그러길 원하긴 하지. 하지만 그건 동화야. 사랑하는 두 사람이 영원히 행복하게 잘 살았다는 엔딩은 이 세상에 존재하지 않는다. 한때는 두 사람을 단단히 묶어 주는 끈이라고 여겨졌던 결혼도, 결국엔 무의미했다. 감정에 휩쓸려 한 선택으로 단희는 과거에 너무 많은 것을 잃고 너무 많은 상처를 받았다. 그걸 반복하고 싶지가 않았다. 그것도 오스왈드와는 죽어도. 다시는, 절대로 말이다.

"미스터 퀸튼."

뒤를 돌아보자 양복을 말끔하게 갖춰 입은 제드릭이 정중하게 오스왈드를 불렀다.

"잠시."

단희에게 몇 걸음 떨어진 채 오스왈드는 제드릭이 하는 몇 마디를 조용히 들었다. 제드릭의 말이 끝나자 그는 고개를 끄덕이고 단희에게 다가왔다. 그의 얼굴은 예의 그렇듯 사무적이고 냉정한 빛을 띠고 있었다. 그는 프렌치 도어 사이로 재즈 선율이 들려오는 저택을 쳐다봤다. 그리 멀지 않은 거리였다.

"일이 생겨서 잠깐 가 봐야 해. 추우니 먼저 들어가 있어."

"알겠어요."

그는 집게손가락으로 단희의 턱을 가볍게 어루만졌다.

"지금 당장 대답하라는 거 아니야. 그냥, 생각해 봐."

"……알겠어요."

믿음직스럽지 못한 대답이었지만 오스왈드는 자신이 들고 있던 단희의 실크햇을 여자의 머리 위로 꼼꼼하게 눌러 씌우고 몸을 돌려 제드릭과 함께 단희의 시야에서 천천히 사라졌다.

　결혼이라니…….

　다시는 하지 않겠다고 맹세했는데……. 하긴 그땐 오스왈드에게 사랑한다고 고백하리라고는 생각도 못 하던 때였지.

　그의 말대로 이건 생각해 봐야 하는 문제다. 아주 천천히 생각해 봐야 하는 문제. 이 온도 차이를 어떻게 메꿔야 하는지에 대해 고민해 볼 필요가 있었다. 단희는 숨을 내쉬고 재킷 앞섶을 오므려 잡은 채 발을 떼었다가 다시 멈칫 자리에 멈췄다.

　발끝만 보던 시선에 조명에 반사된 다른 이의 실루엣이 보였다. 천장에 반사된 수면의 빛처럼 실루엣의 여기저기서 투명한 빛이 반짝거렸다.

　여기저기서 들려오는 와자지껄한 웃음소리. 열려 있는 프렌치 도어 좌우로 취한 듯 휘청거리는 사람들이 저들마다 담소를 나누는 소리가 들렸다. 밤이 깊어지고, 분위기가 무르익을수록 파티는 더 자유롭고 명랑해졌다.

　단희는 고개를 들었다.

　"아."

　탄식에는 반가움과 놀라움이 함께 섞여 있었다. 놀라웠지만 그녀가 여기 있는 것이 이상하진 않았다. 이 파티가 미국 명사들을 위한 파티라면 이 여자분이 끼어 있지 않은 것이야말로 이상한 일일 것이다. 그녀는 누가 봐도 명사니까.

　초록색의 홀터넥 드레스는 여자의 하얀 피부와 금발 머리를 더 선명하고 눈부시게 만드는 데 탁월한 역할을 했다.

　단희는 진심으로 여자가 반가웠다. 꼭 다시 만나 보고 싶었다. 오스왈드가 자리에 없는 게 아쉬웠다. 옆에 있다면 자신이 본 세상에서 가장 아름다운 여자에 대해 설명할 필요가 없을 텐데. 그때처럼 콧방귀를 뀌며 별일 아니란 듯이 반응할지, 아니면 자신과 똑같이 이 여자를 넋을 놓고 바라볼지 궁금했다.

"안녕하세요. 또 뵙네요."

"Hello."

차분하고 고혹적인 음성으로 여자가 부드럽게 인사했다.

21

사방이 너무 어둑했다. 파리한 잎가지에 듬성듬성 걸려 있던 조명이 어느 순간부터 걸려 있지 않았다. 마지연은 드레스 자락을 잡고 남자가 이끄는 대로 따랐다.

루시의 설명에 따르면 자신의 손을 잡아끌며 알 수 없는 소리를 해대는 이 남자는 오랫동안 엔터테인먼트 사업에 많은 돈을 투자하는 통 큰 투자자라고 했다. 방탕하지만 신사적이라고 덧붙였는데 그 두 가지 가치가 어떻게 양립할 수 있는지는 잘 모르겠다.

그는 마지연이 당기면 툭 끊어질 것 같은 아슬아슬한 드레스 자락을 휘날리며 홀에 들어섰을 때부터 여자를 눈독 들이고 있었다. 아내는 아프다며 침대에 몸져누운 지가 오래다. 지금이 식민지 시대도 아니고 틈만 나면 손부채질을 하며 쓰러지는 것을 미덕으로 아는 여자는 모든 면에서 나약했다. 그런 여자를 계속 데리고 사는 건 집안의 돈줄이나 다름없는 장인어른을 붙잡아 둘 심산 그 이상도 이하도 아니었다.

가끔 고급 콜걸을 찾아가 성욕을 해소하고는 있지만 아직 동양인과는 해 본 적이 없었다. 함께 노닥거리는 일당들에게 듣기로 동양인은 아주 맛이 좋다고 했다. 거기에 남자를 위해 봉사도 아주 잘해 준다고 하니 그는 열렬한 투지에 불탔다. 이 스무 살짜리 계집애를 오늘 먹으리라.

그는 어둡고 한적한 곳으로 여자를 끌고 가 둘레가 널찍한 느릅나무 아래에 세웠다. 여자의 입에서 하얀 입김이 뭉게뭉게 피어올랐지만 추위는 별문제가 되지 않았다. 곧 후끈 달아오를 테니까.

그는 지연의 망토를 머리 아래로 벗기고 단추를 풀었다. 실크 망토는 여자의 어깨 아래로 주르륵 흘러내렸다.

지연은 고양이처럼 요염한 눈을 깜빡거렸다. 남자는 지연을 오천팔백 달러에 샀다. 남장을 한 자기 여자에게 정신이 회까닥 돌아서 단번에 만 달러를 부른 그 팔불출(?)을 제외하면—물론 제외시켜야 한다—그날 나온 경매품 중에 단연 최고가였다.

여자 하나를 오천팔백 달러에 사는 돈 많은 투자자. 사실 마지연에게 이보다 더 좋은 조건의 스폰서는 없었다. 루시가 무어라 말했는지는 모르지만 루시의 설명을 듣고 난 남자는 눈을 빛내며 마지연에게 배우가 되고 싶냐고 물었고 마지연은 열렬히 고개를 끄덕였다. 그 이후엔 별로 말이 필요하지 않았다. 남자가 그녀를 잡아끌었고 마지연은 순순히 그를 따랐다.

사내는 마지연의 볼을 손으로 쓸었다. 엄지가 여자의 붉고 탄력적인 입술을 매만지다가 노골적으로 입 안으로 들어왔다.

「배우가 되고 싶다고?」

마지연은 말을 알아듣고 고개를 끄덕였다.

「그렇다면 우린 이해관계가 아주 정확하군요. 아가씨. 내가 도와줄 수 있으니까요.」

남자의 시선이 자신의 손가락을 문 여자의 앵두 같은 입에서 얇은 천으로 가려진 가슴으로 향했다. 어수룩한 달빛에 음영이 도드라지게 드러난 먹음직한 두 덩이의 살갗 위를 훑는 듯 노골적이었다.

「동양인은 아주 맛이 좋다더군요. 정말일까?」

그는 느리게 미소 지었다.

「당신은 확실히 맛이 좋아 보이네요. 귀여운 아가씨.」

이 새끼가 자꾸 뭐라는 거지? 할 거면 빨리해! 추워 죽겠으니까! 마지연은 계속해서 자기가 못 알아듣는 말을 중얼대자 지루함에 인상을 구겼다.

「배우가 될 수 있게 내가 도와줄게요. 알았죠?」

아, 그래! 그건 알아듣는다구! 마지연의 눈이 기쁨에 반짝였다. 그는 마지연의 가슴을 잡고 아플 정도로 세게 주물렀다. 여자의 허벅지 사이로 자신의 다리 한쪽을 넣고 여자를 나무로 밀어붙였다. 마지연의 미간이 아픔에 짧게 구겨졌다.

「여기서 널 맛보고 난 이후에.」

그는 마지연을 잡아 뒤로 돌렸다. 헉하는 새에 마지연은 거칠고 마른 고목에 붙었다.

그가 마지연의 드레스 자락을 위로 걷어 올렸다. 하얗고 탄력 있는 엉덩이 위에 얇은 티팬티가 보이자 남자의 숨소리가 심각하게 커졌다.

각오했던 일이지. 어차피 좋은 조건의 스폰서를 물면 그 사람에게 주길 작정한 처녀성이 아니던가. 이걸 미끼로 배우가 되려 했던 거고. 그러므로 지금의 이 흐름은 매우 자연스러운 것이었다.

분명 그러한데, 분명 그러한 것이 맞는데 남자가 자신의 귀를 끈적끈적한 혀로 훑자 뭔가가 아주 잘못된 듯한 기분이 들었다. 남자의 억센 손이 엉덩이를 주물럭댔다.

"잠깐만요!"

마지연이 불편하게 몸을 꼼지락대자 남자는 힘을 주어 여자를 고목으로 더 밀어붙였다. 가슴에 메마른 나무껍질이 따갑도록 쓸렸다.

"잠깐!"

남자의 손이 여자의 가랑이 사이로 들어오자 마지연은 펄쩍 뛰었다. 눈앞이 샛노랗게 변하고 온몸의 피가 차갑게 굳었다.

"기다리라니까, 이 변태 새끼야!"

마지연이 악을 쓰자 남자는 여자의 티팬티를 손으로 잡아 끊어 버렸다. 헉하는 소리. 마지연은 그때부터 사정없이 발버둥 쳤다. 남자가 뭐라고 욕을 지껄였다. 그러곤 마지연의 머리채를 잡고 나무로 밀어붙였다. 마지연은 펄떡거렸다. 가슴이 나무껍질에 베이는 느낌이 들었다. 여자는 몸을 비틀고 어깨를 흔들다 뒷굽으로 남자의 발등을 콱 찍었다.

그의 입에서 '악' 소리가 났다. 간신히 남자의 품에서 벗어난 마지연의 발목에 미끄러진 힐이 달랑거렸다.

남자는 씩씩거리며 다가왔다. F가 들어간 욕설 중간에 hole이나 slut 같은 누구라도 알아들을 수 있는 비하적인 언어들이 섞여 있었다. 남자가 무시무시한 악력으로 여자의 어깨를 잡고 당기자 마지연은 있는 힘껏 남자의 가랑이 사이에 무릎을 찍어 올렸다. 남자는 컥하는 소리와 함께 허리를 뒤로 뺐고 마지연은 주춤주춤 뒤로 물러섰다. 그는 도끼에 밑동이 잘린 나무처럼 앞으로 꼬꾸라졌다.

마지연은 남자를 뒤로한 채 전력으로 뛰었다. 뛰는 내내 눈물이 났다. 처음 겪는 울렁거리는 기분, 돌처럼 버석거리고 너무나 끔찍한 그 기분을 마지연은 쉽게 정의 내릴 수가 없었다.

"지연 씨!"

저택에 거의 다다랐을 때, 우아하게 손을 흔들며 미소 짓는 루시를 본 순간 지연은 왈칵 무너졌다. 그 끔찍하게 더러운 기분은 처음 겪어 보는 여자로서의 수치심이었다.

오스왈드는 제드릭을 따라 저택의 정문까지 나섰다. 참석자의 명단에 문제가 생겼다는 상황을 전해 듣고 확인하기 위해서였다. 보안 직원들이 문 앞에서 난색을 표하고 있었고 잘 차려입은 중년의 남녀 한 쌍이 불쾌하고 성이 난 얼굴을 하고 있었다. 금발 머리를 깔끔하게 틀어 올린 여자는 얼굴에 쓴 크리스털 가면을 신경질적으로 매만졌고 남자는 시가를 입에 물고 있었다.

「코닌 의원님.」

「퀸튼 씨! 어떻게 이럴 수 있습니까!」

오스왈드가 그를 부르자 남자가 분통을 터트렸다.

「아무리 행사에 늦었기로서니 아예 출입조차 못 하게 하다니! 이렇게 모욕적인 경우는 처음입니다!」

미 의회의 초선의원인 그는 아직 아는 사람이 많지 않았다. 그러나 야심 있고 똑똑해서 오래전부터 딜래스 회장이 눈여겨보던 정치인이었다.

「무슨 일이지?」

「그게…….」

오스왈드가 사무적으로 묻자 보안 직원이 난처한 얼굴을 했다.

「확인한 명단에는 이미 코닌 의원은 참석해 계신 걸로 나옵니다.」

「뭐?」

그의 음색이 엄해지자 직원이 침을 꿀떡 삼켰다. 곧 딜래스 가문의 주인이 될 이 남자는 수가 틀리면 얼마나 무자비하고 잔인해지는지 이 저택에 상주하는 사용인이라면 누구나 알고 있었다. 말 한마디 잘 못했다가 그대로 목이 날아갈지도 모른다는 두려움에 남자는 마른 입술을 뻐끔댔다.

「그러니까…… 이, 이미 참석하신 걸로…….」

코닌 의원은 지나치게 평범한 백인의 얼굴이었다. 밝은 갈색 머리에 푸른 눈, 전형적인 서양인의 골격만 담백하게 갖춘 윤곽선. 어디 하나 특징적인 곳이 없어서 그를 모르는 사람이라면 충분히 헷갈릴 수 있는 얼굴이다. 그러나 덜래스 저택에서는 일어나선 안 되는 일이기도 했다. 덜래스가 레베카와 관련해, 오랫동안 저택을 관리했던 사용인들을 대거 해고하지만 않았다면, 이런 신참내기가 여기서 이런 실수를 저지를 일은 물론 없었을 거다.

오스왈드는 차갑고 불쾌한 눈으로 힐긋 금발 머리 여자를 쳐다봤다. 눈이 부신 블론드, 도자기처럼 하얀 피부, 투명한 벽안. 얼마 전 부인과 이혼한 코닌 의원의 새로운 애인은 언뜻 누군가와 무척이나 닮아 보였다. 기묘하고 서늘해지는 기시감이 오스왈드의 내부에서 스멀스멀 피어올랐다. 설마.

「안으로 모시죠. 의원님. 대단히 실례했습니다.」

오스왈드는 옆으로 비켜서며 길을 터 주었다.

「제드릭. 저택까지 안내해.」

그는 제드릭에게 두 남녀를 부탁하고 곧바로 자신이 온 곳으로 서둘러 발걸음을 옮겼다.

점점 빨라지는 발걸음처럼 불안함에 가슴이 쿵쿵 뛰었다. 설마.

"썸머 하우스에 갔다 왔나요?"

썸머 하우스? 단희가 의미를 몰라 눈을 좌우로 굴리자 여자는 손으로 그녀가 지나온 길 쪽을 가리켰다.

"아, 네. 저쪽에 있는 실내 정원이요."

그러자 여자가 빙긋 웃었다.

"내가 준 선물은 잘 갖고 있어요?"

"아. 네. 그때 인사도 제대로 못 했네요. 선물 정말 감사해요. 그렇게까지 안 하셔도 됐는데 친절하세요."

웃고 있는 모습이 너무 아름다웠다. 달빛에 비친 아프로디테처럼 보이기도 하고, 헤라처럼 보이기도 했다.

"그나저나, 한국말을 정말 잘하세요."

"선생이 아주 훌륭했거든요."

여자는 친절하게 답하며 홀터넥 드레스의 가슴께에서 뭔가를 꺼내 단희에게 내밀었다. 보석이 촘촘히 박힌 뱅글 팔찌가 여자의 손목에서 짤랑거렸다.

"이게 뭐예요?"

색색의 큐빅이 박혀 있는 귀여운 풍뎅이 모양의 핑크색 브로치.

"당신 거예요."

앙증맞은 브로치를 쳐다보다가 그 말에 궁금증이 일었다.

"제 것이라구요?"

"네."

여자의 새파란 눈이 빛났다. 그녀의 몸에 달고 있는 그 어떤 보석보다 휘황찬란해서 눈을 멀게 했다.

"오스왈드의 여자죠?"

단희는 대답을 못 하고 눈만 깜빡였다. 여자는 단희의 재킷을 매만지고 안주머니에 브로치를 가볍게 넣었다.

그걸 어떻게 아냐고 물으려다 관뒀다. 경매를 했고 오스왈드가 말도 안 되는 가격에 자신을 샀으니 누구라도 떠올려 볼 합리적인 물음이었으니까 말이다.

"저…… 그런데……."

단희는 침을 삼키고 달빛처럼 빛을 내는 여자를 조심스레 올려다보았다.

"실례가 안 된다면 성함을 좀 여쭙고……."

"레베카."

갑작스럽게 낮고 거친 남자의 목소리에 단희가 퍼뜩 놀라 레베카의 어깨 너머로 시선을 던졌다.

오스왈드.

그는 여자의 뒤통수를 뚫어져라 쳐다보며 레베카라고 불렀다. 레베카라는 이름을 들어 본 적이 있어. 어디서 들었지?

여자는 아주 천천히, 율동을 하듯 몸을 돌렸다. 깃털처럼 가볍고 실크처럼 유연했다.

「오스왈드.」

그 매끄럽고 따듯한 음성에도 그는 차갑게 얼어 있었다. 아무런 표정도 없었다. 그의 여러 얼굴을 목격했다고 생각했는데 그중 이런 얼굴은 단 한 번도 없었다. 사랑을 고백하고 마음을 확인하고 서로 격렬하게 몸을 섞고 난 이후에도 그가 낯설어지는 순간을 맞이할 줄은 몰랐다. 왜 그러지? 단희는 우아한 여자의 등으로 시선을 돌렸다. 레베카. 분명 익숙한 이름이다.

오스왈드는 그르렁거리는 늑대처럼 움직였다. 어금니를 물고 여자를 향해 송곳처럼 경계심을 드러내며 그는 단희의 옆에 붙어 서서 단희에게 시선을 줬다.

"괜찮아?"

괜찮냐고? 뭐가? 난 아무렇지도 않아. 오히려 안 괜찮아 보이는 건 그쪽이라고.

"난 아무렇지도 않아요."

단희를 구석구석 살피는 그의 눈은 너무 서늘하고 침착했다. 뭔가를 단단히 결심한 사람처럼 보여서 무슨 일이라도 치를 것만 같았다.

"가. 저택으로 가. 당장."

"나 혼자요?"

"곧장 방으로 올라가. 누구에게도 문을 열어 주지 마."

"대체 왜……."

"가!"

그의 고함 소리에 단희는 움찔 놀라며 곧장 저택 쪽으로 뛰었다. 이리저리 휘청거리는 힐을 신경 쓸 겨를도 없었다. 그냥 앞으로만 뛰었다. 왜 저러지? 무슨 일이지?

아무것도 모르지만 본능적으로 느껴지는 것은 있었다. 위험 경보. 이건 위험해. 이건 뭔가가 위험해.

오스왈드는 단희가 달음박질하는 모습을 지켜보다 지글지글 타오르는 눈을 치켜뜨고 아주 느리고 무겁게 레베카에게 고개를 돌렸다. 온몸의 털을 세우고 살기를 노골적으로 띠며 그는 자신의 꽉 다문 이를 드러냈다.

「오랜만이구나. 아가.」

짐승 같은 그의 모습에 레베카는 눈 하나 깜짝하지 않았다. 여전히 우아하고 부드러운 미소를 띤 얼굴이 퍽이나 다정해 보였다.

「당신은 여기에 있으면 안 돼.」

「잘 지냈니?」

「당신은 이곳에 다시 발을 들여선 안 돼.」

「못 본 사이에 남자가 됐구나.」

「여긴 어떻게 들어왔지?」

「아직 내겐 쓸 만한 친구들이 많지. 그걸 아직도 잘 모르는 모양이야.」

최소한 레베카의 얼굴을 아는 사용인을 모두 해고하지는 말았어야 했다. 보수적이지만, 분명 많은 인원이 몰리는 전통적인 행사, 거기에 참석하는 정치인들의 예민하고 화려한 여성 편력, 그리고 코스튬까지. 레베카가 비집고 올 틈이 너무나 많았다.

주먹을 쥔 오스왈드의 손이 부들부들 떨렸다. 덜래스 회장이 안일했다. 그녀가 어떻게 자신과 한 약속을 지킬 거라고 장담할 수 있었을까. 어떻게 그걸 믿었지? 아닌 걸 알잖아. 그런 여자가 아니란 걸 알았잖아. 너무 물렀던 거다.

덜래스 회장은 이빨이 빠진 호랑이야. 더 이상 예전 같지 않다. 좀 더 냉정해져야 했다. 좀 더 똑똑하게 굴었어야 했어. 그가 못 했다면 자신이라도 그랬어야 했다.

「아직도 당신 발밑에 머리를 조아리는 사람들을 밟으며 사나?」

「너나 나나 어차피 약한 것들을 밟고 강한 것들을 뒤통수치며 살아 왔잖아. 새삼스러울 것도 없지. 안 그러니, 오스왈드. 내 아가?」

「주둥이 닥쳐, 레베카. 난 더 이상 당신의 손에 놀아나는 철부지가 아니야.」

「내 눈에 너는 언제까지나 아기지.」

「유단희에게 접근하지 마.」

레베카는 가소롭다는 듯 웃었다.

「한심한 소리. 그 여자는 너에게 뭣도 아니야.」

「이 자리에서 당신을 죽일 수도 있어.」

여기에 아무도 없다면, 이곳이 밀실이라면 진즉에 저 여자의 목을 비틀었다. 단번에 끝낼 수 있다. 그것만이 이 분노를 잠재우고 이 괴로움을 끝낼 유일한 방법이다.

여자는 까르르 웃었다. 맑고 청아한 소리가 정원을 갈랐다.

「그래, 그럼 나를 죽이렴. 네 손에는 기꺼이 죽어 주지.」

레베카는 뱀처럼 몸을 움직이며 다가왔다. 오스왈드의 코앞까지 다가와 그의 강인한 가슴 위로 부드럽고 서늘한 두 손을 올렸다. 코끝을 간지럽히고 유혹하는 장미 향. 여자의 손길이 닿자마자 그는 자리에 박제됐다.

「네가 참 그리웠어, 오스왈드.」

여자의 손이 오스왈드의 가슴을 가만히 쓰다듬었다.

「늘 널 지켜봤단다.」

「어디서부터 어디까지 손댔지?」

「처음 봤을 때부터 네가 어떤 남자가 될지 난 직감했어.」

「델크로우에 심어 둔 첩자는 하나인가? 아니면 둘? 원하는 게 뭐야?」

「너와 함께했던 때가, 내 인생에서 가장 행복했던 때란 생각이 들어.」

오스왈드는 여자의 손목을 거칠게 잡아 올렸다. 그의 눈은 맹렬한 분노로 불타올랐다.

「원하는 게 뭐야!」

여자는 빨간 입술을 깨물며 고혹적으로 웃었다. 말려 올라간 입꼬리가 폭 파였다. 하얀 대문니가 눈처럼 깨끗했다. 성녀의 얼굴을 한 마녀. 한 번도, 단 한 번도 머리에서 잊은 적이 없던 그 얼굴을 다시 마주하자 오스왈드는 나락으로 떨어지는 기분을 느꼈다.

「오즈. 내 아가.」

「당신은 날 고문했어.」

오스왈드의 콧잔등이 고통으로 떨리며 일그러졌다.

「내가 그렇게, 당신을 사랑했는데 당신은 한 번도 날 허락해 준 적이 없어.」

여자의 손목을 움켜쥔 손에 그악스럽게 힘이 실렸다.

「그렇게 빌었는데, 그렇게 간절히 원했는데 한 번도, 단 한 번도 날 만진 적이 없어. 날 제대로 바라봐 준 적이 없어.」

그 고통스러운 나날들. 거부당하고 좌절했던 시린 기억의 편린들. 어리석고 덜떨어져서 무엇이 옳은지, 무엇이 그른지 판단하지 못했던 병신 같던 10대의 기억들.

「당신은 날 학대하고, 방치하고 장난감처럼 가지고 놀며 다른 사람들에게 팔았어. 당신은 내게…… 내게 끔찍한 짓을 했어! 나는 그 이후로 손을 쓸 수 없을 만큼 엉망진창으로 망가졌어. 나는 괴물이 되었다고!」

레베카의 얼굴은 환희에 찼다. 분노에 일그러져 어쩔 줄 모르는 그를 황홀하게 쳐다보는 입가에는 애정 어린 미소가 떠올랐다.

「네가 얼마나 어수룩했던 소년이었는지 아니? 지금의 널 보렴. 내가 널 괴물로 만들었다고? 아니지, 오스왈드. 난 널 완벽하게 만든 거야.」

「뭐라고?」

오스왈드는 믿을 수 없다는 듯 되물었다.

「내가 널 결핍시켰지. 그래서 네가 얼마나 강해졌는지를 보렴. 네가 얼마나 아름다운지를 봐. 너는 애정을 구걸할 때가, 네 몸을 벌겋게 불태울 때가, 장작처럼 타들어 갈 때가 가장 아름다워. 그게 네가 지닌 가장 강력한 아름다움이야.」

오스왈드는 여자의 목을 두 손으로 움켜쥐었다. '흡' 하는 소리와 함께 여자의 이마에 핏줄이 솟았다. 그럼에도 반짝이는 사파이어색 눈은 빌어먹을 만큼 눈부시게 빛이 났다.

「그래서? 그래서 뭐가 어쨌다는 거야?」

「넌 죽어도 날 벗어나지 못해. 넌 내게서 자유로워질 수 없어.」

「그래서 뭐! 이제 와서 나랑 어쩌겠다는 거냐고! 시팔!」

씩씩대는 숨소리를 그는 억지로 삼켰다. 파르르 떨리는 숨소리 아래 어금니가 꾹 물린 소리가 낮게 갈렸다.

「이제 와서, 이제 와서 내게 가랑이라도 벌려 주겠다는 거야? 그 늙어 빠진 몸뚱이를?」

여자의 이마가 일순 분노로 일그러졌다. 그러나 그것이 모욕이 되지 못한 듯 여자는 다시 평온을 되찾았다.

「네가 원해서 갖지 못한 건 오직 나 하나뿐이지. 안 그래?」

여자의 목을 쥔 손에 더 힘이 들어갔다.

「그 여자도 널 이토록 화나게 하니? 널 이렇게 끓어오르게 해 줘?」

죽이고 싶다.

「아니면 여전히, 내가 유일하니?」

정말로 죽여 버리고 싶다. 그냥 힘을 주어서 이대로 이 여자를 끝내 버리고 싶다.

「그래, 원하는 대로 해. 내 목을 비틀어 끝내 버려. 그럼 넌 날 죽여도 못 잊을 거야. 매일 눈을 감을 때에도, 뜰 때에도 심지어 죽는 순간까지 나는 네 머릿속을 맴돌겠지. 지금보다 더 강렬하게.」

여자는 평온하게 눈을 감았다. 그의 손에 효수되고 싶다는 듯. 그걸 원하고 있는 듯이 보였다. 그렇게 그에게 박혀 빠지지 않는 가시라도 되려는 양 굴었다. 사실은 그렇지 않음에도.

오스왈드는 어금니를 물고 끓어오르는 욕구를 참았다. 던지듯 여자의 목에서 손을 놓고 물러섰다. 여자는 자신의 목을 잡고 콜록거리며 우아하게 숨을 골랐다. 여자가 당당하게 허리를 곧추세우자 오스왈드는 밀려오는 현기증에 손등으로 이마를 짚었다.

「단희의 아버지를 죽인 게 당신 짓이란 거 알아.」

「유감이구나. 가슴 아픈 일이야.」

「날 모하비 사막에서 죽이려던 것도 당신 짓이야. 그렇지?」

레베카는 흐트러진 머리카락을 고고하게 쓸어 올렸다.

「그러면서 여기에 나타나 내가 그리웠다고?」

「사실 그건 좀…… 엉망이었지.」

레베카는 재미난 기억을 떠올리며 웃었다. 덜래스와 이혼하고 몇 년 안 돼 오스왈드가 군 입대를 했다는 이야기는 알고 있었다. 그러나 그가 델타포스로 근무했다는 사실은 알아낼 수가 없었다. 아무리 머리가 좋고 대범한 사람이라도 군의 기밀을, 그것도 테러와 전쟁에 관련된 가장 은밀한 기밀을 빼낼 만큼, 그래서 그 뒷감당을 할 만큼 간이 배 밖으로 튀어나와 있는 이는 없었다.

카르텔이 원하는 건 마약이었고 레드마피아가 원하는 건 러시아에서 자신의 세력을 재건하는 것이었다. 그리고 레베카가 원하는 건 오직, 오스왈드 퀸튼 그 하나뿐이었다.

어리숙했던 소년이 남자가 되었다. 처음부터 그 원석을 알아본 것은 자신이었다. 이 완벽한 남자에 대해 사람들이 미스터리를 가질 때마다, 매스컴에 비친 그의 눈부신 금색 눈동자에서 공허함을 읽을 때마다 레베카는 전율에 떨었다. 완벽하고 전능한 창조주가 된 기분을 느꼈다. 열두 살 때 니콜라스의 손에 끌려 저택에 발을 들인 꼬마를 봤을 때부터 지금까지 그가 자신의 것이 아니었던 적은 없었다.

오스왈드는 감정적으로 결핍되어 있는 남자였다. 수많은 여자가 그를 거쳐 갔어도 누구도 그를 채우지 못했다. 그는 분노와 해소할 수 없는 욕망에 사로잡힌 짐승이었다. 레베카 자신이 그를 그렇게 만들었다. 그래서 그가 단희에게 감정적으로 반응하는 것이 무척이나 충격적이었다.

카르텔 조무래기들은 오스왈드를 납치할 계획을 짜고 있었다. 말도 안 되는 일이지. 오스왈드처럼 똑똑하고 건장한 남자가 그렇게 쉽게 납치가 될 리가 없는데도 그 미개한 것들은 그것에만 골몰했다. 그런 식으로 오스왈드를 손에 쥐는 것은 재미없고 무식하고 단순한 하수들의 계획이었다.

그를 다시 손에 쥐려면 오스왈드가 아니라, 그에게 꼭 필요한 것을 가로채는 것이 더 재미있고 흥미로운 방법이었다. 그와 다시 게임을 하려면 그 정도의 워밍업으로 시작하는 것이 딱 적당했다.

레베카가 단희와 그의 아버지를 이용한 것은 그러한 것이었다. 오스왈드를 꾀어내고 자신의 존재를 증명할 일종의 유희 그 이상도 그 이하의 의미도 없었다. 카르텔은 마약을 얻고, 마피아는 아몬석을 얻고, 자신은 오스왈드를 얻을 수 있는 좋은 기회였고 동시에 예전처럼 오스왈드를 손에 쥐고 이리저리 갖고 놀 수 있는 재미난 게임이었다.

그가 어디까지 할 수 있는지, 어디쯤에서 무너질지, 어디쯤에서 여자를 버릴 것인지. 어디쯤에서 짐승이 될 것인지. 예전과 똑같은 스텝을 밟으면 되었다.

일은 카르텔이 유단희를 납치하지 못한 것에서부터 꼬였다. 오스왈드가 여자를 너무 근거리에 두고 있어 기회를 잡지 못했다. 결국 작전을 바꿔 그녀의 아버지를 납치했다. 그리고 아주 천천히 오스왈드의 성미를 돋운 다음 인질을 미끼로 그를 멕시코로 꾀어낼 생각이었다. 그가 절망할 때쯤에 말이다.

본격적으로 일이 틀어진 것은 오스왈드가 CIA와 후아레스로 들이닥쳤을 때부터였다. 누구도 그가 CIA를 끌고 오리라고는 생각하지 못했다. 그의 복무 전적을 몰랐고 여자에 대한 그의 마음을 몰랐다. 분명 그에게 여자는 도구였다. 처음엔 분명 그 여자도 그랬으리라. 그런데 그것이 틀어진 거다. 그것이야말로 정말 예상하지 못한 변수였다.

틀어진 계획에 그나마 괜찮았던 거라고는 로스 산토스를 망설임 없이 잔인하게 죽인 것이었다. 그게 그 게임에서 유일하게 레베카가 즐긴 유희였다.

「내가 원하는 결말은 아니었단다, 애야.」

종국에 그 계획은 단순히 틀어진 정도가 아니라 완전 엉망진창이 되었다. 그 계획으로 얻은 것은 아무것도 없었다. 마약도, 아몬석도 얻지 못했고 심지어 재미도 없었다. 그 정도로 허술하게 계획을 망친 것에 레베카는 실망했고 분노했으며 끔찍한 소유욕에 사로잡혔다.

내가 가질 수 없으면 아무도 가질 수 없어. 그렇게는 둘 수 없었다. 성이 난 카포가 모두를 죽이라고 지시하는 건 당연한 수순이었고 레베카는 그저 그 지시를 묵인한 것뿐이다. 그게 그녀가 한 전부였다.

「어쨌든 넌 살아남았잖니. 그래서 넌 더 강해졌고. 안 그래?」

「죽지 않아도 될 사람이 죽었어. 당신의 잔인함 덕분에.」

「언제부터 네가 사람 목숨을 소중히 여겼니? 너에게 그런 건 무가치하잖아. 이제 와 도덕적으로 굴지 마. 네가 로스 산토스를 어떻게 죽였는지 벌써 잊은 건 아니겠지.」

「……..」

「너에게도 그건 게임이었어. 난 널 알아, 오스왈드. 너는 내가 만들었으니까.」

「당신은 미쳤어.」

그 말에 레베카는 목울대를 움직이며 까르르 웃었다. 눈가에 미세하고 자잘한 주름이 졌다.

「우린 모두 뭔가에 미쳐 있어, 오스왈드. 너나, 나나, 덜래스나 모두가 그래.」

「당신은 끔찍해. 당신을 사랑했다는 것이 끔찍해. 그 모든 순간을 다 지워 버리고 싶어.」

레베카는 흘러내린 머리카락을 차분히 위로 쓸어 올렸다. 뱀처럼 가늘어진 눈이 유혹적으로 빛났다.

「증오도 사랑이지.」

오스왈드가 원망과 분노가 한데 섞인 눈으로 여자를 노려봤다. 여자는 여전히 빈틈이 없었다. 여전히 고고하고 눈이 부셨다. 악마. 이 여자는 악마야.

「너는 정말 덜래스가 너 때문에 나와 이혼했다고 생각하니?」

레베카는 재미난 유머라도 찾은 듯 쾌활하게 눈을 빛내며 말을 이었다.

「그 사람이 정말 널 아껴서, 너에게 미안해서 널 거뒀다고 생각해? 그 사람이 양심이 있는 사람이라고 생각해?」

「적어도 당신 같은 괴물은 아니야.」

오스왈드의 힐난에 여자는 까르르 웃으며 가슴께에 손을 얹었다. 얼굴은 쾌감으로 가득 차 있었다.

「세상에, 오스왈드, 아가. 이렇게 순진할 수가!」

「한 번만 더 날 그런 식으로 불렀다간 턱을 부술 거야.」

오스왈드가 이를 드러내며 으르렁거렸지만 여자는 눈 하나 깜짝하지 않았다.

「덜래스는 처음부터 다 알고 있었어! 내가 어떻게 생활하는지 다 알면서도 묵인했어. 내 방식이 자신의 사업에 도움이 되니까. 내 놀이터가 자신에게 이익이 되니까 모른 척 그걸 이용한 거야! 너를 붙잡고 있는 이유? 간단해. 너는 인질이야, 오스왈드 퀸튼! 너를 포로로 가두고 있는 거야. 네가 자기 손 밖으로 나가면 위험해지니까!」

「입 닥쳐.」

「너나 나나, 덜래스나 우리 셋 다 똑같아. 더 나은 인간은 없어. 가서 그 잘난 척하는 남자에게 물어봐.」

「이 집에서 나가, 레베카 파인즈. 이 땅을 떠나. 지금껏 그랬던 것처럼 머리카락 한 올 보이지 않게 쥐 죽은 듯 숨어 있어. 영영 내 눈에 띄지 마. 죽고 싶지 않으면.」

「여긴 원래 내 집이었어.」

레베카의 눈이 잔인한 빛을 띠며 맹렬해졌다. 여자를 감싸고 있던 우아하고 부드러운 공기가 살기를 띠기 시작했다.

「덜래스가 가진 재산, 명성, 그건 원래 모두 다 내가 만들어 준 거야.」

젊은 덜래스 회장은 비정한 사내였다. 잔인했고 송곳으로 찔러도 피 한 방울 나오지 않을 사람이었다. 그는 불도저처럼 밀어붙이며 사업을 했고 그로 인해 주변의 수많은 적을 키웠다. 뒷목에 칼을 맞지 않은 건 순전히 레베카 덕이었다. 그녀가 어떤 여자였건, 어떤 인간이었건 사업적으로 레베카는 덜래스의 완벽한 파트너였다. 그러나 결국 그는 자신의 아내를 감당하질 못했다.

그 과정에서 일어난 수많은 사고들. 덜래스가 자신을 어떤 식으로 보고 있는지 오스왈드도 알고 있다. 괴로우면서도 서로를 놓지 못하는 그 관계는 양날의 검과 같아서 누구도 섣불리 물러나지 못했고 누구도 섣불리 다가가지 못했다. 새삼스러울 게 없다.

「딜래스는 당신에게 천문학적인 위자료를 건넸어. 미국에 발을 들이지 않는다는 조건하에, 딜래스 가문에서 일어났던 모든 일들을 함구한다는 조건하에, 평생 허공에 돈을 뿌리고 다녀도 바닥나지 않을 만큼 돈을 받아 챙겼잖아.」

오스왈드는 두 손으로 자신의 머리를 신경질적으로 쓸어 올렸다.

「그럼 그냥 쥐 죽은 듯이 살아! 지금껏 그래 왔던 것처럼! 가서 마피아랑 붙어먹든 뭘 하든 상관하지 않을 테니 제발 좀 내 인생에서 꺼지란 말이야!」

오스왈드가 씩씩 성을 내자 레베카는 어둠 속에 고요하게 잠겼다. 새파랗게 빛나는 벽안의 눈동자는 더욱더 차갑고 매섭게 빛났다.

「내가 원하는 건 오로지 너야. 오스왈드.」

고막이 차게 얼어붙는다.

「나는 네가 처음으로 사랑한 여자고 사랑하면서도 정복하지 못한 최초의 여자야. 네가 유단희를 사랑한다고 착각하지 마. 너는 그저 내가 채우지 못한 부분을 그 여자로 위안받고 있을 뿐이야. 그게 채워지면 너는 그녀에게 흥미를 잃을 거야. 아마 재미도 없을 테지. 오로지 나만이 너를 치유할 수 있어. 내가 비워 둔 곳이니 당연히 내가 채워야 해.」

오스왈드는 얼이 빠진 상태에서도 본능적으로 고개를 저었다.

「나는 그 여자를 사랑해. 난 그녀와 결혼할 거야. 절대로 당신에겐 안 가. 어떤 식으로든 절대로.」

멍청한 남자. 레베카는 입꼬리를 비틀어 올리며 웃었다. 열병에 빠졌던 사춘기 소년에서 단 한 톨도 벗어나질 않은 모습이 재미있었다. 그래 너는 이런 아이였지. 언제든 사그라지지 않고 타오르던 아이. 눈부시고 뜨거운 아이. 아름답게 타들어 가는 아이. 내가 너를 어떻게 잊을 수 있겠니.

「삼척에서 발견된 아몬석.」

레베카에게서 몸을 돌리던 그가 그 자리에 멈췄다.

「너는 그게 최초의 발견이라고 생각하겠지?」

고개를 돌린 그의 의심으로 가득 찬 눈이 다시 레베카에게로 날아갔다.

여자는 권능한 지배자처럼 어깨를 곧게 펴고 두 손을 바로 모으고 섰다. 그녀의 등 뒤에서 찬란한 빛줄기라도 내리쬐는 듯한 착각이 일었다.

「지구의 땅덩어리는 참으로 넓지. 안 그래?」

「무슨 소리야.」

「그게 한국에서 처음 발견됐다면 말이야, 오스왈드. 딜래스는 왜 그 제대로 알지도 못하는 광물에 광적으로 집착할까…… . 넌 그걸 의심해 본 적이 한 번도 없니?」

「무슨 소리냐고 그게!」

「과연 딜래스가, 레드마피아와 아무 관련이 없을까? 이 세상에 우연이란 건 없어, 오스왈드. 뭐든 원인이 있어야 결과가 있는 거거든.」

오스왈드는 충격으로 대답을 할 수가 없었다. 피가 차게 식고 소름이 돋았다. 뱀 같은 여자가 세 치 혀로 자신을 농락하고 있다고 여기고 싶지만 늘 자신이 지녔던 합리적인 의심들, 프랭크에게 들었던 이야기들, 풀리지 않던 미스터리들. 그것들이 맞물려 도저히 레베카의 말을 흘려들을 수가 없게 만들었다.

오스왈드는 천천히 뒷걸음질 치다가 몸을 돌려 빠른 걸음으로 그녀에게서 멀어졌다. 레베카는 여전히 신처럼, 어둠 속에 서서 미동도 않고 그를 지켜봤다. 사랑과 행복이 가득 담긴 눈으로.

저택에 거의 다다랐을 때쯤, 정원 벤치 한쪽에서 루시에게 안겨 훌쩍대고 있는 마지연이 보였다. 단희가 잰걸음을 멈추고 서자 루시가 먼저 단희를 알아보았다.

"단희 씨."

단희는 저택 문 쪽을 한 번 쳐다보고 숨을 고르며 다시 벤치를 쳐다봤다. 눈을 가늘게 뜨고 살피자 마지연의 모습이 엉망이었다. 드레스 자락은 마른 잎과 흙으로 범벅이었고 늘 잘 정리되어 있던 머리카락은 여기저기 엉켜 있었으며 얼굴은 번진 마스카라와 눈물로 엉망진창이었다. 단희는 더 생각하지 않고 벤치로 발걸음을 돌렸다.

마지연의 앞에 서서 그녀를 내려다보자 가슴께에 난 뭔가에 쓸리고 찢긴 상처들이 확연히 들어왔다.

"뭐야, 이거? 어떻게 된 거야, 지연 씨?"

"해리스가, 지연 씨를 경매에서 오천 달러에 샀어요. 영화계에 꽤 영향력이 있는 투자자거든요."

루시의 설명을 듣고 난 단희는 한쪽 눈썹을 치켜들었다. 루시는 곤란하다는 듯 미간을 구기며 어깨를 한 번 으쓱했고 단희는 엉엉 우는 마지연에게 눈길을 돌렸다. 그러니까 평소 그렇게 염원했던 돈 많고 능력 있는 스폰서를 꿰찼는데…… 뭔가가 잘못됐다는 이야기였다.

"팀장님, 전 어떻게 해요?"

마지연이 서러운 목소리로 흐느끼자 단희의 눈이 확신에 가까운 의심으로 부릅떠졌다.

"설마. 그 사람이 때렸어?"

"……."

아무 대답이 없자 단희의 입이 그악스럽게 벌어졌다.

"때렸다고? 지연 씨를?"

"……."

이런 미친!

"그 미친 새끼 어디 있어!"

단희가 날카롭게 물었다. 마지연은 꺼억꺼억 흐느끼며 토막토막 하소연했다.

"그게 아니라, 그 남자가 나를, 나무 기둥에, 밀었는데, 내가, 그 남자를…… 흑흑…… 내가…… 그 남자 불알을 찼어요!"

……뭘 차? 단희의 얼굴이 더 심각하게 구겨졌다.

"좀…… 천천히 이야기해 봐. 뭘 어떻게 했다고?"

"그 남자가, 배우 시켜 주겠다고 했어요! 내가 아무리 영어를 못하지만, 그 정도는 알아듣는다고요! 그 남자가 나한테 뭘 하려는 건지 알고 따라갔단 말이에요! 내가 그렇게 멍청한가! 근데……."

떠올리자 다시 속이 상했는지 마지연은 다시금 엉엉 소리 내어 울었다.

"갑자기, 너무, 갑자기 너무 창피했어요. 너무, 정말, 기분이 너무 이상했다고요. 그동안은 누가 아무리 주물럭거려도, 아무렇지도 않았는데, 정말, 잘해 낼 자신이 있었는데, 못 하겠어요. 갑자기 너무 무서워서 도망치니까, 그 새끼가 나를 막 밀쳐서 내가 막…… 찼어요! 거기를 터트릴 정도로 찼다고요!"

뭔가가 무너졌다. 누군가에게 추파를 던지고 유혹해서 원하는 걸 얻어 내는 게 자신의 주특기이자 무기였다. 가슴 따윈 얼마든지 내어 줄 수 있었다. 엉덩이를 만진 게 이 빌어먹을 코쟁이뿐은 아니었다. 가랑이 사이로 손을 집어넣는 남자가 처음인 것도 아니었다.

그런데 달랐다. 뭔가가 너무 달랐다. 부끄럽고 어디론가 숨고 싶고 막막하고 그냥 겁이 났다. 너무나 까마득했다. 너무 무서워서 달아나 버렸다. 마지연은 혼란스럽고 무서운 기분에 더 큰 소리로 흐느꼈다.

"잘했어."

단희는 마지연의 흐트러진 머리카락을 다정하게 쓰다듬었다.

"잘했어, 지연 씨. 그거 원래 무서운 거야. 그게 정상이야."

200

"나는, 이제 어떻게, 어떻게 살아요?"

지금껏 그녀가 꿈꾸고, 계획했던 모든 게 먼지처럼 사라져 버렸다. 스폰을 받고, 처녀성을 팔고, 돈을 챙기고, 유명세를 얻어서 보란 듯이 잘살려고 했는데……. 아빠가 교도소에서 나오면…… 다시는 이리저리 떠돌아다니지 않게 하려고 했는데 모든 게 다 무너졌다. 그게 너무나 서러웠다.

"어떻게 살긴. 그냥 평범하게 살면 돼."

평범하게? 어떻게 평범하게? 남들처럼 평범하게? 그게 가능해? 내가? 마지연이 마스카라로 범벅이 된 눈을 껌뻑거렸다.

"그런 거 못 하는 거 알잖아요. 저처럼 술집 다니던 여자애가 어떻게 그렇게 살아요."

마지연은 자신의 드레스 자락을 손으로 배배 꼬았다.

조언을 해 주고 지연을 얼러야 맞지만 지금 상황에선 그게 가능하지 않았다. 단희는 머릿속이 복잡해 이마를 손으로 문질렀다.

"그 남자는 어쩌죠? 정말 고자 됐으면요?"

"어쩌긴 뭘 어째. 그게 잘리지 않는 이상 성생활엔 문제없어. 어차피 여기저기 질질 흘리고 다니던 거, 지연 씨가 터트려 줘서 한 방에 해결됐겠네. 공짜로 피임 시술 받았잖아."

루시가 하는 말이 너무 웃겨 마지연은 픽 웃어 버렸다. 엉엉 울기만 하던 지연이 어느 정도 진정되어 보이자 루시는 비로소 단희를 살폈다. 올려다보고 있자니 여자의 표정이 영 불편해 보였다.

루시는 두리번두리번 주변을 살폈다. 뭐지? 둘이 같이 나가더니? 올 땐 따로 오네? 싸웠나?

"근데…… 왜 혼자 와요? 오즈는?"

루시가 묻자 이제야 생각났다. 레베카란 이름을 어디서 들었는지. 드레스 숍에서 루시가 레베카에 대해 아는지 물었다. 그땐 그게 사람 이름이란 생각도 못 했다.

"레베카가 누구예요?"

단희가 묻자 루시의 팽팽했던 안면 근육이 와르르 풀렸다. 무척이나 놀란 모습. 오스왈드나, 루시나 낯선 반응을 보이는 건 매한가지였다.

"그 여자가 대체 누군데 오스왈드가 이렇게 길길이 날뛰며 겁을 먹는 거예요?"

벤치에 느슨하게 기대어 있던 루시가 몸을 곧추세웠다. 심상치 않다는 생각을 한 지 얼마 되지도 않아 멀리서 공격적인 발걸음으로 빠르게 다가오는 오스왈드가 보였다. 무척 화가 났고, 초조해 보였다. 오스왈드는 다가와 다짜고짜 단희의 어깨부터 잡았다.

"오즈. 무슨 일이야?"

그는 루시의 걱정스러운 음성을 듣지 못했다. 그저 떨리는 눈으로 제 여자만 살폈다.

"오스왈드."

단희가 그의 얼굴을 살피며 탄식하듯 그의 이름을 불렀다. 한눈에 보기에도 그는 겁에 질려 있었다. 그 얼굴을 보자 단희는 어쩔 줄을 몰랐다.

"괜찮아요?"

"그 여자가 뭘 줬지?"

"에?"

"당신에게 뭘 줬어?"

그는 단희의 몸을 눈으로 샅샅이 살피더니 곧 양손으로 거칠게 여자의 몸을 더듬었다. 어떤 욕망도 느껴지지 않는 손길이었지만 만지는 부위들은 적나라했다. 엉덩이, 여자의 사타구니, 가슴, 겨드랑이.

"오스왈드!"

그는 단희의 가슴께를 꾹꾹 눌러 보더니 재킷을 젖히고 안주머니를 뒤졌다. 단희는 얼이 빠져 입만 뻐끔댔다. 오스왈드는 브로치를 꺼내

들었다.

"그 여자가 준 건 이것뿐이야?"

"대체 무슨 일인데 이래요!"

그는 허공에 대고 밝은 조명 빛에 브로치를 이리저리 돌리다가 자기 바지 주머니에 넣었다.

"올라가, 대니. 방에 가서 짐을 챙겨."

"뭐라고요?"

"비행기가 뜨는 대로 우린 떠날 거야."

그는 마스카라로 엉망이 된 채 훌쩍이는 마지연에게 말했다.

"너도야."

"오즈."

뭔가에 넋이 나간 듯 저택으로 향하는 그를 이번엔 루시가 붙들어 세웠다. 오스왈드는 전에 없이 낯설었다. 아니 낯익었다. 얼빠진 저 표정을 분명 과거엔 아주 많이 보아 왔으니까.

「레베카가 돌아왔어. 여기에.」

몸을 돌리며 무심히 던진 그 한마디에 루시는 숨을 멈추며 두 손으로 머리를 감싸 쥐었다. 간이 배 밖으로 튀어나올 뻔했다. 미쳤어. 제정신이 아니야. 루시는 등골에 정이라도 맞은 것처럼 쇼크에 부들부들 떨었다.

"루시."

단희가 불안하게 자신을 부르자 정신이 번쩍 들었다. 정신 차려. 그 마녀가 여기에 있어. 루시는 단희의 손을 꽉 잡고 침을 꿀떡 삼켰다.

"가요, 단희 씨. 일단 시키는 대로 하는 게 좋겠어요."

"정말 짐 챙겨요?"

마지연이 코맹맹이 소리로 묻자 루시는 고개를 끄덕거렸다.

"단희 씨는 내가 도울게요. 지연 씨는 방에 가서 마음 좀 추스르고 짐을 챙겨 놔요. 알겠죠?"

"……알겠어요."

이상하다는 생각 이외에 다른 생각을 떠올릴 수 없는 마지연은 백치처럼 고개만 끄덕였다.

22

덜래스는 자신의 서재에서 몇몇 주요 인사들과 담소를 나누고 있었
다. 값비싼 양주를 내어 놓고 쿠바산 시가를 입에 문 채 어느 기업을
사냥해서 분쇄해 먹을지에 대한 열띤 토론이 끝도 없이 이어지고 있
을 때, 예고도 없이 문이 벌컥 열렸다. 방 안으로 기다란 그림자가 드
리웠다.

「오스왈드.」

덜래스 회장은 놀란 눈으로 뒤를 돌아보는 사람들을 동요시키지 않
기 위해 차분히 문 앞에 서 있는 남자를 불렀다.

「러시아엔 뭐가 있죠?」

덜래스는 테이블 위에 양주잔을 내려놓았다.

「다들, 자리 좀 비켜 주게. 미안하네.」

오스왈드의 장신에서 뻗어 나오는 무시무시한 기세에 사람들은 심
상치 않은 분위기를 감지하고 슬금슬금 자리에서 일어났다. 오스왈드
를 피해 홍해가 갈라지듯 두 쪽으로 갈라져 방 밖으로 나가더니 곧 문

이 육중한 소리를 내며 닫혔다.

「레베카가 와 있어요.」

덜래스의 안색이 굳었다. 그는 그 사실을 믿지 못하는 듯 보였다. 아니 믿고 싶지 않은 듯이 보였다.

「당신이 불렀나요?」

덜래스는 바로 대답하지 못했다. 당장 그랜드 홀에 나가 열기에 취해 흥청망청하는 로즐리와 지금쯤 위층에서 곤히 자고 있을 트리버의 얼굴이 빠르게 떠올랐다.

「여기엔 내 젖먹이와 처가 있다. 노망나지 않고서야 전처를 이곳에 부를 이유가 없어.」

덜래스는 책상 위의 수화기를 집어 들었다.

「경비 직원에게 이미 말해 두었어요. 멍청이가 아니라면 벌써 떠났을 거예요.」

오스왈드의 말에 덜래스는 손에 들었던 수화기를 다시 내려놨다.

「내가, 안일했구나.」

덜래스는 후회했다. 이제 정말 자신이 늙었다는 걸 자각한다.

「우린 아직도 그 여자의 손바닥 위에 있군요.」

「그렇지 않아.」

「러시아엔 뭐가 있죠?」

덜래스는 다시 입을 다물었다. 안색은 아까보다 더 파리하게 질렸다. 이미 그 얼굴에 답이 나와 있었다. 그럼에도 오스왈드는 한 번 더 침착하게 물었다.

「러시아엔 뭐가 있습니까. 마피아와는 뭘 거래한 거죠?」

「오스왈드.」

오스왈드는 눈앞의 테이블을 쾅 하고 내리쳤다. 우지끈하고 원목이 강타당하는 소리가 서재에 요란스럽게 울렸다. 바윗덩어리 같은 그의 손이 테이블 위에서 부들부들 떨렸다.

「20년, 자그마치 20년을 당신 밑에서 충성스러운 개가 돼서 일했어.」

덜래스는 침을 꿀꺽 삼켰다.

「당신의 모든 것을, 나는 받아들였어.」

「……얘야.」

「이럴 거면 차라리 레베카를 죽였어야지.」

「오스왈드.」

「그 여자를 내가 다시 보게 하는 일은 없었어야지!」

「그 여자가 무슨 말을 했든 그건 사실이 아니야.」

덜래스는 지친 목소리로 말했다. 괴롭게 짓이겨지고 있는 오스왈드를 보는 그의 눈도 괴로움에 짓이겨지고 있었다.

오스왈드는 비소를 날렸다.

「사실이 아니라고? 어떤 것이 사실이 아니지? 레베카가 당신의 뒷정리를 다 해 준 거? 그래서 당신의 재산과 명성을 불려 준 거? 아니면 그 여자와 같이 나를 속이고, 날 이용하려고 한 거?」

오스왈드는 다시 웃었다. 신랄한 조소였다.

「당신이 날 이용한다는 게 새삼스러울 건 없지. 그래도 아몬석에 관해서는 이야기했어야지! 날 맬크로우의 허수아비로 만들 생각이 아니었다면, 그 마녀가 약점을 쥐고 흔들 빌미는 제공하지 말았어야 하잖아!」

덜래스는 깊게 탄식했다.

「이미 오래전 일이야.」

「집어치우시죠.」

「너에게 말할…… 필요성을 못 느꼈다.」

「말할 필요성을 못 느꼈다고요? 내가 맞춰 볼까요?」

오스왈드는 자신의 턱을 손으로 거칠게 쓸었다.

「당신은 레베카와 이혼하기 전에 아몬석을 러시아에서 발견했어요.

그런데 재수 없게 일이 틀어진 거야. 당신은 광물을 얻지 못했고 그걸 얻기 위해 레드마피아와 거래를 했어. 그들의 평생소원이 러시아 본토에서 예전처럼 영향력을 갖는 거니까. 당신은, 아몬석을 조건으로 그들에게 무기와 돈을 줬어요. 그 과정에서 어떻게든 레베카가 개입했겠죠! 그게 지금 레베카가 레드마피아와 붙어먹으면서 작당하고 있는 이유야! 그리고 내겐 그 사실을 숨겼고! 왜냐하면 날 믿지 못하니까! 아닙니까?」

명석한 추론이었다. 오스왈드다웠다. 덜래스는 쓴침을 삼켰다.

「레드마피아는 그걸로 미국 내에 눈덩이처럼 세를 불렸어! 정부가 골치를 썩기 시작했고, 당신이 거기에 일조했어! 그리고 그 사실이 부담스러워 그놈들을 버린 거야! 한국에서 아몬석이 발견됐다는 것도 큰 이유였겠지. 당신은 그저, 그 비밀을 안전하게 지키고 싶었을 뿐이야.」

「그래, 맞다. 오스왈드 너에게 거짓말할 생각은 없어. 그건 명백한 내 과오다.」

「당신이 저지른 과오는 그것뿐이 아니죠. 덜래스.」

「얘야······.」

「나 역시 당신이 저지른 과오야. 나라는 괴물을 만드는 데는 당신도 일조했어.」

「오스왈드.」

「그 여자가 내게 그런 빌어먹을 짓거리를 할 동안 당신은 나를 방치했어.」

「아니야.」

「당신도 날 이용했어.」

20여 년 전, 그날, 열일곱의 오스왈드와 마흔 중반의 그는 이 자리에 있었다. 반쯤 넋이 나간 오스왈드는 사지가 잘린 채 박제당한 들개처럼 보였다. 어둠 속에서 빛나는 금색 눈동자에는 두려움과 외로움

이외에는 아무것도 들어 있질 않았다.

덜래스는 아직도 그 눈을 잊지 못한다. 그에게 입을 다물라고 명령한 적은 없지만 갈 곳이 없던 10대의 소년은 살기 위해 입을 다물어야 했고 덜래스는 그 문제를 그렇게 덮었다. 그때부터 시작된 이 지독한 관계는 톱니처럼 맞물려 서로에게 없어선 안 될 존재가 되어 버렸다.

「내가 너에게 많은 잘못을 저질렀다는 거 안다. 네가 날 미워해도 할 말이 없다는 것도 알아.」

아니. 아니야. 감히 그를 미워하거나, 그를 원망해 본 적이 없었다. 그 저의가 어찌 되었든 그는 오스왈드를 헌신적으로 도왔다. 지금 자신이 가지고 있는 모든 것. 국적, 학력, 명예와 돈뿐 아니라 그의 입으로 들어가는 것, 그의 몸에 걸친 것, 그가 가지고 있는 모든 것이 다 덜래스에게서 온 것이다.

오스왈드는 한 번도 그걸 망각한 적이 없다. 그 대신 그는 다른 것을 망각하려고 노력했다. 과거. 레베카로 얽힌 그 불편한 추억들. 그가 자신에게 주는 것을 애정이라고 믿진 않았지만, 그래도 애정이길 간절히 바라 왔는지도 모른다.

「레베카가 어떤 여자인지 몰랐단 말은 하지 않으마. 그 여자가 부잣집 마나님들과 무슨 놀이를 하며 지냈는지 몰랐단 말도 하지 않으마. 그것이 사업에 도움이 되었단 것을 부정하지도 않겠다. 그러나 나는 레베카가 너에게 했던 짓들에 동의한 적은 없다. 내 저택에서 무슨 더러운 짓거리를 하든 상관하지 않았지만 그것만은 용납한 적이 없다. 그게 우리가 이혼한 이유다.」

「…….」

「그래. 너의 말대로 나는 너에게 끔찍한 과오를 저질렀고, 그 위로 부와 명예를 쌓아 올린 추악한 노인네다. 아직도 너에게 수많은 짐 덩어리를 얹어 놓는 못난 남자지. 하지만 오스왈드…….」

노인의 탁한 회색 눈동자가 조금씩 젖어 갔다.

「그렇다고 내가 널 아끼지 않는 것은 아니야. 그 마음만은 진심이다.」

분노가 휩쓸고 지나가자 처참함만 남았다. 오스왈드는 숨소리도 내지 않고 숨을 쉬었다. 애쓰지 않아도, 아무런 의도를 가지지 않아도 할 수 있는 행위. 그것 말고는 할 수 있는 것이 없었다.

「레베카가 돌아왔어요. 덜래스.」

「그래.」

「지난 수년간, 나는 그 여자에게서 벗어나기 위해 발버둥 치며 살아왔어요.」

「나 역시 그래.」

「나는 이제야 사람이 되어 가고 있어요. 처음으로 내 인생에 가치 있는 무언가를 만들고 있어요.」

「안다.」

「나는 평생에 처음으로, 행복이란 걸 느끼고 있어요.」

숨을 삼키며 꼭꼭 씹어뱉는 말들은 간절했다. 처음으로 공허한 인생을 채우고 있다. 처음으로 사랑이란 것을 받고 있다. 처음으로 여자의 살갗에서 나는 달콤한 향기에 안정을 얻고 있다. 처음으로 보는 것만으로도, 만지는 것만으로도, 그저 눈을 마주치는 것만으로도 가슴이 충만해진다는 것을 경험하고 있다.

평생을 발이 닿지 않는 어둠 속을 허우적대며 살아왔다. 끝도 없는 나락으로 곤두박질치는 기분, 사지를 제어할 수 없는 어딘가로 밑도 끝도 없이 빨려 가는 기분, 브레이크가 고장 난 스포츠카를 타고 비탈길을 질주하는 기분으로 살았다. 다시 그 인생으로 돌아가고 싶지 않았다. 그 독을 다시 삼키고 싶지 않았다. 이젠 더 이상 그것이 달콤하지 않다는 것을 안다.

「나는 이것을 놓치고 싶지 않아요.」

「나 역시 네가 행복하길 바란단다.」

오스왈드는 자세를 가다듬었다. 펄펄 끓던 화마가 안으로 쑥 꺼졌다. 그는 지독하게 차가운 눈을 했다.

「이건 내겐 마지막 기회예요. 내게 다음은 없어요. 그리고 당신에게도.」

오스왈드가 문을 벌컥 열고 나가자 노인은 얼음이 다 녹은 양주잔을 다시 집어 들었다. 오스왈드는 제 손으로 키운 맹수였다. 언젠가 그가 자신을 물지도 모른다는 불안감은 늘 지니고 살았다. 그것도 본인의 업보였다.

가만히 숨을 멈추자 그랜드 홀에서 들리는 와자지껄한 웃음소리와 음악 소리가 들려왔다. 바람 앞의 촛불. 그는 밍밍해진 알코올을 들이켜며 로즐리와 트리버를 다시 떠올렸다.

오스왈드는 덜래스의 서재를 빠져나와 1층으로 향했다. 단희와 함께 이곳으로 온 이후, 늦은 밤 업무를 볼 때면 늘 다이닝 룸 옆에 공용 서재를 이용했다. 제 여자의 자는 모습을 보며 보고서를 읽는 것은 무척 좋았지만 행여나 시차 적응을 잘하지 못하는 단희의 단잠을 깨울까 봐 걱정이 되었다

오스왈드는 서재로 들어서서 문을 닫았다. 노트북이 펼쳐져 있는 사무용 책상 앞으로 가 그는 자신의 바지 주머니를 뒤적거렸다. 풍뎅이 모양의 브로치를 꺼내고 그는 자신의 아랫입술을 깨물었다. 혼란스럽고 두려운 얼굴. 그는 잠시 그렇게 망설였다.

◆ • • ● •

"대체 레베카가 누구예요!"

단희는 속이 터져 가슴을 쿵쿵 치며 물었다. 루시는 방 안에 들어서자마자 드레스 룸에서 캐리어를 꺼내 지퍼를 열고 옷걸이에 걸린 옷

들을 하나씩 빼내 침대로 던졌다.

"덜래스 씨의 전처요!"

덜래스의 전처? 그 여자가 전처라고? 떠올려 보니 아주 잘 어울리는 한 쌍이다. 여자에겐 그만한 기품이 느껴졌다. 덜래스 가문의 안주인으로 소름 끼치게 잘 어울렸다.

"그런데요?"

"사이가 아주 안 좋아요. 아주 악랄한 여자거든요."

"레베카가요?"

"네. 성녀의 얼굴을 한 마녀죠."

"……."

"귀부인인 척하지만 말도 못 하게 더러운 걸레구요."

신랄한 단어 선택에 단희는 할 말을 잃었다. 사람의 겉모습을 보고 판단하진 않지만 그 여자는, 너무 아름다웠다. 감히 그 얼굴을 보며 다른 생각을 할 수 없을 만큼. 자신이 커다란 실수를 저지른 기분이 들었지만 동시에 도저히 믿기지가 않았다. 사람의 외형이 가지는 힘이 이렇게 강력하다는 것에 단희는 새삼 놀라고 말았다.

"오스왈드와는…… 그 사람이랑은 무슨 일이 있었죠?"

루시는 드레스 룸에서 나머지 옷가지들을 챙겨 나오며 입술을 잘근잘근 씹었다.

"단희 씨. 20년도 넘게 오즈를 지켜봤어요. 이런 경우엔 그냥 걔가 하라는 대로 해요. 그게 가장 좋아요."

단희는 아까 전 그가 레베카와 마주했을 때 느꼈던 그 숨 막히던 공기를 상기시켰다. 생전 처음 보던 얼굴. 생전 처음 느껴 보던 공기. 너무 낯설게 느껴지던 그의 모습.

레베카와 마주 보고 있던 그는 소년의 모습이었다. 자신을 꽁꽁 감싸고 있던 모든 것을 던지고 벌거벗은 채 서 있는 듯이 보였다. 그는 나약하고 연약해 보였다. 가슴이 철렁 내려앉았다.

"서로 사랑하던 사이였나요?"

그렇게 묻고는 눈앞이 까마득하게 멀어졌다. 사랑하는 사이. 오스왈드가 덜래스의 전처와? 가능해. 충분히 가능해. 그 여자는 아무리 나이를 먹었어도 아름답고, 오스왈드는 늘 모정에 굶주렸으니 그보다 더 딱 맞는 상대는 없었다.

"사랑?"

루시는 콧방귀를 뀌었다.

"오스왈드는 레베카의 털끝 하나도 건드리지 못했어요."

루시는 곤란한지 볼을 씰룩대다가 결심했다는 듯 옷을 주워 담던 손을 멈추고 단희를 똑바로 쳐다봤다.

"오즈는 자존심이 센 아이예요. 그리고 이런 이야기를 당신에게 하는 게 그 아이에게 어떤 영향을 줄지 난 잘 모르겠어요. 오즈가 당신에게 털어놓지 않은 이야기는 나 역시 털어놓을 수 없어요. 하지만 단언컨대 둘은 연인 사이는 절대로 아니었어요. 날 믿어요. 그건 장담해요."

뭔가 큰일이 벌어지고 있긴 한데 아무도 그걸 말해 주지 않겠다고? 당장 이렇게 겁을 잔뜩 집어먹고 쫓기는 사람처럼 도망갈 준비를 하고 있는데? 그게 오스왈드와 관련된 이야기라면, 왜 그걸 난 알 수가 없지? 심지어 청혼까지 받은 마당에?

루시는 전에 없이 방어적인 태도를 취했다. 자칫 적대적으로 보일 정도로 방어적이었다. 그녀의 이런 면이 단희를 더 갑갑하게 만든다.

"짐은 이것뿐이에요?"

'그 여자가 준 건 이것뿐이야?'

루시의 말에 오스왈드의 말이 겹쳐졌다.

그 여자가 준 것.

단희는 루시를 지나쳐 드레스 룸으로 향했다. 갑작스럽고 돌발적인 행동에 루시는 옷가지를 접다 말고 단희의 움직임을 눈으로 좇았다.

"왜 그래요?"

그 여자가 준 것. 그 여자가 준 것.

드레스 룸 한구석에, 슈와츠 백화점 로고가 찍혀 있는 종이백이 단정하게 놓여 있었다. 단희는 종이백을 뒤집어 바닥에 탈탈 털었다. 사탕, 젤리, 공룡 모형이 바닥으로 후드득 쏟아졌다.

루시는 바닥에 주저앉아 손으로 내용물을 뒤적거리는 단희에게 다가갔다.

"뭐 찾아요? 도와줄까요?"

한참을 뒤적거리던 손이 멈췄다. 눈이 한곳을 응시했고 바닥에서 엄지와 검지를 이용해 그것을 들어 올렸다.

풍뎅이 브로치. 단희는 오스왈드가 그랬던 것처럼 그걸 허공에 대고 이리저리 돌려 보고 손으로 브로치를 매만졌다. 대칭으로 펼쳐진 날개 사이 몸통을 잡고 아래로 당기니 톡 하고 뭔가가 빠져나왔다.

"USB?"

루시에게 대답할 겨를이 없었다. 단희는 침실로 나가 주변을 두리번거렸다. 오스왈드의 노트북은 그곳에 없었다. 대신 벽에 걸린 TV가 눈에 들어왔다. 단희가 USB 단자에 맞춰 풍뎅이를 끼우고 리모컨을 들자 루시가 앞을 막아섰다.

"그러지 않는 게 좋겠어요."

"비켜요."

"그 브로치 아까 오즈가 가져간 것과 똑같은 거잖아요. 그 아인 당신이 이러는 걸 원하지 않아요."

"상관없어요. 나만 이 폭풍 속에 멍청이처럼 있을 순 없어요. 뭐가 됐건 상관없이 난 꼭 알아야겠어요."

단희는 루시를 옆으로 밀쳤다. 리모컨 버튼을 누르고 단자에 연결하겠냐는 물음에 yes를 선택해 눌렀다.

"시한폭탄일 수도 있어요."

루시가 겁에 질린 목소리로 마지막 경고를 했다.

"무서우면 나가요."

화면 안에 빼곡히 목록이 찼다. 이게 뭐야. 영상? 사진? 가슴이 달음박질쳤다. 리모컨을 들고 단희는 순간 망설였다. 머릿속은 텅 비었고, 긴장으로 사지가 차가워지기 시작했지만 마음만은 뜨겁게 달아올랐다. 멈출까. 그러다 겁에 질린 그와, 여신처럼 서 있던 레베카가 떠올랐다.

알아야겠다. 뭔지 알아야겠어. 뭐가 그를 그렇게 겁에 질리게 했는지 알아야겠다. 미끼라도 좋고 덫이라도 좋으니 그걸 알아야겠다. 폭탄이면 터지기밖에 더하겠는가.

단희는 가장 첫 번째 파일을 택해 확인 버튼을 눌렀다. 껌뻑 화면이 죽는 소리와 함께 소음들이 들려오자 루시가 한 발짝 다가왔다.

화면은 어두웠다. 까맣던 화면이 이리저리 흔들리기 시작하더니 이상한 소리들이 들렸다.

진회색의 카펫. 이리저리 분주히 움직이는 발들이 보였다. 화면이 누군가의 맨발에서 청바지를 입은 다리를 훑어 올라갔다.

히스테릭한 웃음소리들. 까맣게 그을리고 평평한 복부가 보이고 아직 근육이 채 자리 잡지 않은 평편한 가슴도 보였다.

남자다. 벗은 남자의 상체를 훑던 화면이 쇄골을 스쳐 올라갔다.

오스왈드.

단희는 저도 모르게 뒤로 주춤 물러섰다.

화면 안의 그는 여물지 못한 소년이었다. 그을린 피부는 뽀송했고 얼굴 곡선이 아직 동그랬다.

어딘가 초점이 나가 있는 눈은 붉고 흐렸다. 그는 뭔가에 취해 있었다. 여기저기 웃고 떠드는 히스테릭한 목소리에 둘러싸인 채 그는 어깨를 늘어뜨리고 앉아 있었다. 갈색 머리는 헝클어져 있었고 마른세수를 한 손으로 콧잔등을 매만지는 몸짓은 물먹은 솜처럼 느리고 무거웠다. 누군가가 그의 입에 담배를 물렸다. 그의 입가에 묻은 하얀 가루가 눈에 띄었다. 그가 웅얼거렸다.

'I don't wanna do this, I don't wanna do this anymore, I don't wanna……'

벌거벗은 여자가 그의 몸 위에 올라탔다.

한 명…… 두 명…… 세 명…….

"말도 안 돼……."

루시가 넋이 나가 신음했다.

숨이 멎었다. 더는 볼 수가 없어 단희는 단자에서 USB를 뽑아냈다. 바닥에 던지고 구두 굽으로 쾅쾅 밟아 조각냈다. 사지가 벌벌 떨려 입술을 꽉 물었다. 날카로운 부지깽이로 그녀의 배 속을 꽉 찍어 아래로 박박 긁어내리는 듯한 통증이 일어났다. 혐오감에 구역질이 치밀어 올랐다.

그가 절대로 말하지 않던 것. 숨기고 싶어 조바심을 내던 것, 그러면서도 그의 모든 것이 설명되는 과거는 이것이었다.

숨을 헉헉 몰아쉬다가 단희의 눈이 퍼뜩 방문을 향해 들렸다.

오스왈드. 그는 똑같은 걸 갖고 있어.

"안 돼."

그가 이걸 보면 안 돼. 단희는 방문을 열고 방 밖으로 뛰어나갔다. 루시가 우당탕거리며 쫓아오는 소리가 들렸다.

"단희 씨. 할 말이 있어요."

"그 사람부터 찾아요. 그 사람은 이걸 보면 안 돼요!"

루시는 허가 찔린 듯 입을 꾹 다물었다가 침착하게 다시 입을 열었다.

"1층 서재에 있을 거예요."

단희는 타원형 계단을 두세 계단씩 뛰어 내려갔다. 힐 굽이 휘청거렸다. 루시는 치맛자락을 붙잡고 그 뒤를 열심히 쫓았다.

"단희 씨. 걜 보기 전에 꼭 알아야 해요!"

단희는 걸음을 멈추지 않았다.

"걘 레베카의 토이 보이였어요!"

그 소리에 단희의 뜀박질이 느려지며 그제야 루시를 돌아봤다.

"뭐였다고요?"

"토이 보이요. 가지고 노는 장난감이요."

장난감.

"돈 많고 방탕한 여자들은 그런 걸 키워요. 그걸로 자신의 능력과 부를 과시해요."

도저히 이해를 못 하겠다. 도저히. 단희는 하얗게 굳은 얼굴로 망연자실하게 섰다.

"그걸…… 공유하기도 해요."

"미친년."

단희는 독살스럽게 욕을 내뱉었다. 미친년. 제대로 미친년이네.

'당신 말이 맞아. 난 고장 났어. 난 여자랑 섹스 못 해.'

그날, 단희를 욕조에 집어 던지고 처음으로 서로 똑바로 마주 봤던 그날, 그는 자조적인 목소리로 그렇게 고백했다. 그건 고장 난 정도가 아니야. 전혀 아물지 않은 상처가 계속 벌어져 있었던 거야. 그는 그런 채로 살아온 거야. 그걸 어떻게 해 볼 도리도 없이, 어찌해 볼 생각도 못 한 채 살아온 거라고. 이건 겁탈과 다를 게 없어. 이러고 싶지 않다고 멍하게 되뇌던 가다듬어지지 않은 그의 목소리가 귓가에 메아리쳤다. 온몸이 부들부들 떨렸다.

늘 자신을 태우던 남자. 늘 어딘지 모르게 비어 있던 것 같은 남자.

언제나 몸 안에 분노를 응축해 놓고 그걸 터트릴 때마다 본인도 상처를 입던 남자. 그래서 늘 조마조마했던 사람. 도저히 그 끝이 어딘지 바닥이 드러나 보이지 않는 어둠을 지녔던 사람.

어릴 때부터 학대당하던 아이를…… 제대로 된 사랑을 받아 본 적이 없어 늘 애정에 굶주려 있던 아이를…… 어떻게 그렇게 이용할 수 있어. 어떻게 그런 애로…… 그런 짓을 할 수 있지?

"그 아인 레베카에게 집착했어요. 아마 레베카가 죽으라고 했으면 걘 그렇게 했을 거예요. 오즈는 겨우 열여섯, 열일곱 살이었고 무척이나 감성적이고 여린 아이였어요. 그 나이 또래가 흔히 그렇듯이요."

"서재가 어디예요?"

단희가 떨리는 목소리로 묻자 루시는 다시 자신의 치맛단을 붙잡고 침착하게 단희를 스쳐 몇 발자국 앞으로 나간 뒤 다이닝 룸 맞은편 문 앞에 멈춰 섰다.

"여기예요."

루시가 문고리를 잡고 돌렸다. 딸깍. 육중한 쇠가 회전하는 소리가 천둥처럼 느껴졌다. 반쯤 벌어진 문을 열어젖히고 단희는 서재 안으로 들어섰다. 거긴 무척이나 컸다. 천장 없이 2층까지 솟아 있는 책꽂이에는 책이 빼곡히 들어차 있었다. 오스왈드의 펜트하우스 거실도 이런 식으로 장식되어 있었다.

이곳에 온 이후, 단희는 오스왈드에게 산재되어 있던 불안함. 두려움. 어둠. 그 안에서 어떻게든 균형을 찾고 살아가려던 무작위적이고 무의식적인 흔적들을 비로소 제대로 이해할 수 있었다. 책장으로 된 벽면을 지나자 단단한 마호가니로 만들어진 널찍한 책상이 보였다. 흐트러진 풍경 사이로 아직 오스왈드의 향기가 가득했다.

바닥에 내동댕이쳐진, 두 동강이 난 노트북에는 아까 단희가 구둣발로 짓이겨 버린 풍뎅이와 똑같은 것이 보란 듯이 연결되어 있었다. 단희는 욕설을 내뱉었다. 그리고 노트북에서 그걸 빼내 아까 전과 똑같이 구둣발로 짓이겼다. 쿵. 쿵. 쿵. 쿵. 감정을 실은 발길질은 횟수가 거듭될수록 빠르고 세졌다. 우지끈 부서지고 짓이겨지고 나서도 단희는 발길질을 멈추질 못했다.

"단희 씨."

루시가 자신을 부르는, 그 어르는 목소리에 단희는 자리에 철퍽 주저앉았다. 두 손을 바닥에 대고 분노와 슬픔으로 휘청대는 마음을 억누르려고 애썼다. 오스왈드를 생각했다. 감히 짐작도 할 수 없는 그의 감정을 짚어 보려고 노력했다.

"이해할 수 없어요."

단희는 숨을 골랐다.

"그 미친년이 어떻게 버젓이 돌아다닐 수 있죠? 사치품을 온몸에 치덕치덕 바른 채로? 경호원을 거느리면서 어떻게 귀부인 흉내를 낼 수 있어요?"

"……이혼하면서, 델래스 씨가 위자료를 줬어요. 엄청나게 많은 위자료를요. 아마 이 집에서 일어났던 그 어떤 일에 대해서도 함구하는 조건이었을 거예요. 보통 그게 일반적이거든요."

이혼은 당연한 거야. 저런 더러운 여자랑은 살 수가 없을 테니. 하지만 돈을 줬다고? 그것도 위자료로?

"어떻게 그럴 수 있어요? 저 미친년은 미성년자를 겁탈하고 그걸 비디오로 찍어 둔 범법자예요! 피해자도 아닌데, 입을 다무는 대신 아가리에 돈을 들이부었다고요? 제정신이에요? 감방에 처넣고 콩밥을 먹여야 할 여자라고요!"

"너무 많은 사람들이 끼어 있으니까요."

"뭐라고요?"

"그 영상에 나왔던 벌거벗은 여자들. 그 사람들이 다 누구라고 생각해요?"

벌거벗은 여자들. 한둘이 아니었던 그 미친 여자들.

"레베카가 어울리던 여자들은 워싱턴가의 사람들이에요. 돈과 권력이 넘쳐 나서 사는 게 따분하고 지루해 죽을 것 같던 여자들을 데리고 레베카는 향락을 제공했어요. 덜래스는 그 덕에 수많은 사업을 따냈고요. 레베카를 감방에 집어넣는다고요? 멍청이가 아니라면 그게 어떤 후폭풍을 불러올지 다 아는데?"

말문이 막히고 눈앞이 까마득했다. 너무 깊은 어둠 속에 들어와 있구나. 내가 지금, 너무 거대한 고래의 배 속에 들어와 버렸어. 여기가, 이런 곳이 오스왈드가 사는 세계다.

사람들은, 정치인들은, 권력을 지닌 자들은 레베카를 무서워했다. 그 뱀처럼 간사한 여자의 손길이 닿지 않는 곳은 없었다. 아이러니한 일이었다. 정치인 본인의 섹스 스캔들보다, 그 아내의 성 추문이 여론에는 더 많은 영향력을 행사한다는 것이.

그러나 그게 사실이었다. 헤픈 아내와 그 아내를 간수하지 못한 한심한 남편. 대중의 구미를 당기는 아주 우습고 더러운 추문이 될 가능성이 자명했다.

1퍼센트의 사람으로 태어나 1퍼센트의 세계에서 살다가 1퍼센트의 남자를 만나 결혼한 그 여성들은, 결핍이란 것을 모르고 성장했다. 결핍으로 가질 수 있는 인간의 수많은 감정들. 만족감, 충만함, 소중함, 고마움 같은 것을 전혀 느끼지 못한 채 자라났다. 손 하나 까딱하면 뭐든 가질 수 있었다.

너무 쉬운 세상. 그 재미없는 일상 속에 레베카가 만들어 놓은 세상은 과자로 만든 집처럼 재미있는 게 가득했다. 덜래스의 저택이 가지는 상징성은 컸다. 그곳은 무슨 짓을 해도 안전했다. 레베카는 무슨 짓을 해도 용납했다. 무슨 짓을 해도 잘 수습해 줬다. 무슨 짓을 해도 마음이 놓였다. 늘 보호 속에서 자라나 제대로 판단하는 법을 배우지 못한 귀부인들은 그렇게 레베카에게 빨려 들어갔다.

정신을 차려 보니 그 여자의 손에 자신의 목줄을 내준 상태였다. 그때는 돌이킬 수도 없었다. 목숨을 부지할 방법은 하나였다. 입을 다물어 버리는 것. 모든 걸 다 수면 아래로 밀어 넣어 버리는 것.

"다들 알면 펄쩍 뛸 일이에요. 그 일을 덮는 것으로 거액의 위자료를 챙겨 가 놓고, 그런 증거물을 들고 나타나다니······. 다들 제정신이 아닐걸요."

"당신 아버지도, 정치인이죠?"

"네."

"혹시······ 그쪽도······."

"아니요."

혹여나 실례가 될까 봐 뒷말을 흐리는 단희에게 루시는 서둘러 고개를 저어 보였다.

"우리 부모님은 내내 그 여자를 못마땅해했어요. 검소하고 소박한 분들이어서 레베카와 전혀 맞지 않았어요."

루시는 레베카가 싫었다. 어른들이 하는 일에 옳고 그름을 따질 만큼 성숙하진 못했지만 그녀가 오스왈드에게 잘못된 짓을 한다는 것은 알고 있었다. 엄마에게 물었다. 그저 불만스럽게 본 것을 전했다. 아무 생각 없이 엄마에게 은근슬쩍 내뱉은 말 한마디는 큰 파장을 불러일으켰다. 엄마는 아빠에게 전했고 아빠는 그 사실을 곧장 딜래스에게 전했다. 레베카의 장난질은 그렇게 드러났다.

루시는 제 두 눈으로 그 모든 일련의 사건들을 똑똑히 지켜보았다. 레베카가 얼마나 악마 같은 여자인지, 그 부서지기 쉬운 유리 같은 아이가 어떻게 감정을 버린 채 괴물처럼 성장했는지, 딜래스가 상처로 만신창이가 된 오스왈드를 두고 얼마나 많은 고민을 했는지. 그리고 아직도 보고 있다. 그 아물지 않은 상처가 어떻게 이 집에서 아가리를 벌리고 서 있는지 말이다.

"이 저택이 얼마나 모래 위의 성 같은 곳인 줄 알아요? 레베카가 들어온 이후로, 레베카가 빠져나간 이후로 이 화려하고 넓은 저택엔 늘 귀신이 사는 것 같았어요. 그런데 누구도 그 귀신을 내쫓지 못해요. 이 집에서 순수하게 행복한 사람은 로즐리와 트리버뿐일 거예요. 아저씨는 그 둘의 행복을 지키고 싶어 하죠. 그걸 위해 아마 뭐든 하려고 들 거예요."

"그럼 오스왈드는요?"

"그 아이는······."

루시는 벨벳 드레스를 손으로 훑으며 숨을 한 번 골랐다.

"그 아이는 그 모든 역사의 산물이죠. 화려하고, 슬프고, 아름답고, 공허하고, 잔인하고, 나약하고, 완벽하면서 불완전한. 그 아인 늘 희생물이었어요."

"정말 개 같아."

단희가 부드득 이를 갈았다.

"나 사실······."

루시는 다시 입술을 달싹였다.

'나 여자가 생겼어.'

그게 오스왈드가 단희에 관해 입을 연 첫마디였다. 다른 사람의 입에서 그 말이 나왔다면 심드렁한 콧소리나 내며 '그래?'라고 물었을 것이다. 하지만 오스왈드의 그 말이 얼마나 정상적이면서도 비정상적인지 알고 있는 루시로선 놀라움에 대답조차 할 수 없었다.

그에게 한국은 증오의 대상이면서, 동시에 그리움의 대상이었다. 그리움보다는 증오가 훨씬 더 컸겠지만 막연히 그가 누군가와 사랑에 빠진다면 그건 한국인이 되지 않을까 하는 생각은 한 적이 있었다. 그리고 어쩌면 그의 엄마와 닮은 여자일지도 모른다고 생각하기도 했다. 뭐가 되었건 분명 아주 예쁜 여자임에는 틀림없을 것이라고 생각했다.

하지만 그가 막상 사랑에 빠진 여자는 그 어떤 예측에서도 빗나가 있었다. 왜소한 체구에, 마른 몸, 반곱슬의 커트 머리, 어떻게 봐도 눈부신 미인은 아니었다. 어느 쪽이냐 하면 선머슴처럼 보이는 쪽에 더 가까웠다. 하지만 그녀는 어느 여자와도 달랐다. 로즐리와 마지연 같은 미인의 옆에 붙어 있어도 그 특유의 분위기가 있었다. 여자에게선 서늘한 대지에서 풍겨 오는 풀 향 같은 것이 느껴졌다. 화려하진 않아도 가까이 있으면 심신을 자극했다. 고요하고 속을 알 수 없을 만큼 깊었다.

이런 순간, 애인의 밑바닥을 본 순간, 추악한 현실을 마주한 순간 이 여자는 남자의 걱정부터 했다. 자신이 받은 충격보다 오스왈드의 충격을 더 두려워했다. 그래서이다. 진실해지고 싶은 마음이 든 건, 이 순간 고해성사라도 하고 싶은 기분이 든 건 그래서이다.

"나 사실. 그 아이 사랑해요."

20년 동안 혼자 지켜 온 마음이었다. 레베카와 사랑에 빠진 그에게 안달이 나 단 한 번 여성성을 어필해 본 것이 끝이었다. 술에 취해 정신을 못 차리는 오스왈드와 한 번의 관계를 갖고 난 이후 루시는 그 일을 후지고 끔찍한 기억으로 치부했다.

그 경험은 자신에게도 첫 경험이었다. 분노와 상실감에 지배당한 채 여자를 헌 짚신 다루듯 다루는 그 애의 곁에 남을 방법은 하나뿐이었다. 그에게 여자가 되지 않는 것.

그 이후 제대로 된 연애를 해 봤을 리가 없다. 남자를 만나지 않는 것에 적절한 핑계를 댈 수가 없어서 가학적인 취미를 가진 레즈비언인 척했다. 그런 척하는 것은 너무나 쉬웠다. 책으로 보고, 주변 친구들에게 들은 저급한 농담을 흉내 내면 그만이었다.

오스왈드는 본인의 애정 생활에 무관심하듯 루시의 애정관계에도 별다른 흥미를 두지 않았다. 무슨 저급한 농담을 해도 그는 웃으며 받아 주었다. 그의 관대함은, 그리고 그런 다정함은 오로지 루시 자신에게만 허락된 것이었다. 그러한 특별함만으로도 루시는 만족했다. 루시에게 사랑은 그런 것이었다.

"알아요."

어느새 자신을 빤히 올려다보던 단희가 별다른 동요 없이 말했다.

"첫날부터 알고 있었어요."

은근히 재 보던 시선, 왠지 모를 야릇한 적대감, 막연히 느껴지던 그 묘한 분위기는 질투였다. 그리고 조바심이었다. 사랑하는 남자를 상처 낼까 봐 전전긍긍해하는 조바심. 단희가 이상하단 기분을 느끼면 루시는 어김없이 마지연을 눈으로 훑고 괜스레 저급한 농담을 해 댔다. 눈치를 챌 수밖에 없었다.

"그놈 때문에 정신과 의사가 됐는데 그래도 난 걔를 고칠 수가 없었어요. 걜 채워 주지도 못해요. 난 그럴 능력이 안 되거든요. 하지만……."

루시는 서글프게 웃었다.

"당신은 다르잖아요. 걔가 원하는 걸 다 갖고 있잖아요."

"뭘 잘못 알고 있는 거 같은데……."

"걔 버리지 말아요."

루시의 간절한 부탁에 단희는 기막히다는 듯 고개를 절레절레 저었다. 자조적인 미소가 입가에 걸렸다.

"나 그렇게 대단한 여자 아니에요. 하지만 지금 이 상황에 그 사람을 버린다고요? 그 정도로 등신은 아니에요."

루시는 안도했다. 입가에 쓴 미소가 어렸다. 맞아. 그럴 리가 없죠. 그런 여자이기 때문에 오스왈드가 사랑하는 거겠죠.

단희는 자리를 털고 일어섰다. 완전히 산산조각 난 풍뎅이를 쳐다보며 만족스럽게 한숨을 내쉬고 흥분에 헝클어진 앞머리를 뒤로 침착하게 쓸어 올렸다.

"그 사람 찾으러 가야겠어요."

"사용인들을 불러올게요."

"아니요, 그럴 필요 없어요. 어디 있는지 알아요."

단희는 옷을 툭툭 털고 발을 뗐다. 루시는 단희의 뒤를 따라갔다. 와자지껄했던 그랜드 홀이 어느새 조금 잠잠해졌다. 로비에 또각거리는 구두 소리가 공허하게 메아리쳤다.

문을 나서는데 다이닝 룸에서 트리버가 칭얼대는 소리가 들렸다. 덜래스 회장이 트리버를 품에 안고 어르며 막 그곳을 빠져나왔다. 시끄러운 소리에 밤잠을 설친 아이는 짜증이 나서 어쩔 줄을 몰라 했다. 뒤따라 나오던 로즐리는 하품을 했고 루시는 잠시 딴생각에 빠져 있었다. 결과적으로 단희를 말릴 수 있는 사람이 아무도 없었다.

일말의 망설임도 없었다. 단희는 덜래스 회장에게 다가가 그대로 노인의 뺨을 후려갈겼다.

짝 하는 차진 소리가 로비에 쩌렁쩌렁 울렸다. 그 광경을 지켜본 사람들은 차라리 그 자리에서 자신이 투명인간이 되길 바랐다. 그 자리에 있는 자체가 죄를 짓는 기분이 들었다. 살인 사건을 목격해도 이것보단 덜 공포스러울 것 같았다.

하지만 단희는 알 필요도 없는 일이었다. 아이를 잃고 난 이후로, 이혼을 한 이후로, 엄마를 잃은 이후로, 아버지를 모하비 사막에서 떠나보낸 이후로 단희는 이 세상에 무서운 것이 아무것도 없었다. 무서운 것이 없으니 두려운 것도 없고 겁을 먹을 일도 없었다.

"당신이 싼 똥은 당신이 치워!"

"……."

흑백사진만 존재하던 시절이었나? 따갑고 매서운 손길로 뺨을 맞아 본 적이 아마도 그때 이후 처음일 것이다.

단희가 몸을 돌려 로비를 빠져나가자 무서움을 느낀 트리버가 자지러지게 울기 시작했다. 덜래스의 얼굴엔 붉게 손자국이 났고, 로즐리는 얼굴이 파랗게 질렸으며 루시는 얼어붙었다.

「이게 무슨…….」

로즐리가 어버버거리다가 루시를 흘겼다.

「루시!」

잔뜩 성이 난 신경질적인 목소리에는 네가 설명해 보라는 뜻이 짙게 깔려 있었다. 당신이 싼 똥은 당신이 치우라는 그 한국말을 어떻게 부드럽게 통역해 줘야 할까……. 루시는 입맛을 다셨다. 아, 이런 우라질.

파티는 거의 끝나 가고 있었다. 사용인들은 분주히 돌아다니며 인파가 빠져나가 너저분해진 공간들을 정리했다. 더 이상 밝힐 필요가 없는 등이 하나, 둘 꺼졌다.

단희는 달빛에 의지해 걸었다. 구두굽이 자꾸 이리저리 휘청거리자 단희는 부츠를 발에서 빼 풀숲 아무 곳에나 던졌다. 마법에 빠질 듯 황홀했던 길이 스산하고 쓸쓸했다. 그와 함께 있을 땐 너무 짧아 보였던 그 길이 아무리 보폭을 넓히고 걸음을 재촉해도 쉽게 닿을 수 없을 만큼 멀게만 느껴졌다.

정신이 이렇게 맑아 본 적이 없다. 아이를 잃고 난 후 이렇게 분명한 목적을 갖고 정신을 추스른 적이 지금껏 없었다.

더 이상 빛을 밝혀 둔 조명이 없어서 다리를 건너는 데는 좀 더 시간이 걸렸다. 어둠 속 윤곽을 드러낸, 로즐리의 정원은 이젠 레베카라는 지옥의 문처럼 보였다.

단희는 정원의 문을 잡고 힘껏 당겼다. 육중한 무게를 실은 문은 당기는 힘에 비해 아주 느리게 열렸다.

어스름히 꽃들의 윤곽이 보였다. 코끝을 간지럽히는 꽃향기. 어둠에 까맣게 그림자가 드리워진 나비가 퍼덕대고 날았다.

오스왈드가 어디로 갔는지 직감했다. 언젠가 그는 단희의 눈을 가리고 그녀를 데리고 밑바닥까지 가겠다고 했다. 거기서 다시 올라오겠다고 했다. 그때는 그 말의 의미를 생각해 볼 겨를이 없었다. 하지

만 그가 하는 모든 말들은 단순히 유희를 위해 내뱉는 문장 그 이상의 의미가 있었다

헐벗은 여자의 나신 속, 오스왈드가 입가에 하얀 가루를 묻히고 정신을 놓고 있던 그 장소를 기억해 내긴 너무 쉬웠다. 불과 몇 시간 전 오스왈드가 자신을 데리고 간 곳이니까. 여기가 그의 밑바닥이었다. 그런 줄도 모르고 그저 기뻐하기만 했다.

그가 하는 모든 말을 그저 유희라고 생각했다. 그의 품에서 안도하고 그의 품에서 기뻐하고 그의 품에서 행복해했다. 그에게 그게 어떤 의미인지 몰랐다. 그 혼자 감당하던 치열함. 그에게 그 모든 것은 의식이었다. 자신의 과거를 이제 그만 끝내고 싶은, 이젠 정말 놓아 버리고 싶은 간절함이었다.

오스왈드는 그 모든 공간을 단희로 채우려 했던 것이다. 그 모든 악몽의 자리에 단희를 놓고 싶어 했다. 그게 그의 치유였다.

장미 넝쿨을 돌아가니 바닥에 이리저리 떨어진 쿠션이 발끝에 차였다. 더 이상 달빛조차 들지 않는 살풍경한 벽 뒤의 그곳은 이미 활짝 열려 있었다. 숨소리조차 나지 않지만 그 어둠을 쳐다보는 것만으로도 단희는 그의 존재를 느꼈다. 이 넓은 저택에 그가 숨을 곳이라곤 이곳뿐이란 것이 슬펐다. 어디에도 자신을 내려놓고 쉴 수 있는 공간이 없는 그의 인생이 가련했다.

단희는 검은 어둠 속으로 조심스레 발을 들였다. 아까 그가 벽면을 더듬어 스위치를 켰던 장소를 떠올리며 손을 더듬거렸다.

이윽고 손에 뭔가가 걸렸다. 단희는 윤곽을 훑고 스위치를 위로 올렸다. 샹들리에 아주 천천히 빛이 들어왔다.

"헤어져. 우리."

방 안 구석에 앉아 있던 그는 모습이 드러나기 무섭게 아주 조용히 말했다. 공허하고 침전된 공간에 그의 목소리는 파동을 일으키며 바닥을 울렸다.

"우리 그만해."

그는 거울에 등을 대고 무릎을 세운 채 바닥에 앉아 있었다. 한 손은 머릿속에 파묻고 한 손은 바닥으로 늘어뜨린 그는 아무런 표정이 없었다. 처음으로 그의 온몸이 서늘하고 차가워 보였다. 펄펄 끓던 남자가 싸늘하게 죽어 늘어져 있었다.

"슈와츠에서 만났다던 여자. 레베카였어. 그렇지?"

단희는 평이하고 지극히 차갑게 느껴지는 그 물음에 대답하지 않았다. 대신 조심스럽게 그에게로 한 발 다가갔다.

단희가 다가가자 오스왈드는 더 방어적으로 자세를 고쳤다. 그는 불안스레 자신의 이마를 손으로 매만졌다.

단희가 꺼내려 했던 그 이야기를 흘려들은 것을 후회했다. 그래도 이젠 어쩔 도리가 없다. 이건 그 여자가 하는 게임의 한 조각에 불과했다. 차라리 그 여자 손에 죽었다면 덜 고통스러웠을 거다. 술에 독을 타 들이켜게 했다면 차라리 깔끔했을 거다. 그러나 그 여자는 그런 배려조차 베풀지 않는다. 그를 바닥으로 던져 기게 만들고, 밟아 꿈틀거리게 한다. 그걸 그 여자는 사랑이라고 했다. 그게 사랑의 증명이라고 했다.

마음먹은 것은 어떻게든 갖는 여자. 마음먹은 것은 어떻게든 이루는 여자. 그 여자가 설마 그걸 찍어서 갖고 있을 줄은 몰랐다. 전혀 눈치채지 못했다. 기억 속에 숨 쉬는 것만으로도 버거운 것을 제 눈으로 다시 보게 될 줄은 몰랐다. 어제의 일처럼 생생히 떠올랐다. 약에 취하고 사리 분간을 못 하던 몸으로 어떤 짓을 했는지 그의 신체의 모든 감각이 그걸 기억하고 있었다.

그건 지옥이었다. 그리고 그보다 더한 지옥은 사랑하는 여자가 자신의 가장 더럽고, 추악한 과거를 마주해야 한다는 것이었다. 그리고 유단희가 부츠를 벗어 던진 발로, 고르지 못한 숨을 참으며 들어왔을 때 직감했다. 그 더러운, 감히 기억하기도 싫은, 매일 숨을 쉴 때마다 그를 좀먹어 가던 그 악몽을, 단희가 보았다는 것을 말이다.

보았어도 보지 않았어도 이젠 상관이 없다. 보지 않았다면 곧 볼 것이고 보았다면 그보다 더한 꼴도 보게 될 테니까.

"당신은 나를 견딜 수 없을 거야."

단희는 그의 앞에 조용히 앉았다. 오스왈드는 방어적으로 무릎을 더 굽혀 세웠다.

"당신이 평범하지 않다는 건 이미 알고 있어요."

"너는 나를, 감당할 수 없어."

그는 아픈 듯 눈을 한 번 꼭 감았다가 떴다.

"나는…… 쓰레기처럼 살았어. 내가 어떤 껍데기를 뒤집어썼어도 그건 변하지 않아."

"당신은 그냥 너무 어렸을 뿐이야."

"나는…… 아마 여기서 벗어날 수가 없을 거야."

아무리 발버둥 쳐도 소용이 없다. 어디로 가건 똑같았다. 살아서 숨을 쉬는 동안 그림자처럼 따라붙는 그 모든 어둠들은 그를 자유롭게 내버려 두질 않는다. 행복해지는 것을 원하지 않는다. 그저 지금처럼 고장 난 채로, 비틀린 채로, 그 어둠의 성에서, 진흙 속에 뿌리를 내리고 화려하고 고고하게 잎사귀를 피워 내길 열망한다. 언제든 꺾어 버릴 수 있게.

단희는 그런 자신과는 어울리지 않는 여자였다. 그녀는 늘 눈이 부셨다. 자신이 살아온 인생에 비하면 그녀는 아름다웠다. 자신과 닮은 듯 보이지만 어느 한구석 닮지를 않았다. 오스왈드가 어둠에 잠식당해 갈 때, 그녀는 스스로를 빛냈다. 그녀는 고통에 허덕일 때조차 강인하고 숭고했다.

사람들은 틀렸다. 화려한 껍데기를 뒤집어쓴 그에게 단희는 어울리지 않는 여자라 말하지만, 사실 단희에게 자신이 어울리지 않는 남자였다. 시궁창을 구르던 남자와 부모의 사랑 속에 꽃처럼 자라 어떤 순간에도 향기를 잃지 않은 여자 중 더 눈부신 사람은 당연히 후자일 수밖에 없었다.

오스왈드는 그런 여자를 마주하고 있었다. 곁에 둘수록 더 열망하게 되는 여자. 시간이 지날수록 더 놓치고 싶지 않던 여자. 그리고 이젠 어쩌면 자신을 혐오할지도 모르는 여자. 아니 어쩌면 이젠 자신을 더러워할지도 모르는 여자를.

단희는 가만히 오스왈드를 눈에 담았다. 그가 자신을 봐 주든 봐 주지 않든 상관없었다. 몇 분이 되었든, 몇 시간이 되었든, 아니면 영겁의 시간이 흐르든 단희는 이 자리에서 벗어나지 않을 작정이었다. 그와 함께가 아니라면 말이다.

"당신이 어떻게 살았건 별로 상관없어요. 당신이 과거에 어떤 사람이었건 난 중요하지 않아."

"대니."

"가진 것들을, 소중하게 생각하는 것들을 많이 잃고 나면, 정말 중요한 게 뭔지 보여요. 내게 중요한 건……."

단희는 숨을 고르고 침착하게 다시 입을 뗐다.

"오스왈드 퀸튼. 당신은 날 사랑하나요?"

그의 금색 눈이 붉게 충혈됐다. 마른 입술을 꾹 물고 있던 그가 콧잔등을 찌푸리며 말했다.

"널 사랑해."

여자는 말끔하게 미소 지었다. 그것은 마치 그녀가 이 상황을 전혀 이해하지 못하고 있는 건 아닐지 의심될 정도로 순진무구한 미소였다.

"고마워요. 나도 당신을 사랑해요."

부드러운 목소리에는 힘이 있었다. 단희는 거침없이 말을 이었다.

"당신이 어떤 사람이건, 무슨 과거를 지녔던 그 모든 걸 다 포함해서, 나는 당신을 있는 그대로 사랑해요. 그러니까 겁내지 말아요."

단희는 천천히 손을 뻗어 그의 무릎을 다정하게 어루만졌다. 저 손을 너무나 잡고 싶다.

"그냥 나한테 와. 내가 당신을 행복하게 해 줄게요."

오스왈드는 제 무릎에 얹어진 단희의 손이 자신의 무릎을 문지르는 걸 지켜봤다. 마음이 휘청댔다.

"힘들면, 내게 남김없이 쏟아 내요. 내가 그걸 담아 줄게요. 당신이 스스로 감당할 수 없는 것들, 견딜 수 없는 것들, 내가 감당하고 견뎌 줄게. 당신도, 당신의 아픔도."

그는 코 밑에 집게손가락을 대고 있었다. 어금니에 바짝 힘이 들어가 턱이 꿈틀거리는 것이 보였다.

"어째서…… 어째서 그렇게까지 하려는 거야?"

불안스럽게 묻는 그는 수많은 상처를 가진, 위태롭고 애처로운 열일곱의 소년이었다. 어쩌면 그는 그때에 이런 대답을 들었어야 하는지도 모른다.

"말했잖아요. 당신을 사랑한다고. 진심으로."

그의 눈이 유리구슬처럼 흔들렸다.

"난 겁나지 않아. 두렵지도 않아. 난 괜찮아요. 날 봐요. 웃고 있잖아."

단희는 하얀 이를 드러내며 활짝 웃었다. 그게 너무나 눈이 부셔서, 그 모습이 너무나 아름다워서 오스왈드는 여자를 당겨 안으며 그녀의 품으로 왈칵 무너졌다. 무릎 위로 무너진 오스왈드의 어깨가 가늘게 떨려 왔다. 단희는 그 위로 상체를 숙여 그를 덮었다. 떨리는 등에 가만히 볼을 대고 손으로 쓰다듬으며 그를 얼렀다.

그를 볼 때마다 커다란 그를 담아 낼 자신이 없었다. 늘 그럴 수 있을지를 의심했다. 그러나 지금 처음으로 그의 커다란 몸이 작아 보였다. 지금 이 순간 그를 위해 자신의 품을 날개처럼 펼치고 고무처럼 늘여서 그를 감싸 안고 싶었다.

아빠.

당신은 이 남자에게서 무엇을 봤나요? 나는 늘 그게 궁금했어요.

혹시 이걸 봤나요? 날개가 꺾인, 어린 새 같은 그를 봤나요?

아빠 나는 지금, 지학이를 잃고 처음으로

용감해지고 싶어요. 가슴이 뜨겁게 끓어올라요.

처음으로 지키고 싶은 게 생겼어요.

아빠, 나는 다시. 사랑을 하고 있어요.

$\mathit{23}$

수화기 너머 막스 구세프는 이를 갈았다. 레베카는 경호원의 도움을 받아 포시즌 호텔 펜트하우스로 향하며 그의 징징거림을 꽤나 참을성 있게 듣고 있었다.

— 우린 언제까지 기다리기만 해야 하지?

막스는 성정이 포악하고 잔인한 데다가 똑똑하지도 않았다. 상류사회에 대한 열등감과 권력, 명예에 대한 욕망은 매우 거대했으며 그래서 레베카의 우아함과 똑똑함을 꽤나 동경했다. 성에 차지 않으면 여자의 목을 그어 버리는 것도 마다하지 않던 그가 유일하게 목을 그어버리지 못하는 여자가 레베카였다.

사실상 레드마피아가 이만큼 클 수 있었던 것은 덜래스 회장의 아내였던 그녀의 조력이 없었다면 불가능한 일이었다. 그러니 그는 조직의 2인자인 콘실리에리보다 레베카의 말을 더 잘 따랐다. 그리고 막스의 그러한 점은 레베카를 지루하게 만들기 충분했다.

「내 탓 하지 마, 막스. 후아레즈에서 멍청한 짓을 한 건 내가 아니라 당신이 사주한 산토스 일당이니까.」

― 꼭 이렇게 복잡하게 처리해야만 해? 그냥 클래식하게 처리하는 게 어때? 그 애인이란 년 눈을 하나씩 파 버리면 뭐든 다 내놓겠지.

「그 여자는 아무것도 아니야!」

막스의 말에 레베카의 언성이 신경질적으로 높아졌다. 호텔 복도에 멈춰 선 여자의 호흡이 파르르 흐트러졌다.

「그 여자는 오스왈드에게 그 어떤 영향도 끼치지 못해. 그년을 잡아 죽이건 산 채로 배를 가르든 내 알 바 아니지만 그걸로 당신이 얻을 수 있는 건 없어. 오스왈드에게 그년은 아무것도 아니니까! 내 말 알아들 었어?」

― 빌어먹을, 레베카. 난 당신을 무척 좋아하지만 가끔 당신은 정말 미친년 같아.

「당신이 누구 덕에, 지금 미국에서 이만큼 컸는지를 생각해. 내가 아니었으면 당신도 시칠리아 놈들처럼 진작에 나자빠졌을 테니까.」

막스는 한숨을 내쉬었다. 오랜 흡연으로 거칠고 마른 목소리로 그는 '크흠' 하고 목을 골랐다.

― 내가 원하는 건 아몬석이야. 당신이 원하는 건 오스왈드라는, 황금으로 만들어진 트로피고. 당신이 트로피를 갖지 못하는 건 유감스러운 일이지만, 내가 아몬석을 갖지 못하는 거? 그건 단순히 유감스러운 일 이상이 될 거야. 키스카(kiska: 러시아어로 '고양이'라는 뜻의 애칭), 그걸 꼭 명심해 두라고.

휴대폰 너머의 잡음이 뚝 끊어졌다. 레베카는 자신의 붉은 입술을 신경질적으로 깨물고 휴대폰을 던지듯 경호원에게 건넸다. 병신 같은 놈!

제까짓 놈이 아몬석을 감당한다고? 그 멍청한 놈이 아몬석을 사용할 수 있는 거라곤 홍차에 폴로늄 대신 그걸 집어넣어 정적을 죽이는 정도밖에 안 된다.

아몬석은 지구의 거대한 배설물이다. 악취 나고 더럽지만, 가지에 달린 모든 것을 황금으로 바꾸어 버리는 무시무시한 거름이기도 했다.

막스는 마약이나 매춘 같은, 저급한 사업에서 손을 떼고 대신 더 강력한 힘을 갖길 원했다. 그게 아몬석이었다. 더 이상 남의 것을 훔쳐다 파는 잔챙이가 아니라, 아몬석을 엉덩이로 깔고 앉아 제 손으로 세상을 쥐락펴락하고 싶어 했다. 제 주제를 파악 못 한 멍청이의 과한 욕심이었다.

성이 난 발걸음이 복도의 끝에 다다랐을 때 다시 한 번 멈췄다. 전혀 눈에 익지 않은 검은 정장을 입은 사내 네댓 명이 자신의 방 앞을 지키고 있었다.

레베카의 눈이 다시 뱀처럼 교활해졌다. 여자는 '아.' 하고 가벼운 탄성을 질렀다.

뒤따라 걷던 남자 하나가 총을 꺼내려 안주머니에 손을 넣자 레베카가 가만히 오른손을 들어 보였다.

「가만히 있어, 빅토.」

문 앞을 지키고 서 있던 사내 하나가 레베카를 보자 예의 바르게 문을 열었다. 레베카는 어깨에 걸쳐 있던 코트를 벗어 빅토라 불리는 사내에게 건넨 후, 그 안으로 미끄러지듯 들어갔다. 여자가 들어가자 문은 곧바로 닫혔다.

「레베카.」

자신을 부르는 나지막하고 갈라진 음성에 레베카는 늘 그에게 보였던 그 자신만만하고 고혹적인 미소로 답했다.

「덜래스.」

화려한 샹들리에, 백금과 금으로 장식된 호화로운 실내 한가운데에 덜래스 회장이 자신의 개인 비서를 대동하고 앉아 있었다. 불같던 성미의, 누구나 겁을 집어먹을 만큼 건장했던 중년의 남성은 이제 등이 굽어 있었다. 지금의 그는 세상을 호령하던 통치자의 모습과는 거리가 멀었다. 오히려 늙어 이빨이 빠진 호랑이에 가까웠다. 레베카는 그런 그를 보며 실소를 머금고 과하게 측은한 눈을 해 보였다.

「영광이네요, 덜래스. 당신이 이렇게 누추한 곳까지 날 찾으러 오고.」

「우리가 이혼계약서에 서명하던 날, 내가 분명 당신에게 한 경고가 있어.」

레베카는 지루하다는 듯 자신의 머리를 한 번 매만지고는 주변을 두리번거렸다. 덜래스가 펜트하우스 고객에게 제공하는 개인 집사를 방 안에 그냥 뒀을 리가 없을 거란 생각이 들자 짜증으로 눈매가 살짝 일그러졌다. 목이 마르지만 제 손으로 냉수를 내 먹기가 귀찮아 레베카는 한숨을 내쉬고 소파에 앉아 우아하게 다리를 꼬았다.

「무슨 경고요? 다시는 미국에 들어오지 말라는 말?」

「두 번 다시 그 아이에게 접근하지 말라는 말.」

「……좀 덜 지루한 이야기 없어요?」

레베카는 자신의 손톱을 어루만지며 비아냥거렸다. 살짝 찌푸린 미간에 곱게 주름이 졌다. 지중해의 바닷물처럼 투명하고 눈부신 푸른색의 눈동자는 나른하고 퇴폐적이었다. 젊었을 때엔 그녀의 이런 면을 사랑했다. 눈부시게 아름다운 외형만큼이나 도도하고 손에 잡힐 듯 잡히지 않는 고양이 같은 매력에 완벽하게 매료됐었다. 그러나 지금의 레베카는 그에게 치워 버리고 싶은 짐 덩어리에 불과했다. 그것도 아주 더럽고 기분 나쁜 짐 덩어리.

「원하는 게 뭐야 레베카.」

「당신이 원하는 것과 같죠.」

「그 아일 놓아줘.」

덜래스의 말에 레베카는 소리 높여 웃음을 터트렸다. 까르르 웃는 목소리가 날카로워 고막을 찢을 듯했다. 우습다는, 정말 재미있다는 듯한 그 신경질적인 소리에 덜래스의 얼굴은 완전히 굳었다.

「우습네요. 당신이 그런 말을 하다니.」

「그 아이는 고통받을 만큼 받았어.」

「마치 그 모든 게 내 탓인 양 이야기하지 말아요. 지금껏 그 아일 고통 속에 허덕이게 한 건 당신이잖아요.」

「난 후회해. 죽도록 후회해.」

덜래스는 비통하게 말했다. 그때는 그것이 최선이었다. 사업은 막 날개를 달았다. 벌집을 쑤시듯 쑤시면 뒷감당을 할 자신이 없었다. 목숨을 내놓을 만큼 사랑했던 여자에 대한 연민도 남아 있었다. 수습을 할 수 있는 거라곤 온전히 제 힘이 미치는 정도였다. 레베카라는 환부를 도려내서 멀리 치워 버리고 그저 없던 일로 만드는 것뿐이었다.

엄격한 교육을 받으며 남자들의 세계에서 자라 온 그는 홀로 남겨진 오스왈드의 상처를, 그 부서질 듯 감성적인 소년의 아픔을 보듬어 줄 만큼 부드러운 성정이 되질 못했다. 그래서 오스왈드에게 물질적으로 보상했다. 유능한 선생을 모셔 와 교육을 시키고 녀석이 원하는 거라면 뭐든 최고급으로 제공했다.

소년은 무척이나 똑똑했다. 머리가 비상한 만큼 신체적인 능력도 뛰어나 시간이 갈수록 아이는 더 빛이 났다. 뭐든 해 줄 맛이 났다. 그는 냉정하고 강인하게 자라나는 오스왈드를 늘 자랑스럽게 생각했다. 그의 존재는 덜래스에겐 든든한 버팀목이었다.

오스왈드 말고 다른 이를 가문의 후계자라고 생각한 적은 없었다. 그에게 자신은 아비가 되었다고 생각했다. 녀석이 자신을 아버지로 보아 주었으면 하는 바람이 있었다. 그러나 오스왈드는 덜래스의 마음을 온전히 받아들이지 못했다. 마음이 깨져 있어서, 그는 덜래스가 주는 애정을 담아 두지 못했다. 그에게 자신은, 그저 자신을 고통 속에 허덕이게 한 가해자를 도피시킨, 제2의 가해자일 뿐이었다.

트리버를 낳고 난 이후에야 깨달은 것은, 오스왈드에게 진정 아버지가 되려 했다면 레베카가 저지른 더러운 짓거리를 알게 된 그 자리에서 여자를 죽였어야 마땅하다는 것이었다. 그것이 부정이었다. 오스왈드에게 아버지가 되고 싶다는 그의 바람은 그저 교만이었다.

「그래서, 지금이라도 바로잡고 싶어요?」

덜래스가 아무 말도 하지 못하자 레베카는 다시 웃었다.

「그것 봐, 덜래스. 당신도 그런 인간이야. 당신도 나처럼 오스왈드보단 자기 자신이 더 중요한 사람이거든.」

「레베카.」

덜래스가 엄하게 여자의 이름을 다시 불렀다.

「당신이 하고 있는 장난질에 얼마나 많은 것이 걸려 있는지 잘 생각해. 이건 무척 위험한 도박이야.」

「덜래스. 늙어서 오그라든 게 몸뚱이뿐만은 아닌가 봐요?」

「당신 말대로 난 늙었어. 모든 것이 퇴화하고 있지. 그러나 과거를 후회할 만큼의 지혜는 갖고 있어.」

레베카는 지루하다는 듯 등을 소파 깊숙이 묻었다.

「당신도 나와 마찬가지야. 우린 떨어질 일만 기다리는 꽃이지. 더 이상 뭔가를 피워 낼 것도 남아 있지 않은 시든 꽃.」

그 말을 내뱉고 난 후 덜래스는 똑똑히 보았다. 레베카의 얼굴이 공포로 얼어붙는 것을. 뇌리를 강타하는 깨달음. 덜래스는 헛웃음을 터트렸다.

「세상에. 레베카. 이 어리석은 사람 같으니. 오스왈드를 움켜쥔다고, 당신이 늙어 가는 걸 멈출 수 있을 것 같아?」

「…….」

「당신은 늙어 갈 거야, 바로 나처럼. 추하고 고통스럽게.」

레베카는 테이블 위의 유리 화병을 잡아 바닥으로 집어 던졌다. 와장창 날카롭게 유리가 지면에 충돌해 부서지는 소리가 들렸다. 여자의 눈에는 광기가 어렸다.

레베카. 영원히 아름다울 것만 같은 이 여자도 어쩔 수 없이 늙어 가고 있었다. 아무리 돈이 많아도, 아무리 의학이 발달했어도, 신이 아니라면 여자에게 젊음을 돌려줄 수 없다. 늙어 갈수록 레베카는 젊음과 아름다움에 집착하게 되었다. 자신이 늙어 가고 있다는 사실을 여자는 받아들이지 못했다. 가능하다면 가장 화려했던 과거를 되찾고 싶어 했다.

세월이 지날수록 이상하게도 그 시절만이 선명했다. 오스왈드는 그 집약체였다. 인생에 가장 황홀하던 순간의 집약체. 자신이 하루하루 말라 비틀어져 가는 만큼 오스왈드는 하루하루 눈부시게 성장했다. 그는 이 세상 누구와도 견줄 수 없을 만큼 아름다웠다. 그래서 그를 다시 갖고 싶었다. 그만이, 이 시시하고, 재미없고, 빛이 사라져 가는 자신의 인생을 다시 눈부시게 밝혀 줄 것만 같았다.

「세월이 흘렀어. 그 아인 더 이상 당신의 영향권 아래에 없어.」

「입 닥쳐.」

「오스왈드가 데리고 온 여자. 썩 괜찮은 아가씨더군. 당신으로선 유감이겠지만 그들은 아직 한 침대를 쓰고 있어. 그리고 곧 오스왈드는 완전히 그 여자의 것이 될 거야. 당신이 무슨 짓을 하든 상관없이.」

「닥쳐!」

「젊은 시절 당신의 추잡함은 내겐 참 많은 이득이 되었다는 것을 인정하지. 하지만 이젠 아니야. 레베카, 현실을 직시해. 더러운 범죄 조직과 손을 잡은 당신은 이미 오래전에 끈 떨어진 신세야.」

「이 구정물에 손을 담근 건 당신도야!」

「이미 손 뗀 지 오래야. 애석하게도 난 그 정도로 멍청하진 않지.」

「아직 당신 하나쯤 무너뜨릴 힘은 있어. 덜래스, 그러니 날 모욕하지 않는 게 좋을 거야.」

「세상은 변했어. 우린 늙은 만큼 어리석지.」

「싸잡아 이야기하지 마! 난 당신과 달라!」

레베카가 다시 소리를 질렀다. 속내를 들킨 그녀는 완전히 감정적으로 돌변했다. 그것이 이미 그녀가 늙었다는 반증이었다. 덜래스는 저 혼자 웃음소리를 내며 자리에서 일어났다.

「곱게 늙는 것은 참 어려운 일이지. 하지만 부디 레베카, 곱게 늙을 수 있길 바래.」

「당신은 날 못 이겨. 과거에도 그랬고 지금도 그랬고 앞으로도 그럴 거야.」

「내가 당신을 이길 필요도 이유도 없어. 당신은 벌써 스스로 자멸하고 있으니까.」

레베카는 치밀어 오르는 치욕감을 참지 못해 씩씩댔다. 빈틈없이 감겨 올라갔던 금발 머리카락이 헝클어져 이리저리 나풀거렸다.

「오스왈드를 내버려 둬. 당신의 노년을 위한 마지막 충고야.」

덜래스는 뒤도 돌아보지 않고 밖으로 나갔다. 문이 닫히는 경첩 소리가 들린 후에도 레베카는 온몸이 부들부들 떨리는 것을 통제하지 못했다.

덜래스가 한 말 어느 하나 인정할 수 없었다. 누구 덕분에 그만큼 올라섰는데, 누구 덕에 그만큼 돈을 벌고 누구 덕에 잘살고 있는데. 제 주제도 모르고 찧고 까불고 있었다. 추잡하게 늙어 갈 거라고? 누구도 감히 내게 그런 말은 하지 못한다.

「휴대폰!!」

어느새 방 안으로 들어와 있는 빅토에게 신경질적으로 소리 지르자 남자는 곤란한 얼굴로 레베카의 손에 휴대폰을 내주었다. 이제 막 스물다섯의 젊은이는 보스의 명령으로 여자를 지키고 있었다. 그는 레베카의 아름다움에 감탄했지만 여자에게 이성으로서의 매력을 느끼지는 못했다. 조직원 중 이런 취향을 갖고 있는 몇 명은 레베카를 보며 군침을 흘렸지만 그는 아니었다. 아무리 아름다워도 생기를 잃고 처져 가는 여자의 알몸은 별로 안고 싶지가 않았다. 현실은 그런 것이었다. 레베카는 더 이상 모든 남자를 발정하게 할 만큼 매력적이지 않았다.

레베카는 휴대폰에서 막스의 번호를 찾아 눌렀다. 몇 번의 신호 이후에도 막스는 전화를 받지 않았다. 레베카는 성질을 이기지 못해 씩씩거리다 일당의 남자들을 향해 소리 질렀다.

「죽여! 저 늙은이를 쫓아가서 총을 갈겨 버려!」

광기에 찬 레베카의 눈은 분노로 뿌옇게 흐렸다.

◆ ・ ・ ● ●

창밖에서는 후두둑 비가 떨어지는 묵직한 소리가 들려왔다. 잠에서 깨어 설핏 눈을 떴는데 옆자리에 오스왈드가 없었다. 단희는 인상을 찌푸린 채 침대에서 몸을 일으켰다. 청색 셔츠에 줄무늬가 들어간 카디건을 말끔하게 받쳐 입은 오스왈드가 침대 옆에 놓여진 1인용 소파에 앉아 물끄러미 단희를 쳐다보고 있다가 인사를 건넸다.

"안녕."

그러더니 '치즈'란 소리와 함께 눈앞에 번쩍 하고 플래시가 터졌다. 눈이 부셔 인상을 찡그리자 오스왈드가 키득거리며 소리 죽여 웃었다

"뭐……."

지이잉― 소리와 함께 폴라로이드 카메라가 필름을 토해 냈다.

"로즐리에게 선물 받았어. 내가 가장 많은 후원금을 냈다더군."

그는 빼낸 필름을 손으로 흔들며 씩 웃었다. 단희는 아직 잠이 덜 깬 얼굴로 그의 말의 맥락을 이해하기 위해 한참 동안 멍한 머리를 굴렸다.

"위로품이에요?"

"그런 셈이지. 일종의."

단희는 눈을 비비며 눈곱을 떼어 냈다.

"기상 상태가 좋아지는 대로 떠날 거야."

창밖의 가지들이 비바람에 이리저리 휘어졌다.

"하하."

오스왈드는 선명해진 필름을 한 번 내려다보곤 저도 모르게 웃음을 터트렸다. 그는 손가락을 움직여 필름을 단희 쪽으로 홱 돌렸다.

사진 속에 제 모습을 보니 잠이 번쩍 달아난다.

엉키고 눌려 새집을 지은 커트 머리에 퉁퉁 부은 얼굴로 눈도 제대로 못 뜬 꼬락서니는 흉측하다는 말만으론 표현하기가 부족했다. 차마 인간의 몰골이라고 보기도 어려웠다. 단희가 '헉' 소리를 내며 손을 뻗자 오스왈드가 냉큼 필름을 제 머리 위로 들어 올렸다.

"그건 안 돼요."

"이건 내 거야."

"다시 찍어요! 제대로요."

"왜?"

"그건 보톡스를 수십 대는 맞고 부작용으로 고생하는 얼굴이라고 요!"

"Really? 나는 물에 불은 스펀지 같다는 생각만 했는데."

"내놔요!"

"당신 설명을 듣고 나니 꽤 마음에 드는군."

"이리 내놔요! 오스왈드 퀸튼!"

단희가 이를 부득부득 갈았다.

"지갑에 넣어 뒀다가 애인이 있냐고 물을 때마다 이 사진을 보여 주면 두 번은 묻지 못하겠지."

미쳤어! 단희가 경악을 금치 못한 채 폴라로이드 필름을 향해 손을 허우적댔다. 오스왈드는 너무나 손쉽게 단희의 급박한 손길을 막아

냈다. 바짝 약이 오른 단희는 콧구멍을 벌름거리며 몇 번 더 시도해 본 뒤 이내 포기해 버렸다. 어차피 완력으로 그를 이기는 것은 불가능하니 후일을 도모하는 것이 현명할 것이다. 적당한 때에 그의 지갑을 털어서 사진을 불태워 버리리라!

단희는 오스왈드의 무릎에서 사진기를 낚아챘다. 오스왈드가 입가에 웃음을 묻힌 채 고개를 숙이고 사진을 셔츠 앞주머니에 넣자 플래시가 번쩍 터졌다. 그가 고개를 들었고 단희는 렌즈를 보느라 감았던 눈을 반짝 뜨며 웃었다.

지이잉— 사진기가 필름을 토했다. 단희는 필름을 흔들었다.

"가십지가 당신 사생활을 캐려고 혈안이 되어 있다면서요? 이런 사진은 한 장당 얼마에 사 갈까요?"

"글쎄. 별로 원하는 사진이 아닐 텐데."

오스왈드가 심드렁하게 대답하자 단희는 개구지게 눈을 빛내며 다시 폴라로이드 렌즈를 그의 앞에 들이밀었다.

"좋아요. 그럼 벗어 봐요."

오스왈드는 그 말에 바로 대꾸하지 않았다. 그 찰나의 침묵이 단희의 얼굴에서 웃음기를 거두어 갔다. 여태껏 이런 식의 농담이 문제가 된 적은 없었다. 그러나 그건 어디까지나 그의 과거를 몰랐을 때의 이야기였다. 실수한 것 같은 기분이 들자 그녀의 굳은 얼굴이 카메라에서 떨어졌다.

"그러니까, 내 말은……."

여자는 더듬거렸다. 단희가 겁을 먹은 것을 눈치챈 오스왈드는 호박색 눈으로 그녀를 응시하며 셔츠 단추를 목에서부터 하나씩 느릿하게 풀었다. 렌즈 너머 그의 모습은 남성 잡지의 표지처럼 근사했다. 단희는 저도 모르게 셔터를 눌렀다.

지이이잉— 사진기의 아가리에 걸린 인화지를 빼낼 타이밍을 놓쳤다. 풀어 헤쳐진 셔츠 사이, 단단하고 그을린 그의 복근이 카메라 렌즈를 투과해 단희의 동공 안으로 선명하게 들어왔다. 넋을 놓고 있는 사이 오스왈드가 몸을 일으켜 저벅저벅 다가와서 손으로 인화지를 툭 빼냈다.

"당신이 알아 둬야 할 게 있어."

그가 상체를 굽히자 단희의 몸이 매트 위로 호선을 그리며 넘어갔다. 다시 저도 모르게 셔터를 눌러 버려 플래시가 번쩍 터지고 사진기가 필름을 뱉어 냈다. 그는 이번에도 마찬가지로 필름을 툭 빼냈다.

"만약 당신이 날 묶고, 날 때리고, 내게 욕설을 퍼붓고, 인간이 쾌락을 위해 몸으로 할 수 있는 모든 짓을 다 하고 싶다면. 당신이 카메라를 들이대고 내 몸 구석구석을 훑고 싶다면, 난 기꺼이 동참해 줄게."

"……."

"날 믿어. 당신이라면 난 차라리 기쁠 거야."

단희는 멍한 정신을 명료하게 되돌렸다. 그러곤 카메라를 들어 올려 셔터를 눌렀다. 번쩍하는 플래시 소리와 함께 지이잉— 다시 필름이 나왔다.

"방금 굉장히 근사했어요. GQ에 보내 볼까 봐요."

아까의 걱정은 털어 버린 듯 여자의 목소리는 가벼웠다. 그는 손가락으로 단희의 쇄골을 끈적하게 훑었다.

"벌써 만족하면 곤란한데, 달링. 비싼 값을 받으려면 좀 더 분발해야지."

좀 더?

"좀 더…… 어디까지 분발해야 되는데요?"

그의 입가가 관능적으로 매끄럽게 올라갔다.

"거의 범법 수준으로."

저런.

「스파이를 찾은 것 같습니다.」

오스왈드가 셔츠 단추를 잠그며 방문을 열고 나왔을 때 제드릭이 조용한 목소리로 말했다. 그는 매섭게 침잠되는 오스왈드의 눈동자를 보며 말을 이었다.

「비서인 크리스털 양.」

수정? 오스왈드는 수정을 떠올렸다. 눈에 띄지도 않았지만 그렇다고 눈에 걸리적거린 적도 없었다. 흡사 떠도는 공기 같았다. 그러니까 그 말인즉슨, 그 여자는 별 가당치도 않은 존재란 뜻이었다.

「불가능해. 그 여자는 비서일 뿐이야. 아몬석에 관해 알 방법이 없어.」

아몬석에 관한 모든 프로젝트는 철저한 보안 속에 진행되었다. 만약 누군가가 스파이를 심어 놨다면 좀 더 나은 인물이어야 한다. 예를 들면…….

「그 여자 정체가 뭐야?」

「CIA랍니다.」

그래. 비밀요원 정도는 되어야겠지. CIA. 이 뱀의 혀 같은 새끼들. 한국말 잘하는 한국계 요원의 신분을 세탁해서 입사시키는 거야 매우 쉬웠을 거다. 하지만 멕시코에서 로스 산토스를 죽인 후, 오스왈드는 회사 전체를 다 뒤집어엎었다. 손톱만큼의 수상함이라도 감지되면 거액의 퇴직금을 주고 회사에서 쫓아내 버렸다. 그런데 어떻게 그 여자는 살아남았지? 대학을 졸업하고 바로 회사에 입사해 20년 동안 덜래스 회장의 근거리에서 일하던 코일이, 그런 피라미를 놓쳤다고? 애초에 한국 지부를 관리하던 건 그가 아니던가.

「코일은 이 일에 어떻게 연루된 거지?」

「……연인관계랍니다.」

오스왈드는 자신의 눈썹을 엄지손톱으로 긁으며 얕게 숨을 내뱉었다.

고전적이고, 기본적인 명제다. 남자에게 있어 약점은 늘 여자였다. 사십이 넘은 천연 노총각. 서구사회의 여성들이 전혀 흥미를 갖지 못할 두꺼운 안경을 쓴 땅딸보. 그런 그에게 수정이 어떤 존재가 되었을지는 안 봐도 뻔하다. 맹렬하고 맹목적인 사랑이었을 테지. 코일이 여자의 정체를 알고 있든, 모르고 있든, 그것이 고의든, 고의가 아니든 그것과는 상관이 없다. 그는 곧 일자리를 잃을 것이다. 어쩌면, 영원히.

「해고할까요?」

「아니. 안 돼. 코일을 자르면 눈치챌 거야.」

도망갈 틈을 줄 순 없지. 병신 같은 CIA. 썩어 빠진 집단 같으니.

「당분간 모르는 척해.」

욕을 내뱉으며 돌아서던 오스왈드가 그 자리에 우두커니 멈추더니 다시 뒤를 돌았다.

「제드릭.」

「네.」

제드릭은 침착하게 그 자리에 서 있었다. 늘 그림자 같은 사람. 항상 붙어 있어도 한 번도 거슬린 적이 없다. 입은 무겁고, 늘 행동은 빨랐다. 제드릭은 그 오랜 세월 동안 단 한 번도 오스왈드를 실망시킨 적이 없었다.

「당신도 날 배신하면.」

「…….」

「내 손으로 당신 가죽을 벗겨 낼 거야. 머리부터, 발끝까지.」

「네.」

즉각적인 대답을 들은 오스왈드는 그 어떤 대꾸도 없이 몸을 돌려 방으로 들어갔다.

가끔 그의 상관은 열 살배기 미치광이 폭군처럼 보였다. 사실 그는 정말로 미치광이 폭군이기도 했다.

제드릭은 팔루자에서의 일을 떠올렸다. 테러단체의 수장이던 카딤의 취미는 조직원 하나의 몸에 폭탄을 돌돌 말아, 군부대 앞에 던져 놓는 것이었다. 재수가 없으면 부대 하나가 전멸하기도 했다. 카딤은 심심할 때마다 그 짓거리를 했지만 그것이 그가 가장 즐기던 취미는 아니었다.

그가 가장 좋아하는 것은 자신이 지나간 자리에 피어 있는 생명은 뭐든 가리지 않고 도륙하는 것이었다. 풀, 나무, 꽃. 여자, 남자, 어린 아이, 노인 할 것 없이. 그래서 그가 잡혀 왔을 때 오스왈드도 그에게 비슷한 것을 해 주었다. 붙잡힌 카딤의 사지를 머리부터 발끝까지 칼날이 지나가는 자리마다 포를 떴다.

당하는 사람도 기절하고 보는 사람도 기절했던 그 장면을 오스왈드 본인을 빼고 끝까지 지켜본 사람은 제드릭 저 하나였다. 그러니 그가 머리부터 발끝까지 가죽을 벗기겠다는 말을 얼마나 잘 실천할 수 있는지 제드릭은 매우 잘 알고 있었다. 그렇기에, 대답을 망설일 이유가 없었다.

오스왈드는 그래야 한다고 판단하면 반드시 잔인해지는 남자였다. 꺼림칙한 기분이 든다.

'코일은 민간인이야. 코일은 민간인이야. 코일은 민간인이야. 코일은 민간인이야.'

층계참을 내려가며 제드릭은 끊임없이 되뇌었다.

오스왈드가 방 안으로 다시 들어오자 그의 티셔츠만 걸친 채 폴라로이드 사진을 침대에 한 장씩 늘어놓던 단희가 하던 것을 멈췄다. 그가 뭔가 할 말이 있는 듯 쳐다보고 있었다.

"왜 그래요?"

"크리스틸이 CIA였어."

"크리스틸…… 수정 씨요? 당신 비서 수정 씨요?"

"그래."

생각을 하느라 단희의 눈동자가 허공에서 좌우로 굴렀다.

"좋은 CIA예요? 아니면 엘파소의 그 새끼처럼 나쁜 CIA예요?"

"현재로선 나쁜 CIA일 가능성이 대단히 높지."

단희는 구역질이 치밀어 오른다는 듯 입매가 축 늘어뜨렸다.

"내 목을 비틀어 버리고 싶어요."

"주어가 틀렸어. '내 목'이 아니라 '그년 목'이겠지."

"난 그런 줄도 모르고……. 그 여자가 내준 커피랑 디저트를 내가 얼마나 잘 먹었는지 알아요? 용과랑 석류를 내 왔을 때는 상심할까 봐 꾸역꾸역 다 처먹었다고요!"

오스왈드는 너털웃음을 지었다.

"그중 절반은 내 입에다 쑤셔 넣었지. 이제 와 생각해 보면 그 여자가 근무하며 잘한 일은 그거 하나 같은데."

"이 상황에서 농담이 나와요?"

단희가 힐난조로 빈정대자 그의 고개가 반대쪽으로 한 번 더 갸웃했다.

"그렇게 들려? 이상하네. 진담으로 말한 건데."

농담인지 진담인지 또 헷갈리는 말을 던져 놓은 오스왈드는 빙그레 웃으며 셔츠의 나머지 단추를 잠그고 침대 끄트머리에 엉덩이를 대고 앉았다. 금색의 심안이 깜빡임 없이 단희를 마주했다.

"걱정 마. 그 여자를 포함해서 조만간 모든 걸 원래대로 돌려놓을 테니까."

원래대로 돌려놓는 게 어떤 걸까? 단희의 머릿속엔 구체적으로 떠오르는 그림이 없었다. 오스왈드는 상상력을 발휘해 보려는 단희를 쳐다보다가 어렵게 입을 뗐다.

"내가 평범한 사람이 되는 건 어때?"

평범한 사람?

"딜래스의 후광도 없고, 맬크로우의 CEO라는 타이틀도 없다면 말이야. 그래도 난 당신에게 매력적인 사람인가?"

평범한 사람. 오스왈드가 평범해진다? 이 남자가 어떻게 평범해지지……? 어떻게 해도 평범해질 것 같지가 않은데……?

"뭐, 그러니까 알거지가 된다는 말인가요?"

"그럴지도 몰라."

단희의 눈이 가늘어졌다. 오스왈드가 가난뱅이라. 이 남자는 가난뱅이가 될 수 없다. 그게 가능할 리가 없잖아. 정말 거지가 돼서 길거리에 나앉아 있어도, 여자들이 와서 옷이고 신발이고 음식이고 가져다 바칠 테니까. 흠. 그 여자가 내가 되는 것도 나쁘진 않네. 단희는 픽 웃었다.

"나 돈 많아요. 어떤 멍청한 남자가 나한테 오십억이나 줬거든요."

"그건 많다고 할 수 없어."

그 진지한 대꾸에 단희는 인상을 한 번 구겼다가 훈계하듯 말했다.

"이런 세계에 있으니 푼돈 같겠지만, 평범하게 살면 죽을 때까지 다 못 쓸 만큼 많은 돈이에요. 당신은 물론이고 당신의 자식의 자식까지 먹여 살릴 수도 있을 걸요?"

"그래 줄 수 있어?"

'언젠가 내 아이의 엄마가 되는 걸 보고 싶어.'

아…….

꾹 다물려 떨어지지 않는 입 대신 단희의 흔들리는 눈이 모든 답을 대신했다. 불가능하다고.

"날 행복하게 해 준다는 말이, 만 달러짜리 소원에 대한 답은 아니었네, 그렇지?"

단희는 겸연쩍게 웃었다.

"만약 당신이 알거지가 되면 내가 거두어 줄게요. 걱정 말아요."

"하지만 결혼은 안 하고?"

집요하긴.

"그건…… 신중해야 하는 문제예요. 법원에 소장은 냈지만 아직 이혼 유예 기간 중이고, 당신의 평판도 생각해야 돼요."

"평판이건, 환경이건, 그것과 상관없이 내가 원하는 건 당신의 대답이야. 날 원하는지, 그렇지 않은지."

"내가 당신 사랑하는 거 알잖아요."

단희의 목소리가 처연했다. 그 대답만으로도 충분히 만족할 수 있다면 얼마나 좋을까. 오스왈드에게 사랑과 결혼은 동일 선상의 이야기였다. 사랑하면 결혼하는 것이다. 물론 사랑하지 않아도 결혼할 수는 있다. 수많은 옵션이 따라붙는 전략적 선택. 과거에 무수히 많은 시간을 그런 방법을 골몰하며 보내기도 했다.

그는 이제 곧 서른여섯이 될 테고 결혼하기에 결코 이른 나이가 아니었다. 독신을 고집하는 것도 아니니 사랑하는 여자가 있다면 망설일 이유가 없다. 무엇보다 그는 아내로서의 단희를 원했다. 사랑하는 여자이자 사랑하는 아내로서의 그녀를. 그녀가 완전히 그의 것이 되고, 그 역시 완전히 그녀의 것이 되고 싶었다. 그러기 위해선 결혼만큼 확실한 노구는 없었다.

그런데 단희에겐 결혼과 사랑이 동일 선상에 올라가 있질 않다. 오히려 사랑을 결혼이란 선반 위에 올려 두면 그것이 금방 상해 문드러질 것이라고 생각하는 것 같았다. 여자의 과거를 생각하자면 충분히 이해할 수 있는 일이다. 하지만 시간이 필요하다는 여자의 말이 진심인지, 오스왈드는 선뜻 믿을 수 없었다. 결혼에 관해 이야기하는 여자의 눈에서는 단 한 자락의 희망도 보이질 않았다.

"한 번 더 할래?"

"……네?"

오스왈드가 양반다리를 하고 앉은 단희의 발목을 잡고 자신 쪽으로 당겼다. 무게중심을 잃고 뒤로 넘어간 단희의 몸 위로 그가 올라탔다.

"하루 종일 이것만 할까?"

여기서 '이것'이 뭘 지칭하는지 못 알아차리면 바보지.

"어차피 날씨를 보아하니, 오늘 비행기 뜨긴 글러 먹은 거 같은데."

"이건 농담이에요? 진담이에요?"

그는 무릎으로 단희의 허벅지를 벌리며 웃었다. 아이를 갖고 싶다는 최초의 욕망이 피어오른 이후로 그는 그 욕망을 실현하고자 지속적으로 단희에게 파고들었다. 오랫동안, 벽 안에 감춰져 있던 그의 성욕을 단희가 끌어낸 이후로, 자신의 바람을 위해 단희를 안는 데에는 별다른 노력이 필요하진 않았다. 그저 하고 싶을 때마다 하고 또 하고 또 하면 그만이었으니까.

남녀가 얼마나 관계를 해야 아이가 들어서는지는 모른다. 성에 대해 눈을 뜬 건 꽤 일렀지만, 그는 여자를 흥분시키는 법 이외의 것들을 배워 본 적이 없었다. 다만 본능적으로 남들보다 임신이 힘든 단희에겐 그보다 더 많은 노력이 필요하다는 것은 안다.

의사는 '불가능하다'고 단정 짓지 않았다. 완전한 '제로'가 아니라면 그 말은 천분의 일, 만분의 일이라도 가능성은 있다는 말이었다. 그러니까 혹시 모르잖아. 당신 배 속에 만 달러짜리 소원의 볼모가 되어 줄 놈이 생길지도.

오스왈드는 단희의 목덜미에 입술을 묻고 셔츠 안에 파고든 손으로 여자의 가슴을 쥐고 부드럽게 주물렀다. 단희는 한숨을 내쉬고 느리게 눈을 감았다가 몽롱하게 떴다.

"덜래스 회장은, 당신한테 어떤 존재예요?"

가슴을 만지던 손이 갑작스레 느려졌다.

"당신은 그를 미워하나요?"

오스왈드가 고개를 들어 단희를 내려다보았다.

"그걸 왜 묻지?"

"그냥 알고 싶어서요. 정말로 어떤지."

"어떤 것이?"

"나는 당신이 그를 은인이나 스승이나…… 아니면 아버지처럼 여긴 다고 생각했거든요. 로즐리나 트리버를 골치 아파하면서도 애정을 갖고 대하는 건, 덜래스 회장의 처와 덜래스 회장의 자식이기 때문일 거라고요. 당신은 그 사람들을 가족이라고 생각한 거…… 아니었어요?"

그는 조용히 생각에 잠겼다. 어쩌면 그런 척하고 있는지도 모른다. 그저 대답을 유예하기 위한 침묵일 수도 있다.

"나는 당신이 모든 걸 다 버려도 상관없어요. 하지만 당신도 정말 상관없어요?"

오스왈드의 모든 것을 덜래스가 만들었다고는 할 수 없다. 그는 선천적으로 아름다운 신체와 명석한 두뇌를 가지고 태어난 사람이니까. 그러나 지금의 그를 완성시킨 것은 분명 덜래스였다. 사업가적 태도, 생각하는 방식, 그가 갖고 있는 매너, 사람을 대하는 애티튜드는 분명 그가 만든 것이다.

오스왈드는 매트리스 위에 이제 막 벌어진 꽃송이처럼 누워 있는 단희를 애정이 깃든 눈으로 내려다보았다. 손을 들어 여자에 이마 위에 헝클어진 머리카락을 부드럽게 쓸어내렸다.

"이젠 정리를 하고 싶어. 내 인생은 아주 복잡하고 어려웠지만 앞으로는 그러고 싶지 않아."

오스왈드에게 덜래스 회장을 떠나겠다는 말이 단지 둥지 밖을 떠나버리겠다는 말이 아닌 것을 안다. 자신의 커리어를 포기한다는 말로 상쇄시킬 수 있는 문장도 아니다. 그건 지금까지의 자신을 버리겠다는 말과 동일했다. 하지만 정말 그래도 되는 것일까? 아직 그의 불안함에는 울타리가 필요하다. 아주 강하고 튼튼해야만 했다. 덜래스가 도덕적으로 어떤 사람이든, 그는 오스왈드에게 든든한 울타리가 될 수 있는 사람임에는 틀림이 없었다.

단희는 아직 덜 익은 열매 같은 그가 그 담장 밖을 뛰쳐나와 길을 잃을까 걱정이 되었다. 그렇지만 둥지를 떠나겠다고 말하는 그의 표정이 평화로우면서도 무척 슬퍼 보여서 그녀는 아무 말도 하지 않았다.

"그리고 지금이 그럴 수 있는 기회인 것 같아. 어쩌면 유일한 기회일지도 몰라."

단희가 부드럽게 그의 뺨을 어루만지고 그의 얼굴을 자신의 품으로 당기자 오스왈드는 몸을 포개고 단희의 가슴에 머리를 뉘었다. 단희는 두 팔로 오스왈드의 목을 감싸고 곱슬거리는 머리카락을 천천히 매만졌다.

생각에 잠긴 채 평화로운 침묵이 이어졌다. 머리카락을 매만지며 나는 사르락 소리, 창 끝에 매달린 햇살을 타고 바람이 지나가는 소리. 그러나 자장가처럼 규칙적이고 평화로운 선율은 아주 잠시였다.

예고 없이 문이 벌컥 열리는 바람에 오스왈드가 머리를 들어 올렸다.

「오즈!」

얼굴이 하얗게 질린 로즐리의 얼굴이 눈물범벅이었다. 말려 올라간 셔츠 아래로 하얀 허벅지를 드러낸 단희의 모습도, 헝클어진 오스왈드의 모습도 여자의 눈에는 보이질 않는 것 같았다.

「무슨 일이야.」

오스왈드가 침대에서 몸을 일으키자 로즐리는 벌벌 떨리는 손으로 자기의 옆머리를 움켜쥐며 울음을 터트렸다.

「덜래스가, 덜래스가 총에 맞았어!」

딱딱하게 굳은 그의 몸이 한 번 휘청했다. 충격적이었고 머릿속이 하얗게 비었다.

"총에 맞았대요?"

단희가 물었다. 오스왈드는 제대로 대답할 수가 없어 얼떨떨하게 고개만 끄덕였다. 로즐리의 몸이 꺾였고 걱정스럽게 뒤에 서 있던 집사가 여자를 부축했다. 로즐리가 바닥에 주저앉아 엉엉 우는 것을 보고도 그는 자리에서 꼼짝도 하지 않았다. 충격을 받아 눈앞에 벌어지는 상황을 담아내지 못하는 것 같았다.

"가요."

단희의 짧은 한마디에 오스왈드의 고개가 그녀에게로 돌아갔다.

단희는 한 번도 자신의 아버지가 이렇게 일찍 죽을 거란 생각을 하지 못했다. 죽는 것은 물론이고 그가 늙고 작아지는 것도 인정할 수 없었다. 언젠가 그가 늙어서, 죽게 되어도 가능한 한 먼 미래이길 바랐다. 그래서 그의 죽음이 눈앞에 다가왔을 때 단희는 무너졌다. 그리고 그때가 되어서야 깨닫게 된 것이 있다. 내가 정말 그를 많이 사랑했다는 것을.

"지금 가지 않으면 후회할 거예요."

단희의 목소리에 그는 잠시 망설이더니 이내 결심한 듯 침대에서 내려섰다. 헝클어진 머리를 손으로 쓸고 셔츠 단추를 마저 다 잠갔다. 협탁에 놓인 시계를 손목에 차는 그는 방금까지 넋을 놓고 있던 사람이라고는 믿을 수 없을 만큼 냉정하고 이성적으로 보였다.

"병원으로 갈 거야."

오스왈드의 말에 단희는 고개를 끄덕였다.

"전 지연 씨와 같이 있을게요."

"아니. 안 돼. 당신도 같이 가야 해."

"그러면 지연 씨는."

"루시에게 보낼 거야. 이제 이 저택엔 누구도 남아 있을 수 없어."

병원에 가 보아야 상황을 제대로 파악할 수 있겠지만 지금 상황에 덜래스를 저 지경으로 만들 수 있는 사람은 하나였다. 레베카. 그녀는 이 집을 제멋대로 드나든 전적이 있고, 또한 단희에게 의도적으로 접근했던 전적도 있었다.

지금으로선 자신의 옆이, 그녀에게 가장 안전했다.

"옷을 입어, 대니. 바로 출발할 거니까."

◆ ・ ・ ● ・ ●

두 대로 나눠진 방탄 차량에, 오스왈드와 단희, 제드릭, 트리버와 그의 유모, 로즐리가 나누어 탔다. 운전사와 믿을 만한 개인 경호원을 빼놓고 다른 보안요원은 모두 물렸다. 오스왈드는 제드릭에게 단희를 부탁하고, 자신은 로즐리와 한 차량에 탔다. 극도의 불안장애를 보이는 로즐리는 아까부터 그의 옷소매만 잡고 늘어졌다. 그걸 도저히 외면할 수가 없었다.

도시 한복판에서 벌어진 총격전에 기자들이 벌 떼처럼 몰려들었다. 곤란함에 입술을 자근자근 씹던 오스왈드가 차 문을 열자 여기저기서 플래시가 터졌다. 로즐리는 트리버의 머리를 꼭 껴안았고 오스왈드는 로즐리의 어깨에 팔을 둘러 최대한 카메라에서 가렸다. 뒤따라 나오는 단희는 눈조차 제대로 뜨지 못한 채 제드릭의 손길에 의지해 병원으로 뛰어 들어갔다. 그렇게 많은 플래시가 눈앞에 터져 보긴 처음이었다.

"괜찮아?"

아니. 장님이 될 뻔했다. 단희는 눈을 끔뻑이며 고개를 끄덕였다.

덜래스 회장이 수술을 받는 병원 3층은 경찰에 의해 통제되고 있었다. 수술실을 중심으로 T 자로 교차되는 지점과 복도의 양 끝 출입구에는 무장을 한 경찰이 2명씩 짝을 지어 도열해 있었다. 의료진을 빼놓고 누구도 접근할 수 없는 적막한 복도 안쪽에서 간헐적으로 트리버의 칭얼거리는 울음소리만 들려왔다.

덜래스와 함께 있던 보디가드 4명 중 둘은 즉사했다. 로즐리보다 더 오랫동안 회장의 옆자리를 지켰던 그의 개인 비서 리처드는 생명을 보장받을 수 없는 상태였다. 덜래스 회장이 맞은 11발의 총상 중 9개는 몸에 박혀 있고, 2발은 관통당했다. 관통당한 2발은 왼쪽 어깨에, 대부분의 총상은 복부에 집중되어 있었지만, 그중 3발은 머리에 맞았다.

로즐리는 이야기를 듣자마자 눈을 뒤집으며 뒤로 넘어갔다. 유모의 품에 안겨 있던 트리버는 잔뜩 겁을 먹은 채 울음을 터트렸고 단희는 넘어가는 로즐리를 받쳤다. 두 여자가 바닥에 같이 주저앉자 바로 옆에 있던 경관이 로즐리를 안아 들었다. 오스왈드에게 사정 설명을 하던 의사가 간호사를 호출했고 다급하게 달려온 여자는 빈 병실로 일행을 안내하겠다고 했다. 단희는 벗겨진 로즐리의 신발을 주워 들었다.

"나도, 같이 갈게요."

오스왈드는 단희의 손을 잡아 저지했다.

"아니. 제드릭이 따라갈 거야. 당신은 여기 있어."

"그래도……."

오스왈드는 단희의 손에 들린 구두를 제드릭에게 건넸다.

「따라가, 제드릭.」

「네.」

"여기 내 옆에 꼼짝 말고 붙어 있어. 알겠어? 절대로 다른 곳에 가지 말고."

그는 단희에게 엄하게 경고한 뒤 여자의 손을 붙잡은 채 의사와 하던 대화를 재개했다.

「살 수 있습니까?」

일련의 사태에 잔뜩 겁을 집어먹은 의사는 더듬거렸다.

「아시다시피, 수술 부위가 너무 광범위합니다. 덜래스 씨의 연세도 고려해야 하고요. 최선을 다하고 있습니다만……..」

「수술은 얼마나 걸립니까?」

「지금으로선 장담하기 힘듭니다만 무척 길고 복잡한 수술이 될 건 확실합니다. 오늘 중에 결과를 받아 보시긴 어려워요.」

오스왈드는 고개를 끄덕여 보이고는 의사의 옆에 있던 뉴욕 관할 지역 형사에게 눈을 돌렸다.

「범인은요?」

「수배 중입니다. FBI와 수사 공조 중이니, 조만간 잡혀 들어올 겁니다.」

그래 봤자 조무래기들일 뿐이야. 기껏 조무래기들을 잡아 봤자 아무짝에도 쓸모가 없다. 이미 마피아 놈들에게 돈을 처먹을 만큼 처먹은 놈들은 FBI 건물에 폭탄이 떨어져야 제대로 몸을 움직일 게 자명했다.

「그것보다, FBI 쪽에서 조만간……..」

"트리버."

형사의 말을 단희가 가로채 버렸다. 오스왈드는 고개를 여자에게로 돌렸다.

"유모도 트리버와 함께 로즐리를 따라갔나요?"

"……."

그가 마지막으로 목격했을 때 일행은 로즐리와 그녀를 안아 든 경관, 그리고 제드릭뿐이다. 정신을 차려 보니 자지러지게 울어 대던 아이의 목소리는 어느새 더 이상 들리지 않고 있었다.

"오스왈드. 트리버 어디 있어요?"

단희의 목소리가 급박하고 불안하게 떨렸다.

"트리버!"

그는 눈으로 복도를 훑으며 빠른 보폭으로 복도를 걸었다.

복도 끝에 다다랐을 때 담당 형사가 서 있는 경관 하나에게 물었다.

「여자 못 봤어? 아이를 안고 있는 여자.」

「여자요?」

「금발 곱슬머리예요. 키는 5, 6피트 정도 되고 붉은 머리색의 아이를 데리고 있어요.」

오스왈드의 설명에 그는 '아' 하고 반색했다.

「아까 아이가 바지에 실례를 했다고 해서요. 씻기고 갈아입힐 곳이 필요하다기에 조가 데리고 갔어요.」

「빌어먹을.」

트리버는 언제나 오스왈드의 영향력 아래에서 벗어나 있었다. 아이와 아이의 주변인에 관한 모든 권한은 늘 로즐리가 갖고 있었다. 너무나 자연스럽게 트리버를 이 일에서 열외시켰다. 그 아이의 주변 인물을 살피지 못한 건 정말 등신 같은 실수다.

원래부터 덜래스의 모든 것은 자신의 것이었다는 광기 어린 레베카의 목소리가 귓가에 스쳤다. 무슨 이유에서건 덜래스를 죽이려고 했다면, 그의 하나뿐인 아들에게도 분명 같은 입장일 것이다.

형사는 화장실부터 뒤졌다. 칸마다 열어젖히는 소리가 들리더니 그는 후다닥 뛰어나와 남자 화장실로 들어갔다. 화장실엔 없어. 아이를 안고 굳이 남자 화장실에 들어갈 이유가 없으니까.

「여기 수유실이 어디죠?」

오스왈드가 묻자 의사가 재빠르게 대답했다.

「바로 위층에 있어요!」

오스왈드는 제 뒤를 따르려는 단희를 막아섰다.

"당신은 여기 꼼짝 말고 있어."

"오스왈드!"

그는 여자를 수술실 복도 안쪽으로 밀어 넣고 비상구 문을 열었다. 계단으로 뛰어 올라가는 오스왈드의 발소리가 쿵쿵 울렸다가 점점 잦

아들었다. 단희는 비상구의 철문이 닫히지 않게 어깨로 받치고 쉽사리 물러서질 못했다.

불안하고 두려운 감정이 엄습했다. 조라는 남자는 사라지고, 담당 형사는 패닉에 빠진 그의 파트너에게 욕을 쏟아붓고 있었다. 단희는 그 사이에서 자신이 할 수 있는 게 무엇인지 생각해 내려 애를 썼다.

따니.

"……."

막 문을 닫으려던 찰나, 복도에 희미하게 트리버의 목소리가 울렸다. 잠시 숨을 멈추고 신경을 바짝 곤두세우자, 다시 한 번 희미하게 아이의 옹알이 소리가 텅 빈 비상계단에 맑게 울렸다.

"트리버?"

"따니."

트리버가 대답했다. 단희는 발소리를 죽이고 아이의 목소리를 따라 아래로 이동했다. 코너를 한 번 돌자 아이의 목소리는 더 선명했다. 반짝하고 계단의 등이 들어오고 트리버의 빨간 머리통이 보였다.

"트리버!"

단희의 목소리에 아이는 고개를 홱 쳐들었다. 단희는 긴장이 풀려 그 자리에 주저앉았다.

다행이야. 난간을 붙들고 여자는 커다랗게 한숨을 내쉬었다. 정말 다행이야.

"트리버. 얼마나 걱정했는지 알아?"

"따니."

아이는 방그레 웃으며 짧고 도톰한 집게손가락으로 단희를 집었다.

"그래. 나야. 따니."

단희는 안도감에 미소 지어 보이고는 아이를 향해 손을 내밀었다.

"이제 가자 트리버. 오스왈드가 걱정해. 일어나. 고. 고. 가자."

"따니."

아이가 나머지 손에 들린 것을 머리 위로 홱 쳐들어 보였다.

……사진?

"따니! 따니!"

아이가 손에 팔랑거리며 흔드는 사진은 분명 유단희 자신이었다. 애가 왜 내 사진을 가지고 있지?

이상하다는 생각을 떠올리는데 바지 주머니에서 휴대폰이 울렸다. 코스튬 파티 당일 마지연에게 건네받은 후 어지간하면 손에서 놓지 않았던 것이었다. 액정을 확인하자 '지학이 엄마' 라는 글씨가 선명하게 떴다.

아.

단희는 반갑게 탄성을 질렀다. 지학이의 수술 문제임에 틀림없었다. 통화 버튼을 누르려고 손을 움직이는데 갑자기 뒷목에 벌이 쏘인 것처럼 따끔했다. 그녀는 갑작스러운 통증에 본능적으로 목덜미를 손으로 감쌌다.

손에서 휴대폰이 툭 떨어졌다. 힘을 뺀 적이 없는데 말이다. 단희는 휴대폰을 내려다보았다. 대굴대굴 바닥을 굴러 휴대폰은 아이의 발끝에 툭 차이고 정지했다. 안 돼. 이 전화는 받아야 하는데…… 왜 이러지?

뒤통수에서 느껴지는 사람의 기척. 뒷목이 서늘할 정도로 조용한 몸짓. 단희는 돌아보려 노력했지만 어째서인지 불가능했다. 왜 이러지? 온몸에 감각이 흐려지더니 눈꺼풀을 들어 올리는 것조차 힘겨워지기까지는 무척이나 짧았다.

왜 이러는 거야?

온몸에 힘이 축 빠지더니 머리부터 앞으로 떨어졌다. 순식간이었다.

어?

"내니(Nanny)! 내니!"

귓가에 멍하게 아이의 목소리가 들렸고 다음 순간엔 앞이 까맣게 변했다.

오스왈드는 넓은 복도를 뛰었다. 수유실 문을 열어젖히고 안을 살피자 두세 명의 젊은 여자가 아이에게 젖을 먹이고 있을 뿐 트리버의 모습은 보이지 않았다. 그는 '실례했습니다.'라고 사과한 뒤 문을 닫았다. 표정은 창백하게 굳어 있었다.

「퀸튼 씨.」

제드릭이 맞은편에서 걸어오다가 오스왈드를 발견하고 그 자리에 멈춰 섰다. 그는 오스왈드의 얼굴에서 심상치 않음을 감지했다.

「무슨 일이십니까?」

「트리버 못 봤어?」

「……아니요. 위층으로는 올라오지 않았습니다.」

경관 하나가 비상구 문을 열고 상체를 내밀었다.

「퀸튼 씨.」

오스왈드와 제드릭이 동시에 뒤를 돌아보자 그는 고개를 뒤로 까딱했다.

「아이를 찾았습니다.」

둘은 눈을 한 번 마주치고는 쏜살같이 아래로 내려갔다. 트리버는 담당 형사의 손에 안겨 휴대폰을 만지작거리고 있었다. 천진한 아이의 모습에 오스왈드는 안도의 한숨을 내쉬었다.

「3층으로 내려가는 계단 앞에 서 있던 걸, 경관이 발견해서 데려왔습니다. 아이는 괜찮아 보입니다.」

멍청한 조. 여자랑 아이를 수유실로 안내했으면 그 앞이나 지키고 서 있을 것이지, 담배는 뭐하러 피우러 가냐고. 형사는 조만간 저놈을 감봉 처리하고 말겠다고 벼르며 오스왈드에게는 그 사실을 뭉뚱그렸다.

「아이 혼자 있었어요?」

오스왈드의 물음에 형사는 퍼뜩 깨어나 대답했다.

「네.」

「유모는?」

형사가 고개를 저었다. 트리버가 멀쩡하다는 안도감은 잠시였고 모든 게 이상하다는 생각이 머릿속을 지배했다. 왜 하필 지금이지? 트리버를 버려두고 간 이유는 대체 무슨…….

휴대폰. 단희의 휴대폰.

오스왈드의 눈이 아이의 손에 들린 휴대폰에서 대기실로 흘러 들어갔다. 제드릭이 뜻을 알아차리고 빠른 걸음으로 그의 눈이 바라보는 곳으로 향했다. 대기실 안쪽으로 사라졌다가 나온 제드릭은 굳은 얼굴로 고개를 양옆으로 저었다.

오스왈드는 멍했다. 누군가가 그의 숨통을 끊을 듯 조여 오는 고통이 느껴졌다. 심장이 가뭄 난 땅처럼 갈라졌다. 머리에서부터 바닥으로 모든 피가 쏟아져 내리는 것 같았다.

단희. 목적은 단희였어. 그걸 위해 트리버를 이용한 거다. 애초에 목적은 유단희였다. 어떻게든 단희에게서 모두가 떨어져 나갈 타이밍을 노리고 기회를 만들었던 거다. 눈앞에서 여자를 잃어버렸다. 단 몇 분 만에 레베카는 그에게서 유단희를 빼앗아 갔다. 허망함과 분노가 치밀어 올랐다.

검은 양복을 입은 사내 둘이 엘리베이터에서 내리더니 오스왈드의 뒤로 다가왔다.

「오스왈드 퀸튼 씨?」

정중한 물음에 그는 미동조차 없었다.

남자 하나가 오스왈드의 주의를 환기시키기 위해 그의 팔을 살짝 건드렸다.

「퀸튼 씨, 우리는 FBI에서…….」

말을 채 마치기도 전에 남자는 바닥에 뒤통수를 대고 뻗었다. 눈을 몇 번 깜빡이는 사이 이마에 차가운 금속 느낌이 닿아 있었다 철컥. 슬라이드가 당겨지고, 총알이 장전되는 소리. 이마에 닿은 총구에 요원은 항복의 표시로 두 손을 귀 옆으로 들어 보였다. 대체 언제 빼앗아 간 것인지 모르는 자신의 총이 이미 오스왈드의 손에 들려 있었다. 그의 황금색 눈이 짐승의 그것처럼 번뜩였다.

내가 무슨 실수를 한 거지? 살기 어린 그의 눈을 보며 남자는 당황했다. 그저 그의 어깨에 손을 얹은 게 자신이 한 전부였다. 꿀꺽 침을 삼키고 눈을 살며시 옆으로 돌리자 파트너가 오스왈드를 향해 멜크로우의 까마귀 문장이 찍힌 권총을 조준한 것이 보였다.

들은 적이 있다. 눈앞에서 자신에게 총을 겨누고 있는 이 남자가, 전쟁터에서 어떤 일들을 했는지. 그가 얼마나 잔인한 사람인지. 얼마나 많은 이들을 죽였는지. 잘못하면 정말 죽을 수도 있겠다는 생각에 오스왈드의 아래에 무력하게 깔린 남자는 숨소리조차 낼 수가 없다.

「퀸튼 씨. 진정하셔야 합니다.」

제드릭이 차분하게 그를 얼렀다.

「총을 내려놓으십시오!」

「그가 레베카의 끄나풀이래도, 여기서 죽여선 안 돼요.」

파트너가 식은땀을 흘리며 경고했고 제드릭이 다시 한 번 조용히 타일렀다.

「레…… 레, 레, 레…… 레베카? 나. 나, 나, 나 나는 그런 여자 모릅니다. 나는 그저 명령을 따를 뿐이에요.」

오스왈드에게 눌린 채 사내가 더듬거렸다. 그게 대체 누군지 알지도 못한다. 상부의 지시로, 이곳에 온 것뿐이다. 그 이외에는 그 어떤 목적도 없었다. 오스왈드는 그에게 겨눴던 총구를 위로 들고, 몸을 일으켰다. 남자는 재빠르게 몸을 굴려 그 자리에서 벗어났다. 그는 간신히 참았던 받은 숨을 거칠게 뱉어 내며 수술실의 반대편으로 걷는 오스왈드를 그악스러운 눈길로 쳐다봤다. 다시 한 번 그의 눈을 떠올리자 오금이 저려 왔다. 남자는 부르르 몸을 떨었다.

「퀸튼 씨.」

제드릭의 걱정스러운 부름에도 그는 멈추지 않았다. 슬라이드를 집어 던지고 창탄을 빼내 총알을 모두 바닥에 뿌렸다. 완전히 분해된 총을 바닥에 내동댕이친 채, 그는 분노하고, 절망하며 복도 모퉁이를 돌아 사라졌다.

바닥에서 파트너를 일으켜 세운 FBI요원이 오스왈드의 뒤를 밟으려 하자 제드릭이 만류했다.

「내버려 두십시오. 지금 따라가면 정말 죽습니다.」

지금 그는 완전히 무너져 있다. 무너진 오스왈드는 제드릭의 기억 속에서 가장 끔찍했다.

오랫동안 버려진 듯, 사람의 온기라고는 전혀 없는 주택가에 폭스바겐의 검은색 벤이 정지했다. 장정 2명이 차에서 내렸고, 그중 하나가 트렁크를 열어 포대 자루를 어깨에 걸쳤다.

퉤하고 가래침을 한 번 뱉고 남자는 주택으로 걸음을 옮겼다.

정신을 잃은 여자의 몸은 고깃덩어리 같았다. 레베카는 허리를 짚고 서서 사내가 마룻바닥에 자루를 쿵 하고 내팽개치는 걸 지켜봤다. 남자는 자루를 풀었다. 알몸으로 사지가 축 늘어진 채 바닥에 엎드려 있는 여자는 가축처럼 천하고 비루했다. 레베카는 더러운 것을 보는 듯 인상을 찌푸리고 여자를 내려다봤다.

「옷가지는?」

「말씀하신 대로 병원 인근 쓰레기통에 버려뒀습니다.」

레베카는 고개를 가볍게 끄덕였다.

「막스에게 연락해. 물건이 도착했으니 이제 시작하라고.」

「네.」

레베카는 우아하게 소파에 앉았다. 테이블 위에 올려 둔 값비싼 위스키를 마시며 곧 도살당할 돼지처럼 팔다리를 포박당하는 단희를 느긋하게 감상했다.

두고 보자고, 오스왈드. 이 여자가 널 위해 어디까지 할 수 있는지.

24

제드릭은 병원 근처 쓰레기통에서 발견한 단희의 옷가지를 테이블 위에 조용히 내려놨다. 그는 대기실로 들어오기 전 경찰들에게 누구도 총기를 지니고 이 근방으론 접근하지 말라고 미리 일러두었다. 오스왈드가 이성을 잃으면 어떻게 되는지 서로 목격한 마당에 누구도 그에 대한 이견은 없었다. 다음번엔 방아쇠를 당겨 버릴 것이 뻔했으니까.

제드릭은 품에서 전원이 꺼진 휴대폰 단말기 하나를 나란히 내려놨다.

「옷가지에 싸여 있었습니다.」

오스왈드는 단희의 옷가지를 뒤적거렸다. 바지 주머니 안감에서 동전 크기의 GPS 추적기가 떨어져 나왔다. 유환오가 납치당한 이후로 만약의 불상사를 대비해야 했다.

그는 틈이 날 때마다 단희의 옷가지에 GPS를 달았다. 단희가 행방불명되었다가 돌아온 이후에는 사 오는 옷마다 사람을 시켜 달아 두었다. 그녀가 알면 기함을 지르며 정신병자라고 방방 뛸 일이었지만 그가 살아가는 위태로운 세상에서 여자를 지키려면 그건 너무나 당연하고 기본적인 일이었다.

그는 손톱으로 추적기를 꾹 눌러 짜부라뜨리고는 바닥에 던졌다. 그리고 제드릭이 놓아 둔 휴대폰 단말기를 들어 전원을 켰다. 통화 목록에 입력된 단 하나뿐인 전화번호.

오스왈드는 망설임 없이 통화 버튼을 눌렀다.

— 알로.

「막스 구세프.」

— 날 알다니 영광이로군, 오스왈드 퀸트. 델래스 가문의 새로운 수장이 된 걸 축하해. 내 덕임을 잊지 말라고.

「개소리하지 말고 원하는 거나 말해.」

수화기 너머로 비열하게 웃는 목소리가 들렸다.

— 델래스가 노망나 일을 그르치지만 않았어도, 우린 꽤 사이좋게 지낼 수 있었을 텐데 참 안타까워. 그렇지?

「만날 장소를 정하지.」

용건만 명료하게 말하는 그에게 막스는 감탄한 듯 말했다.

— 역시 시원시원해. 과연 젊은 사람들은 뭐가 달라도 다르지. 레베카가 자네에게 왜 이렇게 반해 있는지 내가 이제 좀 이해가 가는군.

막스는 '흠' 하고 숨을 한 번 고른 다음 낮고 험악한 음성으로 말을 이었다.

— 땅에 대한 모든 것을 내게 넘겨. 소유권뿐만 아니라 아몬석에 관한 개발 연구 자료까지 몽땅, 하나도 남김없이. 오늘 밤 자정까지 준비해 둬. 내가 전화하지.

「이봐.」

전화가 끊기기 직전 오스왈드가 냉랭한 목소리로 그를 불렀다.

「여자 손끝 하나 건드리지 않는 게 좋을 거야.」

막스는 웃었다.

— 인질로 협박해야 하는 건 그쪽이 아니라 나 같은데?

「만일 내일, 여자가 온전하다는 걸 확인하면 당신이 수년 전, 포기해야 했던 걸 내 손으로 넘겨줄게.」

핵탄두 설계도. 그걸 빼내려다 대부분의 조직이 붕괴되었다. 그 일로 막스는 러시아에서 도망치듯 쫓겨나야만 했다.

— 진심이야?

「당신 말대로, 덜래스 회장이 살아날 가망성이 희박한 지금 덜래스 가문의 수장은 나야. 여자만 무사하다면, 더한 것도 내어 줄 수 있어.」

— 오스왈드.

그는 드라마틱하게 오스왈드의 이름을 불렀다.

— 자네에게 정말 감격했어. 정말이지…… 너무 감동스러워 보답하고 싶어질 지경이야. 아직도 코카인을 좋아하나? 레베카 말로는 환장했다고 하던데. 마침 내게 기가 막힌 물건이 있어. 어때? 그 정도의 성의 표시라면 만족하겠나?

「여자.」

오스왈드가 강조했다.

「그것만 제대로 지켜.」

낄낄낄. 수화기 너머로 비열한 웃음소리가 들려왔다.

— 좋아. 그러지.

대답을 듣고 오스왈드는 거침없이 전화를 끊었다.

「퀸튼.」

제드릭은 믿을 수 없다는 듯 두 눈을 크게 떴다. 그가 이렇게 당황하는 건 아마 처음 보는 것 같았다.

「대체 무슨 생각이십니까? 정말 핵탄두까지 넘기실 생각이세요?」

「언젠가 털어 버려야 할 사업이야.」

돌았구나. 그걸 털어 버린다고 해도 상대가 마피아가 되어서는 안 된다. 그걸 모를 리가 없을 텐데 그는 그것도 상관없다는 듯이 말한다. 한동안 미치광이처럼 보이지 않더니 그는 다시 미치광이가 되었다. 그리고 그가 미치광이가 되어 버리면 누구도 그의 행동을 예측할 수가 없었다.

그는 애초에 사회성이 결여된 사람이었다. 사회적 질서와 도덕적 규범에서 멀리 있던 사람이고, 자신의 목표와 생존을 위해선 수단과 방법을 가리지 않던 사람이었다. 그것만이 전부였던 전쟁터에서 10년을 있던 남자다. 언제고 그는 고급 정장과 넥타이를 내던지고 그때로 돌아갈 수 있는 사람이다.

오스왈드는 전화기를 챙겨 들고 다 찢어진 단희의 옷가지를 들어 코끝에 뭉쳤다. 아직 단희의 향기가 남아 있었다. 그는 눈을 감았다가 아주 천천히 떴다. 발끝부터 시작해 전신에 다시 장작처럼 불이 붙는다.

살육에 미쳐 있던 남자가 이젠 사랑에 미쳐 있었다. 지금의 오스왈드는 과거보다 훨씬 더 알 수 없는 사람이 된 것이다.

「프리데릭이 필요해.」

「그는 이제 CIA의 기동대예요.」

「그럼 프랭크와 연결해.」

「…….」

이제 다시 전쟁터로 돌아갈 시간이 되었다.

◆ • • ● •

서늘하고 축축한 내음. 어깨에 닿는 느낌이 꺼끌꺼끌하고 버석했다. 발끝을 움직여 보니 사르륵, 모래가 느껴졌다.

단희는 무거운 눈꺼풀을 힘겹게 올렸다. 갑작스럽게 느껴지는 추위에 몸을 웅크리다가, 비로소 자신이 알몸이란 것을 깨닫자 여자의 몸

269

이 크게 요동쳤다. 가위에 눌렸다고 생각했지만 착각이었다. 자신의 손과 발은 정말로 포박당해 있었다.

"Did you sleep well, gook(gook: 동양인에 대한 멸칭)?"

단희는 고개를 위로 들어 올렸다. 1인용 소파에 우아하게 앉아 있는 여자는 잔을 둥글게 흔들었다. 레베카. 단희는 고개를 빙 돌렸다. 어둡고 곰팡이 냄새가 나는 집 안은, 오랫동안 사람이 살지 않은 곳 같았다.

레베카의 뒤에 버티고 선 사내들을 포함해 문 앞을 지키는 우락부락한 남자 모두의 목과 손등에는 문신이 비죽 튀어나와 있다. 누가 봐도 흉포하고 잔인해 보이는 사람들이었다. 단희의 눈동자가 사정없이 흔들렸다.

아는 사람 하나 없는 타국. 그 안에서도 어딘지 모르는 낯선 장소. 희망적인 생각은 떠오르질 않는다.

정신이 들고 나서부터 계속해서 뒷목이 뻐근했다. 정신을 잃기 전에도 뒷목이 뻐근한 기분을 느꼈었다. 분명 뭔가를 맞고, 정신을 잃은 후 이곳에 납치되어 온 것이 틀림없다. 그리고 이젠 어쩌면 죽을지도 모른다.

"좋은 꿈은 꿨어?"

단희는 버둥거리며 몸을 일으켰다. 사지가 아직 온전히 말을 듣지 않았다. 단희는 고개를 쳐들고 아름다운 껍데기에 포장된 추악한 여자를 쳐다봤다.

"트리버는 어쨌어?"

"글쎄. 어쨌더라?"

묶인 손이 꿈틀거렸다. 단희가 어금니를 꾹 물고 죽일 듯 노려보자 레베카는 한쪽 눈썹을 추켜올리고 까르르 맑게 웃었다. 멍청한 것들은 이래서 웃기다. 궁지에 몰릴수록 도덕적인 척, 용감하고, 정의로운 척하며 그게 숭고하고 아름다운 모습이라고 믿는다. 멍청할수록 자신의 공포를 그런 식으로 몰아내려 한다. 어른들이 아이들에게 어렸을 때부터 신데렐라나, 스노우 화이트 같은 동화를 보여 주며 남을 돕고, 희생하며 살면 반드시 행복해진다고 가르친 탓이다. 사실 그 반대인데 말이다.

"이게 재밌어?"

단희는 인상을 구기고 물었다.

"사람들을 지옥으로 몰아넣는 게 기뻐? 사람이 어떻게 자라면 이 정도로 쓰레기가 될 수 있지?"

"쓰레기? 설마. 우리 둘 중 누군가를 쓰레기라고 해야 한다면 그건 당연히 너야. 정말 너무나 당연하지."

레베카는 세상에 두 종류의 사람이 있다고 믿는다. 지배하는 자와 지배받는 자. 레베카는 지배하는 자였다. 부족한 것 없는 부유한 환경에서 자랐다. 부동산 재벌이었던 아버지와, 미인대회 출신 어머니 아래에서 자란 아름다운 소녀는 어딜 가나 특별했다.

레베카는 평생 열등감이나, 질투, 시샘 같은 걸 모른 채 자랐다. 이 세상 어디에도 자신보다 나은 사람은 없었다. 그보다 아름다운 사람도, 똑똑한 사람도 본 적이 없다. 아름답고 사치스러운 엄마와 탐욕스럽고 잔인한 성정의 아버지 사이에서 자라난 레베카는 자신이 순수하다고 믿는다. 아니, 순수하다. 순수하기 때문에 죄책감이 없다. 그것은 마치 아이가 개미를 밟아 죽이는 이유와 같다. 그 행위에는 어떠한 악의도 없으며 또한 단순했다. 그저 심심하기 때문이다.

발로 밟아 죽이기도 하고, 개미굴에 물을 들이부어 버리기도 하고, 수많은 개미를 통에 가둬 놓고 불을 지피기도 한다. 눈앞에 벌거벗은 여자도 레베카에겐 개미였다. 이 여자에게 뭘 해도 죄책감 따윈 들지 않아. 그래서 궁금했다. 이런 개미 새끼 한 마리가 어떻게 그 금수 같은 남자를 꼬셨을까……?

레베카는 두 눈을 부릅뜬 여자를 위아래로 천천히 살폈다. 피부가 도자기처럼 깨끗하거나 매끄럽지도 않았고, 몸매가 글래머러스하고 탄력적이지도 않았다. 볼품없고 깡말랐을 뿐이다. 젊음. 여자에겐 있고 레베카에게 없는 것은 그것 하나였다. 서른이라고 들었지만, 여자는 제 나이보다 훨씬 어려 보였다. 보통의 동양인들이 그러하듯이.

레베카는 더 이상, 잘 먹고, 잘 입고, 잘 가꾼다고 하여 자신의 몸이 생기를 되찾지 못한다는 것을 안다. 그러나 젊음을 가지고 있는 저 여자는 달랐다. 잘 먹고, 잘 입고, 잘 가꾸면 볼품없이 마른 저 몸과 얼굴은 언젠가 다시 생기를 되찾고 피어날 것이다. 자글자글 끓는 용광로처럼 레베카의 마음이 뜨겁게 타올랐다.

이딴 년이 뭐라고.

벌거벗고 사지가 묶인 단희의 서슬이 퍼런 눈을 관찰했다. 용감한 척하는 게 아니라, 정말 멍청해서 용감한 건가? 웅크린 채 눈만 빛내고 있는 여자는 아스팔트 사이를 비집고 핀 잡초처럼 억세 보인다. 우아하지도 고상하지도 않은 것. 줘도 갖지 않을 것. 젊음을 빼고는 무엇 하나 갖고 싶은 것도, 부러울 것도 없는 여자. 오스왈드가 저 몸뚱이를 여자로 본다는 게 레베카로서는 이해하기 힘들 뿐 아니라, 경멸적으로 느껴지기도 했다.

"오스왈드가 널 조금이라도 사랑한다고 착각하지 마."

레베카가 오만하게 말하자 단희는 픽 콧방귀를 뀌었다.

"착각하는 게 아니라 정말 날 사랑해."

말하는 것도 성가시다는 단희의 태도에 오히려 레베카의 표정이 굳었다.

"넌 원래 그 아이가 어떤 남자인지 몰라."

"아니, 아주 잘 알아. 당신이 보여 줬잖아. 오스왈드를 어떻게 망가뜨렸는지, 네가 어리고 순수한 그를 팔아 뭘 얻었는지."

레베카는 크리스틸 잔을 테이블 위에 내려놓았다.

"네가 그 아이에게 다리를 벌려 준다고, 뭐라도 되는 줄 아는 모양이지? 너는 그냥 변기야. 볼일 다 보고 나면 걘 뒤도 안 돌아보고 떠날걸?"

단희는 피식 웃음을 터트렸다.

"난 다리라도 벌려 주지. 당신은 어때? 그 사람을 한순간이라도 만족시켜 준 적이 있어?"

레베카는 자리에서 벌떡 일어나 온 힘을 다해 단희의 뺨을 철썩 후려갈겼다. 매서운 소리와 함께 머리가 옆으로 꺾였다. 볼에 불이 난 것처럼 화끈했다. 저도 모르게 신음이 흘렀다.

"내 앞에서 그 아이에 대해 아는 척하지 마. 너는 그 아이를 한순간도 만족시켜 준 적이 없어. 어떻게 해도 넌 감히 해낼 수 없는 일이야. 내가 그 아이를 만들었으니, 그 아이의 빈 곳을 채우는 것도 나야."

"당신이 뭔데? 당신이 신이라도 돼?"

"오스왈드에게 있어서는, 맞아. 난 신이야. 그 아이의 모든 것은 내가 만들었으니까."

레베카는 우아한 몸짓으로 곧게 등을 펴고 턱을 들었다. 귀에 달린 귀걸이가 샹들리에처럼 빛났고 어두운 조명 아래 여자의 눈은 전능했다.

"그 아인 날 사랑해. 넌 그저 내 대용품이야."

"그는 널 증오해, 레베카 씨. 널 끔찍하게 싫어해."

레베카는 풋 웃고는 다시 소파에 앉아 크리스털 잔을 집어 들었다.

"멍청하긴. 증오는 사랑이 만들어 내는 가장 강렬하고 지독한 감정이야. 감히 너 같은 게 짐작도 못 하겠지만."

그 확신에 찬, 진리의 말에 단희는 발갛게 달아오른 얼굴로 깔깔깔 웃었다. 군더더기 없이 깔끔하게 떨어지는 한국말이었는데 여자가 너무 박장대소하자 레베카는 자신이 단어 선택을 잘못한 게 있나 싶어 곰곰이 곱씹었다. 그럴 리가 있나. 그런 실수를 했을 리가 없지.

"당신 정말 웃기네."

단희가 웃음을 참지 못하고 키득거리며 입을 열었다.

"나 우리 시어머니 정말 증오하거든? 자다가도 그 여자만 생각하면 천불이 나서 벌떡벌떡 일어나. 그럼 나도 우리 시어머니를 사랑하는 건가? 아주 강렬하게?"

단희는 질렸다는 듯 고개를 저었다.

"증오는 그냥 증오야. 아무리 너 좋을 대로 해석해도 증오가 사랑이 될 순 없어. 네가 그렇게 믿고 싶을 뿐이지. 그런 식으로 스스로를 위로하고 싶은가 보지? 당신 정말 불쌍한 사람이네."

비죽거리는 단희의 표정에 레베카의 손에 들린 크리스털 잔이 부르르 떨리며 노란 액체에 파동이 일었다.

◆　·　　·　●　·

— 정말 이래야겠어?

자동차 스피커를 타고 불안한 프랭크의 목소리가 엔진 소리와 함께 어우러졌다. 오스왈드는 새까만 어둠 속에서 액셀러레이터를 더 밟아 속력을 올렸다.

— 오스왈드, 상대는 마피아야. 자네 혼자 가는 건 미친 짓이라고. 항상 제드릭은 그림자처럼 붙이고 다녔잖아. 대체 무슨 생각이야?

「병원과 덜래스 회장의 가족을 돌봐 줄 사람이 필요해요. 제드릭은 상황을 잘 통제할 거예요. 내가 유일하게 믿는 사람이니까.」

회장의 병실 앞을, 생판 모르는 남에게 맡길 수는 없다. 유모까지 사라진 데다가, 정황상, 그 여자가 레드마피아의 끄나풀일지도 모른 다는 사실을 알게 된 후에는 더욱 로즐리와 트리버를 그 속에 그냥 둘 수가 없었다. 불안감에 발작을 하는 로즐리를 안정시켜 줄 사람은 자신을 빼면 제드릭이 유일하다.

— 오스왈드 지금이라도, 본부에 도움을 요청하면…….

「그렇게 해결할 일 같았으면 당신을 이런 위험에 끌어들이지도 않았어요.」

오스왈드의 부탁으로 프랭크는 이미 기동대의 한 조를 몰래 **빼내** 왔다. 자신의 권한을 이용해 조직을 사사로이 이용한 모양새가 된 것이다.

— 내가 위험할 건 별로 없네. 하지만 자네는 정말 괜찮겠어? 정말 이래도 되겠어?

「이 지긋지긋한 싸움을 끝낼 겁니다, 프랭크. 무슨 희생을 치러서라도. 그러니 아무것도 묻지 말고 계획대로 해 주세요. 내가 당신의 출세는 보장해 드리죠.」

— 출세를 위해 하는 일이 아니야. 이것이 옳다고 믿기 때문에 하는 것뿐이네. 다만 나와의 약속은 꼭 지켜 주게.

「그럴게요.」

— 우리는 대기하고 있지. 행운을 빌어.

「네. 당신도요, 프랭크.」

오스왈드의 SUV는 짐모스 모텔이라는 간판 앞에 멈췄다. 오래전 버려진 낡은 건물 앞에 도착한 차가 헤드라이트를 끄자, 사방은 다시 어둠에 잠겼다.

오스왈드는 서류 봉투를 손에 들고 차에서 내렸다. 너무나 익숙한 긴장감에 제 옷을 찾아 입은 듯 그의 발걸음은 편안했다.

희미한 불빛이 보이는 곳을 향해 몇 발자국 떼었을 때 사내 하나가 그의 앞을 가로막고서 혹시나 모를 불상사를 대비해 몸을 뒤졌다. 입구의 여기저기 똘마니들이 깔려 있는 걸 보니 막스 구세프는 무척 겁이 많은 놈임에 틀림이 없다. 이 좁은 공간에, 이 정도로 사람을 깔아 놓는 건 전술상 무척 위험한 짓이다. 그러니까 한마디로 멍청한 새끼란 소리군.

마지막으로 오스왈드의 옆구리를 한 번 더 만진 후에 똘마니는 그의 앞에서 비켜섰다.

벌렸던 양팔을 내리고 오스왈드는 조용히 모텔 안으로 걸음을 옮겼다. 그가 걸음을 옮길 때마다 길거리의 가로등처럼 서 있는 마피아들의 시선이 그를 따라 움직였다.

오스왈드는 유일하게 불빛이 새어 나오는 방문 앞에 섰다. 남자 하나가 냉큼 문을 열었고 텅 빈 객실 안으로 똬리를 틀고 앉은 뱀, 막스 구세프가 보였다. 턱 아래에 커다란 점이 나 있는 50대의 남자. 탐욕스럽게 벗겨진 머리에 권투 선수처럼 허리가 두꺼웠다. 고급 정장이 그의 몸에 엉성하게 들어맞았다. 그는 툭 튀어나온 배 아래로 바지를 붙들어 둔 멜빵을 손으로 매만졌다.

「오스왈드 퀸튼.」

델래스 회장의 후계자라는 그에 대한 가십은 늘 챙겨 들어 알고 있지만 이처럼 오스왈드를 직접 만나긴 처음이었다. 막스는 그의 이름을 또박또박 발음하며 눈을 빛냈다.

과연 레베카가 환장할 만한 남자였다. 강인하고 남자다웠으며 오금이 저릴 만큼 매력적이었다. 만일 그가 마피아였다면, 막스 역시 델래스처럼 그를 누구보다 제 가까이 뒀을 거라 장담할 수 있었다. 이런 남자는 지는 게임은 절대 하지 않는다. 여자라는 약점만 없었다면 말이지.

「여자는 어디 있어?」

「서류는?」

「확인이 먼저야.」

쩝쩝 입맛을 다신 막스가 고갯짓을 하자 뒤에 서 있던 곱슬머리 사내 하나가 휴대폰을 꺼내 어디론가 전화를 걸었다.

뚜르르. 뚜르르.

신호음이 들렸다가 끊겼고, 남자는 휴대폰 액정을 오스왈드가 볼 수 있도록 반대로 돌렸다.

어두침침한 화면 안에 단희가 보였다. 휴대폰 플래시에 인상을 찡그린 여자는 얼굴이 젖어 있었다. 머리카락을 타고 방울방울 맺힌 액체가 툭툭툭 떨어졌고 한쪽 입가가 터진 채 바닥에 주저앉아 있었다. 실오라기 하나 걸치지 않은 알몸이었다.

잠시 후, 전화기가 꺼졌다. 오스왈드의 미간이 미세하게 떨렸고 그가 고개를 들었을 때는 무척 차가운 빛을 품고 있었다.

「때렸어?」

막스는 콧잔등을 겸연쩍게 긁었다.

「기껏 뺨 한 대야. 서로 신경전을 좀 벌인 모양이더군. 자네를 사이에 두고 벌어진 치정싸움이니, 날 원망하진 말라고.」

여자들 싸움은 정말 진저리가 나지. 특히 몸 파는 여자들이 벌이는 치정싸움은 더 그랬다. 막스는 자신이 관리하는 매춘업소 여자들을 떠올리며 '으' 하고 치를 떨고는 두툼한 손을 앞으로 내밀어 보였다.

「확인시켜 줬으니 이제 내놔.」

오스왈드는 서류를 바닥에 던졌다. 막스의 똘마니 하나가 서류를 집어 막스의 손에 들려 주었다. 그는 봉투를 열어 내용물을 확인해 본 후 콘실리에리에게 넘겼다. 금발 머리를 깔끔하게 빗어 넘긴 사내는 안경테를 추켜올리며 서류를 한 장씩 꼼꼼히 확인하더니 곧 고개를 끄덕였다.

「쁘라빌나(맞아요).」

막스는 흘러나오는 미소를 숨기지 못했다. 이렇게 쉬울 줄 몰랐다. 맨 처음 레베카가 덜래스 회장을 벌집으로 만들어 놓았다는 소리를 들었을 때 그는 그 여자가 이 모든 일을 망쳤다고 생각했다. 노망이나 모든 노력을 헛수고로 만들었다고 생각했는데, 오히려 그 반대였다. 레베카의 말처럼 덜래스 회장이 생사를 헤매는 지금, 그를 쥐고흔들 사람은 아무도 없었다. 그에게 이성적인 조언을 해 줄 이도, 그를 말릴 사람도 없었다. 여자에 눈이 멀어, 상병신이 된 오스왈드 퀸튼을 말이다.

그는 낄낄낄 간사하게 웃으며 부하에게 휴대폰을 빼앗아 들어 오스왈드에게 던졌다. 단희의 모습을 확인시켜 줬던 그 휴대폰이었다.

「자. 나는 여자를 건넸어, 오스왈드. 이제 나머지는 네가 알아서 해. 나는 챙길 것을 챙겼으니, 삼각관계에서 빠져 주지. 행운을 빌어 오스왈드.」

막스는 승리감에 도취되어 코트를 어깨에 걸치고 모텔을 빠져나갔다.

◆ • • • ●

레베카는 단희에게 위스키를 뿌리고, 빈 잔을 테이블 위에 내려놨다. 숙성된 알코올 향이 후각을 찔렀다. 단희는 차가운 감촉의 액체를 얼굴에 뒤집어쓴 채 물기를 털어 내려 고개를 숙여 좌우로 흔들었다. 독한 알코올에 눈이 따가워 제대로 뜰 수도 없었다.

레베카는 우아하고 침착하게 숨을 한 번 내쉬고 다리를 꼬았다.

"그래. 인정하지. 솔직히 너에게 놀랐어. 네가 아직까지 오스왈드 옆에 붙어 있는 거 말이야. 그거 정말 대단해. 난 네가 도망가서 다신 안 돌아올 줄 알았거든."

단희가 서서히 고개를 들었다.

"내가 뭣 때문에? 당신이 보낸 그 더러운 동영상 때문에?"

그거 정말 재밌었지. 다들 약에 취해 실성한 꼬락서니란……. 사람이란 정말 멍청한 동물이다. 정말 아둔하기 그지없지. 레베카는 자신의 손가락을 매만지며 미소 지었다.

"아. 그 이야기도 재밌지만 말이야. 지금 나는 네 아빠 이야기를 하고 있는 거야."

단희의 눈썹이 험하게 일그러졌다. 레베카는 새하얀 치아로 자신의 검지 손톱을 물며 나른하게 소파에 기댔다.

"저런. 아직 몰라? 네 아빠가 왜 죽었는지?"

"뭐?"

빅토가 한 발 다가와 레베카에게 전화기를 건넸다. 그녀의 입가에는 관능적이고 원초적인 미소가 어렸다.

"스마일."

레베카는 키득거리며 통화 버튼을 누르고 휴대폰의 플래시를 켰다.

단희는 강한 빛에 인상을 잔뜩 찌푸렸다. 밝은 빛 뒤로, 레베카는 그저 어둠일 뿐이어서 한동안 아무런 형체도 보이질 않았다.

레베카는 액정에 비치는 오스왈드를 확인했다.

정말 대단하네. 오스왈드 퀸튼. 정말 막스에게 땅을 넘겨주러 간 거야? 이 여자 하나 때문에?

그걸 막스에게 넘기기 위해 이 짓을 한 것이 맞지만 설마 정말 이렇게 빨리, 망설임 없이 가져다 바칠 줄은 몰랐다. 적어도 어느 정도 애간장은 태울 줄 알았어. 막스 자식이 그 짧은 다리를 동동거리며 열을 내게는 만들어 줄 줄 알았단 말이지. 이토록 맹목적이고 따분하게 굴줄은 정말 몰랐어.

덜래스가 간절하게 원하던 것이었다. 그 거대한 욕망에 사로잡혀서 일생을 걸고 찾으려 했던 광물이었다. 오스왈드는 그 사업의 위험성을 알면서도 덜래스의 말을 충직하게 따랐다. 반대를 하면서도 덜래스가 하는 말에 복종하던 남자였다. 그런데, 고작 이런 보잘것없는 여자 하나 때문에 덜래스건, 땅이건, 회사건 남김없이 내놓으려 하고 있다. 오스왈드의 눈부신 황금색 눈동자를 들여다보다가 레베카는 입술을 비틀며 통화를 종료시켜 버렸다.

레베카는 휴대폰을 테이블 위에 놓으며 단희를 내려다보았다. 목소리에 노기가 어렸다.

"원래 죽이려던 건 너였어. 네가 오스왈드의 미끼였고 네 아빠는 그냥 땅만 내놓으면 됐었지. 그런데 네가 오스왈드에게 거머리처럼 붙어 있는 바람에 계획이 틀어진 거야. 그게 네 아빠가 죽은 이유야. 너 때문에. 네가 오스왈드와 함께 있기 때문에 당한 일이야."

단희는 바르르 떨리는 입술을 질끈 물었다. 고르던 그녀의 숨소리가 점점 격하게 요동쳤다.

"이제 알겠어? 오스왈드가 사는 세계는 그런 세계야. 그리고 내가 살아온 세계도 그런 곳이야. 화려하지만 언제나 위험이 도사리는 곳, 아름답지만 어둡고 기괴한 곳. 우리는 같은 세계에서 살았어. 지금도 같은 세계에서 살아가. 나는 그 세계에서 그 아이를 지키고, 그 아이를 만들고, 그 아이를 높은 곳까지 끌어올렸어. 오로지 나만이 할 수 있는 일이야. 그런데 감히 너 따위가 오스왈드의 옆에 있겠다고? 할 줄 아는 거라곤 변기처럼 남자의 배설물이나 받아먹는 것뿐인 쓸모없는 암퇘지가?"

눈앞에 아빠가 그려졌다. 괜찮다며 손을 잡아 주던 모습. 사람답게 살라며 웃던 모습. 꽉 잡아 주던 손. 애쓰지 말라며 조용히 오스왈드를 만류하던 그 목소리……. 그리고 그를 향해 멈췄던 그 따뜻했던 눈. 아빠. 아빠. 아빠.

"너는 구정물이야. 오스왈드의 깨끗한 인생을 유일하게 더럽혔어. 널 만나기 전에 오스왈드는 완벽했어. 그 아인 철로 만든 성이었어. 누구도 부술 수가 없었어. 그 아이는 단 한 번도 실패하거나 실수한 적이 없었어. 나는 그 아이를 그렇게 만들었어. 누구도 손댈 수 없을 만큼 강하게 만들었어. 그런데 지금의 오스왈드를 봐."

레베카는 과거의 오스왈드를 떠올렸다. 매일 한 구절씩 한국어를 가르쳐 주러 오던 열병에 빠진 소년은 그때마다 심장 소리가 가슴을 뚫고 나올 듯이 뛰어서 그 소리가 레베카의 귓가에까지 들렸다. 손끝이라도 닿을라치면 얼굴을 붉히며 어쩔 줄 몰라 하던 맑고 순하던 아이. 몸을 섞는 것이 사랑의 완성이라고 생각하던 다른 더러운 사내들과 그는 너무 달랐다. 여자를 모르는 그는 레베카에겐 죽을 만큼 자극적이고 강렬했다. 그의 순수함이 레베카에게는 그 어떤 마약보다 강한 중독을 일으켰다.

그때 깨달았다. 그 애절함이, 그 닿지 않는 간절함이, 그렇게 그를 미치게 만드는 것이 얼마나 짜릿한 기쁨인지. 그게 얼마나 강렬한 감정인지. 그게 얼마나 거대한 쾌감인지.

다른 여자 수백 명을 안아도 오스왈드가 간절히 원하던 건 레베카 저 하나였다. 그의 갈증은 끝날 줄을 몰랐다. 그 갈증이 그를 더 잔인하고 더 강렬하고, 더 아름답게 만들었다. 그런데 이깟 계집애가 그의 그런 갈증을 채웠다고? 그 아이가 가지고 있는 가장 완벽한 아름다움을 이 여자가 소멸시켜 버리고 말았다. 자신이 아닌 이 여자가.

레베카는 너무나 화가 나 신경질적으로 언성을 높였다.

"고작 너 같은 년 때문에 그 둔해 빠진 녀석이 말도 안 되는 짓을 하고 있잖아! 사랑? 이 세상에 그런 감정은 없어. 그냥 서로 몸을 비비고 싶은 본능을 그럴듯하게 포장한 감정일 뿐이야. 사랑이 존재한다고 믿는 순간 사람은 망가져. 감정이란 것이 생기면 반드시 실수를 해. 자신의 인생을 완전히 무너뜨려! 오스왈드는 사자 굴에 던져 놓아도 멀쩡히 살아 돌아오는 남자였어. 그런 그를 네가 어떻게 망가뜨렸지? 너는 그 아이를 나약하게 만들었어! 그 아인 찢길 거야. 그 아인 너 때문에 죽게 될 거야. 너는 그런 존재야. 네가 오스왈드에게 한 짓은 바로 그런 거야."

"그를 죽일 거야?"

단희가 공포에 질린 눈으로 물었다. 레베카는 단희에게 크리스털 잔을 집어 던졌다. 잔은 단희의 머리에 부딪혔다가, 파사삭 소리를 내며 바닥에 산산이 부서졌다. 찢어진 이마에서 피가 흘렀다.

레베카의 가슴이 가빠진 호흡에 들썩였다. 발가벗고, 와인을 뒤집어쓴 시궁창 생쥐 꼴을 하고서, 감히 뭐라고?

정신을 차리고 난 이후, 미친년이 아닌가 싶을 정도로 태연한 얼굴을 했던 게, 오스왈드를 죽일 거냐고 물으며 처음으로 공포를 내보였다. 공포에 질린 여자의 얼굴이 그토록 보고 싶었는데, 지금은 그 머리 가죽을 벗겨 내 버리고 싶었다. 레베카는 도저히 단희의 그런 얼굴을 용납할 수 없었다.

인간은 공포 앞에선 평등하다. 누구나 죽음을 무서워한다. 내가 죽을 것 같으면 남이야 어떻게 되건 내 목숨이 더 중요한 것이다. 그게 세상의 이치이고 정의이며 인간의 본능이었다. 누구도 거기에서 벗어나지 못한다. 어떤 인간도. 그래서 역겨워. 이 거지 같은 여자가 너무나 역겹다. 구역질이 치밀어 오를 만큼 역겨웠다. 감히, 주제도 모르고 성녀 흉내를 내?

레베카의 손이 바들바들 떨렸다. 하얗게 질린 손끝을 말아 쥐자 이번엔 주먹이 떨렸다. 탁자에서 휴대폰이 울렸다.

[Clear.]

레베카는 떨리는 손으로 문자를 확인하고 혐오스러운 표정으로 단희에게 물었다.

"아주 솔직히 말해 봐. 너는 오스왈드의 있는 그대로를 받아들일 수 있어?"

있는 그대로?

"그 아인 내가 시키는 대로 다 했어. 내가 원하면 여자들에게 몸도 팔았어. 네가 눈으로 본 그 영상은 약과야. 너는 감히 상상도 못 할 만큼 더러운 짓도 다 했어. 너는 그걸 받아들일 수 있어? 그 아이의 허물까지도 사랑할 수 있어?"

영상은 끔찍했다. 머릿속에 오스왈드의 몸 위로 올라타는 여자들이 떠오르자 단희는 진저리를 쳤다. 약에 취해 괴롭게 중얼거리는 오스왈드를 무슨 생각으로 찍었을까. 단희는 레베카를 특유의 한심하고 무감한 표정으로 쳐다봤다.

"당신이 그에게 무슨 짓을 했건 내가 피해 보는 게 없는데 내가 왜 그를 거부해야 해? 사실 내겐 이득이야. 여자를 많이 상대해 봐서인지 잠자리 기술이 뭐, 아주 탁월하거든. 그게, 허물이 될 수 있어?"

레베카는 입술을 비틀어 올렸다. 광기에 치민 눈동자가 파랗게 이글거렸다.

"그래. 네 말이 맞아. 그건 허물이 될 수 없지."

레베카가 검지와 중지 손가락을 들어 까딱거리자, 문 앞을 지키던 사내 둘을 포함해 빅토를 뺀 방 안의 모든 사내들이 동시에 걸음을 뗐다. 단희는 원을 그리며 자신에게로 좁혀지는 남자들을 눈으로 빙 둘러보았다.

"그러니까 아마 너도 불만은 없을 거야. 오스왈드와 똑같은 꼴을 당해도 말이지."

단희는 주춤주춤 뒤로 물러섰다. 손발이 묶여 제대로 움직이지도 못했다.

레베카는 아주 높은 음으로 웃었다.

"네가 사랑하는 사람을 위해 어디까지 할 수 있는지 증명해 봐. 오스왈드가 날 위해 했던 것처럼 말이야."

남자들은 러시아어를 지껄이며 다가왔다. 무의미하게 손과 발에 힘을 주었지만, 벗어날 수 있을 리가 없다. 남자 하나가 달려들어 발목을 잡아챘다. 단희가 비명을 내지르자 남자는 잭나이프를 꺼내 들더니 버둥거리는 발목에서 테이프를 찢어 냈다. 다리를 벌릴 수 없으니 어쩔 수 없는 선택이었다. 그래, 그거지. 이제 좀 됐네. 사내들이 중얼댔다. 단희는 자리에서 발딱 일어났다.

"넌 도망갈 곳이 없어. 물론 널 구해 줄 사람도 없지. 오스왈드가 도착했을 땐 넌 아마 죽어 있을 테니까."

레베카가 가소롭다는 듯 웃었다. 단희는 남자들을 피해 몸을 돌려 뛰었다. 어디로든 뚫린 곳으로 다리를 움직였다. 부서진 방문을 지나자 기다란 복도가 나왔다. 장승처럼 서 있던 남자들이 벌거벗은 여자를 보고 이죽거렸다. 다급하고 초조한 건 여자 하나. 나머지는 그저 게임을 즐겼다.

레베카가 손톱을 물고 킥킥 웃었다. 과연 얼마나 대단한 여자인지 보자고. 떼로 겁간을 당해도 그렇게 고개를 뻣뻣하게 들고 고귀한 척 할 수 있을지.

「붙잡아서 데리고 와, 빅토. 머저리들이 밖에서 일을 치면 안 돼.」

레베카의 명령에 뒤에 멀뚱히 서 있던 빅토는 탐탁지 않은 얼굴로 발을 뗐다. 강간 포르노나 스너프 필름이 꽤 짭짤한 수입이 되지만 빅토는 그 일에 손을 담그는 것을 별로 좋아하지는 않았다. 그냥 완성된 필름을 매매하는 것과, 여자가 가축처럼 혹사당하는 장면을 눈으로 보는 건 확실히 다른 일이다. 빅토는 그런 장면을 보면 그날 하루는 제대로 밥을 먹지 못했다. 막스는 그런 그에게 계집애 같다며 핀잔을 늘어놨지만 성미에 맞지 않는 것을 어쩌겠는가.

다 쓰러진 주방 쪽에서 여자의 비명이 들려왔다. 빅토는 가래침을 바닥에 퉤 뱉어 내고는 구시렁거리며 소리의 근원지로 향했다

◆ ・　・ ● ●

오스왈드는 손에 막스가 건네준 휴대폰을 들고 자신의 차에 올라탔다. 그는 블루투스에 연결되어 있는 자신의 휴대폰부터 확인했다. 보조석 보닛을 열고 미리 총알이 장전된 9mm짜리 자동 권총을 허리춤에 꽂은 후, 막스의 휴대폰 액정을 활성화시키고 통화 목록 탭을 눌렀다. 수신 번호 목록엔 모두 의미 없는 숫자만 무작위로 나열되어 있었다. 발신자가 누군지 전혀 알 수가 없다.

그는 단말기를 옆 좌석에 던져두고 두 손으로 핸들을 꽉 잡았다. 꾸깃꾸깃하게 가죽이 비틀리는 소리가 났다. 고개를 숙여 이마를 손등에 대고 그는 미동조차 하지 않다가 지이잉— 하는 휴대폰의 진동 소리에 퍼뜩 몸을 일으켰다.

다시 무작위적인 숫자.

통화 버튼을 누르자 날카로운 여자의 비명 소리부터 들렸다. 스피커에서부터 아주 멀었다. 너무 날카롭고 높은 소리. 들어 본 적이 없는 비명 소리여서 그 목소리가 단희일 수밖에 없다는 걸 알면서도 그는 선뜻 믿기가 어려웠다.

— 우리 근사한 파티를 하자. 다시 그때처럼 말이야.

지독한 유혹을 시작한 뱀처럼 레베카의 목소리는 간사하고 은밀했다.

「레베카…….」

화면 어디에서도 레베카의 모습이 보이질 않았다. 그러나 또렷하고 가까운 목소리로 보아 휴대폰을 들고 있는 것은 분명 그녀였다.

쿵쾅거리는 소리. 남자들의 고함 소리. 간간이 들리는 흐느낌 소리. 그 처절한 음성은 단희의 것이 맞았다. 온몸에 핏기가 싹 가셨다.

「그만둬.」

다시 여자의 비명 소리. 그 날카로운 소리가 그의 폐부를 도려내기 시작했다. 그는 고통에 숨을 멈췄다.

「그러지 마.」

오스왈드가 낮게 경고했다.

「그러지 마, 레베카.」

— 오스왈드. 내 아가. 이건 다 널 위한 거야.

「……제발. 부탁이야. 이러지 마.」

레베카는 그의 목소리에 신음했다. 드디어 그가 애원을 했다. 그가 애원하는 목소리는 레베카가 가장 좋아하는 목소리였다. 여자는 눈을 감고 그 목소리를 음미했다.

둔탁한 소리가 더 가까이서 들려오더니 빅토가 여자의 머리채를 잡고 방 안으로 끌고 들어왔다. 여자는 내동댕이쳐지며 바닥을 굴렀다.

세상에, 빅토. 하여간 인정머리 없긴. 레베카는 소리 죽여 웃었다. 단희는 콜록콜록 기침을 하며 몸을 웅크렸다.

「너희가 부르짖는 그…… 진정한 사랑이란 거 말이야. 그건 상대방의 고통을 함께 느끼는 거잖아. 그렇지?」

다시 손바닥 위에 장난감을 올렸다. 레베카는 그 장난감을 요리조리 굴리며 천진하게 살피고 있었다.

「너는 저 여자가 널 위해 어디까지 할 수 있을지 궁금하지 않아? 네가 날 위해 했던 거, 거기에 비하면 이건 아무것도 아니야. 그러니까 널 사랑한다면, 당연히 저 여자도 널 위해 이 정도는 할 수 있겠지.」

— 레베카.

그가 자신의 이름을 부르는 게 좋다. 다시 그때처럼 애절하고 열렬하게 부르는 목소리를 들으니, 그때로 다시 돌아간 듯한 환각이 일어났다. 가슴속에 뜨거운 것이 활활 치솟았다.

— 돌이킬 수 없는 짓은 하지 마.

「이건 숭고한 행위야. 나는 너에게 완벽한 한 쌍을 만들어 주려는 거야, 오스왈드. 이 여자가 갖고 싶어? 그럼 방법은 하나야. 너처럼 만들면 돼. 내가 너에게 했던 것처럼 갈증을 일으키고 고통과 좌절을 반복해서 각인시키는 거야. 그래서 결코 너에게 헤어날 수 없도록 하면 돼.」

단희는 벽 쪽으로 기었다. 벽에 몸을 붙이고 잔뜩 웅크렸다. 사시나무 떨듯 몸이 떨렸다. 남자들의 구둣발 소리가 정수리에서 울렸다. 무슨 일이 벌어질지 자명한데 빠져나갈 구멍이 없었다. 차라리 죽였으면. 차라리 그냥 죽여 줬으면 좋겠다. 극한의 공포 앞에 단희는 차라리 그렇게 빌고 싶었다.

울음이 터져 나오려는 걸 입술을 꽉 물었다. 레베카가 무슨 짓을 하려는지 안다. 날 찍어서 오스왈드에게 보여 주려는 거야. 내가 본 것과 똑같이.

울부짖고, 발악하고 괴로워할수록, 레베카를 기쁘게 할 것이다. 그냥 눈을 질끈 감고 당할까. 나무토막처럼 늘어져 있을까? 눈을 감고 숫자나 셀까?

「고통만이 완벽해. 모든 감정이 지워져도 오로지 그것만은 죽을 때까지 선명하지. 그것만이 완벽한 소유야.」

레베카는 휴대폰 액정에서 눈을 들어 눈앞의 광경을 바라봤다. 개처럼 사지를 떨며 바닥에 웅크려 있는 여자를 향해 다가가는 남자들이 거치적거리는 옷가지들을 벗기 시작했다.

기대감이 들끓었다. 다음에 또 무슨 장면이 펼쳐질지 못 견디게 궁금해 레베카는 입을 벌리고 웃었다.

— 여자를 놔줘. 당신이 원하는 건 나잖아. 다시 그 짓을 시작하려거든 내게 해.

오스왈드가 다급하게 말했다. 레베카는 천천히 시선을 내렸다. 나른하게 취한 눈빛이 촉촉하게 빛났다.

「그러니까 진작에 내 말을 들었어야지, 아가. 일을 복잡하게 만든 건 너야. 이렇게까지 해서 네 이목을 끌어야 한다니 내 처지가 얼마나 슬프고 비참한지 아니?」

단희가 다시 비명을 질렀다. 남자들 사이로 버둥거리는 단희의 다리가 보였다. 그녀는 엉엉 울음을 터트렸다.

— 건드리면, 죽일 거야.

수화기 너머의 그가 아주 낮게 침전된 목소리로 말을 꼭꼭 씹어뱉었다.

「그러려면 빨리 와야 할 텐데, 오스왈드. 그런데 먼저 여기가 어딘 지부터 알아야 하지 않겠어?」

— 난 분명히 경고했어.

완연한 협박조로 짐승처럼 으르렁거리는 소리에 레베카는 다시 웃었다.

「그래. 기다리고 있을게, 오스왈드. 어서 오렴.」

남자 하나가 버둥거리는 단희의 발목을 붙잡고 벌린 뒤 그 위로 올라탔다. 레베카의 입꼬리가 잔인하게 올라갔다.

「언제가 되어도 늦겠지만 말이야.」

◆ ・ ・ ● ●

「망할!」

프리데릭이 덜덜 떨다가 욕설을 내뱉었다.

「추워 죽겠다고요!」

「쉿!」

프랭크가 닥치라는 뜻으로 손가락을 들어 올려 보였다.

「아니, 언제까지 이러고 있어요? 오스왈드한테 뭐 들은 거 없어요?」

그는 대답하는 대신 고개만 저어 보였다.

「불알이 쪼그라들고 있어요. 좀 어떻게 좀 해 봐요.」

프랭크는 사납게 다시 인상을 찌푸렸다. 이 뛰어난 기동대 놈은 다른 건 다 좋은데 시도 때도 없이 나불거리는 게 흠이다. 하지만 평소에는 상병신이었다가도 총만 잡으면 돌변하니, 이 직업군에 있어선 더할 나위 없이 완벽한 인간이었다.

— 프랭크.

아까부터 켜 둔 휴대폰 너머로 오스왈드의 목소리가 들려왔다. 그는 레베카와 오스왈드가 나눈 대화를 처음부터 끝까지 듣고 있었다.

「듣고 있어. 출발하지.」

그는 전화기를 끊고 곧바로 프리데릭을 향해 수신호를 해 보였다. 프리데릭는 옳다구나 엎드렸던 몸을 일으켰다. 지루해 보이고 곧 동사할 듯 덜덜 떨던 남자가 순식간에 활기를 되찾았다.

「가자.」

RPG 게임장에 들어선 듯 눈을 빛내는 프리데릭의 구호에 다섯 명의 팀원이 줄을 지어 그를 따랐다.

낄낄거리는 웃음소리, 가슴을 모아 쥐고 주무르는 그악스러운 손길. 머리카락. 뺨. 혀를 깨물지 못하게 입 속으로 쑤셔 넣은 두툼하고 냄새나는 손가락. 가랑이 사이에 자리를 잡은 남자가 자신의 속옷을 내렸다. 단희의 눈이 허공에 멈췄다. 터져 나오는 눈물이 뿌옇게 눈앞을 흐렸다.

머릿속에 떠오르는 거라곤 오스왈드의 얼굴뿐이었다. 어떻게든 견디고 싶은 마음, 차라리 죽고 싶은 마음, 질식시킬 듯 조여 오는 두려움, 스스로를 다독이려는 자기 위안이 끊임없이 단희를 덮쳤다. 안돼, 안 돼. 안 돼. 안 돼. 울음에 섞여 그 말만 고장 난 기계처럼 반복되었다.

레베카는 빅토에게 휴대폰을 건넸다.

「가서 찍어.」

「……」

아, 정말 좆같네……. 빅토는 저 혼자 중얼거리며 휴대폰을 건성으로 받아 들고 번잡스럽고 수컷 냄새를 지독하게 풍기는 무리로 다가갔다. 창백하게 질린 여자의 발끝이 보였다. 두툼하게 배가 나온 놈의 희멀건 엉덩이가 카메라에 가득 잡혔다. 아씨. 정말 좆같네.

남자들의 웃음소리가 커졌다. 흉하게 일어선 물건을 손으로 쓸어 빳빳하게 세운 남자가 자세를 잡았고 단희는 차마 뜬 눈으로 그것을 볼 수 없어 질끈 눈을 감았다.

사내들의 기대감이 충족되려던 찰나, 쾅! 하고 뭔가가 부서지는 소리가 들렸다. 묵직한 발자국 소리가 이어지더니 '억' 하는 단말마의 비명 소리들도 들려왔다.

침입이다.

「총 챙겨.」

빅토가 휴대폰을 주머니에 쑤셔 넣으며 조용히 명령했지만 단희의 몸을 주물럭거리는 사내들에겐 제대로 들리지 않았다.

「총 챙기라고!」

빅토는 안자락에서 개조한 리볼버 권총을 꺼내 들고 소리를 질렀다. 바로 잠금쇠를 풀고 방아쇠에 손가락을 얹었다. 하지만 언제든 쏠 준비를 갖췄을 때는 이미 늦었다. 가느다란 줄기가 자신의 가슴, 목, 이마에 와 닿았다.

붉은색 표적지시선. 빅토는 리볼버를 바닥으로 떨어뜨리고 항복의 표시로 두 손을 높게 들어 올렸다. 여자랑 한번 해 보려 바지춤을 내리고 있던 일당들이 뒤늦게 사태를 파악했지만 그들은 총을 뽑아 들 시간조차 벌지를 못했다. 자업자득이었다.

프리데릭이 단희의 가랑이 사이에 비집고 들어간 남자의 머리통을 개머리판으로 후려쳤다.

"You dirty piece of shit……."

억 소리를 내며 쓰러진 남자의 가랑이를 군홧발로 찍어 누르자 남자는 크게 비명을 지르며 바닥을 굴렀다. 놈은 전기충격에 맞은 것처럼 몸을 부들부들 떨었다. 눈을 뒤집고 미친개처럼 침을 질질 흘리는 걸 보니 사내구실을 하기에는 영 틀린 것 같았다.

식은땀과 공포로 뒤덮여 있는 단희는 쉽게 상황을 인지할 수 없었다. 그저 자신을 보호하기 위해 모로 누우며 몸을 웅크렸다. 프리데릭은 프랭크가 건넨 정장 재킷을 여자의 몸에 덮었다. 움찔하던 여자는 부들부들 떨며 몸을 더 꽉 오므렸다.

「다니. 저예요, 프리데릭. 프리데릭이에요.」

눈물로 젖어 있던 시야에 낯이 익은 그의 얼굴이 들어오자 단희는 비로소 안도감에 두 손으로 얼굴을 가리고 다시 울음을 터트렸다. 그는 단희의 어깨를 다정하게 토닥였다.

「이제 괜찮아요. 이제 안전해요.」

레베카는 자신의 블라우스 앞자락에 찍힌 붉은 점들을 쳐다보다 미간을 좁혔다. 도톰하고 윤기 나는 입술을 비틀며 여자는 주먹을 말아 쥐었다.

「총 치워.」

「레베카 파인즈.」

「총 치우란 말 안 들려?」

노기 띤 목소리가 방 안을 쩌렁쩌렁 울렸다.

「당신을 납치 및, 강간, 살인미수, 불법 마약 중개 또 그 이외에 수없이 많은 이유로 체포하네.」

입술을 꽉 문 여자의 얼굴 근육이 경련했다.

「당신이 뭔데?」

「CIA 정보과 부국장 프랭크 에반이라네. 정말, 정말 당신을 만나보고 싶었어.」

프랭크가 여유로운 목소리로 말하며 씨익 웃었다.

「인정해, 레베카. 당신의 좆같은 게임은 이제 끝났거든.」

오스왈드의 포르쉐는 뉴어크의 넓은 들판을 질주해, 오래전 폐가로 변한 집 앞에 멈춰 섰다.

입구 여기저기 널브러진 몇몇 마피아 놈들의 시신이 보였고 폐가의 내부가 불빛으로 환했다. 이미 프랭크가 상황을 정리한 직후였다.

오스왈드는 사이드 브레이크를 올리고 차에서 내렸다. 쾅 하고 문이 닫히는 소리. 그는 허리춤에서 총을 꺼내 안전쇠를 풀고, 슬라이드를 당기며 폐가로 들어섰다.

프랭크와 한 약속이 있다. 의미도 없는 그 약속이 머릿속에 떠올랐다.

'오스왈드. 전멸은 안 돼. 가능한 한 많은 인원을 생포해야 돼. 그래야 최대한 많은 정보를 캐낼 수 있어. 적어도 레베카만은 절대적으로 생포야. 그래야 이 더럽고, 끝나지 않을 것 같은 문제를 제대로 끝낼 수 있어. 알겠어?'

소음기를 단 기관단총을 든 동료들이 보였다. 저벅저벅 발소리에 프리데릭이 뒤를 돌아보았다. 바닥에 무릎을 꿇고 있던 그가 몸을 일으키자 프랭크의 감색 재킷을 걸치고 부들부들 떠는 단희가 보였다. 놀라고 정신이 나간 듯 커다래진 눈이 붉게 충혈되어 있었다.

어둠 속에 드러나는 오스왈드의 모습에 단희의 눈이 다시 뿌옇게 변했다. 얼굴이 흉하게 일그러지며 여자는 복받치는 설움을 참기 위해 입술을 질끈 물었다.

더러워진 몸. 찢어진 이마에서 흘러내려 말라붙은 핏자국, 붉게 달아오른 볼.

탕 하는 소리가 들렸다. 오스왈드는 멈추지 않고 걸었고, 포박당한 채 바닥에 주저앉은 마피아 놈들 중 하나의 머리통이 박살 나며 앞으로 꼬꾸라졌다. 머리뼈 조각이 사방으로 튀어 오르고 피가 솟았다.

솟구치는 피가 단희의 눈에 튀었다. 여자는 본능적으로 눈을 질끈 감았다 떴다.

「젠장…….」

프리데릭이 신음했다.

「오스왈드!」

프랭크가 고함을 질렀지만 소용이 없었다. 프리데릭은 차라리 그걸 외면했고 동료들은 어깨에 힘을 빼고 미치광이가 하는 짓을 지켜봤다. 저벅저벅 다가온 그가 사내 하나를 발로 차 뒤로 눕혔다. 입 안에 총구를 박아 넣고 그대로 방아쇠를 당겼다. 다시 탕 하는 소리와 남자의 뒤통수가 날아갔다.

나머지 놈들이 비명을 질러 댔다. 옆에서 악을 쓰던 남자의 입에도 총구를 집어넣고 당겼다. 그 남자의 뒤통수도 날아갔다. 그 뒤에 주저앉아 있던 놈이 살려 달라며 수갑을 찬 손으로 기자 오스왈드는 여지없이 그의 뒤통수에 총알을 박았다. 탕.

앞 얼굴이 날아간 조직원이 제 몸을 깔고 쓰러진다. 핏물을 뒤집어쓴 남자가 실신할 듯이 부들부들 떨며 악을 쓰자 오스왈드는 방아쇠를 당겨 그의 턱을 날려 버렸다. 완전히 열린 입에서는 더 이상 비명이 나오질 않았다.

보다 못한 일당 중 한 놈이 일어나 뛰기 시작했다. 벗어날 곳이 없자 그는 기동대 대원 중 하나에게 달라붙어 살려 달라고 애원했다. 탕 하는 소리와 함께 남자의 무릎이 깨졌다. 아악 하는 비명 소리. 놈이 덜덜 떨며 바닥에 주저앉자 오스왈드는 그의 머리를 발로 밟고 뒷목에 총구를 대고 그대로 방아쇠를 당겼다. 탕. 남자의 몸이 카펫처럼 바닥에 쭉 깔렸다.

고개를 돌리자 머리를 산뜻하게 밀고 배가 불룩하게 튀어나온 놈이 사지를 벌벌 떨며 오줌을 지리고 있었다. 하나밖에 걸치지 않은 속옷이 축축하게 젖었다. 오스왈드는 그의 이마에 총구를 댔다. 그는 잠시 기다렸다. 그냥 사내의 공포를 유예시키기 위한 기다림이었다. 오스왈드는 그가 부들부들 떨고 숨을 멈추고 다시 내쉴 찰나 남자의 머리통을 그대로 날려 버렸다. 콰당탕 하고 무게만큼 묵직한 소리가 나며 남자는 뒤로 넘어갔다.

사방에 피 냄새가 진동을 했다. 바닥에 늘어진 시체에서 나온 피가 마루에 흥건했다. 장전된 총알을 다 쓴 오스왈드가 권총을 바닥에 버리고 프리데릭의 허리춤에서 그의 총을 뽑아 들어 다시 슬라이드를 당겼다. 철컥. 총알은 다시 장전되었다. 아직 저승강을 건너야 할 놈은 남아 있었다. 빅토는 사시나무처럼 떨리는 다리를 밀며 뒤로 주춤거리며 물러났다.

「나, 나, 나, 난 아니야. 난 손끝도 안 댔어. 나는 그냥, 그냥, 그냥 찍기만 했어. 나는 그냥 시키는 대로만 했어.」

그는 더듬대며 변명했다.

「나…… 난 잘못 없어. 다 저 미친년이 시킨 거야. 저 늙은 년이 시킨 거라구! 난 처음부터 싫다고 했어! 난 그냥 시키는 대로 한 것뿐이라고.」

그의 변명은 그저 개 짖는 소리에 불과했다. 오스왈드는 남자의 머리채를 붙잡고 바닥에 쓰러뜨려 눌렀다. 관자놀이에 총구를 대고 당기자 탕 소리와 함께 남자의 몸이 펄쩍 뛰어올랐다.

탕.

그의 몸이 다시 위로 들썩였다.

한 번 더.

탕.

그의 몸이 부르르르 떨렸다.

한 번 더.

탕.

바르르 떨던 몸이 드디어 아무런 반응이 없었다.

모두들 오스왈드가 제 여자를 건든 놈들을 살육하는 걸 숨도 쉬지 못하고 지켜봤다. 머릿속에 떠오르는 생각은 좆나 이게 오스왈드답다는 것이다. 방아쇠를 당기건 칼로 상대를 썰건 사람을 죽이는 데에는 자비가 없다. 자비가 없으니 망설임이 없고, 망설임이 없으니 동작에는 군더더기가 없다.

그래서일까, 그가 사람을 죽이는 걸 목격하고 있으면 마치 훌륭한 느와르 필름의 한 장면을 보는 것처럼 전율이 일어나고 황홀한 느낌마저 받는다. 무슨 예술을 하고 있는 것도 아닌데 꼭 그런 느낌이었다. 매 순간 적이 아니란 걸 감사하게 만드는 남자. 그게 무수히 오랫동안 보아 온, 모두가 아는 오스왈드 퀸튼이었다.

프랭크의 얼굴이 걸레처럼 구겨졌다.

「오스왈드…….」

애초에 무리한 약속인 거야 알았지. 군대 제대하고 인간이 되었나 싶었더니 말짱 도루묵이었다.

오스왈드는 얼굴에 범벅으로 물든 피를 소매로 닦아 냈다. 길게 숨을 뱉는 그는 고요했다. 그 고요한 몸으로 살기를 내뿜는 지금의 오스왈드는 섬뜩할 정도로 아름다웠다.

「분명히, 경고했잖아. 레베카.」

레베카는 소파 끝을 손마디가 하얗게 질리도록 잡고 있었다. 우아하게 등을 펴고 있지만 굳은 표정은 숨기질 못했다.

「여자는 건드리지 말라고. 건드리면, 죽일 거라고.」

「…….」

「감당하지 못할 일은 벌이지 말라고.」

기동대는 너무 빨리 들이닥쳤다. 짐모스 모텔에서 이 뉴저지의 폐가까지는 적어도 한 시간은 걸려야 했다. 아무리 액셀러레이터를 밟아도 이렇게 빨리는 힘들다. 미리 이곳을 알고 움직이기 전에는 말이다. 레베카는 침을 꿀꺽 삼켰다.

「날 가지고 놀았군.」

그 말에 오스왈드는 피식 웃었다. 그제야 눈앞의 남자가 열일곱의 풋내기가 아니라 서른다섯의 완전한 성인 남자임을 여자는 실감했다.

「덜래스 회장을 너무 얕본 거 같아, 레베카. 그 사람이 아무 이유 없이 당신을 찾아갔을 리가 없잖아. 남의 여자 옷을 벗기기 전에 본인 옷부터 벗었어야지.」

레베카가 생각하지 못한 게 있었다. 단희의 몸은 발가벗겨 놓고 정작 본인 몸은 의심해 볼 생각을 하지 않았다.

늙고 노쇠했다지만 덜래스는 결코 그렇게 멍청한 사람은 아니었다. 그는 오스왈드에게 사업을 가르친 사람이다. 다분히 치밀하고, 전략적이었다. 그가 맨몸으로, 단지 여자를 겁박하기 위해 찾아가지 않았으리란 건 조금만 생각해 보면 금방 떠올릴 수 있는 것이다.

덜래스는 그날 레베카의 코트에 추적기를 붙여 두었다. 그것은 댈크로우사에서 개발 중에 있는 초소형 추적기였다. 여러 가지 결함이 존재했지만 움직이지 않고 고정된 물체의 위치에 대해서만은 정확하게 추적해 냈다.

오스왈드는 막스 구세프를 만나기도 전에 레베카의 위치에 대해 알고 있었고, 막스를 만날 때쯤엔 프리데릭과 프랭크가 이미 이 폐가의 주변에 진을 치고 있었다. 언제든 폐가를 향해 총을 갈길 수 있도록 말이다. 그러면서도 일부러 막스 구세프를 만나며 시간을 벌었다. 여자를 구하기 위해서 그를 만난 것이 아니라면, 여자를 구하기 위해 그 모든 것을 넘긴 게 아니라면, 무엇 때문에 그 짓거리를 한 거지?

레베카는 오스왈드를 바라보았다. 어둡고 냉정한 빛을 띠고 낮게, 한없이 낮게 가라앉아 있는 눈부신 피사체. 황금빛으로 끓고 있는 두 눈을 홀린 듯이 바라보다 여자의 입이 탄복하며 벌어졌다.

「오스왈드⋯⋯. 이 간사하기 이를 데 없는 놈 같으니⋯⋯.」

괴물. 레베카는 눈앞의 괴물을 똑바로 쳐다보며 신음했다. 길고 다부진 몸에 피를 뒤집어쓴 채 살육하고 있는 금수. 심장이 쿵쿵 뛰고 피가 빠르게 돌았다. 온몸이 뜨거워지고, 전율이 일어날 만큼 그는 아름다웠다. 완벽한 피조물. 내가 만든 완벽한 피조물.

레베카는 자리에서 천천히 일어섰다. 섬광처럼 빛나는 그의 눈이 그녀를 따라 위로 움직였다.

붉은 입술을 환하게 말아 올리며 레베카는 턱을 치켜들었다. 여왕처럼 당당했다.

「날 쏴.」

오스왈드는 옷으로 총에 묻은 피를 닦아 내며 기가 찬 듯 웃었다. 이젠 정말 별수 없다는 듯이. 그게 무척이나 섬뜩했다.

「이게 당신이 원하는 결말이지. 내가 영원히 당신이란 지옥 속에 사는 거 말이야. 안 그래?」

이 순간, 오스왈드와 레베카는 완전히 묶였다. 완벽한 일체감. 단둘만이 그 공간에 존재하는 압도적인 동질감. 레베카는 숨이 멎을 만큼 감격스러웠다. 오랫동안 찾을 수 없었던 벅찬 감정을 그녀는 다시 느꼈다. 고통뿐이야. 누군가의 영혼을 완벽하게 소유하기 위해서는 고통이 되어야 했다. 십자가에 매달린 예수처럼 레베카는 두 손을 벌려 보였다.

날 쏴.

「날 쏴. 오스왈드.」

「안 돼, 오스왈드.」

프랭크가 엄한 목소리로 경고했다

「저 여자는 살려 둬야 해. 약속했잖아.」

레베카는 생포해야 했다. 그동안 일어났던 모든 일을 완전히 바로잡기 위해서는 레베카의 자백이 무엇보다 필요했다. 썩은 정치인, 썩은 정부 관료, 썩은 정보요원들. 그들을 한 번에 모조리 다 털어 버릴 수 있는 유일무이한 기회다.

「날 쏴. 날 쏘고 이 모든 걸 끝내. 우리가 영원히 묶여 있을 수 있도록.」

레베카가 희열에 잠식된 드라마틱한 목소리로 말했다.

여자를 살려 둘 마음은 처음부터 없었다. 그녀를 죽이려는 작정은 그녀가 단희를 제 눈앞에서 끌고 갔을 때부터 했다. 아니, 어쩌면 그보다 훨씬 더 오래전에 했을지도 모른다. 레베카가 살아 있는 한 이 일은 끝나지 않는다. 이 여자는 도덕도, 양심도 없으니 믿을 수 없다. 살려 두면, 언제 다시 시작될지 알 수가 없다. 그 공포를 계속해서 겪어야 했다. 행복해지는 것을 두려워하며 지내야 한다. 그 두려움은 시간이 지날수록 더 깊이, 더 독하게 퍼져 나갈 것이다.

깨어나지 못하는 악몽은 여기서 끝내야 했다. 이제 과거에 발목이 잡히는 것은 지긋지긋하다. 숨기는 것도, 그래서 스스로를 경멸하는 것도 이젠 진저리가 났다. 차라리 여자를 지옥에 집어넣고 자신도 그곳에 몸을 던지는 것이 나았다. 이젠 그렇게라도 지키고 싶은 것이 생겼다. 그러니 이제 이 여자는 죽어야만 한다.

'원하는 대로 해. 내 목을 비틀어 끝내 버려. 그럼 넌 날 죽여도 못 잊을 거야. 매일 눈을 감을 때에도, 뜰 때에도, 심지어 죽는 순간까지 나는 네 머릿속에서 맴돌겠지. 지금보다 더 강렬하게.'

그래. 내 손으로 네 목을 비틀 거야. 오스왈드는 차분히 숨을 골랐다.

「당신이 이겼어, 레베카. 당신이란 지옥은 평생 내가 끌어안고 살게.」

그가 슬라이드를 당겼다. 레베카는 황홀하게 눈을 감았다.

「오스왈드!」

프랭크가 소리 질렀다.

그는 레베카에게 총구를 겨눴다.

영원히 지옥에서 몸부림쳐 줄게. 그러니 제발 이젠 사라져.

검지에 서서히 힘을 준다. 곧 총구에서 불꽃이 튀기고 얼얼한 반동이 사라지고 난 이후에는 레베카의 머리통에 총알이 박힐 것이다. 그렇게 끝이 날 거다.

그 순간 향긋하고 촉촉한 향이 코끝에 느껴졌다. 작고 부드러운 감촉이 손목을 느슨하게 감았다. 헝클어진 새까만 머리통. 오스왈드는 시선을 내렸다. 붉게 충혈된 눈이 흔들림 없이 그를 올려다봤다.

그러지 말아요. 그렇게 말하는 듯 여자는 고개를 양옆으로 부드럽게 저었다. 단희의 부드러움은 언제고 오스왈드의 빙하를 녹였다. 살기 어린 눈동자가 단희를 보자마자 흔들렸다.

단희는 오스왈드의 총구에 손을 얹고 아래로 내렸다.

그러지 말아요.

끝내야 해. 저 여자가 살아 있는 이상 나는 영원히 이 지옥에서 벗어날 수 없어. 도저히 너에게 갈 수가 없어.

오스왈드의 손에서 글록 권총이 무기력하게 빠져나갔다. 모든 것이 빠르면서 또 느렸다. 단희가 그에게서 몸을 돌리고 허공으로 팔을 뻗었다. 무용수처럼 유려하고 군더더기가 없는 몸짓이었다.

탕.

고막을 울리는 격발 소리.

레베카가 자신의 배를 움켜쥐고 허리를 숙였다. 복부에 대었던 손을 떼어 내 보니 피로 흥건하게 젖어 있었다. 어째서? 왜 배지? 뭔가 잘못되었다는 생각에 레베카가 고개를 들었다.

배운 적이 있다. 잠금쇠를 풀고, 슬라이드를 당기고 방아쇠를 당긴다. 반동으로 손이 위로 들린다. 그걸 똑똑히 기억한다.

단희는 두 손으로 총을 감아쥐고 다시 한 번 방아쇠를 당겼다.

탕.

놀라움에 두 눈을 동그랗게 뜬 레베카의 어깨를 총알이 스쳐 지났다.

탕. 탕. 탕. 탕.

자동으로 장전되는 총알이 방아쇠 위에 다시 손을 얹자 쉼 없이 날아갔다. 어깨에 힘을 주고 단희는 이를 악물었다.

레베카의 블라우스가 붉게 젖어 들었다. 배. 가슴. 어깨. 다리.

철컥, 철컥, 철컥.

방아쇠를 당겨도 더 이상 총알이 나가지 않자 단희는 그제야 벌벌벌 손을 떨었다.

지독한 배신감. 단희는 레베카의 얼굴이 처참하게 구겨지는 것을 똑바로 쳐다보았다.

꺼져. 너는 오스왈드의 인생에 한 발짝도 못 들여와. 지옥으로는 너 혼자 떨어져.

여자는 피를 울컥 토하며 바닥에 널브러졌다. 아무리 우아한 몸뚱이도 죽어 가는 건 매한가지였다. 추하고 처절했다.

단희는 총구를 내렸다. 떨리는 손끝에 방아쇠 고리가 덜그럭 걸렸다. 요란한 격발 소리에 귀가 멍멍했다. 본인의 쿵쿵거리는 심장 소리만 고막을 쿵쿵 때렸다. 단희는 천천히 몸을 돌리고 눈을 들었다.

오스왈드는 충격을 받아 각목처럼 굳은 채 숨도 못 쉬고 있었다. 덩치만 큰 어린아이. 겁먹지 말아요. 당신은 이제 괜찮아.

단희는 부드럽게 미소 지었다. 꼭 해야만 하는 일을 마무리 지은 것처럼 마음이 너무나 홀가분했다.

"오스왈드. 당신 악몽은 내가 가져갈게요."

이제 당신은 자유야.

긴장이 풀리자 눈앞이 하얗게 변했다. 갑작스럽게 뜨거워졌다가, 갑작스럽게 차가워진 몸이 뒤로 꺾였다. 오스왈드가 손을 뻗어 여자를 안았다.

익숙하고 따뜻한 향기가 볼에 닿았다. 비로소 단희는 완전한 안정감에 잠겼다.

　단희! 유단희!

　귓가에 웅웅 오스왈드의 목소리가 울렸다. 단희는 그대로 정신을 놓았다.

25

「사실이야?」

버지니아 주 랭글리, 중앙정보부 사무실 한가운데 앉아 그렇게 묻는 국장을 향해 프랭크는 고개를 끄덕였다. 그러자 국장은 경악스럽게 오스왈드를 노려봤다.

「어떻게 그런 정신 나간 짓을 할 수 있어!」

그가 높은 목소리로 힐난하자 오스왈드는 차분하게 입을 열었다.

「현재로선 모든 연구를 중단한 상태입니다. 광물은 다시 안전하게 처리해 두었고요. 하지만 그 이외에 도의적인 책임을 져야 한다면 지겠습니다.」

「중요한 것은 그 광물의 모든 개발 자료와 소유권이 놈들에게 넘어 갔다는 것입니다.」

프랭크가 그의 말을 거들자 국장은 머리를 짚으며 신음했다.

「거기다 핵탄두 설계도까지 가져갔고 말이지. 믿을 수가 없군. 어떻게 이런 일이 벌어지도록······.」

그는 고개를 절레절레 저었다.

「지금 놈들은 어디 있지?」

「러시아로 향하고 있습니다만 곧 아시아 대륙을 거쳐 중동으로 향할 겁니다.」

국장은 자신의 이마를 신경질적으로 문질렀다. 그 미친놈들이 그걸 이슬람 테러단체에 팔아넘기는 걸 두 눈을 뜨고 지켜보고 있을 수만은 없다. 그럴 바엔 차라리 그놈들이 지나가는 자리마다 탄도 미사일을 쏴서 가루로 만들어 버리는 편이 나았다.

「상부에 보고해야 해.」

그는 눈동자를 굴리며 복잡하고 골치 아픈 절차들을 떠올렸다. 백악관에 보고하면 한바탕 난리가 나겠군. 그는 혀를 차며 자리에서 벌떡 일어섰다.

「일단 FBI에 연락해. 국내에 있는 마피아 새끼들부터 한 놈도 남기지 말고 쓸어 담아. 아주 씨를 말려 버리자고.」

「네.」

국장은 씩씩거리며 미팅 룸을 나갔다. 문이 철컹 닫히고 난 뒤 프랭크는 서류를 챙기며 단정한 옷차림의 오스왈드를 힐끗거렸다.

「원하는 대로 되었군. 오스왈드.」

오스왈드는 테이블 위에 올라가 있던 막스 구세프의 사진을 자기 앞으로 끌어왔다. 저열한 욕구로 가득 찬 심술궂은 얼굴. 그는 총을 겨누듯 검지 손톱으로 사진 속 남자의 이마를 쿡 찍었다.

「FBI 놈들은 차라리 환호할 거야. 오랫동안 속을 썩이던 레드마피아를 가루로 만들어 버릴 수 있는 아주 좋은 구실이 될 테니까.」

당연한 일이었다. 핵물질과 비교될 만큼 무서운 독성을 지닌 광물의 소유권을 갖고 있을 뿐 아니라 그에 대한 연구 자료. 개발 기술까지 모조리 가지고 있다. 거기에 오스왈드는 쐐기를 박기 위해 핵탄두 제조법까지 넘겼다.

막스 구세프는 그 모든 것을 손에 쥐고 돈방석에 올라앉을 생각만 했다. 중동의 테러 분자 일당들, 군사력에 관심이 있는 독재자들. 그 중 가장 비싼 값을 부르는 이에게 팔 생각에 벌겋게 달아올라 있었다. 그러나 욕심이 과하면 일을 망치는 법이다.

당국에서 그 사실을 알고 마피아를 내버려 둘 리가 없다. 세상의 누구도 그 저열하고 비도덕적인 집단이 그런 무기를 손에 들고 있는 것을 원하지 않는다. 그동안 CIA나 FBI에 심어 둔 똘마니들도 이번만은 손을 떼려 할 것이다. 이 정도 일을 감당하고 목숨을 내놓을 만큼 멍청한 사람은 아무도 없다.

게다가 오스왈드는 델래스만큼 아몬석에 욕심이 나지도 않았고, 그들과 엮인 일도 없다. 그러니 그들에게 약점을 잡힐 일도 없었고 제 여자를 그렇게 만든 놈들을 숨겨 주고 옹호해 줄 이유도 명분도 없다.

아몬석은 포기한다. 그것으로 댈크로우사의 문을 닫아야 한다면 기꺼이 닫겠다. 어떤 대가를 치르더라도 그놈들에게는 딱 어울리는 결말을 선사해 줄 작정이다.

일당들은 러시아에 도착하자마자 국장의 말처럼 씨가 마를 것이다. 과거에 그랬던 것처럼 도시 하나가 폭격을 맞을 수도 있다. 같은 실수를 두 번 반복하는 멍청이들에겐 딱 어울리는 죽음이었다.

그놈들은 조만간 지구상에서 영원히 사라지겠지. 한 놈도 남김없이. 그러고 나면 아몬석에 관해, 레베카에 관해 떠들고 다닐 멍청한 놈들은 한 명도 남지 않게 된다. 지구상 최악의 광물에 대한 은폐는 그것으로 충분할 것이고 정보기관은 그 사건과 관련해 제 목숨을 보존할 만한 명분을 얻게 될 것이다. 레베카에게 인생이 저당 잡혀 있던 권력자들은 비로소 숨을 쉴 수 있게 된다. 손해 보는 게 없는 완벽한 마무리인 셈이다.

「크리스틸이란 여자는 내가 해결하지. 적법한 절차에 따라 감방에서 썩게 해 줄 테니 걱정 마.」

「그냥 내 눈에만 띄지 않게 해 줘요. 내가 어떻게 할지 장담하기가 어려우니까.」

「레드마피아 일이 마무리되면 자네가 증언을 해야 할 일이 아주 많을 거야.」

「뭐든 기꺼이 협조하죠. 팀원들 입단속 꼭 해요.」

「눈앞에서 네가 여자 하나 때문에 사람들을 어떻게 죽이는지 봤는데, 누가 입을 열겠어.」

오스왈드는 픽 웃으며 자리에서 일어섰다. 사실 프리데릭 일당들이야 오스왈드의 그런 점에 이미 이골이 나 있었다. 입을 열려고 들었거든, 지난 10여 년 동안 얼마든지 열었겠지.

오스왈드는 풀어 두었던 정장 단추를 다시 잠갔다. 그러고 나자 그는 멀끔하고 단정한 사업가 그 자체로 보였다.

「네 여자 입단속이나 잘 시켜. 당분간 미국에서 나가 있는 게 좋을 거야.」

여자는 오스왈드의 옆에서 모든 것을 다 지켜보았다. 아몬석과 직접적인 관련이 있었고 레베카에 의해 아버지가 죽었으며 오스왈드의 과거뿐 아니라, 미국 정치계의 가장 큰 스캔들에 대해 알고 있었다. 레베카가 사라진 지금 어쩌면 그들에게 가장 위협적인 인물이 될 수도 있었다.

그가 문고리를 쥐자 프랭크는 다시 한 번 그를 불러 세웠다.

「오스왈드.」

그가 동작을 멈추고 고개를 뒤로 돌렸다.

「나는 아직 세상이 정의롭다고 믿어. 언젠가 추악한 권력은 드러나게 될 거야. 나는 그렇게 될 거라고 확신하네.」

오스왈드가 관련자들을 모두 죽이는 바람에 증언해 줄 사람이 남아있지 않았다. 충동적으로 죽인 것처럼 보이지만 오스왈드를 잘 아는 사람이라면 그것이 결코 다가 아님을 안다.

그는 정의와 도덕을 택하는 사람이 아니라, 자신의 생존을 택하는 사람이었다. 자신에게 가치 있는 것을 지키기 위해서, 그는 자신의 인생을 완전히 망가뜨린 거대한 정치 스캔들을 덮어 버리는 것을 택했다. 씁쓸했지만 분명 똑똑한 선택이었다.

그러니까, 그 지독한 인생 속에서도 빛날 수 있었던 것은 오로지 그의 힘이었다. 그 눈부심은 오로지 그가 만들어 낸 것이었다. 프랭크는 오스왈드에게 존경을 넘어 경외심을 느꼈다. 모든 인생을 통틀어 그는 프랭크가 만나 본 남자 중 가장 잔인하고, 가장 처절하며, 가장 아름답고, 가장 강인한 사람이었다.

「너에게 아주 잘 어울리는 여자더군.」

폴 와그너는 오스왈드의 약혼녀를 '볼품없는 여자'라고 지칭했다. 둘의 약혼관계는 그저 연기일 뿐이며, 그는 뭔가를 숨기면서 기관을 가지고 놀고 있다며 펄펄 뛰었다. 그의 의견은 반은 맞았고 반은 틀렸다. 그가 CIA에게 거짓말을 한 것은 사실이지만 결과적으로 그는 기관과 프랭크 자신의 출세에 큰 도움이 되었다. 이번 일로 그들은 레드마피아와 무기 밀매 사업을 토벌할 수 있는 확고한 명분을 얻었다.

또한 폴 와그너가 말한 '볼품없는 여자'는 오스왈드의 약혼녀에게 결코 해당하지 않았다. 레베카를 향해 망설임 없이 방아쇠를 당길 때 알았다. 오스왈드를 감당해 낼 유일무이한 여자라는 사실을 말이다.

「잘 지켜. 행운을 비네. 그리고 웬만하면 권총은 쥐여 주지 말고.」

프랭크의 말에 오스왈드는 희미하게 웃으며 고개를 살짝 숙여 인사했다.

「잘 지내요, 프랭크.」

히스테릭한 웃음소리. 습하고 눅눅한 먼지. 팔다리를 붙잡고 온몸을 주물거리던 손길이 생생하게 느껴진다. 안 돼. 안 돼. 안 돼. 버둥거리던 손가락에 금속이 닿았다. 힘껏 당기자 탕 하는 소리와 함께 손끝으로 전해지는 충격이 온몸을 쪼갤 듯이 강타했다.

단희는 눈을 번쩍 떴다. 히익 하고 숨을 들이마시는 소리에 마지연이 자리에서 벌떡 일어났다.

"팀장님! 팀장님!"

볼에 마지연의 긴 머리카락이 닿았다. 그녀는 고개를 숙이고 단희의 얼굴 가까이에 자신의 얼굴을 들이밀고 단희의 어깨를 흔들었다.

"정신 들어요? 팀장님 정신 들어요?"

— 뉴스 봤어요. 괜찮은 거예요?

수화기 너머 다소 경직되어 있는 정우의 목소리가 들렸다. 아마 인터넷 기사로 접하고 바로 전화를 한 것 같았다.

「그래, 괜찮아.」

— 덜래스 씨는 좀 어때요?

「아직. 깨어나진 못했어.」

오스왈드는 차 문을 닫고 나오며 휴대폰을 반대쪽 손으로 바꿔 잡았다. 안전 가옥을 지키던 경찰이 그를 보며 고개를 살짝 숙여 보였다.

— 당분간 한국에 못 돌아오겠네요.

「네 여자 친구는 아직도 병원인가?」

— 아직이요. 내년 1월에나 나올 거예요.

경찰 하나가 그를 보고 가옥의 문을 열어 주었다.

「원한다면 사람을 시켜 어떻게 지내는지 안부 정도는 알아봐 줄 수 있어.」

— 신경 써 주는 건 고마운데, 본인 일이나 잘 처리해요.

참 착실한 녀석이다. 그 나이 때쯤 오스왈드는 전쟁터에서 구르고 있었다. 자신의 인생을, 목숨을 버리듯 살았다. 오스왈드는 그때에 제 몸 하나, 제 마음 하나 감당하기가 힘들었는데 정우는 자신의 인생을 똑바로 살아간다. 사랑하는 사람의 상처도 오롯이 받아 내며 한 번의 흐트러짐도 없이 제대로 말이다. 외형만 화려하고 완벽한 자신과는 너무나 대조되는 완벽한 삶.

「조만간 한국에 들어갈 거야. 수습할 일도 있고.」

코일도 처리해야 했다. 아마 지금쯤 사태 파악이 됐을지도 모르지.

현관에 들어서는데 마지연의 깍깍대는 목소리가 신경을 긁었다. 호들갑을 떨어 대는 품새가 단희가 깨어난 것 같았다.

「그 게이 놈은 잘 감시하고 있으니까 걱정 마. 무슨 일이 있으면 연락 줄게. 끊자.」

— 오스…….

오스왈드는 뒷말은 듣지 않고 종료 버튼부터 눌렀다. 마지연은 집 안으로 들어서는 오스왈드를 보자 더 호들갑을 떨었다.

"깼어요! 팀장님 깼어요!"

단희는 손목에 감긴 링거바늘을 쳐다보고 있었다. 으. 혈관에 바늘이 들어가 있을 것을 생각하니 어쩐지 징그러운 기분이 들어 여자는 입매를 축 늘어뜨렸다. 마지연의 부산스러운 목소리가 쩌렁거렸고 곧 벌컥 방문이 열렸다.

제발 입 좀 닥치라고 한 소리를 하려다가 고개를 들자마자 목표물을 잃은 힐난이 목구멍으로 쑥 들어갔다.

어쩔 땐 햇살 같고, 어쩔 땐 불길 같은 남자. 꽤나 다급하게 문을 열고 들어오는 모습은 그저 단희가 잘 알고 있는 그 남자였다.

"오스왈드."

마지막으로 봤던 그는 엉망진창이었다. 피를 뒤집어쓰고 단희에게 조금이라도 손을 댔던 사람들을 무자비하게 죽였다. 하지만 이렇게 깔끔하게 정장을 차려입은 그를 보자니 그날 벌어졌던 모든 일이 비현실적으로 느껴진다.

　그는 마른 입술을 씹으며 조심스레 다가왔다. 담담한 단희에 비해 그는 초조하고 불안해 보였다.

　"괜찮아?"

　그가 나지막이 물었다. 금수 같던 눈에 근심이 어렸다. 그 어떤 모습을 해도 그는 오스왈드였다. 내가 사랑하고, 나를 사랑하는 남자. 단희는 미소 지었다.

　"괜찮아요. 근데, 나 얼마나 누워 있었어요?"

　"꼬박 하루."

　"나……."

　그날 밤 벌어진 일에 대해 확인해 보고 싶었다. 그저 아주 긴 악몽을 꾸었다고 치부해 버리고 싶었지만 그토록 생생하고 그토록 긴 악몽을 꾸었을 리는 없었다. 아직 곱씹어 보지 못한, 그래서 아직 납득하지 못한 일들은 잠시 치워 두고 단희는 좀 더 명료한 것들부터 꺼냈다.

　"그…… 트리버는…… 어때요? 마지막으로 봤을 땐 혼자 있었거든요. 아이는 괜찮아요?"

　"괜찮아."

　"그럼…… 로즐리는……."

　오스왈드가 왈칵 여자를 안았다. 너무 꽉 안아서 뒷말이 턱 막혔다. 단희를 품에 안은 그의 몸이 떨렸다. 그는 여전히 공포에 질려 있었다. 그 일이 끔찍했던 건 비단 단희 자신뿐이 아니라 그에게도 마찬가지였나 보다. 그렇게 무섭고 잔인한 얼굴을 하고 있었으면서, 내면은 마른 가시나무처럼 쉴 새 없이 흔들렸나 보다.

　최선의 선택이었다. 레베카, 레드마피아. 누가 되었건 두 번 다시 같은 짓을 반복할 수 없도록, 두 번 다시 단희가 이런 일에 말려들지 않도록 완전히 없애 버리기 위해서 그는 모든 순간 죽을힘을 다해 이성을 지켜 왔다. 그러면서도 매 순간 모든 것을 끝내고 싶었다.

찢어진 단희의 옷가지를 발견했을 때, 막스가 보여 준 화면 안의 단희를 봤을 때 그저 눈앞에 있는 모두를 가장 잔인하게 죽여 버리고 싶었다. 그러다 일을 망쳐 버리면 단희가 무사할 수 없다는 걸 알면서도, 그렇게 틈을 보이면 다시 같은 악몽을 반복해야 한다는 걸 알면서도 그 순간의 분노를 참는 것이 가장 고통스러웠다. 눈앞에, 자신 때문에, 끔찍한 일을 겪고 있는 여자를 그저 바라볼 수밖에 없다는 것이, 그저 기다릴 수밖에 없다는 것이, 가장 힘들었다.

살면서 그렇게 무서웠던 적이 없다. 가질 수 없어서 느끼던 공포보다 가진 것을 잃을까 봐 느꼈던 공포는 비교할 수 없을 만큼 거대했다. 모든 걸 잃고 살아남은 단희의 인생을 오스왈드는 비로소 느꼈다. 그게 어떤 기분일지.

레베카가 죽었다. 제 손에서 총을 빼 든 단희가 망설임 없이 방아쇠를 당겼다. 그녀는 그의 악몽을 자신이 가져갈 거라 말했다. 정신을 놓기 전에 단희가 마지막으로 한 말이었다. 모르겠다. 왜 그런 건지. 왜 그렇게 했던 건지.

하지만 단희는 정말로 그의 악몽을 가져갔다. 오스왈드는 더 이상 레베카에게 매여 있지 않다. 단희가 레베카를 향해 방아쇠를 당기던 그 순간, 단희가 그 여자의 생명을 끝낸 순간, 그 여자는 오스왈드에게서 떠나갔다. 완전히 사라졌다. 연기처럼 흔적도 없이 날아가 버렸다.

어차피 지옥에 들어가 있던 삶. 더 나락으로 떨어져도 상관이 없었다. 지고 갈 짐이라면 어떻게 해서든 지고 갈 수 있었다. 익숙한 일이다. 별다를 게 없다. 충분히 감당할 수 있다.

그런데 왜 그랬어. 왜 네 손을 더럽혔어. 왜 그 악몽을 가져가. 왜 그 깨끗한 손에 그 여자의 피를 묻혀. 왜. 나 같은 놈이 뭐라고. 나 따위가 뭐라고 네 인생을 그렇게 내놔.

이런 사랑을 받아 본 적이 없어서, 누군가가 이토록 헌신적으로 자신을 아껴 준 적이 없어서, 그는 어떻게 해야 할지 알 수가 없었다. 그냥 이렇게 꽉 안고, 넘치는 감정이 그녀에게 흘러 들어가기를, 표현할 수 없고 이해하지 못하는 이 기분을 그저 알아주기만을 바랐다.

"덜래스 회장은 깨어났어요?"

"아니…… 아직."

"……당신은 어때요?"

단희는 오스왈드의 어깨에 뺨을 대고 조용한 목소리로 물었다. 오스왈드는 꽉 안고 있던 여자를 품에서 떼어 냈다.

"그게 뭐가 중요해. 내가 어떤지는 하나도 중요하지 않아. 네가 어떤지를 생각해. 그게 훨씬 더 중요해."

잔잔한 파도와 태풍이 몰아치는 격랑의 바다가 함께 있었다. 마치 곧 부서질 유리 공예품처럼, 오스왈드는 여자의 뺨과 어깨를 너무 조심스럽게, 그러나 분명 충동적이게 매만졌다.

"나 혹시 감옥 가요?"

"아니."

"사람을 죽였는데요?"

"나보다 더 죽였어?"

단희의 입가에 쾌활한 웃음이 피어올랐다. 오스왈드는 여자의 말려 올라간 입술을 엄지로 선을 그리며 매만졌다.

"그날 당신은 납치된 적도, 레베카를 만난 적도 없어. 아몬석에 관련된 지분싸움이 있었고, 레드마피아가 회사 기밀을 탈취해 갔고, 그래서 내가 정보기관에 제보했고, 그래서 그 버러지 같은 놈들의 씨를 말려야 한다는 게 공식적으로 우리가 알고 있는 전부야."

이렇게 묻혀지는 일이 무척 많겠지. 그가 사는 세계에서는.

"미안해."

그는 단희에게 사과했다. 사랑하는 마음이 죄스럽게 느껴질 줄은 몰랐다. 그러나 자신을 만나지 않았다면, 그녀가 겪지 않아도 될 일들을 여자는 이미 너무 많이 겪었다. 깨끗한 도화지를 엉망진창으로 물들인 것 같은 죄책감. 차라리 화를 내 주었으면 좋겠다는 생각마저 든다. 그러면 이토록 마음이 아프지는 않을 거다.

"나 후회 안 해요."

그녀의 목소리는 편안했다.

"그게 내 운명 같았어요. 그 여자를 죽이는 거요. 나 이러려고 당신 만난 거 같아요."

"그럴 필요 없었어."

그의 눈이 다시 슬퍼졌다. 그는 여전히 어찌할 바를 모르며 흔들렸다. 젖어 가는 눈, 붉게 물든 입술. 이마에 힘줄이 붉어졌다.

"당신에게 이 일이…… 상처가 될까 봐 너무 겁이 나. 당신이 나 대신 악몽을 꿀까 봐 너무…… 무서워."

단희는 웃으며 고개를 저었다.

"나도 몰랐는데, 나 생각보다 훨씬 강한 사람인 거 같아요. 기분이 생각보다 썩 괜찮거든요. 사실 아주 평화로워요."

오스왈드의 휴대폰이 울렸다. 그는 아픈 표정으로 단희에게 쉽사리 떨어지지 않는 눈길을 떼어 내 액정을 확인했다.

"제드릭이야. 잠시만."

"네."

오스왈드가 휴대폰을 들고 방 밖으로 나가자 기다렸다는 듯 마지연이 다시 들어왔다. 트레이에 먹을 걸 잔뜩 받쳐 들고서.

"며칠 사이에 더 갈비가 됐어요. 자꾸 그렇게 마르면 늙어요, 팀장님!"

"목소리 좀 죽여. 지연 씨 목소리에 골이 다 아파."

마지연은 계란에 적신 토스트를 손으로 뜯어 단희의 입에 밀어 넣었다.

"그게 다 쫄쫄 굶어서 그래요."

단희가 천천히 오물거리자 지연이 눈을 똥그랗게 뜨고 단희의 턱관절이 어떻게 움직이는지 뚫어져라 쳐다봤다.

"씹어요. 꼭꼭."

기분 더럽게 이상하네. 단희가 미간을 찌푸리며 더 음식을 꼭꼭 씹었고 마지연은 그릴에 구운 소시지를 포크로 집어 단희의 손에 들려주었다.

"무슨 일이냐고 물으면 다들 입만 닥치라고 해서 저 열심히 입 닥치고 있는 중이에요."

말라붙은 목 안으로 토스트가 힘겹게 넘어갔다. 마지연이 냉큼 단희에게 주스 잔을 건네주며 말을 이었다.

"근데 엄청 위험했다는 건 알겠어요. 미국에 괜히 왔나 봐요, 그죠?"

단희는 주스를 한 모금 입 안으로 넘겼다.

"지연 씨."

"네."

"우리 가지고 온 짐…… 어디에 있어?"

"제가 가지고 있어요. 루시 언니네로 가 있으라고 할 때, 제가 팀장님 것까지 챙겨서 나왔어요. 저택에 다시 들어가면 안 된다고 하기에, 왠지 팀장님도 들어갈 수 없을 거 같아서요."

"그래. 고마워요."

마지연이 잔을 다시 가져가자 단희는 소시지를 입에 넣고 포크를 트레이 위에 올렸다.

"언제든, 떠날 수 있어요."

마지연이 단희가 잘 알아들을 수 있도록 천천히 꼭꼭 씹어 대답했다. 언제든 원할 때 떠날 수 있다고.

마지연은 괜히 왔다고 하지만 미국에 오고 나서 그녀는 많이 바뀌어 있었다. 이해할 수 없는 정신세계로 늘 단희를 황당하게 만들던 철부지는 어느새 그보다 좀 더 성숙한 영혼을 갖게 된 것 같았다.

"그래. 고마워."

통화를 마친 오스왈드가 방 안으로 다시 들어오자 마지연이 분위기를 한번 쓱 살피고 눈치 빠른 메이드처럼 오스왈드를 비켜 밖으로 빠져나갔다. 딸깍. 문이 닫혔다.

"눈치가 엄청 빨라진 거 같지 않아?"

오스왈드가 미간을 구기고 언짢게 물었다.

"원래 빨랐어요. 그 눈치를 못되게 써먹어서 그렇지."

오스왈드는 마지연이 트레이에 잔뜩 담아 온 음식을 내려다보고는 침대 끝에 다시 엉덩이를 걸치고 앉았다. 정말 온갖 걸 다 싸 왔네. 팬케이크, 해쉬브라운, 소시지, 요거트를 넣은 오트밀, 우유, 주스, 애플잼에 토스트, 베이컨, 샐러드, 반으로 자른 자몽, 볶은 콩. 과일 접시에는 포도와 석류가 담겨 있었다.

오스왈드는 나이프를 들고 석류의 한쪽 끝에 칼집을 내 뚜껑을 따듯 껍질을 벗겨 냈다. 석류의 결을 따라 칼집을 내고 벌리자 말끔하게 석류가 벌어졌다.

"칼로 사람만 잘 써는 줄 알았는데 아닌가 봐요."

신랄한 농담. 오스왈드는 결국 웃었다.

"그래. 사람 머리통 써는 것보다 석류 머리통을 써는 게 더 쉬우니까."

그걸 그대로 받아치는 대답에 단희도 키득키득 웃음을 터트렸다. 손으로 오스왈드가 잘라 둔 석류를 들고 입으로 베어 먹자 그는 손으로 단희의 입가를 닦아 냈다. 그의 손은 단희의 입을 닦아 내고도 아직 여자의 입가에 머물렀다. 눈이 먼 장님처럼 그는 손끝으로 여자의 입술과 턱선을 천천히 꼼꼼하게 그렸다.

"나…… 한국으로 돌아가고 싶어요."

"그래. 그렇게 해."

그는 단희의 손에 들린 석류를 가져와 그 위를 수저로 떠 알갱이를 차분하게 담았다.

"알겠지만 아직 덜래스 회장이 깨어나질 못했어. 수습해야 할 일도 많고, 정리해야 할 것도 많아서 나는 당분간 이곳에 있어야 할 것 같아."

"……알아요."

단희는 오스왈드가 내민 스푼을 잡아 입에 넣었다. 석류 알이 입 안에 데굴데굴 굴렀다.

"대신 제드릭이 같이 갈 거야."

"왜요?"

"아직 불안하니까."

"싫어요. 그 사람은 당신을 돕는 게 자기 일이잖아요."

"당신을 돕는 게 나를 돕는 거야. 최대한 빨리 마무리 짓고, 데리러 갈게. 그러니까 얌전히 기다려."

"오스왈드."

단희가 그를 똑바로 쳐다보며 그의 이름을 불렀다. 조용하지만 힘이 있는 목소리였다. 어쩐지 가슴이 쿵쾅쿵쾅 뛴다. 이유 없이 두려운 기분이 들었다.

"나는 이제 누군가를 기다리는 건 안 해요."

오스왈드는 멍한 얼굴로 눈조차 깜빡이지 않는, 너무나 침착해 보이는 단희를 바라만 봤다.

단희의 말을 이해하기가 어렵다. 기다리질 않겠다고? 그게 무슨 뜻이지? 기다리지 않으면, 그럼 어쩌겠다는 뜻이야?

"다시 기약 없는 뭔가를 꿈꾸고 싶지 않아요. 이젠 그런 거 안 할래요."

"내가 당신을 두고 도망갈 것 같아? 외면할 거라고 생각해? 그래?"

"당신의 인생은 여기에 있어요. 하지만 내 인생은 이곳에 없어요. 우리는 함께 가기엔 그 간격이 너무 멀어요."

"내가 모두 버릴게. 모두 다 버릴 수 있어. 어차피 그러려고 했던 일이야."

"오스왈드."

"내 인생에 남은 건 당신이 전부야, 간절히 원하는 것도 당신이 다야. 그걸 위해서는 뭐라도 기꺼이 버릴 수 있어."

"상황이 변했잖아요. 당신은 덜래스 회장을 아버지처럼 여겨요. 그분이 사경을 헤매고 있고, 로즐리와 트리버를 돌봐 줄 사람은 아무도 없잖아요. 그걸 모두 놓아 버리기에 당신은 너무 책임감이 강해요."

"당신은? 나는 당신에게 내 인생을 바치겠다고 했어. 내가 책임지고 싶은 사람은 당신이야."

단희의 내리깐 눈이 속눈썹 아래로 그늘졌다.

"트리버는 아직 어리고, 로즐리는 의지할 곳이 없잖아요. 그들은 지켜 줄 사람이 필요해요."

"당신은?"

"나는 누군가가 지켜 줘야만 하는 나약한 사람이 아니에요."

"당신이 나약하다는 뜻이 아니잖아."

"나는 당신이랑 결혼할 수 없어요."

"……."

단희가 고개를 들고 명료하고 확신에 찬 눈으로 오스왈드를 쳐다봤다. 오래전부터 이미 정해져 있던 답. 불안하게 예측했던 대답이 여자의 입에서 터져 나오자 알고 있었음에도 가슴에 생채기가 났다. 어째서 이런 상황에서 그런 말을 하지? 오스왈드는 눈을 찡그렸다.

"지금 그 말을 내가 납득할 수 있을 거라고 생각해?"

"……오스왈드."

"당신이 날 위해 무슨 짓을 했는지 내 눈으로 똑똑히 봤는데, 당신이 내게 무엇을 내놨는지 알고 있는데, 내가 당신을 포기할 수 있을 거라고 생각해? 당신은 날 사랑하잖아."

"오스왈드, 결혼은……."

"결혼은 사랑하는 두 남녀가 하는 거야. 당신과 나처럼."

"결혼은 사랑만으로 이루어지지 않아요."

덤덤하게 말하는 단희의 눈이 아프게 빛났다.

"사랑만으로 행복할 결혼이었으면 애초에 난 이혼하지도 않았을 거예요."

오스왈드는 할 말을 잃었다. 너무나 당연한 것을 이야기하고 있음에도 불구하고 말도 안 되는 것에 떼를 쓰고 있는 기분이 든다.

"너를 가질 수 없으면 나는 미칠 거야."

"오스왈드."

"네가 나를 떠나면 나는 죽을 거야."

단희는 손을 들어 불안함에 떠는 오스왈드의 파리한 얼굴을 어루만졌다.

"그러니까 이런 나를 감당해. 나를 받아들여. 아무런 생각도 하지 말고 그냥 날 가지면 되잖아. 쉬운 일이잖아. 빌어먹게 쉬운 일이라고."

사람들이 그를 얼마나 잔인하게 보든 자신은 안다. 그가 얼마나 나약하고, 얼마나 불안하고, 얼마나 여린 사람인지. 아직 자라지 못한 어린 나무. 추위에 떠는 마른 가지로 서 있는 나무. 그의 풍경으로 들어가던 날부터 단희는 그에게 푸른 숲이 되고, 그의 메마른 가지를 적셔 주는 빗물이 되어 주고 싶었다. 그러나 너무 많은 풀은, 너무 많은 비는 어린 나무가 자라는 데 필요하지 않다.

"나로 인해 네가 겪어야 했던 것들. 네 아버지를 잃은 일…… 내가 너에게 상처가 된 일들, 평생 갚을게. 날 때리고 욕해도 좋아. 날 미워하고 증오해. 그래도 내 옆에 있어. 결혼 같은 건 하지 않아도 좋아 그냥…… 내가 너를, 잡고 있을 수 있게만 해 줘. 나한테서 도망가지만 말아 줘."

붉게 충혈된 눈으로 절실하게 말하는 그의 볼에 매끈한 눈물자국이 생겼다. 그의 눈동자처럼 뜨거운 방울이 바닥으로 뚝 떨어졌다.

"있잖아요. 나는……."

단희는 손을 들어 그의 다이아몬드 같은 눈물방울을 손으로 닦아 냈다. 여자는 침착하고 부드러웠다.

"아이를 잃고 나서 나는 죽어 있었어요. 인생에 아무런 의미가 없었어요. 내 인생은 온통 어둠이었어요. 그런 내 인생에 당신이 멋대로 들어와서, 나를 살아가게 해 줬어요."

처음 만났던 날, 눈부신 석양을 등지고 서 있던 그를 만난 순간부터 희미하게 점멸하던 단희의 감각은 아주 또렷하게 살아났다. 죽은 자의 심박계처럼 직선만 그리던 단희의 심장은 오스왈드를 만날 때마다 들쭉날쭉한 산을 그리며 치솟았다.

어쩌면 뻔한 일이었을지도 모른다. 오스왈드는 아무렇지 않기에는 지나치게 멋진 남자였다. 모든 여자의 가슴을 뛰게 할 만큼 압도적으로 강렬했다. 아빠는 그저 정말 오스왈드가 잘생겼기 때문에 그와 그런 내기를 했을지도 모른다. 자신의 딸도 아이를 잃어버린 엄마이기 전에 여자였으니까.

아빠는 자신이 사라지면 텅 비어 버릴 단희의 인생에 오스왈드를 밀어 넣었다. 그가 들어오고 난 후에, 단희는 태풍에 휘말린 사람처럼 정신없이 그에게 휘청거렸다. 죽어 버렸던 모든 감각이 생존을 위해 살아났다.

"당신이 나를 살게 했어요. 당신은 내게 다시 행복을 느끼게 하고, 나를 다시 웃게 하고, 내가 다시 꿈을 꿀 수 있게 해 줬어요. 당신은 아빠가 내게 남겨 준 선물이에요."

삶의 목적을 잃었었다. 왜 살아가야 하는지 알 수가 없었다. 단희는 본래 헌신적인 사람이었다. 누군가의 행복을 보며 자신도 행복을 느끼는 그런 사람. 남김없이 사랑을 주고, 그것으로 그가 충만해지면 다시 그것으로 사랑을 채우는 여자였다.

어린아이처럼, 단희가 주는 사랑을 얼떨떨하게 여기고, 그녀의 존재를 신기해하며 늘 확인하고 한순간도 놓치지 않으려 졸졸 쫓는 그가, 차가운 벽을 허물고 조금씩 따뜻하게 변해 가는 그가, 부드럽게 미소 지을 줄 알고, 사랑을 나눌 때 눈으로, 가슴으로, 감정을 나눌 줄 알게 된 그가 단희를 행복하게 했다.

평생 잃어버리고 두 번 다시 찾지 못할 줄 알았던 수많은 감정들은 이제 아주 평범하고 일상적으로 다시 흘러들었다. 그는 이미 단희에게 너무나 많은 것을 주었다. 헤아릴 수 없을 만큼 너무나 많은 것들을.

관계가 늘 불안하게 여겨지던 이유는 그가 주는 것에 비해 자신이 그에게 줄 수 있는 것이 너무 없어서였다. 균형이 맞지 않는 관계에 늘 빚을 진 것처럼 괴로웠다. 가진 것이 너무 없어서, 몸도 마음도 너무나 많이 비어 버려서 그의 사랑에 보답을 해 줄 수 없는 것이 고통이었다.

레베카를 향해 방아쇠를 당겼을 때 비로소 평화로움을 느낀 건 아마 그래서일 거다. 이제야 그에게 줄 수 있는 것이 생겼다는 안도감. 그가 자신을 살게 했던 것처럼 자신 역시, 그를 구해 냈다는 행복. 깊은 만족감.

"그럼 날 소중히 여겨! 당신 아빠가 남겨 준 선물이면 날 아끼면 되잖아! 평생 죽을 때까지!"

"우린 떨어져 있어야 해요. 지금 이대로 우리가 계속 함께하면 우린 불행해질 거예요. 당신은 나를 볼 때마다 레베카를 떠올릴 거예요. 내가 그녀를 향해 방아쇠를 당겼다는 걸요. 사랑이 죄책감으로, 죄책감이 죄의식으로, 그것이 책임감이란 족쇄로 변하는 데에는 그렇게 오랜 시간이 걸리지 않아요. 그건 너무 끔찍해요. 나는 더 이상 그런 존재가 되고 싶지 않아요. 당신에게는 더욱요. 당신은 그동안 충분히 불행했잖아요. 나는 당신이 행복해지길 바래요."

"나는 네가 있어야 행복해."

"당신 악몽은 내가 가져갈게요. 당신은 이제 여기서 벗어나요."

"이러지 마. 난 그런 걸 원하지 않아. 나는 그냥 당신이 내 옆에 있길 바래."

"내가 원해요. 내가, 당신이 깨끗해지길 원해요. 내가 당신이 행복해지길 원해요. 나는 이런 사람이에요, 오스왈드."

"……."

"나는 이런 식으로 사랑을 해요."

조건이 없는 애정. 대가를 바라지 않는 희생. 안다. 그녀가 이런 여자임을. 이런 여자라는 걸 알기 때문에 사랑한다. 그래서 자꾸만 그 안으로 파고들어 그녀의 하나뿐인 사랑이 되고 싶었다. 단 한 명의 남자가.

더 매달리고 싶다. 더 간절히 자신을 원해 주길 바란다. 더 절실하게 붙잡고만 싶다.

"나는 용납 못 해."

"여기서, 당신의 인생을 열심히 살아요. 행복해지도록 노력해 봐요. 아픈 과거를 잊으려고 노력해 봐요. 다시 시작해 보려고 노력해 봐요. 다시 누군가를 사랑해 보려고 노력해 봐요. 나도 그럴 테니까."

"난 못 해. 나는 못 해. 나는 너 못 놔."

"만약에……."

단희가 그의 볼을 다시 쓰다듬었다.

"만약에 그래도, 정 그래도 아무리 노력해도, 그래도 불행하다면……. 도저히 행복해질 수가 없다면…… 죽도록 노력해도 안 된다면 그때, 날 찾아와요."

단희는 힘없이 시트 위에 떨구어져 있는 그의 손을 펴고 자신의 새끼손가락을 걸었다.

"약속해요. 죽도록 노력하겠다고. 절대로 도망치듯 날 찾아오지 않겠다고."

"이게 당신이 원하는 거야?"

단희는 고개를 끄덕였다. 그는 입을 다물고 단 한 치의 흔들림도 없는 여자의 눈동자를 깊게 들여다보았다. 조금이라도, 아주 조금이라도 그 안에서 무언가를 알아내려는 것처럼. 단희가 입 밖으로 내지 않는 수많은 감정과 이야기들을 조금이라도 읽어 내려는 것처럼.

처참하고 슬펐던 표정은 아주 잠시 후에, 그가 무거운 눈꺼풀을 감았다가 들어 올렸을 때, 말끔하게 지워졌다. 오스왈드는 단희의 이마에 입을 맞췄다. 얼얼할 정도로 입술을 꾹 누르고 솜털 같은 머리카락에서 느껴지는 풀 향을 잊을 수 없을 만큼 들이마신 후에 그는 미련 없이 자리에서 일어섰다. 뒤도 돌아보지 않고, 성큼성큼 걸어 방 안을 나갔다. 쾅 하고 문이 닫혔다.

그가 가고 난 자리. 그 숨 막히는 적막을, 지독한 외로움을 단희는 오롯이 마주했다. 그것과 부딪치고 작은 몸으로 남김없이 담아냈다. 바다처럼 고요하게, 여자는 그 자리에서 그 모든 것을 품었다.

◆ ·   · ● ●

한 번쯤은 FBI나 CIA가 엘파소에서 그랬던 것처럼 통역사를 대동하고 자신을 찾아올 거라고 생각했다. 심문은 아니라도 그 비슷한 거라도 할 거라 생각했는데 마지막 날까지 그런 일은 일어나지 않았다.

오스왈드는 그 이후 안전 가옥으로 돌아오지 않았다. 뉴스에서는 연일 덜래스 회장이 괴한에게 총격을 맞아 사경을 헤매고 있다는 이야기를 해 댔고, 그때마다 오스왈드가 로즐리와 트리버를 데리고 병원으로 들어가는 모습이 반복해서 재생됐다.

시간이 지날수록 사람들은 덜래스 회장의 위중함보다, 덜래스 회장이 죽을 경우 그의 제국을 물려받을 남자에 대해서 더 지대한 관심을 표출했다. 그의 얼굴이, 그의 이름이, 그의 사진이 매체에 나오지 않는 날이 거의 없었다.

화면에 잡히는 그는 모두가 아는 오스왈드 퀸튼이었다. 인간미가 결여되어 보일 정도로 냉정하고 완벽해 보이는 이미지. 그 안에는 뜨겁게 사랑을 속삭이고, 때로는 기발한 유머를 구사하고, 질투심에 가끔 이성을 잃는, 불완전하고 그래서 더 사랑스러운 남자는 보이지 않았다. 단희는 되도록 TV를 틀지 않았다.

공항으로 가는 길에는 제드릭이 동행했다. 그는 두 명의 경호원을 데리고 왔는데, 한국에 무사히 도착하는 것까지만 확인되면 곧바로 미국으로 돌아올 사람들이라고 설명했다. 단희는 그것을 굳이 거절하지 않았다. 아마 이것이 오스왈드가 보여 주는 마지막 배려일 거라는 생각이 들었다.

"일하던 중에 나왔어요. 곧 돌아가 봐야 해요."

루시는 첫인사를 그렇게 했다. 우울한 기분을 숨기려다가 더 퉁명스럽게 말이 나가자 여자는 괜스레 제 머리카락을 매만졌다. 그녀가 말한 것처럼 루시는 일을 하다 급하게 뛰어나온 듯 날씨에 비해 얇은 차림이었다. 걷어붙인 소매를 채 내리지도 못해 하얀 팔뚝이 그대로 드러났다.

"안 좋은 일만 겪고 돌아가는 것 같아서 마음이 안 좋아요. 오스왈드 그 미친 자식은 대체 왜 이러는 거예요?"

루시가 성을 냈다. 단희가 레베카에게 납치당했고 그 손으로 레베카를 죽였고, 그러고 나서 단희가 먼저 이별을 말했다는 사실을 알 리가 없는 그녀로서는 그저 오스왈드가 단희를 방치해 두고 있다고만 생각했다. 루시는 마치 자신의 일인 것처럼 미안해서 어쩔 줄을 몰랐다.

"덜래스 아저씨 때문에 정신이 나갔나 봐요. 그러니까 단희 씨가 이해해요. 내가 조만간……."

"나한테 한 말 기억해요?"

단희에게 한 말?

"그날, 1층 서재에서 나한테 한 말이요."

루시의 얼굴이 당혹감으로 달아올랐다. 그녀는 주위의 눈치를 살피다가 마지연이 제드릭과 함께 수화물을 확인하러 멀어지자 어깨를 으쓱해 보였다.

"글쎄요. 한 이야기가 너무 많아서 정확하게 기억하기가 좀 힘들겠는데요."

"당신이 정말 사랑하는 사람. 외롭게 내버려 두지 말아요."

"나 무슨 이야기인지 잘……."

"나 아이를 못 가져요."

"……."

"그리고 결혼도 다시는 하고 싶지 않아요. 그런데 오스왈드에겐 그게 필요해요. 따뜻한 가정, 자기를 꼭 닮은 사랑스러운 아이요."

"잠깐만요……."

루시는 머리를 도리도리 돌렸다. 요상하게 돌아가는 이야기를 따라잡기가 버거워 보였다.

"오스왈드는 내게 너무 버거운 사람이에요. 나는 너무 가진 게 없어서, 그 사람이 사는 세계와 맞지가 않아요. 그렇지만 당신은 다르잖아요. 당신은 좋은 집안에서 부유하게 자란 참한 아가씨니까요."

"나 서른여섯 먹은 노처녀예요. 아이를 끔찍이도 싫어하고요."

"하지만 가질 순 있잖아요. 언제든 원하면요."

"단희 씨."

"아이를 아무리 싫어해도 자기 아이는 예뻐요. 걱정하지 말아요."

"오스왈드가 지금 제정신이 아니라서 그래요. 서운하겠지만 조금만 참고 기다리면……."

"나 기다리는 거, 안 해요. 이제 그런 거 지긋지긋해."

분명 이별에 관한 이야기를 하고 있는데 루시의 눈에 단희는 너무나 초연했다. 너무 초연해서 사랑에 빠진 여자처럼 보이지 않았지만 그건 착각이다. 단희가 오스왈드를 어떻게 사랑하는지 알고 있다. 자기 자신보다 오스왈드를 더 아끼는 여자였다.

"오스왈드가 나 버린 거 아니에요. 내가 떠나는 거예요. 나는 이제 그 사람에게 줄 게 없어요."

'그런 그를 네가 어떻게 망가뜨렸지? 너는 그 아이를 나약하게 만들었어! 그 아인 찢길 거야. 그 아인 너 때문에 죽게 될 거야. 너는 그런 존재야. 네가 오스왈드에게 한 짓은 바로 그런 거야.'

"가진 건 다 줬어요. 그러니까 여기서 끝내고 싶어요. 그 사람에게 구질구질한 여자가 되고 싶지 않아요."

사랑이 식는 건 싫다. 사랑이 식은 남자에게 애정을 구걸하는 것도 다시는 하고 싶지 않다. 아름다웠던 추억이 쓸모없이 퇴색하는 것을 또다시 겪고 싶지는 않다. 차라리 한순간의 찬란한 기억으로 남고 싶다. 그러나 그것보다 더욱 간절한 것은, 그의 약점이 되고 싶지 않다는 것. 그를 나약한 존재로 만들고 싶지 않다는 것, 그래서 다시, 그를 잃을까 봐 두려움에 떨고 싶지 않다는 것이다.

오스왈드를 잃고 싶지 않아. 그래서 역설적으로 그를 가질 수가 없다. 이 관계는 너무나 불완전하다. 자신은 그에게 계속해서 결핍을 만들어 낼 것이다. 그에게 완벽한 가정을 주지 못하고, 계속해서 레베카의 잔영을 각인시킬 것이다. 그런 존재는 죽어도 되고 싶지가 않다.

그를 괴롭고, 지치게 만들고 싶지 않아. 죽어도 그런 사람이 되고 싶진 않아.

루시는 침을 한 번 꿀떡 삼키고 경고하듯 낮은 언성으로 또박또박 말했다.

"나 굉장히 저돌적이에요. 한번 마음먹으면 물러나지 않아요. 그러니까, 나는 그놈에게 정말로 진심을 다할 거예요."

"그렇게 하라고 하는 거예요."

"뭔지는 모르겠지만 기회를 준다면야 마다할 이유는 없어요."

"잘 지내요."

"……."

단희는 방그레 웃고 다정하게 루시의 팔을 한 번 쓸었다. 대체 무슨 생각인 건지 읽을 수가 없다. 단희가 인사를 마치자 짐을 다 확인한 마지연이 달려와 애교스럽게 두 팔을 벌리고 와락 루시를 안았다.

"고마워요, 언니. 내내 친절하게 대해 줘서."

"별말씀을."

마지연은 헤실헤실 웃었다. 머릿속에 든 게 없어 보이는 미소지만, 그렇게 멍청한 여자가 아닌 것은 확실하다. 어쩌면 아주 똑똑할지도 몰라.

"그리고."

마지연은 목소리를 낮추고 은밀하게 속삭였다.

"조만간 여자랑 하고 싶어지면 꼭 연락할게요. 나 굉장히 개방적인 사람이에요."

그 말에 루시는 웃음을 터트렸다. 아, 정말 별종이야.

"그전에 첫 경험부터 치르는 게 순서 아니야?"

"기다려 봐요. 조만간 근사한 남자랑 꼭 할 테니까. 말했다시피 나 굉장히 오픈 마인드예요. 쓰리썸도 가능할지도 몰라요."

아직 남자도 모르는 주제에 생각만은 구만리다. 때 묻지 않은……

아니 때가 좀 묻은 순수함이 그녀의 강점이다. 어쩐지 이 여자아이는 영원히 더럽혀지지 않을 것 같은 기분이 든다.

"잘 가요, 지연 씨. 남자에 싫증 나면 연락해. 언니가 새로운 세상을 선사해 줄게."

루시가 유혹적으로 윙크하자 마지연이 까르르 웃었다.

제드릭은 단희에게 휴대폰을 내밀었다.

"이것."

병원에서 기절하기 직전, 트리버의 발밑에 떨어트렸던 것이었다. 단희는 잔잔하게 웃으며 그것을 받아 들었다.

"고마워요."

"조심히 가세요."

"잘 지내요."

늘 신사적이고 과묵한 남자답게, 제드릭의 인사는 정중했다. 그동안 같이 겪어 왔던 일들에 비해 둘의 작별 인사는 지나치게 담백했지만 단희에겐 그의 따뜻함이 충분하게 느껴졌다. 간단한 탑승 수속을 밟고 경호원의 안내에 따라 단희와 지연은 비행기에 올랐다.

마지연은 좌석에 앉자마자 불만스럽게 주변을 돌아보다가 한숨을 쉬며 푸념했다.

"올 때는 전용기를 타고 오더니 갈 때는 일반 비행기라니."

"일등석이잖아. 충분히 사치스러워."

"그 근사한 더블 침대랑 금박으로 장식된 화장실이 너무나 그립네요."

단희는 더 이상 마지연의 푸념을 듣고 싶지 않아 의자 깊숙이 몸을 묻고 눈을 딱 감아 버렸다.

"정말 너무 궁금해서 그러는데 이거 하나만 대답해 주면 안 돼요?"

마지연은 일등석 프레임 벽에 바짝 기대 토끼처럼 큰 눈을 초롱거렸다.

"대체 왜 헤어져요? 서로 그렇게 좋아 죽어 놓고? 보아하니 같이 생사고락을 넘은 거 같은데…… 그럼 더 막 끈끈해져야 하는 거 아니냐고요. 오스왈드 사장이 생각보다 쓰레기예요?"

"아니."

"그 사람이 뭐 실수했어요? 팀장님한테?"

"안 했어."

"아니 근데 왜 헤어지냐고요. 그런, 갖기 황송할 정도로 완벽한 남자를."

"……."

"네?"

"……."

"네에?"

단희는 대꾸하지 않고 여전히 눈을 감고 있었다. 비행기에서 내내 단희는 잠만 잤다. 무겁게 닫힌 입은 마지연이 아무리 독촉해도 열릴 줄을 몰랐다.

26

한국에 돌아간 단희는 오스왈드의 펜트하우스에서 머물렀다. 마땅히 그의 집을 나와야 하겠지만 딱히 갈 만한 곳이 없어서 집이 구해질 때까지는 머물러야 했다.

어차피 한동안 주인 없이 비어 있을 곳이니 며칠 머무른다고 해도 큰일이 나는 것은 아니었다. 아마 오스왈드가 알았어도 집을 구할 때까지 머물라고 했을 거다. 자신에게 그렇게 박하게 굴 남자는 아니니까.

다음 날 단희는 도청 방송국으로 정상 출근했다. 생각보다 이른 출근에 사람들은 당황했는데 단희가 내일부터 나오지 않을 거라는 이야기를 하자 더 당황했다. 뭐야…… 진짜야? 또 쇼하는 거 아니야?

"이번엔 정말이에요."

단희가 사람들의 눈초리를 읽고 답했다.

"그동안 여러모로 미안했어요. 도움도 되지 않았겠지만 도움이 안 되던 사람이라 내가 없다고 해서 크게 달라지는 것도 없을 테니 안심해요. 나 없어지면 씹을 게 없어져서 그건 좀 서운하겠지만 다들 다른 씹을 거리 찾아서 돈 잘 벌면서 잘 지낼 거라 믿어요."

얄미울 정도로 정곡만 찔러 말하네. 사람들은 '쩝' 하고 입맛을 다셨다.

단희는 회의실에 앉아 있는 사람들을 빙 둘러보다 상우에게 눈길을 멈췄다.

"나 때문에 들어왔는데, 해 준 것 없어서 미안해요. 꼭 버려두고 가는 거 같지만, 만약에 일자리도 잘리고 길거리로 나앉게 생기면 나한테 연락해요. 좋은 일자리는 못 구해 줘도 당분간 먹고살 만큼 지원은 해 줄 수 있어요."

늘 그렇듯 단희는 자기 할 말만 했다. 태도는 이성적이다 못해 냉기가 줄줄 흘렀지만, 하는 말들은 묘하게 감정적이었다. 단희의 무뚝뚝함에 익숙해진 사람들은 서서히 단희가 어떤 여자인지 알게 되었다. 냉랭함에 숨겨져 있는 따뜻함을 아주 조금씩 느끼고 있었다. 정들만하면 이별이라더니……. 사람들은 착잡함을 숨기지 못했고 분위기는 아주 많이 가라앉아 버렸다.

"국장님이 잘 알아서 해 주실 거라고 믿어요. 원래 내 자리는 국장님 자리였으니까요."

단희는 꽤 쓸모 있는 인재였다. 너무 기계처럼 보이고 퉁명스러워 얄밉고 가끔은 복장을 뒤집어 놨지만 업무적인 면에서는 나무랄 데가 없는 직원이었다. 막상 나간다고 하니 서운함을 느끼기는 국장도 마찬가지였다.

"그래. 단희 씨도 그동안 수고했어."

단희는 고개를 한 번 끄덕여 보이고는 자리에서 일어섰다.

"더 할 이야기 없으면 이만 마치죠. 각자 업무 봐요."

단희는 미팅 룸을 가장 먼저 빠져나왔다. 괜히 서로 서먹해하며 잘 지내라 잘 가라 어쩌라 하는 인사를 나누며 분위기를 싱숭생숭하게 만들고 싶지가 않았다. 직장은 돈을 벌기 위해 다니는 곳이다. 팀원 하나 나간다고 해서 동요하게 만드는 것이 싫었다.

미팅 룸을 나와 씩씩하게 팀장실을 향해 걷고 있는데 마지연의 구두가 종종걸음으로 또각거렸다.

"팀장님. 그럼 새로 알아볼 집은 어떻게 할까요? 지역은 정하셨어요? 방은 몇 개짜리로?"

단희는 걸음을 멈췄다. 마지연의 발소리가 또각 하고 멈췄다. 뒤를 돌아보자, 초롱초롱한 눈으로 수첩을 펴 든 마지연이 자신의 말을 기다리고 있었다.

"마지연 씨."

"네."

"나 관둬요."

"네. 알아요."

"나 이제 당신 상관 아니에요."

"아…… 네, 뭐 그럼 이제 뭐라고 불러요?"

"아니. 그게 아니라."

단희는 한숨을 푹 내쉬었다. 이 멍청이가.

"이제 당신은 내 비서가 아니란 말이에요. 이젠 국장님이 당신 상관이야."

"아닌데. 난 팀장님 따라갈 건데."

뭐? 단희의 얼굴이 옆으로 씰그러졌다.

"아까 사표 국장님 드리고 왔어요. 팀장님 없는데 내가 여기 무슨 재미로 남아 있어요?"

단희는 황당함에 얼굴이 노랗게 떴다. 이 철부지가, 아직 정신을 덜 차렸나 보다.

"직장을 재미로 다녀? 지연 씨는?"

'아아―.' 지연이 골치가 아프다는 듯 이상한 소리를 내며 말을 막았다.

"몰라요. 나는 다 모르겠고 그냥 계속 팀장님 비서 할래. 팀장님 돈 많잖아. 내가 딱 아는데, 뭐. 월급은 팀장님이 주면 되겠네. 내 월급이 그 돈 하루 이자치는 돼요?"

"지연 씨⋯⋯."

"그러니까, 집은 내 맘대로 구해 볼게요. 인간적으로, 양심적으로 제일 큰 화장실 딸린 방은 팀장님 거. 오케이? 콜? 대신 나는 드레스 룸 하나만 더 만들어 줘요. 그거 내 꿈이었거든요. 알겠죠?"

대답도 안 했는데 마지연은 쌩하니 단희를 지나쳐 갔다.

"짐은 제가 다 챙길게요!"

오래전부터 생각한 거지만 쟤는 도저히 이겨 먹지를 못하겠다. 단희는 전의를 상실하고 혀를 내둘렀다.

서울 한복판에 자리 잡은 O병원 앞에 서서 단희는 잠시 망설였다. 자기도 모르게 손톱을 계속 뜯었다.

단희는 한국으로 돌아오자마자 지학이의 엄마에게 전화를 걸어 그날 전화를 받지 못한 것에 대해 사과했다. 무슨 일을 겪었는지 말해 줄 수가 없어서 그냥 미국에서 휴대폰을 잃어버렸다고만 했다. 한참 뜸을 들이다가 아이의 상태를 묻자 여자는 차분한 목소리로 직접 와서 보시는 게 좋을 거라고만 말했다.

그 말이 기쁘게도 슬프게도 들리지 않고 그저 침착하게만 들려서 아이의 상태가 어떤지 알 수가 없었다.

"제가 먼저 가서 확인해 봐요?"

마지연이 단희의 뒤에 서 있다가 슬며시 물었다. 정말 사표를 내고 단희를 따라 짐을 챙겨 나온 마지연은 이젠 아예 대놓고 그녀를 따라다녔다. 엄마를 따라다니는 아기 새 같기도 하고 아기 새를 따라다니는 엄마 새 같기도 하고……. 하여간 잠시도 내버려 두질 않았다.

귀찮기도 하지만 덕분에 외롭지가 않다. 그녀는 이제 완전히 자신의 애물단지가 되어 버린 느낌이다.

"아니. 아니야."

단희는 고개를 저었다. 한숨을 한 번 크게 내쉬고 다시 씩씩하게 발걸음을 뗐다.

병원 6층. 유아들을 위한 병동이어서인지 곳곳에 알록달록한 그림이 그려져 있었다. 모서리마다 충격 방지용 스펀지가 붙어 있었고 벽에 붙어 있는 손잡이는 아주 낮았다. 휠체어보다 훨씬 많은 수의 유모차가 병실 밖에 줄지어 서 있다.

팔에 링거바늘을 꽂은 채 엄마 품에 안겨 잠이 든 아이, 어딘가에 깁스를 하고 유모차에 앉아 있는 아이. 지학이처럼 호흡기를 달고 조금씩 걸음을 딛는 아이도 보였다. 지학이가 살아 있을 때에도, 그리고 죽고 나서도 아픈 아이는 모두 자신의 아이처럼 느껴졌다. 아줌마가 되면 오지랖이 넓어진다던 말이 딱 맞았다.

파란색 페인트로 칠해진 1인 병실 앞에 섰다.

[송지학]

잃어버린 지학이와 같은 이름, 다른 성을 갖고 있는 아이의 이름이 병실 앞에 붙어 있었다. 어떠한 상황이 와도 그녀에게 아픔이 되는 일은 없었다. 오스왈드를 떠나기로 결심했을 때도 그렇게 아프지는 않았다. 그런데 이 이름은 시간이 지나도 아프다. 아직도 여전히. 너무나.

단희는 들었던 손을 몇 번이고 바르작거리다가 똑똑똑 병실 문을 두드렸다.

"네."

익숙한 여자의 목소리였다. 문을 두드려 놓고, 대답을 들어 놓고,

단희가 쉽게 문을 열지 못하자, 마지연이 드르륵 미닫이문을 밀었다.

지학이 엄마가 자리에서 일어나 있었다. 마룻바닥이 반질거리게 닦여 있는 아늑한 공간이었다.

"사모님."

여자가 웃었다. 단희는 작게 인사해 보이고 눈을 움직였다. 지학이는 반쯤 일으킨 침대에 누워 엄마의 휴대폰을 만지작거리고 있었다. 하얗고 얇은 팔목에 링거바늘을 고정해 둔 부목과 덕지덕지 붙어 있는 테이프가 보인다. 얼룩덜룩 공룡이 수놓아진 병원복은 아이의 마른 몸에 조금 커 보였다.

"지학아 이모 왔네―."

엄마가 밝은 목소리로 어르자 멍한 표정으로 휴대폰에 집중하고 있던 아이가 작은 얼굴을 들었다. 지학이 엄마가 다가와 말했다.

"어제저녁에 일반 병실로 옮겼어요. 경과가 좋아서 호흡기부터 뗐어요."

아이는 더 이상 코 밑에 줄을 달고 있지 않았다. 아이의 얼굴은 아주 깨끗했다. 단희를 보자 지학이는 수줍은 듯 빙그레 웃으며 혀를 날름댔다.

"침대에 오래 누워 있어서 재활 훈련을 좀 해야 한대요. 그래도 한 달 이내에 퇴원할 수 있을 것 같대요. 지학아, 인사해야지 '안녕하세요' 하고."

엄마가 독촉하자 아이는 엄마의 치맛자락을 잡고 제 얼굴을 덮었다. 단희는 울컥 솟는 눈물을 꿀꺽 삼켰다. 그리고 한참 만에 부드럽게 지학이에게 말을 건넸다.

"……안녕."

"안녕하세요―."

지학이 대신 지학이 엄마가 인사했다.

"어서 해야지 안녕하세요."

"두세요. 괜찮아요. 이거…… 아이 선물을 좀 가져왔어요."

단희는 슈와츠 로고가 찍힌 쇼핑백을 내밀었다. 레베카가 선물해 준 공룡은 모두 쓰레기통에 처박았다. 지학이에게 그런 더러운 여자가 준 물건을 줄 순 없으니까.

오스왈드가 안전 가옥 밖으로 나가질 못하게 해서, 선물을 사는 건 마지막 날 제드릭에게 부탁했다. 아이의 취향을 모르는 그는 슈와츠 백화점에 있는 거의 모든 공룡을 쓸어 담아 왔다. 종이봉투의 배가 불룩했다.

선물이란 소리에 지학이가 퍼뜩 엄마의 치맛자락을 치웠다. 아이는 어디서 그런 힘이 났는지 허리를 일으키고 앉아 엄마가 건네준 쇼핑백에서 공룡들을 꺼냈다.

아직은 힘없이 쉰 목소리로 아이는 공룡을 하나씩 들며 종알거렸다.

"엄마 이건 티라노사우르스, 이건 파키케팔로사우르스…… 이건 프테라노돈이야."

"……."

"이건 트리케라톱스…… 이건……."

'엄마 이건 코끼리야. 엄마 저건 기린이야, 기린은 풀을 먹고 살아. 엄마 저건 호랑이야, 호랑이는 육식동물이야.'

단희는 제 엄마에게 종알종알 공룡에 대해 설명하는 지학이를 쳐다보며 자신의 아이를 떠올렸다. 신이 난 아이의 목청껏 커진 목소리를.

"너는 왜 울어?"

단희가 핀잔을 주자 옆에서 눈물을 닦으며 훌쩍이던 마지연이 원망스럽게 대꾸했다.

"팀장님이 안 우니까요!"

그러더니 마지연은 '흐어엉' 소리를 내며 진상맞게 통곡했다.

"엄마 이건 알로사우르스!"

신이 나 중얼대는 지학이의 목소리와 어우러져 전체적으로 난장판이었다. 지학이 엄마와 눈이 마주친 단희는 그냥 소리 내어 웃어 버리고 말았다.

지연은 단희를 잘 이해할 수 없었다. 사랑하는 남자와 헤어지고 나면 한 번쯤은 울고불고 통곡을 할 만도 한데 단희는 한 번도 무너지질 않았다. 평소와 똑같이 생활하고 평소와 똑같이 말하고 평소와 똑같은 일상을 그저 덤덤하게 보냈다.

본인은 아무렇지도 않아 하는데 왜 그걸 지켜보는 자신이 아픈 건지, 그것도 사실 지연은 잘 알 수가 없었다. 지학이를 끊임없이 좇는 단희의 눈길이, 고집스럽게 꼭 다물린 입술이, 몇 번이고 들썩이면서 꾹 안으로 삼켜 버리는 감정이 그냥 자신을 서럽게 만들었다. 그냥 울고만 싶었다. 그냥 눈물이 났다.

이렇게는 안 돼. 이런 식으로 참기만 하면 유단희는 썩어 문드러질 거야!

병원에서 나와 단희와 헤어지고 오피스텔 자신의 침대 위에 누워 있다가 마지연은 벌떡 자리를 박차고 일어났다. 지갑과 휴대폰을 주워 들고 겉옷을 걸치며 그녀는 현관 밖으로 뛰쳐나갔다.

지학이를 보고 나니 모든 긴장이 풀린 것인지, 아니면 한바탕 홍역을 앓는 것인지 정신이 몽롱하고 몸이 젖은 솜처럼 무거웠다. 몸살처럼 온몸이 으슬으슬 떨려 단희는 씻지도 않고 침대에 기어들어 갔다. 깨끗하게 빨린 침구에선 향긋한 섬유 유연제와 오스왈드의 향이 났다.

단희는 좀 더 몸을 웅크리고 이불 속에 파묻혔다. 목이 따갑고 갈증이 났다. 콜록콜록 기침을 하고 나니 안구에 열이 몰려 눈물이 뚝뚝 떨어졌다. 단희는 손으로 눈물을 닦고 좀 더 이불을 끌어 올렸다.

띵동— 띵동. 띵동— 띵동.

성미 급한 벨소리. 누군지 뻔히 알 것 같아 그냥 눈을 감고 누워 있다가 단희는 무겁게 몸을 일으켰다. 출입 허가 버튼을 누르고 입구에서 기다리니 비닐봉지를 잔뜩 든 마지연이 씩씩거리며 전투적으로 들어왔다.

"이게 다 뭐야?"

마지연은 공격적인 기세로 비닐봉지를 식탁 위에 올려 두고 모직 코트를 벗었다.

"오늘 일자리도 관뒀겠다! 내일 출근할 일도 없겠다!"

그렇게 멋 부리는 것에 골몰하던 마지연은 후줄근한 파자마 차림이었다. 얼마나 급하게 뛰쳐나왔는지 알 것 같아 단희는 더 멍했다. 지연은 비닐봉지를 열고 탕, 탕 소리가 나도록 식탁 위에 소주병을 내려놨다.

"……지금 술 먹자고 그렇게 급하게 온 거야?"

"오늘 코가 삐뚤어질 때까지 마셔요!"

"마지연 씨."

"일 관뒀지! 남자랑 헤어졌지! 지학이 수술도 성공했지! 술을 안 마시고는 도저히 넘어갈 수가 없잖아요. 안 그래요?"

마지연은 찬장을 뒤졌다.

"뭔 놈의 집 안에 소주잔이 없어!"

소주잔 대신 크리스털 양주잔을 꺼내 내려놓고 소주병 뚜껑을 따내 콸콸 붓는다. 그러고는 단희를 향해 잔을 든 팔을 뻗었다.

"자요!"

"……."

"마셔요! 아시겠지만 나 룸에서 일해서 술 엄청 세요! 뒷수습은 내가 해 줄 테니 토할 때까지 마셔요!"

단희는 마지연이 내민 술잔을 조용히 받아 들고는 인상을 썼다.

"왜 또 울어?"

"팀장님 때문이잖아요! 자꾸 보면 눈물이 나는 걸 어떻게 해요!"

"……."

"인생을 왜 이렇게 그지같이 살아요! 진짜 내가 본 여자들 중에 최고로 멍청해!"

"지연 씨……."

"남한테 다 퍼 주고 대체 남은 게 뭐예요! 사장님한테서 도망은 또 왜 가?! 그 남자라도 붙잡고 있어야지! 이게 대체 뭐가 행복해! 지학이가 건강해지면 뭐해! 어차피 남의 아이잖아! 세상에 미련이 그렇게 없어요? 앞으로 어떻게 살 건데?"

"남은 게 왜 없어? 나 돈 많잖아. 그 돈이나 펑펑 쓰며 살지 뭐."

마지연은 눈물을 닦고 벌컥벌컥 잔을 들이켰다 '크으' 하고 입술을 닦고 여자는 다시 툴툴댔다.

"거지 같아! 그 돈도 결국 남한테 다 퍼 줄 각이야 딱 보니까."

단희는 웃었다.

"웃음이 나와요?"

마지연처럼 단희도 한입에 소주를 털어 넣고 '크으' 입을 닦았다. 지연은 단희의 빈 잔에 다시 소주를 콸콸 따르고 자신의 잔도 채웠다.

"지연 씨 학원 다녀."

마지연이 고개를 들었다.

"재수 학원 다니고 수능 봐서 대학 가. 배우가 되고 싶으면 연극영화과를 가든지, 아니면 방송과를 가든지 돈은 내가 대 줄게."

"저거 봐. 또 남한테 돈 쓸 생각."

"어차피 너 내 껍딱지 할 거잖아."

그건 그렇지. 지연은 아주 어렸을 때 엄마에게서 버려졌다. 오랫동안 그 사실을 아무렇지 않은 척 덤덤한 척 아주 무시하고 살았지만 엄마의 빈자리는 무척 컸다. 평생 누군가에게 돌봄받은 기억이 없고, 삐뚤어진 아빠의 부정을 빼놓고 누군가가 자신을 있는 그대로 아껴 준 경험도 없었다.

그런데 오로지 단희는 지연의 있는 그대로의 모습을 바라봐 준다. 삐뚤어지고, 또라이 같은 자신을 아껴 준다. 애정 어린 훈계를 하고, 평생 받아 본 적 없는 따뜻한 밥을 만들어 준다.

아빠는 교도소에 있었고, 한때는 몸을 팔아 돈을 왕창 벌어 으리으리한 집을 마련해 언젠가 출소할 아빠와 함께 사는 것이 목표였지만 이젠 그것도 정말 자신이 꿈꿨던 것이 맞는지 확신이 없다.

이런 상황에서 어떻게든 단희의 옆에 붙어 있고 싶은 건 너무나 당연했다. 단희의 옆에 있으면 사랑받는 기분, 비로소 사람답게 사는 것 같은 기분이 들었다. 엄마, 어쩌면 언니……. 그러니까 단희는 마지연에게 처음 생긴 가족 같았다.

"됐어요. 연기는 무슨……. 나 그냥 공부할래요. 요즘엔 공무원이 철밥통이라면서요? 그거나 해 보지 뭐."

마지연은 술을 연거푸 들이켰다. 그 속도에 맞추다 보니 눈 깜짝할 사이에 마지연이 사 온 모든 소주병이 텅텅 비었다. 눈꺼풀이 서서히 풀리기 시작했다. 단희의 몸이 좌우로 근드렁거리기 시작했고 종국에는 테이블 위에 푹 엎어졌다.

"진짜 사장님이랑 헤어진 거예요?"

"아니."

"뭐야……. 뭐 알고서 아니라는 거야, 술 취해서 아니라는 거야……."

테이블 위에 볼을 대고 엎어진 단희가 웅얼거리듯 대답하자 마지연이 구시렁댔다.

"아니 그럼 다시 만날 거야?"

"아니."

"……헤어진 것도 아니고 다시 만날 것도 아니라구요? 뭔 소리야 이게…… 걍 주정이야?"

"사랑이라는 건 어려워."

마지연은 콧방귀를 뀌었다.

"어렵긴 뭐가 어려워요? 좋다, 싫다. 두 개만 확실하게 알면 되는구만."

"책임감, 도덕심, 죄책감. 결국엔 그런 게 붙더라고. 결혼으로 매여 책임져야 하는 여자. 법적으로 구속돼 죽이 되든 밥이 되든 함께 살아야 하는 여자. 나 그런 여자가 돼 버리더라고."

단희는 몸을 천천히 일으켰다. 살짝 풀린 눈이 슬프고 평화로웠다.

"그거 정말 비참해. 너무 비참해서 죽어도, 다시는 하고 싶지 않아. 그런 여자 말고, 서로에게 익숙해져서 어항에 갇힌 물고기처럼 다른 생각을 하지 못하게 되는 것 말고, 언제고 어느 때고 가슴 뛰는 사람. 평생 죽을 때까지 여자인 사람. 죽을 때까지 사랑인 사람. 나 그런 사람 되고 싶어."

단희가 희미하게 웃는다.

"그런데 나는, 그걸 못 해. 그 균형을 잡질 못해. 나는 사랑하면…… 그냥 다 주고만 싶어. 골치 아프게 계산하고 싶지가 않아. 그냥 내 모든 걸 다 바치고 싶어."

바보 같은 방식. 너무나 미련한 방법이다. 하지만 어떻게 해야 영악해지는 건지, 어떻게 해야 똑똑해지는 건지 모른다. 그렇게 똑똑해지는 것도 원하지 않는다. 그냥 이렇게 바보인 채 살아가고 싶다.

"나는 그런 팀장님을 좋아해요. 상우 씨도, 김 기자님도, 사장님도 그래서 좋아하는 거예요. 그런 사람이라."

"그 사람에게 부담이 되고 싶지 않아. 짐이 되고 싶지 않아. 나는 그냥…… 사랑이고 싶어……, 사랑. 그 사람을 행복하게 해 주는 거. 그게 되지 못한다면, 차라리 추억으로 남고 싶어. 그래서 나는 그냥…… 잊은 척하면서 기다리고 싶어."

"……."

"날 사랑하면, 정말로 날 사랑하면, 나를…… 정말로 사랑하면 그 사람 날 찾아오지 않을까? 내가 가진 게 아무것도 없다고 해도, 줄 수 있는 게 아무것도 없다고 해도, 내가 아무리 멀리 있어도…… 나…… 찾아오지 않을까?"

울컥 솟는 눈물을 단희는 속으로 꿀꺽 삼켰다. 그 사람이 너무 보고 싶다.

"왜 이렇게 어려울까. 나한테는, 사랑이. 나는 정말 너무…… 겁이 나."

단희의 자조적인 목소리에 마지연은 훌쩍 눈물을 훔쳤다.

"팀장님은 정말 악마야, 악마. 아니 왜 멀쩡한 남자를 고생시켜? 무슨 사랑의 스무고개 해요?"

마지연이 힐난하자 단희는 씩 웃었다.

"나…… 이기적이야?"

"네! 엄청!"

마지연은 제 앞에 놓인 잔을 들이켰다.

"두고 봐요. 사장님은 꼭 찾아낼걸요. 팀장님 놓치면 걔는 상등신이야."

이런 여자가 또 어디 있어. 유단희의 사랑은 정말 너무 어렵다. 어쩌면 이해하지 못할지도 모른다. 하지만 이 여자가 하는 선택에는 반드시 이유가 있었다. 이기적이라고 하지만 한 번도 유단희가 이기적으로 구는 걸 본 적이 없다. 그렇게 두려울 게 없어 보이던 사람이, 사랑하는 것에는 겁이 많았다. 어른의 사랑이란 건 뭐 그런 건가 보다. 너무 사랑하면 오히려 겁이 나는 것.

그래도 한 번쯤은 해 보고 싶다. 이렇게 겁이 날 정도로 지독하게 사랑하는 것.

마지연은 마지막 잔을 입 안으로 털어 넣었다.

전날의 과음으로 다음 날 숙취는 어마어마했다. 단희는 하루 종일 변기를 붙잡고 속에 있는 걸 모두 다 게워 냈다. 그러고는 침대에 기어들어 갔다가 곧 다시 나와 다시 속을 게웠다. 마지연이 사다 준 숙취 해소약은 입에도 대질 못했다. 물만 먹어도 게워 대는 통에 하루 종일 어지럽고 피곤했으며 속이 울렁거려 제대로 몸을 일으키지도 못했다. 그날 하루를 꼬박 그렇게 보냈다. 끙끙 앓으면서.

숙취로 앓아누운 지 이틀째 되던 날 아침, 마지연은 편의점에서 미역국을 사 와 끓였다. 하루쯤 숙취에 절어 있었으니 다음 날이면 조금 괜찮아지겠지 싶었는데 단희는 식탁에 앉아 수저를 들자마자 다시 화장실로 들어가 속을 게웠다.

마치 그동안에 있었던 일들을 다 토해 내는 것처럼 단희는 하루 종일 구역질만 해 댔다. 컨디션은 최악이었다. 눈앞이 노랗게 떴다. 아무리 아무렇지 않은 척해도 아무리 단단한 척 애를 써도 결국 무너진다. 결국엔 몸이 아프다. 그런 식으로 고통은 꼭 티를 내고야 만다.

"팀장님 병원 가 봐야 되는 거 아니에요?"

단희에 비해 지연은 말짱했다. 술이 세다고 호언장담하더니 과연 그랬다. 내가 다시는 술을 마시나 봐라……. 단희는 속으로 결심 또 결심했다.

"무슨 술 먹었다고 병원을 가."

"무슨 숙취로 이틀 내내 토악질만 해 대? 말도 안 되지."

"너무 많이 마셔서 그래. 체한 거 같기도 하고……."

"팀장님, 사장님이랑 같이 살면서 피임은 제대로 했어요?"

변기 물을 내리려 레버를 잡았다가 단희가 멈칫했다.

"임신 아니에요?"

단희가 레버를 아래로 눌렀다. 노란 위액이 변기를 타고 쭉 빨려 들어갔다.

"그건 절대 아니야."

"그걸 어떻게 장담해요? 그렇게 붙어 있었으면서."

"나 불임이야."

"왜요? 아예 들어냈어요? 자궁?"

"아니, 그건 아니고……."

마지연이 눈알을 굴리며 기가 막히다는 듯 말했다.

"내가 룸살롱 다니면서 낙태하는 언니 여럿 봤는데요. 이 세상에 완벽한 피임도, 완벽한 불임도 없어요. 여자한테 아기집이 있는 한, 생길 애는 어떻게든 생겨요. 어떻게 그런 걸 나보다도 몰라? 팀장님 생리한 지는 얼마나 됐어요?"

"얼마 안 됐어."

"생리인 건 확실해요?"

"……."

지극히 소량의 출혈. 하지만 원래 불규칙했고, 양도 그리 많지 않았다.

단희가 제대로 대답을 하지 못하자 마지연이 단희의 손을 잡아끌었다.

"가요. 나랑. 병원."

그럴 리가 없어.

"7주 정도 되셨네요."

초음파 기기 화면 안에 보이는 까만 점. 의사는 아기집 크기를 재며 친절하게 말했다. 단희는 눈앞에 벌어지는 상황을 납득할 수 없어 더 듬거렸다.

"술을…… 술을 많이 마셨어요……."

"임신 초기에는 그렇게 많은 영향을 주지 않아요. 혹시 모르고 복용하신 약이 있나요?"

"아니요…… 사다 놓긴 했는데……. 먹진 못했어요."

"그럼 괜찮아요."

"제가…… 제가 이해가 잘 안 돼서 그러는데, 저…… 임신을…… 임신을 못 할 거라고 했어요."

"불임 판정을 받은 분들 중에서도 자연 임신이 되신 분들 많으세요. 건강한 출산도 하시구요. 생명이란 게 참 신기해요. 그죠?"

의사는 안심하라는 듯 미소를 짓고는 다시 모니터를 주시했다.

"아기 심장 소리 한번 들어 보실래요?"

의사가 마우스 커서를 움직여 화면을 확대하고 손톱만큼 작은 하얀 점 안에 다시 커서를 댔다.

쿵쿵쿵쿵쿵.

아기의 심장 소리가 진료실 안을 가득 메웠다.

단희는 그 천둥 같은 소리에 완전히 압도되었다. 그 심장 소리를 따라 자신의 심장도 쿵쿵쿵 뛰었다.

마지연은 산부인과라는 곳을 처음 와 봤다. 어색했지만 자신을 힐 끗거리는 임산부들을 위아래로 훑으며 지연은 고개를 빳빳이 쳐들었다. 뭐 죄짓고 온 것도 아닌데.

단희는 의사가 손에 들려 준 초음파 사진을 맥없이 든 채 진료실을 빠져나왔다. 마지연이 대기의자에 앉아 앞자리 임산부와 신경전을 펼치다가 자리에서 일어섰다.

단희는 황망해 보였다. 뭔가를 얻은 게 아니라 잃어버린 사람처럼 멍하고 공허하고 넋이 나가 있었다.

"뭐래요?"

마지연은 단희의 손에 들린 인화지를 내려다봤다. 까만 점.

"이거 뭐예요? 이거 아기예요? 그죠? 이거 아기죠?"

단희가 대답을 못하자 마지연은 대뜸 옆에 있는 아무 임산부나 잡고 물었다.

"이거, 이거 아기죠?"

임산부가 당황해하면서도 고개를 끄덕였다.

"아기잖아! 아기!"

마지연은 복도가 떠나가라 고함을 질렀다. 세상에 아기야! 아기라고!

단희가 비틀비틀 걸었다. 진료실 복도를 빠져나가 병원 로비로 나왔을 때 단희는 그 자리에 주저앉았다. 마지연이 얼른 뛰어와 단희를 부축했다.

"괜찮아요? 조심해요!"

쿵쿵쿵 뛰어 대던 심장 소리가 아직도 귓가에 들린다. 말도 안 돼. 어떻게 이럴 수가. 아기라니. 아이를 가졌다니. 눈물을 참을 수가 없다. 단희는 바닥을 짚고 엎드려 부들부들 떨었다. 뿌옇게 고인 것이 사정없이 바닥에 떨어졌다. 이를 꽉 물어도 울음소리가 새어 나갔다.

기쁨일까. 슬픔일까. 두려움일까. 무엇이라 정의할 수 없는 설움이 복받쳤다. 지학이를 잃고 나서 아이를 가질 수 없다는 사실에 절망해본 적은 없다. 어쩌면 다행이라고도 생각했다. 왜냐하면 도저히, 지학이를 보낼 수가 없으니까. 그 아이만큼 다른 아이를 사랑할 수가 없으니까. 도저히 잊을 수가 없으니까. 평생…… 절대로 그 아이를 놓고 싶지가 않으니까. 매 순간 살아 숨 쉴 때마다 그 아이를…… 붙잡고 있고 싶으니까.

임신을 했다. 사랑하는 사람의 아이다. 메마르고 텅 비어서 무엇도 담을 수 없다고 생각한 몸 안에 생명이 싹을 틔웠다. 그게 꼭 이제 아이를 놓으라고 하는 것 같다. 이제 정말로 보내라고 하는 것 같다. 아프고 소중하다. 사랑스럽고 원망스러웠다.

단희는 자기의 배를 꼭 감싸 안았다. 잃고 싶지 않아서…… 지켜 내고 싶어서…… 희망을 품는 자신이 절망스러웠다. 그 모든 감정이 뒤섞여서 꾹 참았던 울음이 터져 나왔다.

어떤 아이일까. 얼마나 예쁠까. 오스왈드를 닮았다면 분명 아주 예쁠 거야. 사랑스럽고, 슬프고, 아프고도, 행복했다.

"말해야 돼요, 팀장님."

마지연이 울먹거렸다. 단 한 번도 무너지지 않던 단희가 소리를 내어 울고 있었다. 너무 서러워 보여서 마지연도 같이 엉엉 울어 버리고 싶었다. 처음 알았다. 임신이 여자에게 어떤 일인지. 아이를 갖는 것이, 어떤 의미인지…… 처음으로 궁금해진다. 엄마는…… 나를 가졌을 때 어땠는지, 왜 나를 버렸느냐가 아니라, 어떤 마음으로 나를 낳았는지…….

"이건 말해야 돼요. 사장님한테 꼭 말해야 돼요. 그러면 달려올 거예요. 당장 올 거예요."

단희가 터진 수도꼭지처럼 흐르는 눈물을 정신없이 닦으며 고개를 저었다.

"말해야 한다니까요!"

"싫어. 안 할 거야."

"그 사람 애잖아요! 애 아빠잖아요! 이런 법이 어디 있어요!"

"아이 때문에 찾아오는 건 싫어."

"……."

"아이를 볼모로 바짓가랑이 잡는 짓은 안 해."

임신했다고 하면 분명 달려올 거야. 그가 아이를 얼마나 원했는지 알아. 그에게 아이가 얼마나 필요한지도 알아. 하지만 이미 그를 떠났다. 아이 때문에 다시 그를 붙잡고 싶지가 않아. 아이를 팔아 그를 되돌려 받는 건 아무런 의미가 없다. 단지 책임지기 위해 오는 것이라면, 그런 것은 필요 없다. 사랑이 아니라면 무엇도 필요하지 않다.

"그러다 안 오면요! 애기 태어날 때까지 안 오면요? 애가 태어나서도 안 오면요? 그래도 마냥 기다리기만 할 거예요?"

"꼭 올 거라며?"

"상황이 같아요? 그땐 '올 거다'로 괜찮은 상황이지만 지금은 '와야 한다'잖아요. 안 오면 안 되는 상황이잖아요. 나 엄마 없이 자라 봐서 알아요. 그게 얼마나 외롭고 힘든데요. 아이한테 평생 상처예요. 평생…… 절름발이처럼 마음을 절면서 산다고요. 아빠가 있는데, 알면 당장 달려올 아빠가 있는데 왜 그렇게 해요?"

"아빠가 있다고 해서 아빠 구실 다 하는 거 아니야. 아빠가 있어도 외롭게 자라는 아이는 외로워. 지금 상황도 충분히 아이에게 좋은 환경이야. 나 돈 많잖아."

"애를 혼자 어떻게 키워요!"

"내가 왜 혼자야. 지연 씨가 있는데."

지연은 허를 찔린 듯 입을 벌렸다가 다물었다. 단희는 빙긋 웃었다. 그걸 보고 있자니 지연은 청승맞게 다시 눈물이 났다. 코끝이 시큰해서 훌쩍 코를 들이켜고 부러 퉁명스러운 목소리를 냈다.

"남자만 만나 봐. 팀장님 버리고 냉큼 시집가 버릴 거야."

"그래. 시집갈 돈은 마련해서 가는 걸로."

"두고 봐. 내가 막노동을 해서라도 갈 테니까."

"시집가기 전에 우리 집 보모 알바 해. 그럼 되겠네. 내가 일당 후하게 쳐줄게."

마지연은 단희의 손을 잡아 여자를 일으켰다.

"집부터 구해야겠어요."

"그래. 드레스 룸 딸린 방. 꼭 구해."

"드레스 룸은 무슨, 대형 병원이랑 젤 가까운 데로 가야죠. 이왕 이렇게 된 거 학군도 생각해야 돼요. 강남 팔 학군! 뭐 그런 거. 돈도 많으니까 겁나 유명한 대로 가요."

"애들은 시골에서 키워야지. 하여간 들은 것만 많아서는……."

"안 돼요! 아빠도 없는데 촌 동네 살면 더 기죽어. 겁나 애 몸에 돈을 처발라 줘야 무시 안 당해요. 저 집은 능력 있어서 아빠 없이 애 키우나 보다 싶게. 아줌마들 사이에서 쌈닭은 내가 할게요. 팀장님은 수습을 맡아요. 찰떡궁합이네."

도망가 버릴 거라더니 전투적으로 종알대는 마지연은 집으로 돌아갈 때까지 줄줄이 계획을 읊어 댔다. 이상한 가족. 아주 이상한 가족임에 틀림이 없다. 하지만 아이에겐 분명 아주 재밌는 가족이 될 거야.

배 속에 아이는 소중하게 기를 거다. 지학이를 품었을 때는 해 보지 못했던 것들. 잘 먹고 잘 자고 잘 쉬면서 행복한 생각만 할 거다. 자고 싶으면 자고 먹고 싶으면 먹고 온실 속의 화초처럼 즐거운 일들만 하고 싶다. 모든 순간을 완벽하게 만들고 싶었다.

마지연은 다음 날 재수 학원을 등록했다.

단희의 반대로 강남 팔 학군은 포기하고 대신 커다란 숲 공원이 가까운 작고 안전한 주택가에 작은 마당이 딸린 집을 얻었다. 오스왈드의 펜트하우스는 미련 없이 비웠다. 임신 사실을 알고서는 어쩐지 도망치듯 비우는 느낌이었다.

그러나 잔잔한 일상이 쳇바퀴처럼 돌아가자 곧 그 느낌도 지워졌다. 모든 것이 충분하다는 느낌도 가끔은 받았다. 하지만 가끔 어느날 밤에는 숨 막히도록 외로운 공기가 흘렀다. 그럴 때면 단희는 늘일찍 잠자리에 들었다. 희미하게 새어 나오는 울음소리를 마지연은 매번 모른 척했다.

27

사방에서 연신 플래시가 터졌다. 찰칵하고 피사체를 카메라 안에 담는 소리가 요란했다.

「오스왈드 퀸튼 씨. 최근 CIA에 소환 조사를 받은 사실이 있습니까?」

하원정부관리감독위원회에 속한 공화당 의원이 엄중한 목소리로 물었다. 몸에 착 감기는 검은색 정장을 말끔하게 차려입은 오스왈드가 마이크 가까이 입을 가져가자 다시 찰칵거리는 소리가 청문회장에 요란스럽게 울렸다.

「네.」

「보고를 받은 바로, 레드마피아 일당이, 맬크로우사의 무기 개발 관련 기밀을 탈취해 국제 테러단체에 거래하려 하였고 이 사실을 퀸튼 씨가 제보했다고 들었습니다. 맞습니까?」

「네.」

「그 말은 미합중국의 가장 거대한 정보 조직이, 한낮 범죄 조직에 대한 관리 책임을 소홀히 했다. 그렇게 해석할 여지가 있다고 생각합니까?」

오스왈드는 테이블 위에 팔꿈치를 대고 두 손을 깍지 꼈다. 플래시가 다시 터졌다. 모두들 여기가 화보를 찍는 스튜디오가 아니라 청문회장이라는 사실을 까맣게 잊은 것 같았다.

「제가 그걸 판단할 필요가 있는지 모르겠군요. 저는 그저 제보자일 뿐인데요.」

「퀸튼 씨 이것은 매우 엄중한 문제입니다. 이것은 미국의 안전과 안보에 아주 심각한 위협을 초래하는 사건입니다. 그렇기에 반드시 이번 사태에 대해서는 책임을 물어야 한다고 봅니다.」

「의원님께서 이 일에 대해 엄중한 책임을 묻고 싶어 하시는 건 잘 알겠습니다만.」

오스왈드는 깍지 낀 두 손을 여유롭게 비볐다.

「개인적인 경험에 비춰 보자면, 존경하는 의원님. 이보다 심각하게 안보를 위협하는 일들은 아주 많았습니다. 하지만 이번처럼 모든 과정을 공개하는 것은 본 적이 없군요. 프랭크 부국장의 말에 의하면 레드마피아는 테러단체와 이렇다 할 접촉도 하지 못한 채 바다에 수장을 당했다는데, 북태평양을 건너가기도 전에 바다에 수장당한 레드마피아와, 미국의 정보기관의 테러작전을 모두 다 까발리면서까지 전 국토부 장관이었던 차기 대선 후보를 공격하는 것 중, 과연 어떤 것이 더 안보와 미국의 안전을 위협하는 일인지 저는 판단하기가 힘들군요.」

청문회장이 웅성거렸다. 바로 옆자리에 앉아 있던 민주당 의원이 이때다 싶어 목에 핏대를 세우며 덤벼들었다.

「공화당은 민주당 대선 후보를 흠집 내기 위해 청문회라는 방법을 동원해 국민의 세금을 낭비해 가며 아주 저열하고 치졸한 공격을 하고 있습니다. 과연 이 청문회가 누구를 위한 것인지는 제 입으로 이야기하진 않겠습니다!」

「동의합니다!」

오스왈드가 의자에 앉아 귀를 후빌 동안 여기저기서 제 편을 옹호하는 목소리들이 줄지어 쏟아졌다. 프랭크는 오스왈드가 아수라장으로 만든 청문회장 한가운데서 모든 인내를 동원해 진지하고 근엄한 표정을 유지해야 했다.

「공화당 눈 밖에 나서, 당분간 자네 사업에 관련된 의회 승인은 힘들겠구먼. 보수당을 등에 업어야만 하는 사업체가 뒤통수를 쳤으니 지금쯤 이를 갈고 있을 거야.」

「그동안 제 등을 쳐먹은 소심한 복수라고 해 두죠.」

「소심한 것치고는 제법 타격이 크네. 요새 미국에서 자네만큼 입김이 센 사업가가 또 어디 있다고.」

「걱정 마세요. 그분들 댁으로 보내는 의미심장한 꽃다발 하나면 조용해질 테니. 이를 테면 '그리운 XX 부인께. 추억을 기리며.' 같은 문구로 말이죠.」

와이프들을 두고 하는 말이로군. 너무 적절한 블랙코미디에 의회장을 나서던 프랭크의 걸음이 느려졌다.

「이젠 아무렇지도 않게 이야기하는군. 죽도록 감추고 싶었던 치부 아니었나? 자그마치 20여 년을 감춰 온 비밀이었잖아.」

「난 이제, 자유로우니까요. 프랭크.」

'악몽은 내가 가져갈게. 당신은 자유야.'

그는 부드럽게 미소 지으며 프랭크에게서 멀어졌다. 오스왈드가 청문회장을 나오자마자 대기하고 있던 기자들이 따라붙었다. 한 컷이라도 더 그를 담기 위해 혈안이 되어 무조건 마이크부터 들이밀었다. 이젠 그 익숙한 광경을 제드릭은 여유롭게 정리했다.

「어디로 가시겠습니까?」

제드릭은 오스왈드가 차에 오르자 자신도 앞 좌석에 타며 물었다.

「병원으로.」

머리에 총알이 3개나 박혔는데도 살아남은 60대 중반의 남성은 아마 덜래스가 최초일지도 몰랐다. 그것도 말짱하게. 이쯤 되면 외계인이 세상을 지배한다는 음모론이 사실이란 여론이 조성되어도 이상할 게 없었다. 수술을 마치고 의식을 회복하고도 두 달째. 그는 다른 젊은 사람들보다 회복하는 속도가 빠르다고 했다. 살아생전 좋은 것만 먹고 몸 관리를 한 보람이 이렇게 나타난다.

덜래스는 호텔에 버금가는 최상급 VIP 병실에 누워 몇 분 전에 끝난 청문회에 관한 뉴스를 보고 있었다. 이미 청문회 시청은 실시간으로 마쳤다. 그는 오스왈드가 병실에 들어서자 기력 없는 목소리로 힐난했다.

「수십 년을 공들여 일으킨 사업체를 말아먹는 것도 일종의 복수인 게냐?」

「이제 공화당 의원들과는 그만 붙어먹으세요. 덜래스 씨. 무기 사업은 진작 사양길에 들어섰잖습니까. 노년에는 모름지기 평화와 환경을 사랑하는 것이 좋은 모양새예요.」

오스왈드는 덜래스의 손에서 리모컨을 빼앗아 벽걸이 TV를 껐다.

「그래서 이제는 앞치마 매고 홈리스 저녁이라도 지어 주랴?」

「저 아니었으면 지금쯤 저 청문회에서 가루가 되는 건 공화당 의원이 아니라 덜래스 씨였어요.」

오스왈드는 레드마피아와 결탁했던 덜래스 회장의 과거를 깨끗하게 지웠다. 그가 없는 동안 그의 모든 사업체를 돌보고, 국가기관에 수시로 불려 가며 증언하고, 덜래스 가문의 거대한 사업체에 조금도 흠집이 나지 않도록 모든 일을 매끄럽게 수습해 두었다.

총을 맞고 곧 죽는다는 것을 예감했을 때에도 덜래스는 죄스럽게도 차라리 마음이 편안했다. 언제고 그에게 물려줄 것들이, 조금 안 좋은 타이밍에 생각보다 빨리 그의 손에 쥐어질 뿐이었다. 한 번도 자신을 실망시켜 본 적이 없던 청년. 그렇게 무수히 그를 실망시켰어도, 자신이 책임지고자 하는 것은 반드시 책임지는 올곧은 녀석.

「그래. 내가 너에게 신세를 졌다. 또다시 말이지.」

「댈크로우는 케이트가 어떻게든 잘 관리할 겁니다. 여자지만 댈크로우사의 그 어떤 남자들보다 뛰어난 인재예요. 차기 사장감으로 더 나은 사람을 찾기는 힘드실 겁니다.」

오스왈드는 리모컨을 협탁 위에 내려놨다.

「제가 할 수 있는 건 모두 다 했어요, 덜래스.」

올 것이 온 것 같았다. 그렇게 잡아매려고 노력했는데도 말이다.

「아직 병상에서 일어나지도 못했는데……. 박한 녀석 같으니.」

「의사에게 이야기 들었습니다. 앞으로 못해도 20년은 더 사실 것 같다고 하던데요. 심장은 웬만한 젊은이들보다 좋다고요.」

「언제 떠날 거니?」

「당신과 작별 인사를 마치면요.」

단희는 그에게 스스로의 인생을 찾아보라고 했었다. 구정물이 튀어 있는 오스왈드의 인생을 무엇이든 담을 수 있는 깨끗한 백지로 돌려놓고 거기서 제대로 다시 시작해 보라고. 행복해지려 노력해 보라고. 죽도록 노력하라고 말이다. 그러나 그런 노력은 이미 진작 죽도록 해 봤다. 인생을 찾아보려는 시도도 이미 무수히 해 보았다. 이제 익숙해져 버린 이 거대한 세계는 처음부터 원한 적이 없었다. 살 곳이 없어서, 속할 곳이 없어서 적응한 것뿐이다. 잘할 수 있는 것과 원하는 것이 다르다. 그동안은 잘할 수 있는 것을 했으니 이제는 원하는 것을 하고 싶었다.

「나는 너를 가족이라고 생각해 왔다, 오스왈드.」

한 번도 오스왈드를 남이라고 생각해 본 적이 없다. 한 번도 이 젊은이를 사랑하지 않은 적이 없다. 사랑하기에 안타깝고 죄스럽고 그렇기에 더 어떻게 대해 줘야 할지를 몰랐다. 사랑해서 그가 늘 어려웠다. 상처를 입고 자신만의 벽에 갇혀 버린 아픈 아이를 보는 것은 고통이었다. 원하는 것이 없는 아이에게 뭔가를 계속해서 쥐여 주는 것도 마찬가지였다. 그러나 할 수 있는 것이 그것뿐이었다.

「그리고 우린 여전히 가족이야. 그러니 작별 인사는 하지 않는 게 좋겠다.」

오스왈드는 그저 가만히 서 있었다. 원래 감정의 파고를 드러내지 않는 녀석이었다. 그런 그를 화나게 하고, 당황하게 하고, 놀라게 하고 웃게 하는 존재가 단 한 명임을 덜래스도 너무 잘 알고 있다.

「의사가 말했다시피, 나는 당분간 아마 건재할 거다. 앞으로 10년 정도는 거뜬하겠지.」

덜래스는 자신의 가슴을 툭툭 치며 웃었다.

「그러니까 딱 10년이야. 딱 10년.」

「…….」

「나는 너 아닌 다른 사람에게 내 기업을 물려줄 생각이 없다. 트리버의 대부로 너 아닌 다른 사람을 생각해 본 적도 없어. 그러니 그때쯤엔 여자를 데리고 돌아와.」

「덜래스 씨.」

「가족을 버리는 건 용납 못 한다, 오스왈드. 그러니 네 가족을 만들어서 데려와. 이젠 늙은 애비 노릇 말고 부자 할아버지 노릇도 좀 해 봐야지 않겠니?」

덜래스의 목소리에 힘이 넘쳤다.

「10년 동안 이곳은 내가 정리해 놓으마. 네가 돌아올 때쯤이면 어디서도 레베카의 흔적은 찾아볼 수 없을게다. 워싱턴을 포함해서.」

이왕 들쑤셔 놓은 거, 오랫동안 더러운 스캔들을 같이 깔고 뭉개던

이들에게 정치자금을 하나둘 끊을 때도 되었다. 노쇠한 자신처럼 노쇠한 권력. 지는 해는, 석양으로 물들고 어둠의 뒤편으로 사라지는 것이 옳다. 이제는 곧 떠오를 해를 위해 하늘을 비워 주는 것이 맞다.

오스왈드는 덜래스에게 다가가 아주 짧게 포옹했다. 그저 서로 어깨를 대고 등을 툭툭 치는 정도의 인사. 퉁명스럽기 그지없는 스킨십은 그러나 둘에겐 20여 년간 한 번도 없던 친밀한 행위였다.

「10년이다. 경고했어.」

「10년 후에 다시 이야기해 보죠. 잘 지내고 계세요.」

오스왈드는 그에게 작별 인사 같지 않은 작별 인사를 하고 병실을 나왔다.

좋아. 마지막 시도야. 루시는 크게 숨을 들이마셨다가 길게 내쉬었다. 흠잡을 데 없는 화장, 하얗고 긴 목선이 잘 드러날 수 있도록 헤어 살롱에 가 공들여 틀어 올린 머리. 몸에 잘 달라붙은 새틴 드레스. 이 정도면 정말 할 만큼 다 한 거다. 이래도 안 통하면 이젠 어떤 방법도 없었다.

찌르릉— 호텔 벨이 울렸다. 루시는 립스틱을 바른 입술을 거울로 뻐끔거리며 확인한 후 서둘러 문을 열었다.

편안한 차림의 오스왈드가 주머니를 손에 넣고 있다가 루시를 위아래로 훑었다. 병원에 들러 덜래스에게 작별 인사를 마치고 저택으로 가 모든 짐을 다 싸 놨는데, 루시에게까지 불려 나오니 죽을 맛이었다. 피곤함에 절은 그는 인상을 찌푸렸다.

「곧 죽을 것처럼 전화하더니 멀쩡하네.」

문을 활짝 열고 비켜서자 그는 심드렁하게 방으로 들어섰다. 아무런 거리낌이 없었다. 불편해하지도 어색해하지도 않았다. 루시는 좌절감에 어깨를 늘어뜨리고 미리 룸서비스로 시켜 둔 와인병을 따 병째로 벌컥벌컥 들이켰다.

「유종의 미를 이런 식으로 장식하는 거야?」

오스왈드가 심드렁하게 물었다.

지난 세 달 동안 온갖 방법은 다 시도해 봤다. 울며 고백도 해 보고, 매달리며 애써 보기도 하고, 아주 진지하게 길고 긴 대화로 자신의 감정을 설명해 보기도 했다. 이제 남은 방법이라곤 육탄 공세뿐이었는데 안 통할 거라는 것은 이미 알고 있었다. 그에게 이런 유혹은 너무나 익숙한 일이었으니까. 차라리 약이라도 먹여 볼까 그런 정신 나간 생각까지 했다. 정말이지…….

「정말 사람 구질구질하게 만들어!」

누구를 향한 힐난인지, 정처 없는 힐난이 퉁명스럽게 뱉어진다.

「알면서 이런 짓을 왜 하는데?」

왜 이런 짓을 하냐니. 당연히 사랑하니까, 그래서 갖고 싶으니까. 그래서 이러는 거잖아 이 멍청아!

「내가 단희 씨한테 전력투구한다고 했단 말이야! 완전 으름장을 놨는데 그럼 어떻게 해!」

그는 못 말린다는 듯 고개를 저으며 소파에 털썩 주저앉아 다리를 꼬았다.

「그 여자는 조만간 엉덩이라도 좀 맞아야 되고.」

그렇게 말하는 오스왈드의 목소리가 즐거웠다. 그 여자에 대해 말할 때만, 감정이 생생하게 살아난다. 루시는 씩씩거리며 테이블 위에 와인병을 탕 소리 나게 내려놨다.

성난 걸음걸이로 드레스 자락을 잡고 오스왈드 앞에 서더니 치맛자락을 들어 올리고 그의 무릎에 앉았다.

「루시…….」

「닥쳐 봐.」

여자는 루즈를 바른 입술을 몇 번 오물거리더니 오스왈드의 두 뺨을 우악스럽게 잡고 입술을 비볐다. 오스왈드는 무감하게 반응했다.

거부하는 것도 아니고 환영하는 것도 아닌 그냥 루시가 하는 대로 내버려 두는 태도였다.

쪽 소리를 내며 입을 떼어 낸 루시가 자신의 팔뚝으로 입술을 쓱 닦아 냈다.

「너 정말 재수 없어.」

「난 원래 재수 없는 놈이었잖아. 새삼스레.」

「…….」

「그러니까, 나 같은 놈한테 상처받지 마. 그러기에 넌 너무 아까워.」

루시는 무겁게 오스왈드의 무릎에서 몸을 일으켰다. 모르던 바가 아니다. 어떻게 해도 무너지지 않을 녀석이란 건 너무 잘 안다. 아마 루시를 여자로 볼 수 있었다면 벌써 봤을 거다. 열셋. 그 이후로 20년이 넘게 보아 온 사이인데 그 긴 세월 동안 한 번쯤은.

「단희 씨 사는 집은 알아?」

「그 좁은 땅덩어리에 갈 데가 어디 있겠어.」

단희는 아직도 같은 휴대폰을 쓴다. 아직 번호도 바뀌지 않았다. 전화를 해 보려고 했다면 언제든 할 수 있었다. 그녀가 어디 사는지 알아보는 것도 그만큼 쉬웠다. 그저 하지 않은 것뿐이다. 여태껏 그녀가 어떻게 사는지 알려고 하지 않은 것처럼.

사실 오스왈드는 단희의 행동을 이해하기가 힘들었다. 아직도 왜 그런 건지 이해할 수가 없었다. 그러나 행복해지기 위해 노력해 보라는 그녀의 말에서, 몸짓에서 느낄 수 있는 건 딱 하나였다. 사랑. 감히 헤아려 볼 수도 없는 사랑.

그날 단희가 보여 준 모든 것은 진심이었다. 여자는 한순간도 거짓을 말하지 않았다. 갖고 싶고 그래서 가둬 놓고 싶고, 어떻게든 붙잡고 싶은 자신의 욕망이, 그 사랑이란 것 앞에선 너무 작아 보였다. 그래서 생각해 보아야만 했다. 무엇이 단희를 행복하게 해 주는 것인지. 자신이 아니라, 그녀를 위한 것이 무엇인지.

단희는 그런 식으로, 자신을 사랑했다. 그도 그것을 배워 보고 싶었다. 뒤도 돌아보지 않고 방문을 나선 건 그런 이유에서였다. 같은 것을 보여 주고 싶어서. 때로는 포기하는 사랑을 할 수 있다는 것을 보여 주고 싶었다.

그녀를 만족시키고 싶었다. 실망시키고 싶지 않아. 가능하면 영원히 멋있는 남자가 되고 싶어. 가능하면 어떻게라도 유단희를 행복하게 만드는 남자가 되고 싶어. 미국에 남아, 책임을 다하는 인생이 그녀를 안도하게 하고, 행복하게 해 주는 인생이라면 기꺼이 그 책임이란 것을 다해 보고 싶었다.

코일의 문제를 해결하기 위해 잠시 한국에 들어가서도 단희를 찾지 않았다. 찾고 싶은 간절한 욕구를 참느라 하루하루를 맨정신으로 견디는 것도 힘들었다. 그녀가 죽을 만큼 보고 싶었다.

그러니 이젠 됐어. 정말 죽도록 노력해 봤으니까. 죽도록 노력해서 깨달은 건 포기하는 사랑 같은 건 전혀 성미에 맞지 않는다는 것 딱 하나였다. 그런 사랑은 유단희 당신이나 하라고. 나는 원하는 것은 가져야겠으니까.

"여기 주문하신 알리오 올리오와 마리게리따 피자 나왔습니다."

이른 저녁 시간이 되자 백화점 안 음식점은 사람들로 붐볐다. 특히 어린아이를 데리고 외식 나온 사람들 천지였다. 여기저기서 포크가 떨어지고 음식물이 날아다니고 아이들의 울음소리로 음식점은 아수라장이었다.

다른 아르바이트생들은 모두 인상을 찌푸리며 투덜거렸는데 룸에서 진상 손님을 너무 많이 겪어 본 덕에 탁월한 서비스 정신으로 중무장한 마지연은 그 가운데에서도 생글생글 인상 하나 찌푸리지 않고 일했다. 마지막 주문을 서빙하고 마지연은 앞치마를 풀었다.

"사장님! 저 가 볼게요!"

"지연 씨! 잠깐만!"

포스 앞에 서 있던 사장이 뛰쳐나가는 마지연을 잡았다.

"이거!"

사장은 봉투를 내밀었다.

"다음 주가 연휴잖아. 그래서 미리 당겨서 주는 거야."

"아!"

마지연은 반색하며 봉투를 받아 들었다. 단희에겐 시집갈 자금을 모으는 거라며 정색했지만, 꼴랑 주말만 뛰며 받는 푼돈 따위를 모아 결혼자금으로 쓸 수 있다고 믿을 만큼 미련한 사람은 되질 못한다.

마지연은 봉투를 구겨 백팩의 가장 안쪽 주머니에 넣고는 콧노래를 흥얼댔다.

이 돈은 태어날 아이의 장난감 기금이었다. 아무리 돈이 많아도 어쩐지 단희는 그런 것에 후한 사람일 것 같지가 않다. 마지연은 어릴 때 새 장난감을 가져 보는 것이 소원이었다. 남이 쓰다 버린 것 말고, 다 망가지고 취향에도 맞지 않는 그런 거 말고 네모난 박스에 포장된 흠 하나 없는 새 장난감.

이모가 좋은 게 뭐겠는가. 바로 이모는 그러라고 있는 존재다. 장난감 셔틀. 그걸 위해 존재하는 거다. 이모란 것은.

「퀸튼 씨. 도착했습니다.」

깜빡 잠이 들었던 오스왈드가 제드릭의 목소리에 희미하게 눈을 떴다. 몇 달 동안 제대로 자질 못했다. 피로에 찌든 눈을 끔뻑거리며 오스왈드는 차가 정지한 곳의 풍경을 살폈다.

잘 정비된 길 위에 주택가가 옹기종기 모여 있었다. 프랭크가 만약을 위해 단희에게 정보원을 붙여 두었다는 이야기는 들어서 알고 있다. 집

앞에 서 있는 선팅이 짙게 된 차 중 하나에 분명 정보원이 있겠지.

오스왈드는 차 문을 열었다.

「기다릴까요?」

「아니. 회사에 들러 요청해 둔 파일을 내 펜트하우스에 가져다 놔 줘. 도착하는 대로 볼 수 있게.」

「네.」

덜래스는 오스왈드가 백수로 지내는 꼴은 못 본다고 했다. 지금껏 가문 역사상 그런 놈팡이 같은 남자는 없었다면서 다른 회사에는 감히 취직할 생각도 하지 말라고 으름장까지 놨다. 결국 맬크로우 지사에라도 자리를 꿰차고 앉아 그 자리를 지키는 놈팡이가 되라는 소리였다. 이것도 다 오스왈드가 절대 놈팡이 짓을 못 한다는 걸 아니까 하는 소리다.

덜래스는 오스왈드가 맬크로우의 기술력을 좀 더 발전적으로 쓰고 싶어 한다는 걸 오래전부터 눈치챘었다. 수소, 폐기물, 연료전지, 원자력을 대체할 수 있는 영구적이고 무해한 에너지. 그게 오스왈드가 원하는 사업이었다.

그러니까 덜래스는 오스왈드에게 맬크로우에서 자리나 뭉개며 그런 짓이나 하는 놈팡이가 되라는 것이다.

오스왈드가 문을 닫고 차에서 멀어지자 제드릭이 탄 차는 곧 단지를 빠져나갔다.

"나 왔어요!"

마지연은 신발을 털며 어스름하게 노을이 지는 어둑한 집 안을 둘러봤다. 뭐야, 어디 갔어? 가방에서 휴대폰을 꺼내 전화를 걸자 몇 번 울리지 않고 단희가 전화를 받았다.

"어디예요?"

— 여기 큰길 슈퍼. 갑자기 삼겹살이 먹고 싶어서.

"올 때 사 오라고 하지."

— 그냥 갑자기 생각나서. 바람도 좀 쐬고 싶고. 내내 누워만 지내니 좀이 쑤셔서.

TV와 연결된 셋업 박스 전원이 아직 켜져 있었다. 마지연은 리모컨을 들어 모니터를 켰다. 해외 토픽 뉴스.

'민주당 유력 대선 후보 부르스 게일 전 국토부장관의 정치 행방은?'

이란 타이틀이었다. 아아. 뻔하다. 그게 또 나왔겠네.

케이블 정치 채널에서는 다룰 내용이 없으면 이 내용을 꼭 다뤘다.

남의 나라 정치와 기업가에 뭔 관심이 이다지도 많은지 모르겠지만 줄기차게 같은 장면만 반복해 보여 주면서도 참 줄기차게 할 이야기가 많은가 보다.

청문회장에 들어서서 수많은 카메라 플래시에도 눈 하나 깜짝 안하고 지 할 말 다 하는 모습에 마지연은 매번 이상한 기분을 느꼈다. 만나선 안 될 사람을 만나 본 것 같은 기분도 들었고, 뭔가 꿈을 꾼 것 같기도 했다. 그리고 가끔은 저 사람이 내가 아는 그 사람이 맞나 싶은 생각도 들었다. 어쨌든 겁나게 먼 기분. 그것만은 확실했다.

그러니 단희가 느끼는 기분은 짐작도 못 한다. 단희는 심지어 그의 아이까지 갖고 있잖아. 기다리지 않는다는 말을 참 고집스럽게 했다. 기다리지 않아. 찾아오지 않아도 상관없어. 돈도 있고 지연 씨도 있으니까 충분히 행복하게 잘 살 수 있어. 씩씩하게 반복해서 말하면 정말 그렇다고 믿을 줄 안다니까.

단희에게 환경이 충분한 것은 알고 있다. 아빠가 없어도 아이를 풍족하고 넉넉하게 키울 수 있을 정도로 돈도 많고, 집도 있고, 아이를 낳고 나면 면허도 딴다잖아. 단희가 얼마나 착실하게 자신의 삶을 충실히 살아가는지 안다. 얼마나 차분히, 차근차근 만날 아이를 위해 많은 준비를 하고 있는지 안다.

하지만 그걸로 괜찮을 리가 없잖아. 물질적으로 풍족한 환경이 아

361

이에겐 좋겠지. 처음부터 아빠가 없다면 어쩌면 커서도 찾지 않을지도 모르지. 그렇지만 그건 아이에 해당하는 이야기잖아. 유단희가 아니라.

단희는 가끔 눈물이 나면 저 혼자 당황한다. 호르몬 핑계를 대며 자기가 왜 이러는지 모르겠다고 결국엔 웃어 버리지만 시간이 지날수록, 외롭고 아픈 거라는 걸 본인만 모른다. 알면서 괜스레 그러는 걸수도 있다. 괜찮다고 자꾸 이야기하면 최면이라도 걸리는 줄 아나.

단희는 지금 오스왈드가 필요하다 무척 절실히. 막말로 지금 땅을 치고 후회하고 있는 거다. 왜 그렇게 쉽게 도망을 쳤는지. 차라리 붙잡고 늘어질걸. 그렇게라도 붙어 있을 걸, 처참하게 끝나도 좀 더 붙어 있을걸. 분명 그런 생각을 하고 있다.

띵동—

벨이 울리자 마지연은 TV 전원을 다시 냉큼 껐다.

"아니, 무슨 자기 집을 벨을 누르고……."

마지연은 문을 열자마자 말문이 막혔고 그다음엔 버럭 화가 났다.

"미쳤어요?!"

문을 열자마자 미쳤냐니. 반갑다고 하는 인사치고는 너무 과격해서 오스왈드는 한쪽 눈썹을 추켜올렸다.

"여긴 미친 사람만 들어갈 수 있는 집인가?"

"이제 오면 어떻게 해요!"

마지연은 얼굴이라도 긁을 기세로 소리를 질렀다.

"나 잠 한숨 안 자고 왔어. 내가 지금 여기서 너한테 그런 소리를 듣고 있어야 할 이유가 없는 거 같은데 말이야."

"아니 지금……."

마지연은 말을 하려다가 꽉 입을 닫고 대신 가슴을 쿵쿵 쳤다. 여전히 이해할 수가 없는 녀석이니 오스왈드는 지연의 행동을 무시하고 손으로 문을 밀며 안으로 들어갔다. 현관에 서서 두리번두리번 집 안을 둘러보고는 물었다.

"유단희 어디 갔어?"

"큰길에 있는 슈퍼요. 집 모퉁이 끼고 돌면 바로 큰길이에요. 횡단보도 건너 오른쪽으로 조금만 가면 있어요. 초록색 간판으로 빅마트라고."

오스왈드는 다시 몸을 돌려 현관 밖으로 나갔다.

"사장님!"

오스왈드가 계단을 내려가다 뒤를 돌아봤다. 방금까지 TV에서 봤던 그 남자가 맞는데 또 아닌 것 같다. 그 남자도 오스왈드고 이 남자도 오스왈드인데 말이다.

"뭐야."

피 한 방울 안 나올 것 같은 냉혈한이 아니라 사랑에 빠져 툴툴대는 서른 남자. 지금의 그는 꼭 그렇게 보인다.

'사실 팀장님 임신했어요.' 그 말이 목구멍까지 튀어나오려는 걸 입 안으로 꿀꺽 아주 힘겹게 삼켰다. 그걸 너무 알려 주고 싶지만 그걸 알려 줄 권한이 자신에게는 없었다. 모른 채 만나야 해. 그걸 몰라야 애 때문에 왔단 생각을 안 하지. 그 지겨운 굴레를 그래야 벗어나지.

"빨리 가 봐요."

빨리 가라며 가는 사람을 불러 세우는 아이러니함. 오스왈드는 정말 도움이 안 된다는 얼굴로 무감하게 고개를 돌렸다.

단희는 마트에서 나왔다. 미리 준비해 간 장바구니가 불룩하게 물건을 담았다. 고기, 마지연을 위한 맥주 캔 몇 개, 오렌지 주스, 우유, 한 덩이에 2,000원에 준다는 특가 세일 바나나까지.

무거운 것 들면 안 좋을 텐데 너무 욕심껏 담았다. 마지연한테 전화해서 데리러 오라고 할까 하다가 얼마 되지도 않는 거리이니 호들갑떨지 말고 혼자 가자고 결심했다.

이제 15주에 접어들었다. 아이는 건강하고 이제 거울에 비춰 보면 똥배처럼 볼록하게 배도 튀어나와 있었다. 임신 중반에 접어들고 있었고, 의사도 이제 무리하지 않는 선에서 운동을 해 보라고 했으니 이 정도는 무리가 없을 거다.

그는 횡단보도를 건너 얼마 되지 않아서 마트를 빠져나오는 단희를 발견했다.

많이 자란 머리를 여자는 뒤로 묶었다. 깡총하게 짧은 꽁지 아래로 무수히 많은 잔머리가 삐져나왔다. 아직은 추운 늦겨울과 초봄의 중간, 두툼한 파카를 입고 어그 부츠를 신은 모습이 꼭 눈사람 같다. 못 보던 사이에 살집이 올라 여자는 더 사랑스러웠다. 단희는 반대편으로 걸었다. 오스왈드가 온 곳과는 다른 반대편 횡단보도를 건너려는 것 같았다. 오스왈드는 천천히 보폭을 넓히며 여자를 따라 걸었다.

아무래도 손으로 들고 가는 건 힘들 것 같아 단희는 장바구니를 반대쪽 손으로 옮겼다. 그러곤 걸음을 멈추고 어깨에 메기 위해 손을 올리려는 순간 누군가가 단희의 손에서 장바구니를 빼앗아 갔다.

아주 짧은 기시감. 도청 엘리베이터 안에서 느껴졌던 그 향기가 다시 났다. 그때처럼 아주 느리고 아주 자연스럽고 아주 가벼운 손길이었다.

단희가 고개를 옆으로 돌렸다. 모직 코트를 입은 길고 늘씬한 몸이 보인다. 가슴을 따라 시선을 올리자 석양처럼 타오르는 눈동자가 보였다. 그는 붉은색 태양을 등지고 있었다.

세상의 모든 것이 사라지고 그것만이 존재했다. 석양, 그리고 석양과 너무나 잘 어울리는 황금색 눈동자를 지닌 남자. 그 눈이 단희를 내려다보고 있었다. 다시 심장이 쿵쿵 혈관을 때렸다. 다시 온몸의 세포가 완전히 깨어났다.

그는 단희가 가는 방향으로 잠시 고개를 돌렸다가 다시 여자를 내려다봤다. 따듯하고 애틋한 눈. 오똑한 콧날 밑으로 보기 좋게 자리 잡은 입술이 예쁘게 벌어졌다.

"걸을까? 같이?"

어제 헤어졌다 만난 사람처럼, 아니 한 번도 헤어진 적이 없던 사람처럼 그는 말했다. 사랑해서 돌아왔다느니, 너를 잊을 수가 없었다느니, 그런 말은 하지 않는다. 그저 같이 걷자는 그 말이 모든 것을 대신했다. 그것으로도 이미 충분했다. 단희는 두툼한 파카 위로 자신의 배를 꼭 감았다.

당신에게 할 말이 많아요. 정말 너무 많아요.

"밥 먹었어요?"

"아니."

"가요. 집으로."

오스왈드는 장바구니를 들고 여자의 보폭에 맞춰 걷다가 가만히 단희의 손을 잡았다. 석양이 지고 있었다. 한낮의 햇살보다 더 눈부신 것이, 긴 그림자를 드리웠다. 지금 이 순간이, 앞으로 다가올 날들이 이제야 완벽해진 기분이 들었다. 이제 곧 봄이 올 거다.

아빠. 보이세요?
지금 나를 내려다보세요. 그러면 보일 거예요.
내가 얼마나 활짝 웃고 있는지.

— The end

에필로그

epilogue 1

"삼겹살 먹어 본 적 있어요?"

단희는 들뜬 목소리로 물었다. 주방에 들어서서 장 봐 온 음식들을 꺼내는 동작도 격앙되어 있었다. 그런 단희를 보는 마지연도 덩달아 신이 나 입꼬리를 씰룩댔다.

오스왈드는 제 여자의 향기가 가득한 아늑한 집 안을 둘러보다가, 단희의 옆에서 잔심부름을 하고 있는 마지연을 향해 손을 까딱거렸다. 가까이 오라는 제스처에 마지연은 눈을 양옆으로 굴리며 망설이다 손을 털며 다가갔다.

"왜요?"

그는 주머니를 뒤져 검은색 플래티넘 카드를 꺼냈다. 엥?

"뭐예요?"

뭐 심부름시킬 것이 있나? 의아한 그녀를 그는 침착하고 냉정한 눈으로 내려다봤다.

"나가."

"······뭐요?"

"백화점에 가서 쇼핑을 하든, 레스토랑에 가서 고기를 썰건, 호텔 스위트룸을 잡든, 돈은 네 맘대로 써."

"······."

마지연은 멀뚱히 그를 쳐다보다가 곧 혀를 찼다. 그러고는 새침하게 그의 손에서 카드를 받아 들었다.

입꼬리가 자꾸 올라가 아랫입술을 살며시 지르물며 그를 향해 눈을 흘겼다

"······저질."

그러고는 도도한 걸음걸이로 그를 스쳐 현관 밖으로 나가 버렸다.

단희는 장바구니를 뒤적이느라 분주했다. 냉장고 문을 열어 음료를 정리하고 싱크대 위에 삼겹살과 냉장실에서 꺼낸 버섯 야채 등을 잔뜩 올렸다.

"참기름이랑 소금에 찍어 먹으면 정말 맛있어요. 혹시 어릴 때 먹어 봤을지도······."

정수리에 뜨거운 것이 내려앉았다. 부드러운 숨소리. 싱크대 위를 바삐 오가던 손이 느릿하게 멈췄다.

"보고 싶었어."

오스왈드의 낮고 달콤한 목소리가 귓가에 울렸다. 그리움이 심장에서부터 손끝까지 퍼져 나가 단희는 눈을 감고 나른하게 숨을 내쉬었다.

그는 손으로 단희의 목덜미에 흩어져 있는 잔머리카락을 쓸고 입을 맞췄다. 귓등에서 어깨까지 내려갔던 입술이 뺨에 붙었다. 그는 단희의 허리를 잡고 부드럽게 뒤로 돌렸고 단희는 싱크대 상판에 허리를 대고 수줍게 내려앉은 눈꺼풀을 들어 보였다.

오스왈드는 단희의 동그래진 볼을 손으로 쓸었다. 못 보던 사이에 살집이 올랐다는 것이 기쁘기도 하고, 나 없이 잘 먹고 잘 살 수 있다

는 걸 증명하는 것 같아 심술 나기도 한다. 손을 펴 여자의 옆머리를 쓸어 올리며 그는 많은 생각을 떠올렸다.

당신은 내가 안 보고 싶었어? 당신은 내가 그립지 않았어? 매일 밤 외로움에 뒤척이진 않았어? 가끔 숨 막히는 기분을 느낄 때는 없었어? 모든 걸 다 내던지고, 그냥 나를 품에 안고 싶을 때는 없었어?

물어보려 했던 것이 산더미였지만, 지금은 묻고 싶지가 않다. 지금은 그저 눈앞의 여자를 안고만 싶었다. 오스왈드는 단희의 턱을 두 손으로 감싸고 위로 들어 올렸다. 살짝 물었다가 놓은 도톰한 입술은 반질반질 윤기가 났다.

못 본 사이에 왜 이렇게 사랑스러워졌지? 단희의 눈에 짧게 열망이 스쳤다. 망설이다가, 타올랐다. 그는 때를 놓치지 않고 단희의 턱을 더 들고 입을 맞췄다. 한번 부딪힌 입술은 떨어질 줄을 몰랐다. 단희는 익숙하게 그의 목에 팔을 휘감았고 오스왈드는 여자를 더 당겨 자신에게 밀착시켰다. 까치발을 든 여자의 몸이 뒤로 꺾였다.

오스왈드는 여자의 입가에, 볼에, 턱에 근사한 입맞춤을 퍼붓고 다시 입술을 부딪쳤다. 농밀하게 접촉되는 혀 움직임에 절로 신음이 흘렀다. 그는 손으로 상판 위에 올라가 있는 불필요한 것들, 야채, 고기, 무엇이 되었건 걸리는 대로 다 바닥으로 쓸어 냈다. 그러고는 텅 빈 상판 위로 단희를 가뿐히 들어 올렸다.

"오스왈드. 나······."

단희가 헐떡거렸다. 오스왈드는 단희의 스웨터 안으로 손을 집어넣으며 다시 입술로 여자의 입을 막아 버렸다. 지금은 별로 말이 필요하지 않은 순간이다. 달뜬 신음 이외에는.

몸이 뜨겁게 달아오른 상태이면서도 단희에게는 미묘한 저항감이 느껴졌다. 사실 그녀는 어떻게 해야 할지 몰랐다. 그와의 접촉이 너무 황홀해 멈추고 싶지 않으면서도, 멈춰야만 했다.

오랫동안 떨어져 있어서, 여기서 관계를 가지면 안 그래도 거친 것을 좋아하는 그가 적당히 사정을 봐주며 할 것 같지가 않았다.

상판 위로 누르는 그의 상체를 단희가 손으로 밀었다. 그러자 오스왈드가 그녀의 손을 붙잡고 아래로 떨구었다. 그는 좀, 이성을 잃고 있었다.

"기다려요."

단희가 헐떡이며 말했다. 확실히 신음같이 들린다. 그의 손이 브래지어 속으로 파고들었다. 와이어가 없는 편안한 브래지어를 스웨터와 함께 위로 성급하게 밀어 올린다. 그의 입술이 겨드랑이 근처에 달라붙었다. 본능적으로 자꾸 눈꺼풀이 감겼다. 마치 피부 속의 골격을 더듬는 것같이 그녀의 상체를 더듬던 입술이 젖무덤 위로 내려앉아 빨판처럼 유두를 흡입했다. 상체가 위로 튀어 오르고 '헉' 소리가 절로 났다. 이런!

"오스왈드! 잠깐!"

단희는 오스왈드의 어깨를 주먹으로 두드렸다. 퍽, 퍽.

자비 없는 세기에 오스왈드는 몸을 일으키고 단희의 두 손목을 낚아챘다. 눈에는 욕구불만과 짜증이 가득 담겨 있었다. 다홍색으로 달아오른 볼을 한 채 단희는 마른 입술을 혀로 쓸었다. 진작 흥분한 거 같은데, 왜 이러지? 장소 때문인가?

"침대로 갈까?"

"아니요."

"나 지금 좀 많이 급해."

그가 어금니를 물고 말했다. 너는 옷을 더럽게 많이 껴입었고. 오스왈드는 단희의 전신을 눈으로 훑으며 뒷말을 삼켰다.

그는 의욕이 넘쳤다. 그 넘치는 의욕을 오늘 발산해 보고자, 마지연도 내보냈다. 오늘은 '적당히'란 단어는 통용되지 않는다. 한순간도 떨어지지 않으리라. 밤인지, 낮인지, 해가 떴는지, 졌는지도 모르고 싶었다. 그냥 이 여자의 몸 안에 자신을 파묻고만 싶었다. 하루 종일.

조금의 틈도 없이.

단희는 오스왈드의 오른손을 잡아 자신의 헐벗은 배 위에 가져다
댔다.

"……."

그러고는 눈 한 번 깜빡이지 않고 오스왈드를 올려다보았다. 살집
이 오른 배. 못 본 사이에 한 번도 본 적이 없던 똥배가 볼록 튀어나와
있었다.

귀엽네.

그의 생각은 거기에서 멈췄다.

"할 말 다 했어?"

그는 무언으로 뭔가를 열심히 말하는 단희에게 물었다. 여자는 한
숨을 내쉬었다.

"내가 왜 이러는지 모르겠어요?"

"지금 내 두뇌는 평소에 비해 현저하게 기능을……."

단희는 허리를 곧게 펴고 그의 손으로 자신의 아랫배를 꾹 눌렀다.

그러자 그의 고개가 한쪽으로 기울었다. 왜 똥배가 근육처럼 단단
하지? 그의 눈이 가늘어졌다. 이게 뭐지?

"이거, 살 아니에요."

그는 손을 좀 더 움직였다. 여자의 배에는 단단한 공 같은 게 들어
있는 것 같았다. 마치…… 꼭…….

그의 눈이 지금껏 본 적이 없을 정도로 커졌다.

말도 안 돼.

그는 입을 벌리고 헛바람만 내쉬다가 침을 꿀꺽 삼켰다.

"맞아?"

그가 물었다. 단희는 천천히 고개를 끄덕였고 그는 뒤로 한 발짝 물
러섰다. 두 손으로 벌린 입을 막고 한동안 피가 안 통하는 사람처럼
하얗게 질린 채 그 자리에 딱딱하게 굳어 있었다.

"15주 정도 됐어요. 아직 성별은 몰라요."

정지. 완전한 정지. 숨은 쉬고 있는 걸까.

"아주…… 아주 튼튼해요. 심장도 잘 뛰고……."

아이. 아이다. 단희의 배 속에…… 아이가 있다니.

그는 다리에 힘이 풀리는지 허리를 숙이고 무릎을 짚었다. 가쁜 호흡 소리. 떨리는 손이 자신의 머리카락을 훑는다. 저러다 기절하는 게 아닌가, 단희는 걱정이 되었다.

"아이는 잘 자라고 있어요."

"……언제 알았어?"

"한국에 오고 바로 알았어요. 연락 안 해서 미안해요. 아이 때문에 당신 발목 잡는 거 하고 싶지 않았어요. 이해해 줘요."

그는 눈을 질끈 감았다. 여전히 잇새로 가쁜 숨소리가 들려왔다.

"그래도 정말 이야기하고 싶었어요. 나, 찾아와 줘서 정말 고마워요."

그 막연한 기다림을 그는 이해해 줄까. 단희는 숨을 죽인 채 그가 화를 내지는 않을까 걱정했다.

오스왈드는 한참 만에 몸을 발딱 일으켰다. 어쩐지 격앙되고 화나 보이는 얼굴에 단희는 확 긴장했다.

"걷지 마."

"……에?"

그는 바닥에 떨어진 야채와 고기 봉지를 개수대에 던졌다

"요리하지 마."

"……무슨 그런 말이."

"아무것도 하지 마."

"……그게 뭐야."

오스왈드는 초조한 눈으로 단희를 쳐다보다가 여자를 와락 안았다. 그래 놓고 힘껏 안기가 무서워 버들버들 떨었다.

가슴이 이렇게 떨렸던 적이 없는 것 같다. 단희는 잠깐 어리둥절해 있다가 어쩔 줄 몰라 하는 그의 등을 부드럽게 얼렀다.

"기뻐요?"

"……"

그는 다시 눈을 질끈 감았다. 기쁜 건지 뭔지 그것조차 모르겠다. 그냥 가슴이, 느낌이, 너무나 간지럽고 몸이 둥둥 떠오르는 것 같았다.

"나랑 결혼해."

고압적으로 명령하는 목소리는 격앙되어 떨렸다.

"안 하겠다고 하면 기절시켜서 식장으로 끌고 갈 거야."

단희가 키득키득 웃었다.

"어차피 선택의 여지가 없는 문제네요."

좋은 아빠가 될 수 있을까? 노력하면…… 가능할까? 아이에게 다정한 사람이 될 수 있을까?

그러나 분명 단희는 좋은 엄마가 될 거다. 그녀는 아이를 정말로 사랑해 줄 거다. 그건 확실해. 그래서 이 여자일 수밖에 없다. 누군가와 결혼을 해야 한다면, 누군가와 함께 살아야 한다면, 내 아이의 엄마를 고를 수 있다면 그건 반드시 이 여자여야만 해.

그녀는 아이를, 고장 난 자신을 채워 줄 것이다. 그의 가정을 행복하게 만들어 줄 것이다. 모든 것에 균형을 잡아 줄 것이다. 단희와 함께라면 분명 행복할 것이다. 좋은 아빠가 될 수 있을지는 자신할 수 없지만, 딱 한 가지 그가 자신할 수 있는 것이 있었다.

"좋은 남편이 될게. 맹세해. 너에게 좋은 남자가 될 거야."

"……"

"죽을 때까지 당신에게 감사하며 살 거야. 당신을 신처럼 모시고 살겠어."

"당신은 지금도 좋은 남자예요. 그리고 좋은 남편일 거고, 좋은 아빠가 될 거예요.”

그는 단희를 품에서 천천히 떼었다. 행복하게 웃고 있는 얼굴에 마음이 녹아내린다. 그는 단희의 이마에 경건하게 입을 맞췄다.

어떻게 해야 좋은 아빠가 되는지는 모르지만 배울 수는 있다. 배우면 된다. 단희는 훌륭한 스승이 되어 줄 거다. 산더미처럼 서적을 쌓아 놓고 공부해도 된다. 그 방면에 달관한 의사나 심리학자, 전공자를 찾아가 상담해도 되리라. 사랑하는 마음만 있다면. 무엇이든 할 수 있다.

그는 상판에서 단희를 안아 들었다. 폭신한 소파에 내려놓고 여자의 배 위로 무릎 담요를 덮었다.

“불 근처에는 가지 마.”

“가스레인지 불로는 안 타 죽어요.”

“그냥 가지 마.”

“적당한 운동은 필요해요.”

“불 쓰는 거 말고 다른 거 해. 뾰족한 거, 뜨거운 거, 차가운 거, 만지지도 말고 하지도 마. 당신도 아이도 내겐 너무 소중해서 불안해.”

불만스럽게 입을 뻐끔대던 단희가 전의를 상실하고 입을 다물자 그는 주변을 둘러봤다.

“여긴 얼마에 샀어?”

“왜요?”

“펜트하우스로 들어와. 여긴 내가 처분해 줄게.”

단희는 곰곰이 생각에 잠겼다.

“여기보단 그곳이 더 넓어. 난 당신과 아이를 보살펴야 하는데 이곳은 그러기 어려워. 최소한의 프라이버시는 보장받아야겠어.”

다닥다닥 붙어 있는 주택들. 담장이라곤 전혀 없는 집들이 모여 있어서 프라이버시를 보호받기에 적절한 곳은 확실히 아니었다.

“나는…… 마당이 있는 집에서 살고 싶어요. 숲도 가깝고 공원도 가까운 곳에서요.”

그는 단희의 볼을 사랑스럽게 매만졌다.

“집을 짓자. 당신과 내가, 아이가 살 곳을 짓는 거야. 당신이 원하는
곳에, 원하는 대로.”

“진심이에요?”

“그래. 뭐든 하자. 원하는 건 뭐든.”

그는 정말로, 어려운 것이 없다. 그리고 정말로 무엇이든 해 줄 것
같다. 단희는 미소 지었다.

“이 집은 지연이한테 줬으면 좋겠어요. 근데, 지금 주면 시건방져질
지도 모르니, 결혼할 때 주고 싶어요.”

어쩌면 집을 높은 값에 팔아서 그 돈으로 흥청망청 명품이나 사며
사치 부릴지도 모른다. 정신을 차린 듯 보여도 조금의 틈만 보이면 바
로 정신을 놓는 아이니까.

오스왈드는 피식 웃었다.

“뭐든 당신 뜻대로.”

그는 담요를 덮은 단희의 배 위에 다시 손을 얹었다.

“언제 볼 수 있지? 앤 언제 나와?”

“겨울에요.”

“그 전에, 나는 아기를 느낄 수 없어?”

오스왈드는 미간을 찌푸렸다. 투정 부리는 것 같은 말투에 단희는
부드럽게 웃었다.

“조금 더 크면 아이가 움직이는 게 보일 거예요. 에이리언처럼요.”

‘오’ 하고 입을 동그랗게 모은 그의 눈이 기대감에 반짝였다.

◆　·　　·　●　·

정우는 담배의 마지막 한 모금을 빨아들이며 손목시계를 살폈다.

약속 시간보다 10분이나 늦었지만, 담배는 포기할 수가 없었다. 그는 마지막 심까지 다 태운 이후, 담배꽁초를 쓰레기통에 넣었다.

만약, 최정우가 아닌 다른 이였다면, 오스왈드는 결혼식에 10분이나 지각한 들러리의 멱을 따 버렸을 거다. 그러나 그는 평소와 다름없는 걸음걸이로, 평소와 다름없는 얼굴을 한 채 걸어오는 정우를 보고 아무 말도 하지 않았다.

「좀 늦었어요.」

그에겐 무리한 부탁이었다. 그러나 정우 말고 다른 사람을 증인으로 생각해 내기는 쉽지가 않았다.

「미국으로는 바로 가?」

「네. 오후 비행기로요.」

덤덤해 보이는 얼굴이 수척했다. 심성이 강하지만 아직 스물네 살짜리 어린아이였다. 처음으로 온 마음을 다해 좋아한 여자와 이별한 이후 그 상실감을 속으로 다 삼킬 만큼 성숙하지는 못했다.

오스왈드는 그에게 도망치지 말라고 조언해 주고 싶었다. 자신에게 단희가 스쳐 지나가는 여자가 아니듯, 정우에게도 은금이는 그저 스쳐 지나가는 여자가 아니었다. 은금이는 아무것도 모르는 눈으로 정우를 쥐고 흔들어 대는 여자다. 아는 것이 많아 흔드는 것이 아니고, 아는 것이 없이 순수해서 정우를 흔들었다.

그 순수함은 최정우가 갖지 못한 것이었고 은금이는 그것을 채울 수 있는 유일한 여자였다. 그런 여자를 떠난다는 것은 매우 어렵다. 하지만 그는 그저 최정우의 어깨를 툭 치는 것으로 대신했다. 똑똑한 아이니, 모든 걸 제 힘으로 현명하게 헤쳐 나갈 거다.

정우는 눈으로 썰렁한 소강당을 훑었다. 아주 화려한 차림을 한 늘씬한 여자의 옆으로 은금이처럼 작고 아담한 여자가 보였다.

파스텔블루의 원피스에 굵은 털실로 짠 폭신한 베이지색 카디건. 굽이 없고 깨끗한 플랫슈즈를 신고 있는 여자는 안개꽃으로 만든 화관과, 같은 종류의 부케가 아니라면, 신부라고 눈치채지 못할 만큼 수수했다.

얇고 단아한 턱선, 도톰하고 새침한 입술, 동그란 콧방울은 자칫 아이처럼 보였지만 깊은 눈매만큼은 완숙했다. 정우는 여자에게 정중하게 고개를 숙여 인사했다.

"결혼 축하드려요."

단희는 반색하며 그에게 손을 내밀었다.

"최정우 씨, 맞죠? 이야기 많이 들었어요."

생각보다 훨씬 잘생긴 남자였다. 스물 남짓, 소년과 남자의 경계에 서 있는 그에겐 푸르고 거친 청춘의 느낌이 그대로 전해져 왔다.

최정우는 크고 따뜻한 손으로 여자의 손을 마주 잡았다. 단단하고 뜨거운 오스왈드의 손과는 다르게 청년의 손은 아주 부드럽고 섬세했다. 단희는 하얀 이를 드러내며 웃었다. 이렇게 웃기까지 얼마나 많은 시간을 보내야 했는지 알지 못하는 정우는 그저 그녀의 미소가 천진하다고만 생각했다.

마지연은 최정우가 강당으로 들어온 순간부터 눈을 떼지 못했다. 예술을 하는 남자라니. 생긴 것도 멋있는데 하물며 전공도 멋지다. 미국 대사가 들어와 주례를 읊는 동안에도 마지연은 오로지 최정우만 쳐다봤다.

「여기 신성한 약속을 이루고자 두 사람이 모였습니다. 그대, 오스왈드 퀸튼은 이 여인을 아내로 받아들이고 하나님과 여기 모인 모든 사람들 앞에서 죽음이 서로를 갈라놓을 때까지 아내를 사랑하고 아끼며, 보호하고 존중하는 충실한 남편이 될 것을 맹세합니까?」

"I will."

그가 침착하게 대답했다.

「그대, 유단희는 여기 이 남자를 남편으로 받아들이고 하나님과 여기 모인 모든 사람들 앞에서 죽음이 서로를 갈라놓을 때까지 남편을 사랑하고 아끼며, 순종하고…….」

아, 이 문장은 빼기로 했지. 대사가 다시 크흠 헛기침을 했다.

「남편을 사랑하고 아끼며 지지하고 존중하는 충실한 아내가 될 것을 맹세합니까?」

단희는 대사의 말이 끝날 때를 가만히 기다렸다가 대답했다.

"네."

대사가 고갯짓을 하자 정우가 오스왈드에게 반지 케이스를 열어 보여 주었다. 그는 섬세하게 세공된 다이아 반지를 들고 단희를 향해 따듯하게 웃었다. 그리고 점잖은 목소리로 서약을 외웠다.

"내 사랑의 증표인 이 반지를 받아 주십시오. 나 오스왈드 퀸튼은 유단희를 아내로 맞아, 기쁠 때나 슬플 때나, 부유할 때나 가난할 때에나, 건강할 때에나 슬플 때에도, 사랑하고 아끼며 죽음이 우리를 갈라놓을 때까지 충실한 남편이 되겠습니다."

반지는 단희의 약지에 미끄러지듯 들어갔다. 문 앞을 지키고 있는 제드릭을 제외하면 증인을 포함해 단 네 명뿐인 결혼식. 오스왈드에게 화려한 결혼식 같은 건 필요가 없었고, 단희는 그저 축의금을 위해 치르는 고루한 형식의 결혼을 더 이상 원하지 않았다. 사랑이 담긴 서약, 사랑하는 남자, 그리고 진정으로 축복해 줄 단 몇 사람. 그것으로 충분했다.

단희는 마지연에게서 반지를 받아 그의 손에 끼웠다. 나 유단희는, 오스왈드 퀸튼을 남편으로 맞아— 단희는 그와 똑같은 말을 반복해서 외웠다.

「미 대사의 권한에 의거, 이제 두 사람이 부부가 되었음을 선언합니다. 신부에게 키스해도 좋습니다.」

오스왈드가 단희의 입에 가볍게 입을 맞추자 마지연이 재빠르게 휴대폰을 들었다

찰칵. 조용한 강당 안에 기계음이 작게 메아리쳤다.

"사진 한 장은 남겨 둬야죠!"

마지연은 씩 웃어 보이더니 '아저씨! 아저씨!' 하며 문 앞에 서 있던 제드릭을 허겁지겁 붙잡아 왔다. 그에게 휴대폰을 넘기더니 주례를 본 대사를 뒤에 세운 채 아주 정석적인 결혼사진을 찍었다. 단희와 오스왈드의 사진을 한 장, 마지막으로 자신과 정우의 사진을 남겨 달라고 요청한 후 지연은 정우의 팔뚝에 딱 달라붙었다.

늘 해 왔던 그 육탄 공세를 시작한 것이다.

단희와 오스왈드가 시청 2층으로 이동해 혼인 신고서를 작성하고, 증인 두 명의 신상과 사인을 기입할 때에도, 그 이후에 계단을 내려와 서로 담소를 나눌 때에도 마지연은 정우의 옆을 떠나지 못했다. 정우는 지연을 신사적으로 대했다. 적당히 웃고 적당히 맞장구쳐 주었지만 그 이상의 감정은 전혀 없어 보였다. 사뭇 지쳐 보이기도 했다. 아마 정우의 전화번호를 얻는 것은 불가능할 것이다.

"첫사랑인가?"

오스왈드는 단희의 걱정스러운 시선을 따라가며 조용히 물었다.

"……여자 친구랑 헤어진 거 맞아요?"

"쟨 은금이랑 못 헤어져. 그렇게 끝날 사이가 아니야."

"그럼 어떻게 해요?"

그는 미소 지으며 단희의 뒷목을 부드럽게 주물렀다.

"가슴 아픈 짝사랑이 되는 거지 뭘."

이왕이면, 이루어질 만한 첫사랑을 시작하면 얼마나 좋을까. 그러나 어떠한 사랑이라도, 지연이에겐 필요하다. 아픈 사랑도. 그래서 깊은 사랑도. 그래서 슬퍼지는 사랑도. 모든 것을 잃고 나면 지연이는 비로소 여자가 될 것이다. 그리고 한 뼘 더 자라 있을 거다.

단희는 습관처럼 자신의 배를 어루만졌다. 맑게 갠 하늘. 봄이 오고 있음을 알리는 따뜻한 햇살. 덧그린 듯 푸른 하늘에 올려져 있는 구름이 천천히 움직이는 것을 그녀는 눈으로 좇았다.

"보고 있을 거야."

그가 단희의 생각을 읽고 대답했다.

"지학이도, 아버지도, 어머니도."

"……."

단희는 그의 손을 꼭 쥐었다.

"미안해요. 마냥 행복해하지 않아서."

행복하면 반드시 슬픈 감정이 생긴다. 어딘가 헛헛한 마음. 아이가 태어나면 이 갈증은 채워질까. 이런 그리움 말이다.

"괜찮아. 이해해."

그는 안심하라는 듯 웃었다. 그러곤 단희의 작은 손을 두 손으로 소중히 덮었다.

"행복해지자. 평생. 죽을 때까지."

그러니까, 너는 그냥 내 풍경에 들어와 있기만 하면 돼. 나무가 되어 뿌리를 내리고, 비가 되어 싹을 틔우면 나는 거대한 숲이 되겠어. 새가 날고, 무지개가 뜨고, 아름다운 노랫소리가 들리는 것을 평생 지켜볼 수 있게 나는, 너를 가득 담을 거야. 너는 내 노래이고, 내 빛이 되겠지. 어두운 곳에서부터 밝은 곳까지, 나를 가득 채운 것은 모두 당신이니까.

"아들일까요? 아니면 딸일까요?"

결혼식을 마치면 응당 신혼여행을 가야 하는 것이 순서이지만. 이들은 여행 대신 산부인과를 계획해 두었다. 이번 주면 아이의 성별을 확실히 알 수 있을 거다.

단희의 쓸쓸하던 눈에 금세 생기가 돌았다. 그게 뭐가 중요하겠나. 그저 자신의 아이이고, 그 아이를 단희가 품고 있다는 것이 중요하다. 그것만으로도 간이고 쓸개고 그는 내어 줄 수 있었다.

"내가 뭘 원하는지 알아?"

오스왈드는 차라리 짓궂어지고 싶어서 단희를 향해 히죽 웃었다.

"너랑 마음 놓고 섹스하는 거야."

"……."

단희의 미간이 찌푸려 들며 눈이 커졌다. 경박하다고 나무랄 것 같은 눈동자.

"그러니, 의사의 입에서 무슨 말이 나올지 기대하자고. 경우에 따라 당신은 침대에 묶일 수도 있으니까."

그의 말에 단희는 콧방귀를 끼었다. 도전과 모험을 좋아하는 천성을 지닌 여자는 눈을 빛냈다.

"왜 내가 묶이죠? 이번에 묶일 사람은 내가 아니고 당신 차례일 텐데?"

그러더니 개구진 미소를 띠며 그의 귓가에 속삭였다.

"아직 있잖아요. 그 수갑."

그는 웃음을 터트렸다. 그건 아직, 그 펜트하우스의 드레스 룸에 곱게 모셔져 있다. 아마 여전히 다이아몬드보다 더 발광하고 있을 것이다.

epilogue 2
8년 후

― 친구랑 또 싸움질했어요! 눈 바로 아래가 찢어졌는데 잘못하면 눈 다칠 뻔했다니까요!

인터폰 너머로 단희의 조급하고, 난처하고, 화가 난 목소리가 들려왔다.

"그래서, 이겼대?"

― 지금 그게 중요해요?

아내의 핀잔에도 오스왈드는 느릿느릿 보고서를 들추며 그건 매우 중요하다고 생각했다. 모름지기 사내놈이라면 싸움에선 이겨야 한다. 다치기까지 했다면 더더욱 그렇다.

― 아이들이 자꾸 다르게 생겼다고 놀린대요.

녀석이 좀 독특하게 생기긴 했지. 아직까진 단일 인종으로 사회 구성원을 이루는 것이 자연스러운 나라이다. 오스왈드 자신도 어린 시절 한국에서 무수히 많은 괴롭힘을 당했다. 세월이 이렇게 많이 흘렀어도 애들 심보는 비슷비슷했다. 별로 특이할 것이 없는 이야기인데도 길길이 날뛰는 아내가 이해 가지 않았다.

다쳤다고 하지만 그저 생채기가 난 정도인데 왜 전화해서 그 문제로 하소연을 하는 것일까. 테스토스테론을 가지고 있는 아이이니 싸우는 건 당연한 거고, 독특한 외모를 가졌으니 아이들의 관심과 시기를 받는 것도 당연한 일이었다. 앞으로 살면서 계속 겪어 가야 하는 일들이었고 스스로 잘 이겨 내기만 한다면 성인이 된 이후엔 오히려 강점이 될 부분들이었다.

그를 닮았다면 아이 역시 남들보다 크고, 강한 골격을 가진 잘생긴 청년으로 자라날 테니 성정만 단단하다면 한 20년 후쯤엔 모두를 내려다보며 살 것이다.

"그래서?"

오스왈드는 보고서에서 손을 떼며 냉랭하게 물었다.

— 그래서라니! 아이가 학교에서 괴롭힘을 당하고 있는데 아빠가 돼 가지고 어떻게 이렇게 태연해요!

수화기 너머 씩씩거리는 숨소리가 들린다. 제 자식을 한 번 잃은 기억 때문인지, 아내는 아이를 지나치게 싸고돌았다. 자기 손에서 벗어날라치면 전전긍긍해하며 어찌할 바를 몰랐다. 아이가 어렸을 땐 그것이 무척 훌륭한 자세였겠지만 이제 막 학교에 들어간 사내놈에겐 전혀 도움이 되지 않는다.

"그럼? 학교에 새로 개발한 신형 미사일이라도 쏴 줘?"

— 오스왈드 퀸튼! 농담이 나와요, 지금!

수화기 너머 단희가 으르렁거렸다.

"아니면 아빠가 누군지 고백하든가. 왕년에 사람 꽤나 썰던 군수업체 사장이라고 하면 부모들이 알아서 조심시키겠지."

— 미쳤어! 정말!

단희는 아이의 원활한 학교생활을 위해 아빠가 누구인지 알려지는 것을 원하지 않았다. 아이의 사춘기가 지날 때까지, 가능하면 오스왈드의 이름이 아들의 교우 관계나 생활에 영향을 미치지 않기를 바랐다. 퀸튼이란 성 대신, 단희의 성인 유씨를 붙인 것도 그 이유에서였다. 잘난 부모 밑에서 망가지는 사람을 여럿 보아 온 오스왈드는 단희의 의견을 흔쾌히 받아들였다. 단희도 저처럼, 아이를 강하게 키우고 싶어 한다고 생각했다. 어쩌면 처음엔 정말 그랬을지도 모르지. 사랑이 너무 넘쳐도 문제였다.

"자꾸 아이 일에 간섭하지 마. 맞고 들어오든 누굴 때리고 들어오든, 지들이 해결할 일은 지들이 해결하라고 해."

— 도운이는 이제 겨우 여덟 살이에요! 열여덟 살이 아니라!

"여덟 살이건 여덟 달이건, 똑같아. 괜히 어른 싸움 만들지 말고 가만히 있어."

그는 그 한마디를 끝으로 인터폰을 꺼 버렸다. 원래 흥도 많고 화도 많은 사이지만 도운이를 낳고 난 이후엔 사사건건 부딪쳤다. 오스왈드는 아이를 과보호하는 단희의 양육 태도가 여러모로 마음에 들지 않았고, 단희는 아이에게 사근사근하게 굴지 못하는 그의 태도를 못마땅해했다.

어떻게 아내에게 하듯 아이에게 하란 말인가. 아버지는 그저 아이에게 울타리가 되어 주는 것이다. 물고 빠는 존재는 엄마 하나면 충분했고 그마저도 과하면 독이다.

뚜르르— 다시 인터폰이 울렸다.

"네."

— 사람이 어떻게 그렇게 매정⋯⋯.

"달링. 이따 집에서 봐."

그는 다시 인터폰을 끊었다.

뚜르르. 인터폰 벨이 또다시 울리자 그는 5번 정도 울릴 때까지 인터폰을 주시하다가 다시 버튼을 눌렀다.

"네."

— 오스왈드 퀸튼! 이런 식으로 나오면 가만 안······.

그는 다시 인터폰을 껐다. 그러곤 곧바로 비서실과 연결했다

「와이프에게 전화 오면 연결하지 마.」

— 네. 그런데 퀸튼 씨. 최정우 씨가 와 계신데요.

「들여보내. 따뜻한 차와 쿠키를 내오고.」

— 네.

그는 다시 보고서를 뒤적였다.

◆ • •   • • •

우스갯소리가 섞인 일상적이고 담백한 이야기들이 오고간 후, 은금은 갑작스레 오스왈드에게 펄쩍 뛰어들었다. 예상치 못한 공격적인 포옹에 오스왈드는 중심을 잃고 휘청였다.

"아저씨, 제가 항상 고마워하는 거 알죠?"

원래 이렇게 감정적인 녀석이 아니었다. 정우에겐 간이고 쓸개고 빼 줄 듯이 굴었어도 오스왈드에겐 늘 뚱하고 적대적인 태도를 유지해 왔다. 그건 둘 사이에 벌어지는 익숙하고 친밀한 놀이였고 오스왈드도 은금이도 그걸 즐겼었다. 갑작스러운 태세 전환에 그는 조금 당황했다.

최정우는 킥킥 웃었다. 임신 호르몬은 정말 이상한 현상을 만들어 낸다.

"언제든 아저씨가 필요로 하면 내 눈이라도 빼 줄 거예요"

"말 가려서 해. 네 남편의 눈에서 레이저가 나오기 전에."

"말 못했지만 저 실은 아저씨 진짜, 진짜 많이 좋아해요."

"그럼 지금이라도 최정우랑 끝내고 나한테 오든가."

"결혼은 포기해도 이건 포기 못 하겠어서요."

오스왈드는 은금이의 손가락에 달린 3캐럿짜리 다이아를 심드렁하

388

게 내려다보았다. 정우의 취향답게 심플했다. 자신이 단희를 위해 고른 반지는 이것보단 조금 더 화려하고 더 섬세하게 세공되어 있었다. 이런 반지도 나쁘진 않군. 단희의 손가락에도 근사하게 어울릴 것 같다.

"3캐럿? 네 주먹만 한 다이아를 줄 수도 있는데?"

"시트콤 그만 찍어."

정우의 부아를 돋우려고 내뱉은 말에 역시나 그는 발끈하며 반응한다. 오스왈드는 조용히 웃었다. 나이를 먹어도 오스왈드에겐 아직도 철부지들이다.

"재력 자랑도 좋지만 이제 곧 손주 보실 나이인데 무리하지 말죠. 우리."

"이쪽 트렌드가 오십 넘어 늦둥이를 보는 거라. 난 아직 멀었으니 걱정 마."

댈러스 회장은 육십이 넘어 트리버를 봤다. 자신의 몸뚱이는 그보다 더 건강하니, 적어도 20년은 문제가 없다.

"꺼져요."

정우가 길고 긴 가운뎃손가락을 들어 보였고 오스왈드는 웃음을 터트렸다. 바늘로 찔러도 피 한 방울 나오지 않을 것 같은 그는 흘러간 세월만큼 부드럽고 느슨해져 있었다.

"도운이는 잘 지내요?"

은금이가 눈을 반짝였다. 오스왈드가 결혼을 했고 아이가 있다는 소식은 정우와 헤어지고도 꽤 오랜 시간이 지나고 나서야 알았다. 그것도 알고 싶어 안 게 아니라, 그림에 관련된 일로, 오스왈드의 사무실로 찾아왔을 때 그의 팔에 안겨 있는 아이 때문에 알았다.

아이는 그를 빼다 박은 듯 닮아서 제 아이가 아니라고 부정도 할 수 없을 지경이었다. 갈색 곱슬머리에, 이목구비, 오스왈드의 눈동자색까지 완벽하게 재현하고 있어서 엄마 쪽 유전자는 하나도 받지 않았나 의심이 들 정도였으니까 말이다.

"그럭저럭."

은금이의 물음에 그는 여유롭던 얼굴을 긴장시키며 심심하게 반응했다. 그런 반응만 보아도 다정한 아버지는 아니었다. 그날, 아이를 안고 있는 오스왈드도 다정해 보이지는 않았다. 그는 아이에게 다정하고 상냥한 아버지라기보다 거목처럼 단단하고 강인한 아버지의 모습을 하고 있었다.

"약속에 늦었어. 우리 빨리 가 봐야 해."

정우가 손목시계를 살피고 은금이의 어깨를 조심스레 잡아 자신 쪽으로 끌었다.

"아."

은금은 아쉬운 듯 한숨을 내쉬고 다시 오스왈드를 올려다봤다.

"사모님께 안부 전해 주세요. 도운이한테도요."

"그러지."

정우와는 늘 그렇듯 가볍게 고갯짓으로 인사를 대신했다. 오스왈드는 숨을 한 번 내쉬고, 시간을 체크했다. 봐야 할 게 산더미인데 아까부터 계속 같은 것만 보고 있다는 것이 진저리가 나 그는 미간을 구겼다. 책상을 두 손으로 짚고 서서 이 지겨운 보고서의 페이지를 다시 멍하니 펼쳐 들었다가, 컴퓨터에 떠오르는 케이트의 이름을 보고 정신을 차렸다

「안녕, 케이트. 이른 출근이로군.」

컴퓨터 화상 너머 붉은 재킷을 입은 여자가 돋보기 안경테를 매만졌다. 제 나이보다 10년은 늙어 있었다.

— 퀸튼 씨가 제 시간에 맞춰 주실 수 없으니 어쩔 수 없는 일이죠.

「포브스지 커버 잘 봤어. 테드 터너(언론재벌. 1938년생)보다 젊게 나왔더군. 축하해.」

케이트가 주름진 눈을 가늘게 떴다.

— 내가 누구 덕에 이렇게 늙었는지 한번 따져 봐야 하지 않겠어요?

「포브스지 커버를 장식할 수 있는 여성 기업가가, 그것도 군수업체 기업가가 몇이나 되겠어. 그것도 내 덕인 걸 잊지 말라고.」

그가 자신의 입술을 매만지며 매력적으로 웃었다. 케이트는 그 미소를 보고는 전의를 상실한 듯 한숨을 푸욱 쉬고 고개를 떨구었다.

— 태양광 화학에 대한 투자는 계속하실 건가요?

케이트는 서류철을 넘기며 물었다.

「세 배로 늘리는 건 어때?」

그녀는 열었던 서류를 다시 '퍽' 소리 나게 닫았다. 입을 닫고 있었지만 그 모습이 천 마디의 말을 담고 있었다.

「정부 보조금만으로는 위험을 감수하고 모험을 할 회사가 많지 않잖아.」

— 우리는 그동안 번 돈을 몽땅 휴지 조각처럼 사용하고 있고요. 언제 저 모르게 회사의 사업 종류를 '자선 사업'으로 바꾸셨어요? 혹시?

「꽤 괜찮은 회사를 발견했어, 케이트. 포름산을 이산화탄소 없이 생산할 수 있는 방법인데 지원만 해 주면 꽤 경쟁력이 있어 보여.」

— 인공 광합성은 지난번에 투자했다 실패했잖아요.

「1억 달러만 투자해 보지.」

— 1억 달러!!!

오스왈드는 의자에 기대어 책상이나 통통 치고 있었고, 화상 너머 케이트가 비명을 지르며 뒷목을 잡았다.

「농담하지 말아요. 퀸튼 씨! 아몬석 연구에만 매년 20억 달러를 가져가 놓고, 이렇게 대뜸 또 억 단위를 내놓으라니! 지금 우리 사정이 그렇게 녹록지가 않아요! 우리 사정이 어떤지 잘 아시잖아요! 혹시 까먹으셨어요! 제가 다시 한 번 말씀드릴까요!」

뚜르르. 뚜르르. 계속 울리는 인터폰에 신경이 쓰여 오스왈드는 케이트가 꽥꽥 지르는 소리를 제대로 듣지 못했다.

아몬석. 한국에서 발견된 그 광물은 한국에 인도하였지만, 철저하게 미국의 간섭하에 연구가 이루어졌다. 핵물질에 대해서도 과도하게 통제하는 미국이, 그보다 수십 배는 더 많은 이득이 있고, 그보다 수십 배는 더 위험한 물질을 온전히 다른 국가에 넘길 리는 없었다. 아몬석에 대한 연구를 다시 맬크로우사가 맡게 된 것은 매우 역설적이다.

그 광물에 대한 연구와 개발 모두를 반대하던 오스왈드도 정부가 개입하자 더 이상 반대만 할 수는 없었다. 애먼 사람이 광물을 맡아 더 큰 위험을 초래하는 것보다 차라리 그 위험성을 뼈저리게 아는 자신이 광물을 쥐고 있는 것이 더 안전할 것 같았다. 많은 시행착오가 있었지만, 이제는 어느 정도 그 위험한 물질을 다루는 노하우들도 차곡차곡 쌓였다.

반복적으로 울리던 인터폰 벨소리가 뚝 멎더니, 얼마 지나지 않아 문밖에서 우당탕거리는 소리가 들렸다. 오스왈드는 상념에서 서서히 깨어나 소란스러운 제 사무실 문을 주시했다.

— 제 말 듣고 있나요, 퀸튼 씨!

케이트의 히스테릭한 물음과 함께 '쾅' 소리가 나며 문이 거칠게 열렸다.

"오스왈드 퀸튼!"

"……."

성이 나 씩씩대는 단희는 연쇄살인마처럼 보였다. 그녀는 눈을 번뜩이며 오스왈드를 노려봤고 그는 모니터 아래로 미소를 감췄다.

「케이트. 내 아내가 와서 말이야.」

"이 거지 같은 인간!!!"

케이트는 무어라 반박하려 입을 벌렸다가 단희의 쩌렁쩌렁한 목소리에 바로 입을 다물었다. 오스왈드의 눈이 흥분과 장난으로 가득해지자 화면 속 여자는 절망적인 한숨을 내쉬었다.

— 다시 연락드리죠.

단희는 소매를 걷어붙이며 그에게 다가갔다. 발걸음이 서릿발이었다.

"달링."

귀에 착 감기는 달콤한 목소리에 단희는 더 씩씩댔다.

"달링 같은 소리하네! 어떻게 그런 식으로 날 무시할 수가 있어요!"

"무시한 적 없어."

그는 여유로운 태도로 의자에서 일어섰다.

"사람 면전에 대고 그렇게 전화를 끊다니! 언제는 신처럼 받들어 모신다면서요!"

"내가 그랬던가?"

단희는 주먹으로 그의 가슴팍을 있는 힘껏 때렸다. 그가 잠깐 숨을 멈췄다가 곧 웃음을 터트렸다. 그게 더 화가 나 단희는 눈을 굴렸다.

"도운이는 당신 자식 아니야? 아빠가 돼서 어떻게 그렇게 박정해? 냉혈한 코스프레는 회사에서나 하라고! 집에서 하지 말고!"

"난 내 아들을 사랑해. 다만 방식이 다른 것뿐이야. 당신은 좀 이성적일 필요가 있어."

"걘 아직 여덟 살이잖아요! 좀 더 다정할 순 없어요?"

"이보다 어떻게 더 넘치게 해 줘? 내가 여덟 살 때 난 쓰레기통이나 뒤지며 살았어. 도운이는 뭐든 원하면 가질 수 있잖아. 그런데 뭘 더 하란 거야."

"난 물질적인 걸 말하는 게 아니에요! 당신의 태도를 말하는 거라고요!"

"아이에게 베푸는 애정은 당신만으로도 족해. 과하게 넘칠 정도라고."

"아이는 사랑을 먹고 자라요. 아빠와 엄마의 애정 모두 중요해요."

"아이를 물고 빠는 것만 애정이 아니야."

"당신은 너무 엄하잖아요. 이런 때만이라도, 걱정하는 척이라도 해 주면 안 돼요?"

자신에게는 한없이 다정한 오스왈드는 아이가 커 갈수록 자식에겐 더 엄하게 굴었다. 이제 겨우 여덟 살인 도운이는 아직 부모의 손이 많이 가는 철부지이다. 엄마의 도움이 없으면 제 준비물도 잘 챙기지 못하고, 숙제도 제대로 해 가지 못했다. 심지어 돌봐 주지 않으면 제 필통의 연필심을 몽땅 부러뜨린 채로 일주일 내내 학교를 다니기도 했다.

오스왈드는 단희의 행동이 아이의 자립심에 전혀 도움이 되지 않는다며 아이가 먹는 거, 입는 거, 자는 것을 포함해 학교 준비물을 챙기는 것도 도와주거나 간섭하지 말라고 엄포를 놓더니, 이제는 아이가 맞고 돌아오는 것도 내버려 두라고 한다.

단희에게 그건 방치였다. 어떻게 얻은 소중한 아이인데, 제 아빠를 꼭 닮아 얼마나 예쁘고 사랑스러운 아이인데, 그런 눈에 넣어도 안 아플 새끼를 대체 어떻게 방치하란 말인가. 갈수록 도운이가 제 아빠를 어려워하는 것 같아 속이 상해 단희는 시선을 아래로 떨구었다. 오스왈드의 방식을, 그러한 부정을 이해하기에 아이는 아직 너무 어리다. 커 갈수록 더 아빠를 무서워할 것만 같아 걱정부터 되었다.

"달링, 도운이는 그것보다 더 심하게 다친 적도 많잖아."

오스왈드가 아내의 턱을 부드럽게 들어 올렸다. 제멋대로 뛰어가다가 넘어져 이마가 찢어진 적도 있고, 미끄럼틀을 타다가 떨어져 눈두덩을 세 바늘이나 꿰맨 적도 있었다. 손을 찧는 건 기본이고, 무릎이나 종아리 언저리쯤엔 늘 멍을 달고 살았다.

단희는 그때마다 기겁을 했다. 조심성이 없고 덜렁대는 아이이니 더 마음이 놓이질 않아 하는 것 같다. 지학이를 어떻게 잃었는지 알기 때문에 아내의 불안함도 이해한다. 그러나 도운이는 그저 도운이었다. 천방지축인 말썽쟁이 녀석은, 좀 더 자유로울 권리가 있다.

"그때마다 당신이 이렇게 펄쩍거리고 뛰면, 상처받는 건 당신 아들이야."

"……."

"이젠 익숙해져야지."

오스왈드가 포니테일로 묶은 단희의 잔머리를 부드럽게 쓸자 단희의 입에서 작은 숨이 새어 나왔다.

"녀석에게 실수할 기회를 줘. 싸울 기회도, 그래서 실패할 기회도."

오스왈드는 단희에게 늘, 아이에게 필요한 것보다 조금 더 적게 해주라고 한다. 적당히 결핍되어야 뭐든 소중함을 아는 법이라면서.

"나는 부유하게 자란 쓰레기들을 너무 많이 봤어. 난 도운이가 그렇게 자라길 바라지 않아. 게다가 도운이는 남자아이야. 크면 아내와 아이를 보호해야 하는 존재가 돼. 강하지 않으면 안 돼."

단희는 입술을 질끈 물었다. 아이에게 감성적인 자신에 비해 오스왈드는 지나치게 이성적이지만, 그래서인지 그는 늘 일관되었고, 한 번도 틀린 말을 한 적이 없었다. 어쩌면 그는 부모로서 단희보다 더 나은 사람인지도 모른다.

단희의 눈매가 힘없이 아래로 처졌다. 기운이 빠져 보이는 아내를 보는 건 그렇게 반가운 일이 아니었다. 아내에겐 아직도 제 품에 안고어를 아이가 필요한 것 같다. 도운이는 야생마 같은 놈이다. 엄마가 품으면 품을수록 갑갑해 할 게 분명한 아이다. 그건 전혀 좋지 않다.

"딸, 가질래?"

그 물음에 단희는 피식 웃었다.

"언제는 싫다면서요."

아이를 더 갖지 않겠다고 한 건 그였다. 단희는 산통을 겪는 내내, 출혈을 했다. 도운이는 우량아인 데다가 성질도 급한 녀석이라 제 어미의 배를 너무 빨리 빠져나왔다. 아이가 내려오며 산도를 죄다 긁어 놓은 데다, 이미 많은 출혈을 한 직후라 단희는 내내 버들버들 떨었다. 그런 산모의 몸 위에 얼음주머니까지 얹자, 아내 입술이 시체처럼 푸르게 변하기 시작했다. 수축되지 않은 자궁을 수축시키기 위해서라지만 새하얗게 질린 그녀의 얼굴을 바라보는 건 악몽이고 고통이었다. 아이를 낳고 몸조리를 하는 동안에도 내내 단희는 고통스러워했다.

그렇지만 얻은 것도 있었다. 출산을 한 덕에 단희의 몸은 완전히 정상으로 돌아왔다. 자궁유착은 회복되었고, 다시 아이를 품을 수 있을 만큼 건강해진 것이다.

그럼에도 불구하고 오스왈드는 아내의 그 고통을 다시 볼 수 없어 아이를 갖길 완강히 거부해 왔다. 그 아픔을 나눌 수도 대신 짊어질 수 없는 것도 싫었다. 그러나 지금은, 제 품에서 벗어나려는 아이 때문에 상심하는 아내를 보니, 아픔을 감수하고서라도 아이를 하나 더 낳는 게 어쩌면 더 나을 수도 있겠단 생각이 든다.

딸이라면, 온실 속의 화초처럼 키워도 상관없을 테지. 단희를 꼭 닮은 딸아이의 얼굴이 눈앞에 그려졌다. 만약 도운이한테처럼 누군가 눈가에 생채기를 남긴다면, 그땐 단희도 만족할 만한 반응을 하리라 자신한다. 면전에 박격포를 날려 버릴 테니까.

"감정이란 건 변하기 마련이잖아."

오스왈드는 단희의 블라우스 자락을 팬츠 위로 꺼내고 부드러운 허리를 쓸며 자신에게 밀착시켰다.

"사람이 너무 갑자기 변하면 죽는대요."

"악담은 많이 들을수록 오래 살고. 그렇지?"

그가 깃털처럼 가벼운 키스를 해 왔다. 단희는 나른하게 한숨을 쉬었다. 늘 이런 식이 된다. 격렬한 말싸움은 결국 다른 형태의 격렬함으로 이어졌다. 과정이 어떻든 결과는 늘 같았다. 그래서 오스왈드는 단희가 화를 내고 그래서 길길이 날뛰는 것조차 좋았다.

오스왈드는 하얀 티셔츠 위로 솟은 아내의 탐스러운 가슴을 손으로 부드럽게 주물렀다. 출산 후, 살이 오른 아내는 더 이상 마르고 앙상한 가지 같지 않았다. 아주 탐스럽고 예쁜 과실처럼 여물었고 그래서 늘 달콤했다. 단희가 능숙하게 그의 넥타이를 풀 동안 오스왈드는 팔을 뻗어 인터폰을 눌렀다.

— 네, 퀸튼 씨.

곧바로 비서의 조곤조곤한 목소리가 스피커를 타고 들려왔다.

「법무팀 회의 좀 미루지.」

— 몇 시로 다시 잡을까요?

「두 시간 정도 후에.」

— 알겠습니다.

인터폰이 끊기자 단희가 킥킥거렸다.

"두 시간이요? 가능하겠어요?"

단희가 넥타이를 잡아당기자, 목깃과 마찰하는 소리를 내며 기다란 천이 매끄럽게 자신의 몸에서 떨어져 나갔다. 오스왈드는 젖은 숨을 내쉬며 혀로 자신의 매끈한 입술을 핥았다. 그는 가소롭다는 듯 웃었다.

"아직 당신 남편이 어떤 사람인지 잘 모르나 봐. 구두 신고 온 거 후회할 거야. 기어 나가게 될 테니까."

그 말에 단희는 깔깔 웃음을 터트렸다. 높고 쾌활한 그 목소리는 오스왈드의 귓가에 늘 가장 듣기 좋은 음악이었다.

"누가 기어 나가게 될지는 두고 봐야죠."

도전적인 경고였다. 오스왈드는 승부욕이 발동하여 아내의 두 눈을 호전적으로 들여다보았다. 그녀는 남편의 눈두덩을 넥타이로 가리고 뒤통수에서 단단하게 매듭지었다. 삽시간에 눈앞이 깜깜해지자 그는 책상에 기대어 앉아 미간을 구겼다.

"뭐 하는 건지 물어봐도 될까?"

"훈육이요."

"훈육은 마주 앉아 눈을 보며 하는 거 아니야?"

"그럼 형벌이요."

"뭐에 대한?"

"뭐든지요."

"폭군이군."

그가 아주 음울한 목소리로 읊조렸다. 어깨가 힘없이 아래로 떨어지자 아내가 말했다.

"서운한 척하지 말아요. 사실 즐기잖아요!"

결국 그는 키득댔다.

"맞아. 난 아내에게 온순해지는 걸 즐기지."

그는 크흠 하고 기침을 한 후 부드럽게 미소 지었다. 느긋한 태도로 아내의 손이 자신의 셔츠 단추를 푸는 감촉을 즐겼다. 가슴팍에 단희의 손끝이 간지럽게 닿았다. 기대감이 샘솟았다.

"나한테는 어디까지 허용되는 거야? 그냥 목석처럼 가만히 있어야 하나?"

"얌전히 책상이나 잡고 있어 봐요."

그는 장난스럽게 미소 짓고 얌전히 책상 모서리를 손에 쥐었다.

단희는 손으로 바지 버클을 잠시 매만지는 듯하더니 곧 오스왈드의 셔츠 앞자락을 벌려 옆으로 밀었다. 단단한 가슴 근육과 보기 좋게 자리 잡은 복근이 아슬아슬하게 드러났다. 시간이 아무리 흘러도 소년 같은 미소를 가진 남자는 여전히 단단하고 보기 좋은 몸을 유지했다. 습관으로 굳어지고 인이 되어 박힌 자기 관리는 시간이 지날수록 더 빛을 발했다.

단희는 손을 들어 오스왈드의 광대뼈를 만졌다. 시력을 빼앗긴 채 제 손 아래 온순해진 그를 보는 것만으로도 부글부글 쾌감이 들끓었다. 원초적으로 사나운 것을 저에게 충성하도록 길들였다는 승리감에 도취되었다.

단희의 손이 턱선을 훑자 오스왈드는 고개를 들어 여자의 손가락을 무는 시늉을 했다.

'딱' 소리가 나게 이가 부딪혔고 화들짝 놀란 단희의 손은 아슬아슬하게 뒤로 물러났다.

아, 이런. 아직 훈련이 덜 됐네.

여자는 오스왈드의 유두를 잡아 비틀었다. 그의 몸이 움찔했고 입이 크게 벌어졌다.

"옳지 못한 행동이었어요, 퀸튼 씨. 벌을 좀 주어야겠는데요."

보드라운 손이 그의 매끄러운 가슴과 복부를 아주 천천히 쓸었다. 들숨과 날숨으로 구릿빛 가슴이 가쁘게 들썩였다. 손길이 너무 간지러워 그는 마른 입술을 핥았다.

"줄 거면 좀 빨리 주지."

"……주고 있잖아요."

배꼽까지 내려갔던 손가락이 다시 가슴까지 올라왔다. 얇은 손톱이 그의 상체에 소름이 돋을 만큼 부드럽게 피부를 긁었다. 올랐다가 잠시 멈추고, 다시 아래로 천천히 내려갔다. 뻥 뚫린 대로에서 혼자 교통 체증을 앓고 있는 듯 감칠맛 나는 손길이었다. 손가락이 배꼽을 지나 바지 버클, 그리고 그 아래, 조금 더 아래로 내려갔다. 바지 앞섶 위로 손가락 끝이 아슬아슬하게 닿았다가 떨어져 나갔다.

책상을 잡은 그의 손마디에 힘이 꾹 들어갔다. 아내의 몸을 움켜쥐고 싶었다. 하지만 그러면 이 즐거운 게임은 끝난다. 즐겁고 아슬아슬하고 고통스러운 이 상황이 끝나는 것은 무척 애석할 것 같다. 무릎까지 내려간 단희의 손길이 다시 사타구니를 타고 천천히 위로 올라왔다. 여전히 가볍게, 천천히 훑는 손길이었다.

이건 대체 어디서 배운 못된 짓이지? 그는 속으로 그렇게 구시렁거렸지만 의심할 여지없이 오스왈드 퀸튼 본인에게 배운 못된 짓이었다. 여자의 손이 다시 상체를 쓸었다. 옆구리를 타고 올라가 갈비뼈를 훑고 유륜을 스치고 남자의 목울대에 닿았다가 그의 입술을 훑고 내려갔다. 다시 목울대, 그리고 벨벳 같은 손바닥이 가슴을 쓸었다. 로션을 바르는 듯 꼼꼼하고 섬세한 손길이었지만 이번에도 지나치게 느렸다. 그는 자신의 아랫입술을 꾹 물었다가 놓았다.

"속도 좀 내지?"

"그럼 벌이 아니잖아요."

여자의 손이 다시 남자의 불룩하게 솟은 하체를 쓰다듬어 내려갔다. 무성의한 손길은 명백히 의도적이었다. 그의 이마에 비죽 핏줄이 솟았다.

"나 아무래도 당신을 좀 만져야 할 것 같은데."

"얌전히 있으라니까요."

"이건 효과적인 훈육이 아닌 것 같은데, 달링. 반성은커녕 지금 날 돌게 만들고 있잖아."

"알겠어요. 당근을 좀 줄게요."

아내의 손가락이 실크처럼 자신의 손목에 감겼다. 책상에서 떼어내지 못하게 꾹 힘을 주어 누른 뒤 도톰하고 보드라운 입술로 입을 맞추어 왔다. 쓸고 빨아 당기고 벌어진 입 안을 느릿느릿 훑은 뒤 그가 어떻게 반응을 하기도 전에 물러섰다. 동작이 기민했다. 오스왈드는 입맛을 다시고 혀로 입술을 쓸었다.

"어때요?"

"차라리 채찍을 들어."

키득키득. 아내의 장난스러운 웃음소리가 들렸다. 평소였다면 그 소리가 듣기 좋아 같이 웃었을 테지만 지금은 그럴 여유가 없었다.

"내가 지금 뭐 하게요?"

단희는 그윽하고 상냥하게 물었다. 손길만큼 느리고 여유로운 말투였다. 스르륵스르륵. 천이 쓸려 내려가는 소리가 들렸다. 아내는 옷을 벗어 내리고 있었다.

아. 좋아. 이제 정말 장난할 기분이 아니야. 그는 청각을 곤두세우고 옷가지가 그녀의 살갗을 쓸고 바닥으로 떨어지는 소리에 집중했다. 눈이 가려진 채 그 소리를 들으니 단희가 손으로 만질 때와는 비교할 수 없을 만큼 흥분됐다.

"좋아. 이제 그만해."

"아직 다 안 했어요."

"열 셀 때까지 끝내."

"온순해진다고 했잖아요."

"지금도 충분히 온순하잖아."

"입 좀 다물어요."

"그럼 이렇게 해. 어디라도 좋으니 당신 몸의 한 부분으로 내 입을 좀 막아."

"싫어요."

"하나."

그가 숫자를 셌다.

"둘."

"당신은 정말 참을성이 없어요. 대체 그래서 어떻게 사업을 해요?"

"협상의 여지가 없는 사안에 대해서 시간을 질질 끄는 짓은 안 해. 셋."

단희는 한숨을 내쉬고 남편을 흘겼다. 절대로 본능은 못 버리지. 아무리 길들여도 야생의 습성이 남아 있는 늑대처럼. 애초에 늑대가 강아지처럼 굴길 바라는 자신이 틀린 거겠지만 말이다.

모서리를 꽉 쥐고 있는 그의 손이 좀 더 비틀렸다. 인내하고 있는 손아귀의 힘이 아슬아슬해 보였다. 흐음. 어쩌면 나름대로 잘 길들인 건지도. 비죽 웃음이 새어 나왔다.

"넷."

단희는 남편의 오른손을 슬며시 잡아 자신의 왼쪽 가슴 위에 올렸다. 숫자를 세던 덤덤한 목소리가 일순 소강되었다. 뜨거운 욕구에 단비 같은 감촉이었다. 그가 따뜻하고 말랑한 감촉을 좀 즐겨 보려 하자 단희가 그의 손을 조금 더 움직였다. 손끝에 조금 더 부드러운 유륜과 유두가 닿았다. 그는 숨이 턱 막혔다.

"비틀면 안 돼요."

단희가 경고했다.

"내가 비틀어 달라고 할 때까지는요."

그 음색이 어찌나 유혹적이신지, 그냥 아내를 바닥에 쓰러뜨리고 그 가랑이 사이에 파묻히고 싶었다. 하지만 그래선 안 되지. 경외하는 아내를 실망시킬 수야 없다. 오스왈드는 손가락으로 여자의 유두를 부드럽게 매만졌다. 뱅글뱅글 유륜을 돌고 정점을 아주 가볍게 쓸었다. 가느다란 신음 소리가 다시 귓가를 자극했다. 후끈 온몸에 열기가 몰렸다. 아내의 손길이 다시 배꼽 아래에서 느껴졌다. 지이익 하고 바지 지퍼가 내려갔다. 부풀어 있던 하체에 해방감이 느껴졌다.

단희의 손이 오스왈드의 매끈한 복부를 타고 브리프 안으로 미끄러져 들어갔다. 손에 닿는 것이 뜨겁게 맥동하고 있었다.

여자는 브리프를 조금 더 아래로 내리고 단단하게 흥분한 그의 페니스를 조금 더 자유롭게 매만졌다. 손바닥으로 훑으며 감촉을 즐기고 달래듯, 위아래로 쓰다듬었다. 순간 가슴을 희롱하던 오스왈드의 손이 어중간하게 멈췄다. 턱에 힘이 들어갔다. 어금니를 꾹 물었다. 앓는 듯 단발의 신음을 고통스럽게 흘렸다. 말장난을 할 여력도 이젠 없었다. 경직된 입가에 단희의 입술이 다시 닿았다.

오스왈드는 좀 더 몸을 숙여 기꺼이 입술을 맞이했다. 책상을 비틀어 쥐던 왼손으로 여자의 목을 잡아 다급하게 자신에게로 당겼다. 지분거리는 아내의 손길에 애가 탔다. 그는 신음을 흘리며 자신의 입술과 혀로 아내의 입 안을 마음껏 헤집고 희롱했다. 욕구를 조금이라도 해소할 수 있는 출구라고는 오로지 그곳뿐이었다. 아내의 숨결이 거칠어졌다. 그녀는 몽롱하고 뜨겁게 숨을 토했다.

"이젠 비틀어 줘요."

기꺼이! 오스왈드가 손으로 굴리던 아내의 유두를 잡아 비틀었다. 날카로운 신음이 흘렀고 이젠 정말 한계였다.

그는 아내의 허리에 손을 두르고 자신에게 완전히 밀착시킴과 동시에 시야를 가리던 넥타이를 거칠게 잡아 머리 위로 빼냈다. 몸을 돌려 아내와 위치를 바꾼 뒤 책상 위의 서류들을 쓸어 바닥으로 밀어 버리고 단희를 들어 그 위에 앉혔다. 발가벗은 아내의 몸이 한눈에 들어왔다. 욕망에 이성이 마비되고 눈앞이 흐렸다.

그는 유연하고 통통하게 살집이 올라 있는 단희의 허벅지 안쪽으로 손을 넣었다. 곱실거리는 음모 아래로 자신의 아내가 얼마나 준비가 잘되어 있는지를 확인해야 했다. 더할 나위가 없었다. 따듯하고 매끄럽고 완전히 젖어 있었다.

그는 붉게 충혈된 클리토리스를 매만지며 윤기 나는 입술을 벌린 채 유혹적이고도 나른하게 자신을 올려다보는 단희의 얼굴을 눈으로 빈틈없이 그렸다. 시간이 얼마가 지났든, 앞으로 얼마나 더 지나게 될지는 아무 상관 없었다. 아내 앞에 그는 언제나 사춘기 소년이었다. 젖은 다갈색 눈을 들어 자신을 올려다보는 것만으로도 그는 언제든 발정할 수 있었다. 세월이 아무리 많이 흘러도 그 욕구만은 사그라지지 않고 계속될 것이다. 그는 언제나 아내의 노예였다. 기꺼이 그러했다.

"내 여신."

애무하는 것 같은 고백이었다. 그는 단희의 빰과 이마에 경배하듯 입을 맞추고 목덜미에 얼굴을 묻었다. 여자는 미소 지으며 그의 목을 끌어안고 두 다리로 남자의 하체를 감아 당겼다.

"자. 이제 날 즐겁게 해 봐요."

그는 웃었다. 하하하 소리를 내 웃고 여자의 안으로 자신을 묻었다.

그러자 높고 가파른 신음 소리가 귓바퀴를 타고 허공에 울렸다. 단희는 두 손으로 책상을 짚고 몸을 좀 더 뒤로 젖혔다. 골반을 좀 더 올려 남편을 더 힘껏 안으로 맞이했다. 그는 움직였다. 성숙하고 농익은 아내의 몸이 조금 더 자신을 잘 느낄 수 있도록 깊고 느리게. 으음 하고 단희가 신음했다. 새빨간 혀가 마른 입술을 핥았다가 사라졌고 그녀는 갈증에 타는 듯한 목소리를 냈다.

"좀 더 거칠어도 괜찮아요."

듣던 중 반가운 소리였다. 오스왈드는 망설이지 않고 단희의 다리를 들어 올렸다. 여체가 휙 뒤집혔다. 단희는 능숙하게 책상에 팔꿈치를 대고 엎드렸다. 오스왈드는 단희의 머리끈을 풀었다. 비단같이 검은 머리가 새하얀 어깨 위로 물결치며 흘러내렸다.

그가 단희의 가늘고 하얀 허리를 두 손으로 움켜쥐고 허리를 움직였다. 빠르고 강하게 여자의 안으로 들어갔다 물러섰다. 철퍽철퍽. 살끼리 부딪히는 소리가 얼얼하게 울렸다. 뽀드득, 매끄러운 마호가니 책상 위로 힘이 들어간 단희의 손가락이 미끄러지는 소리가 났다. 쾌감에 못 이겨 단희가 머리를 흔들자 머리카락이 꽃잎처럼 이리저리 흐드러졌다.

오스왈드가 단희의 뺨에서 귀 뒤까지 머리카락을 쓸어 치워 냈다. 새하얗게 목덜미가 드러났다. 그는 부러질 듯 가녀린 그곳을 커다란 손으로 쥐었다. 혀로 마른 입술을 핥고 신음하는 아내의 붉어진 옆얼굴에 넋이 나갔다. 신음하는 그 높고 가파른 목소리가 천상의 음성처럼 아름다웠다.

그는 단희의 귓바퀴를 핥고 목덜미에서부터 척추까지 혀로 끈적끈적하게 쓸었다. 조금 더 안으로 파고들고 싶어 아내의 허리를 아래로 짓눌렀다. 반사적으로 동그랗고 하얀 엉덩이가 위로 들렸다. 그는 더 빠르게 속도를 올렸다. 아내의 신음이 더 높고 처절해졌다. 조금 더 거칠고 빠르게 파고들었다. 상판 위를 긁던 여자의 손이 책상 모서리를 움켜쥐었다. 신음 소리가 들들 끓기 시작하더니 유연하던 여체가 조금씩 굳었다.

오스왈드는 동작을 멈추고 다시 아내의 몸을 반대편으로 뒤집었다. 천장을 보고 누운 단희의 온몸이 울긋불긋 열기에 물들어 있었다. 그는 아내의 실루엣을 손가락으로 나른하게 쓰다듬었다. 단희는 다시 그를 받아들이고 싶어 앓는 소리를 냈다.

"급할 건 없으니까. 그렇지?"

두 시간이었다. 아내에게 약속한 시간은.

그리고 그는 충분히 그 시간을 누리고 싶었다. 아주 여유롭게. 그것을 위해서라면 기꺼이 쾌감을 유예시킬 수 있었다. 자신의 것, 그리고 아내의 것 둘 모두 다 말이다.

남자는 부드러운 아내의 가슴을 쥐고 주물렀다. 단희는 상체를 조금 더 곧추세우고 남편의 손이 자신의 가슴을 주무르는 모습을 바라보았다. 가슴은 그녀의 신체였지만 늘 그것을 만지는 것은 남편이었다. 횟수를 세어 보자면 단희 자신이 만진 것보다 그가 가슴에 손을 대고 있던 적이 훨씬 더 많았다.

그러니까 자신의 몸이지만, 그 몸은 오스왈드에게 더 익숙한 것이었다. 그는 단희보다 훨씬 더 단희의 몸에 대해 잘 알고 있었다. 어느 곳을 만졌을 때 어떻게 반응하는지, 그래서 그것을 어떻게 다루어야 하는지 그는 눈을 감고도 알 수 있었다. 능숙한 남편의 손놀림에 온몸이 간지러웠다. 해소되지 않은 열망이 자꾸만 피부 아래에서 감각을 희롱했다.

오스왈드는 자꾸만 하체를 바르작거리는 아내의 허벅지 사이에 자리 잡고 선 채 느긋하게 웃었다.

"VR을 샀어."

뭐!? 갑작스러운 타이밍의 갑작스러운 고백이었다. 단희는 고개를 획 들어 남편을 노려보았다.

"오스왈드!"

여자는 헐벗은 남편의 가슴팍을 야무지게 때렸다. 못 살아! 아이에게 엄격하게 굴면서 아이의 장난감을 사 주는 것에는 헤프다. 단희는 아이에게 무한한 애정을 주면서도, 반대로 아이에게 돈을 쓰는 것에는 매우 엄격했다. 둘의 양육 방식은 이상하게 빗나가 있어서 매번 말다툼을 할 수밖에 없었지만, 엄마 아빠의 전혀 다른 애정 표현은 서로의 부족한 부분을 잘 메꿔 오히려 아이에겐 풍족했다.

오스왈드는 매번 새로운 장난감과 게임기를 종류별로 사 왔다. 집에 오락기만 벌써 4대였다. 며칠 전부터 VR이라는 가상현실 게임기에 대해 열을 올리며 설명하더니 기어이 그걸 사 놓다니. 가슴을 만지는 남편의 눈은 아이처럼 빛났다.

"대체 그 기기는 누굴 위해 사는 거예요?"

"당연히 도운이를 위해서지."

"아이 핑계 대면서 본인 컬렉션 모으지 말아요!"

"여러 가지 자극을 해 주어야 두뇌도 발달하는 거야."

"내가 하는 것은 과하고, 당신이 해 주는 건 두뇌발달에 도움이 되는 올바른 양육 태도라고요?"

"아이에게 애정을 주라며."

이런 때에는 잘도 가져다 붙인다.

"애정의 대상이 누구인지 모르겠네요. 아이인지, 그 VR인지."

"도운이와 즐거운 시간을 갖기 위한 수단일 뿐이야. 물론 그 전에 먼저 당신과 즐거운 시간을 보낼 거고."

"그러다 아이가 게임중독…… 아."

단희는 뒷말을 잇지 못하고 고개를 뒤로 다급하게 젖혔다. 오스왈드는 단희의 허벅지 사이로 몸을 굽혀 부풀고 뜨겁게 달아오른 단희의 음부를 농염하게 핥고 빨아 당겼다.

"이제 내가 가장 좋아하는 것을 봐야겠어."

그는 여자의 무릎 뒤를 들어 올리고 조금 더 넓게 허벅지를 양옆으로 벌렸다. 환한 오후의 햇살 아래 여체가 적나라하게 드러났다. 타오르는 황금색 눈동자가 아내의 눈과 시선을 맞추며 반으로 접혔다. 그는 잔인하게 웃으며 혀로 다시 한 번 여자의 음부를 쓸었다. 단희의 얼굴이 괴롭게 일그러졌다. 남자는 몸을 일으켜 양팔로 책상을 짚고 서서 아내의 나신을 그 안에 가뒀다.

"준비는 됐어?"

"무슨 준비요?"

"말했잖아. 기어 나가게 하겠다고. 그러니까 그럴 준비가 되었냐고."

그녀의 남편은 절대로 허튼소리를 하지 않는 사람이었다. 그러나 가끔은 그녀를 놀리기 위해 과장된 말을 하기도 한다. 흠. 생각해 볼 여지가 좀 있다.

단희가 골몰하자 그의 손끝이 아내의 유륜을 긁고 뱅글뱅글 돌았다. 아아. 여자의 입에서 나긋한 신음 소리가 흘렀다.

"그러려면 아무래도 당신을 좀 더 달구어 놓아야겠지."

단희는 헐떡였다.

"충분히…… 달구어졌어요."

그는 이를 드러내며 웃었다. 지배욕이 여실히 드러났다.

"내 계획을 말해 줄까?"

오스왈드는 몸을 숙여 단희의 귓가에 속삭였다.

"일단 내 혀로 여길 맛볼 거야."

그의 손가락이 단희의 질구를 훑었다. 바르르 허벅지가 떨렸다.

"그다음엔 당신의 혀가 내 것을 맛보게 할 거고, 그다음엔 가능한 한 모든 위치에서 당신을 가져야겠어."

저런. 저도 모르게 침이 꿀꺽 넘어갔다. 남편의 혀가 눅진하게 귓불을 물고 빨았다가 물러섰다. 타는 듯 뜨거운 갈증이 발끝부터 치솟아

올랐다. 오스왈드는 몸을 일으키고 말을 잃은 아내를 전능하게 내려다보았다. 그 눈빛 아래 피부가 작열했다.

"이젠 당신이 온순해질 차례야, 달링. 얌전히 내 아래에서 비명이나 지르라고."

거기서부터 다시 시작이었다. 발끝에 달랑거리던 펌프스 힐이 각자 양쪽 방향으로 아무렇게나 날아갔다. 그가 한 말에는 허튼소리가 단 한 문장도 들어가 있질 않았다. 남편은 자비가 없었고 아내는 기꺼이 그 아래에서 소리 높여 울었다. 오후 중 두 시간은 그렇게 조금의 틈도 없이 격렬하게 지나갔다.

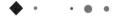

방 한구석에 해저 탐험 시뮬레이션 게임 케이스가 나뒹굴었다.

"아니, 그건 쓰레기야. 도운."

"아빠, 이거요!"

"그래. 그거야. 그게 금화야. 담아."

"불가사리는 못 잡아요?"

"담아 봤자 쓸모없어. 우리에게 필요한 건 금이란다, 아들아. 금과 불가사리 중 하나를 택하라면 당연히 금이지. 인생에 있어서, 아주 중요한 법칙이야. 불가사리보단, 금이야."

"……."

단희는 문지방에 가만히 서서 눈에 VR이라는 이상한 안경을 쓴 채 허공을 휘젓는 부자를 구경했다.

퇴근하고 밥을 먹자마자 아이의 방에서 박스부터 뜯어내더니 씻지도 않고 게임부터 시작했다. 평소에는 호랑이처럼 무섭다가도, 아이랑 놀기만 하면 누가 어른이고 애인지 구별이 안 갈 정도로 맹렬히 논다. 이럴 때는 부자라기보다는 친구로 보였다.

엄청나게 무뚝뚝하고 감정 표현 없는 친구이지만 다정하고 사랑이 넘치는 도운이는 그를 가장 좋아했다. 무서워하면서도 아이는 아빠가 놀아 줄 때가 가장 신나고, 행복해 보였다. 그러니 조금만 더 다정해지면 정말 좋을 텐데. 진지한 태도로 게임을 접하는 두 남자의 뒷모습은 놀랄 정도로 닮아 있다.

"언니. 뭐 해요?"

마지연이 제 방으로 들어가다 말고 기웃댔다.

"늦었네?"

"다리가 퉁퉁 부어서, 마사지 좀 받고 왔어요. 죽겠어, 아주."

영화배우, 그다음엔 공무원이 꿈이라더니, 결국 제 적성을 찾아 의전 도우미, 레이싱 모델 같은 걸 업으로 삼았다. 예쁘고 날씬한 외형에 잘 어울릴 만한 일이었고 벌이도 제법 쏠쏠했다. 거기에 더해 끊임없이 남자가 따라붙어, 연애하기도 쉬운 직업이건만, 첫사랑에 실패한 이후로, 지연은 남자에 별다른 흥미를 두지 않는 것 같았다. 나이를 먹으며 점점 더 신중해진 데다가, 정우나, 오스왈드로 인해 눈이 많이 높아진 탓일 것이다.

"돈 버는 게 어디 쉬워? 원래 그렇지."

"뭐야. 저 사람들 뭐 해?"

마지연은 눈앞의 요상한 광경에 고개를 기울였다.

"잠수함이다, 잠수함!"

"잠수함이 아니라, 난파선이야. 함부로 들어가지 마."

"상어! 상어!"

"뒤로 가! 뒤로!"

급박한 상황을 만났는지 펄쩍 뛰는 모습을 보고 마지연은 헛웃음을 터트렸다. 이게 얼마나 바보 같아 보이는지 진지한 두 남자는 모른다. 단희는 마지연의 어깨를 부드럽게 두드렸다.

"씻고 내려와. 같이 야식이나 먹자."

"저 사람들은요?"

단희는 다시 한 번 분주한 부자의 모습을 눈에 담았다. 아이보다 더 게임에 몰입해 열을 올리는 제 남편의 모습에 그녀는 만족스럽게 웃었다.

"내버려 둬. 도운이는 지금 아주 재미난 시간을 보내고 있으니까."

부엌으로 향하는 단희의 뒤에서 두 부자의 고함 소리가 계속해서 메아리쳤다.

작가 후기

Afterword

'가만히 앉아서 글을 쓰는데, 왜 건강이 안 좋아지지?'

독자로서 건강 악화를 이유로 휴재를 하는 작가분들의 공지를 볼 때마다 한 생각이었습니다.

아. 이유가 있었네요. 글을 쓴다는 것은 생각보다 훨씬 더 많은 체력과 정신력이 필요한 일이란 걸 '아몬'을 쓰며 깨달았어요.

모든 것을 쉽게만 생각한 자신을 반성합니다. 샘물인 줄 알고 발을 담갔는데, 그것은 바다였던 것입니다!!

전작인 '내 안의 악마를 위하여'가 제 스스로를 위로하고 격려하기 위해 썼던 글이라면 '아몬'은 정말로 제가 쓰고 싶었던, 아주 오랫동안 마음속에만 담고 있던 이야기를 꺼내어 쓴 최초의 글입니다. 그래서 글을 쓰는 내내 정말 재미있고 신났습니다. 물론 체력적으로 힘들 만큼 고된 때도 있었어요. 가령 오스왈드의 과거가 밝혀질 때라든가,

또 오스왈드의 과거가 밝혀질 때라든가, 그리고 오스왈드의 과거가 밝혀질 때 같은……. 내가 왜 오스왈드에게 이런 시련을 주는가! 하며 후회했던 기억이 납니다.

마른 대지 위에 물과 바람과 초목이 되어 주는 사랑스럽고 단단한 여자 단희. 나를 울고 웃고, 행복하게 해 주어 고맙습니다. 당신처럼 멋진 여자를 만들어 낼 수 있어 영광이었어요.

사랑을 위해 무엇이든 하는 끝내주게 잘생기고 강인한 오스왈드 퀸튼. 당신이 불완전해질 때마다 역설적으로 내겐 완벽해졌답니다.

극 중 활력과 재미를 선사했던 감초 마지연. 너를 쓸 때가 가장 즐거웠다.

'아몬'을 쓰며 스스로 굴을 파고 들어갈 때마다, 늘 끊임없는 제 헛소리를 받아 주고, 활력을 되찾게 해 주는 일월성님, 비설님, 서경 작가님께도 감사의 인사를 드립니다. 앞으로도 잘 받아 주세요.

'아몬'을 출판하자고 제의해 주시고, 부족한 작가를 바른길(?)로 늘 인도해 주시는 박 편집장님. 사랑합니다.

단희와 오스왈드를 아름답게 그려 주신 금손 삽화가 팻녹님께도 감사의 인사를 전합니다. 100번 요구하면 100번 다 받아 주시는 작가님은 살아 있는 보살이십니다.

글 쓴답시고 책상 앞에만 붙어 있는 아내를 묵묵히 지켜봐 주고, 언제나 쓴소리(!)를 아끼지 않으며 늘 자랑스러워해 주는 반려인 서스크 씨. 고맙소.

마지막으로 '아몬' 연재 내내 함께해 주시고 응원해 주셨던 독자분들. 제게 남겨 주신 응원의 글 하나하나가 채찍이고, 당근이었습니다. 머리 숙여 감사드립니다.

덕분에 저는 오늘도 행복하게 글을 씁니다.
오래오래 해 먹자 다짐하며.

2017년 봄
피 숙 혜

 헤아릴 수 없는

초판 2쇄 찍음 2017년 4월 10일
초판 2쇄 펴냄 2017년 4월 17일

지은이 피숙혜
펴낸이 정 필
펴낸곳 (주)뿔미디어

편집장 박경희
기획 · 편집 박경희, 김수정, 이유나

출판등록 2002년 9월 11일 (제1081-1-132호)
주소 경기도 부천시 원미구 소향로 17, 303(두성프라자)
전화 032)651-6513   팩스 032)651-6094
E-mail bbulmedia@hanmail.net
비북스 http://b-books.co.kr

ISBN 979-11-315-7849-0 04810
ISBN 979-11-315-7847-6 04810 (SET)